BEGRABE MICH

UNVERGÄNGLICHE TRIEBE UND TUGENDEN: IHRE MONSTRÖSEN GEFÄHRTEN

ANNIE ANDERSON

BEGRABE MICH
UNVERGÄNGLICHE TRIEBE UND TUGENDEN:
Ihre monströsen Gefährten

Internationale Bestsellerautorin
Annie Anderson

Cover-Design von Trif Book Cover Design
Lektoriert von Angela Sanders
www.annieande.com

*Wenn du mich im echten Leben kennst, tu bitte so, als
wäre dem nicht so.
Wenn du blutsverwandt mit mir bist, klapp das
Buch zu.
Und für den unwahrscheinlichen Fall, dass du mich
großgezogen hast, musst du jetzt zurücktreten und das
Gerät – auf welchem auch immer du das hier liest – in
Brand setzen.
Für alle anderen …
Gern geschehen.*

Manchmal war das Einzige, was man tun konnte, die ganze verdammte Welt niederzubrennen und von vorn anzufangen.

— ABIGAIL HAAS

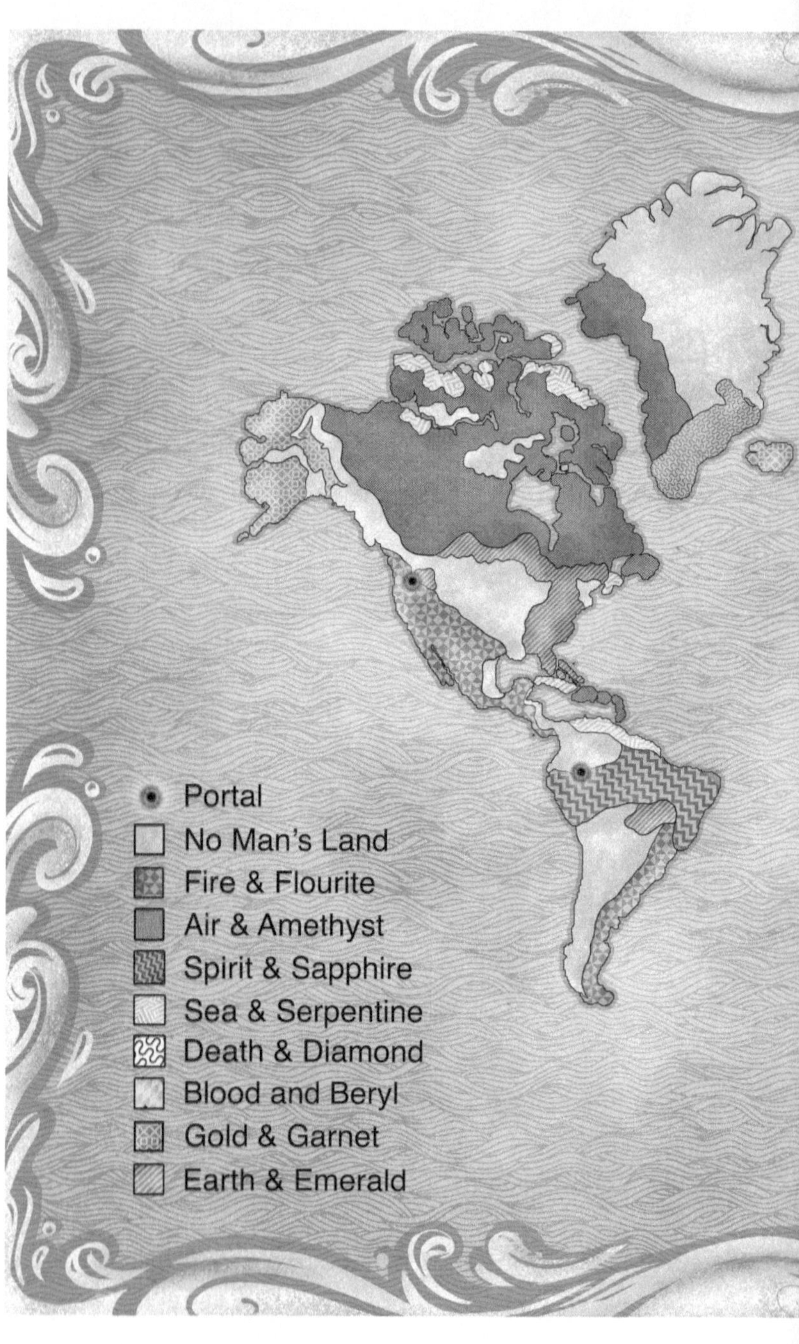

Portal
No Man's Land
Fire & Flourite
Air & Amethyst
Spirit & Sapphire
Sea & Serpentine
Death & Diamond
Blood and Beryl
Gold & Garnet
Earth & Emerald

UNVERGÄNGLICHE TRIEBE UND TUGENDEN

DIE HÄUSER

Haus von Blut und Beryll

Haus von Luft und Lava

Haus von Erde und Eisen

Haus von Seelen und Saphir

Haus von Tod und Topas

Haus von Feuer und Fluorit

Haus von Gold und Granat

Haus von See und Serpentin

NIEMANDSLAND

No Man's Circus – Portland, Oregon

ÜBERNATÜRLICHE SYNDIKATE
NEW YORK CITY

Manhattan – Die Wards – Wandler
Brooklyn – Die Rosen – Fae
Staten Island – Der Ausgestoßenenzirkel – Hexen
Queens – Das Göttliche – Engel & Dämonen
Bronx – Tepes-Clan – Vampire

KAPITEL I
CIRA

IN DER NACHT, IN DER ICH GEBOREN WURDE, ging die Welt unter.

Zufall?

Ich glaube kaum.

Vor fünfzig Jahren herrschte in der Welt der Menschen noch Friede, Freude, Eierkuchen. Sicher, sie hatten ihre Kriege und Probleme, aber an dem Tag, an dem ich auf der Bildfläche auftauchte, ging alles mit Pauken und Trompeten den Bach runter.

Zugegeben, der Tag, an dem ich auftauchte, war der gleiche Tag, an dem ein Portal aus Arcadia ein Loch in eine belebte Stadt riss, aber ich hatte schon lange nicht mehr an Zufälle geglaubt. Eins plus eins war immer gleich zwei. Jetzt war diese Welt voller

Monster und Magie, und es herrschten überall blutige Kämpfe um Territorium, Platz und Macht.

Und dieser Kampf war der Grund, warum wir hier unten blieben. Damit die Leute mich nicht stehlen konnten – mich nicht benutzen konnten.

Vaspir hätte schon längst zurückkommen müssen.

Die Katakomben unter New York City waren vor dem Weltuntergang nur wenigen bekannt, und jetzt, danach, war das Wissen auf uns beide geschrumpft. Unter der richtigen Stadt und unter der U-Bahn lebten wir mit den Skeletten dieser Welt zusammen und taten unser Bestes, um zu überleben.

In den fünfzig Jahren, die ich unter der Erde verbracht habe, war Vaspir immer an meiner Seite gewesen. Er lehrte mich, beschützte mich und half mir, mich auf die Zukunft vorzubereiten, von der er schwor, dass sie uns gehören würde.

Vor zwei Tagen war er gegangen, um Vorräte zu holen.

Seitdem war er nicht mehr zurückgekommen.

Zumindest ... war ich mir einigermaßen sicher, dass es zwei Tage her war. Ohne Sonnenlicht war es schwierig, die Zeit hier unten zu messen. Irgendwie war da dieser kleine Instinkt in meinem Hinterkopf, der mir zuzuflüstern schien, wenn der Tag von einem zum anderen wechselte.

Er sagte mir auch noch andere Dinge, aber auf die hörte ich nicht. Nicht mehr.

Von Zeit zu Zeit fragte ich mich – immer dann, wenn ich mich nach frischer Luft und einer Brise auf meiner Haut sehnte –, wie die Sonne wohl aussah. In meinen Büchern war die Rede davon, dass sie ein strahlender Stern war, der sein Licht über das ganze Land ausstrahlte. In denselben Büchern war auch von der atemberaubenden Schönheit des Mondes die Rede, und danach sehnte ich mich ebenso sehr.

Aber meistens fragte ich mich, ob irgendetwas davon wahr war.

Vaspir sagte mir immer, dass es nur Geschichten wären. Fiktion nannte er es. Das bedeutete, dass sie nicht real waren, dass sie nur die Fantasie einer längst verstorbenen Person waren, ein Märchen, das sie sich ausgedacht hatten, um sich weniger allein zu fühlen. Er sagte mir, dass die Welt nicht mehr so war wie in meinen Geschichten. Sie wäre dunkel und kalt und voller gefährlicher Leute, die nur ihr eigenes Wohl im Sinn hätten.

Monster nannte er sie.

Aber wer sich all diese Dinge ausmalte, musste etwas erlebt haben, das der Magie in meinen Büchern nahekam. Die Vorstellungskraft des Geistes reichte nur bis zu einem gewissen Punkt, oder?

Außerdem halfen uns die Details in meinen Büchern manchmal, am Leben zu bleiben.

Im Laufe der Jahre hatten wir fließendes Wasser und Licht installiert und Magie aus der U-Bahn gestohlen, um beides zu betreiben. Ich lernte, wie man Lebensmittel konservierte, wie man Wunden verband – wie man *lebte*. Mit Vaspirs Hilfe und meinen Büchern lernte ich zu kämpfen und von etwas Größerem zu träumen. Manchmal, wenn Vaspir mich bestrafen wollte, schaltete er das Licht aus und unterbrach damit die Magie in meinem Zimmer, sodass ich nach der Schlafenszeit nicht mehr lesen konnte.

Aber diese Zeiten waren lange her – bevor ich lernte, wie ich mein Feuer beschwören und mit meinem eigenen Licht lesen konnte.

Das Beschwören von Feuer war so ziemlich alles, was ich konnte. Vaspir nannte mich einen Drachen – er sagte, ich sei etwas Besonderes, adelig, jemand, den man verehren müsse –, aber nur, wenn ich mich wandeln könnte. Nur wenn ich mich in den goldenen Drachen wandeln könnte, von dem er schwor, dass ich es war. Nur wenn ich das Schicksal erfüllen könnte, von dem meine Mutter gesagt hatte, es wäre für mich bestimmt.

Eine Mutter, die ich nie kennengelernt hatte.

Eine Mutter, die schon lange tot war.

Manchmal dachte ich, dass Vaspir log – dass ich unmöglich das sein konnte, was er sagte. Nach fünfzig Jahren hier unten, nach all den Qualen, die ich ertragen musste, um meinen Drachen hervorzubringen, sollte man meinen, wenn es einen Drachen gäbe, wäre er schon längst erschienen. Das Beste, was ich tun konnte, war, mit einer kleinen Schuppe zu wackeln und mein Feuer zu beschwören.

Fünfzig Jahre voller Tests und Prüfungen, und alles, was ich vorzuweisen hatte, war ein Rücken voller Narben und ein oder zwei Schuppen.

Vaspir war ein Wildschwein, dessen Stoßzähne so lang waren, dass sie fast bis zu seinen Augen reichten. In seiner normalen Gestalt war er nicht viel größer als ich, aber als Tier war er gigantisch. Ich hatte ihn schon oft dabei beobachtet, wie er sich wandelte, wie die Knochen brachen und knackten und wie sich die Muskeln dehnten, während sie sich zu etwas Neuem formten.

Wenn er das konnte, warum dann nicht auch ich?

Vielleicht lag es daran, wie wir in diese Welt gekommen waren. Vaspir erzählte oft, wie wir aus Arcadia hierhergekommen waren, wie meine Mutter mich ihm anvertraut hatte, bevor sie mit meinem Ei in den Armen starb. Von ihrer Prophezeiung, dass ich eines Tages eine Königin sein würde. Wie er aus unserer Welt in diese hier geflohen war und sich dort verschanzt hatte, um mich zu beschützen, bis es für mich an der Zeit war, emporzusteigen.

Falls ich jemals emporsteigen würde.

Aber ich wollte nicht verehrt werden. Ich wollte keine Königin sein. Ich wollte einfach nur frei sein.

Ich bahnte mir einen Weg durch den dunklen Tunnel und ließ meine Finger über einige meiner Lieblingsgrabstätten gleiten. Im Laufe der Jahre hatte ich jeden Winkel dieser Katakombe erkundet und mir das Leben der Leute vorgestellt, die hier begraben waren. Ich kannte nur ihre Namen und wusste, wie sie gestorben waren, aber ich hatte mir ein ganzes Leben voller Abenteuer, Liebe und Freude für sie ausgemalt. Ich hatte mir meine eigenen Geschichten zusammengebastelt, obwohl ich wusste, dass sie auf keinen Fall wahr sein konnten.

Widerwillig wagte ich mich immer näher an die Grenze heran, die Vaspir gesetzt hatte, als ich noch ein Kind gewesen war. Nur ein kleines Stück hinter den Felsen, die er als Barriere errichtet hatte, befand sich eine käfigähnliche Leiter, die zu den U-Bahn-Tunneln führte. Ich war nur einmal vor langer Zeit dort oben gewesen, aber ich verzweifelte langsam.

Eine Woche bevor Vaspir gegangen war, gingen

uns schon fast die Lebensmittel aus, und seit er weg war, hatte ich fast überhaupt nichts mehr.

Eine Bande von Pixies beherrschte die U-Bahn mit eiserner Faust, aber ich kannte eine von ihnen. Moriah war vor vierzig Jahren nach einem Zusammenstoß mit einem High Fae fast getötet worden. Er hatte ihr beinahe die Flügel ausgerissen und sie fast zu Tode geprügelt.

Sie war genau von dieser Leiter gefallen, und wenn ich sie nicht wieder gesund gepflegt hätte, wäre sie hier gestorben. Moriah war meine einzige Freundin neben Vaspir, und ich betrachtete ihn nicht wirklich als einen Freund. Vaspir war wie ein Wächter, ein Lehrer, manchmal ein Liebhaber, ein Folterer, ein Aufseher ...

Meine Nerven spielten fast verrückt, als ich zu der Luke kletterte, die mich vom Rest der Welt trennte. Vaspir konnte es nicht so gut hören wie ich, aber die U-Bahn war schon immer laut gewesen. Sie ratterte über uns und brachte die Wände zum Beben. Ich hatte etwa fünf Minuten Zeit, bis der nächste Zug einfuhr. Aber na ja, diese fünf Minuten waren ziemlich schwankend. Zeit war für mich so schwer fassbar wie die Sonne.

Aber wenn ich Moriah finden konnte, dann konnte sie mir vielleicht etwas zu essen besorgen.

Vielleicht konnte sie herausfinden, was mit Vaspir passiert war, vielleicht ... Ich war noch nicht bereit, ans Abreisen zu denken. Ich hoffte immer noch, dass Vaspir einfach nur aufgehalten wurde.

Aber ein anderer Teil meines Gehirns schrie, dass er niemals zurückkommen würde. Dass er mich zurückgelassen hatte, seinen Schaden begrenzt hatte und in das Zuhause zurückgekehrt war, von dem er so begeistert gesprochen hatte. Ein Zuhause, das ich noch nie gesehen hatte. Oder vielleicht hatte ihn jemand verletzt, ihn in eine Falle gelockt, ihn getötet ...

Es geht ihm gut, Cira. Sei nicht dumm. Hör auf, deine Fantasie mit dir durchgehen zu lassen.

Aber diese Stimme klang schrecklich ähnlich wie die von Vaspir und nicht wie meine eigene.

Meine Hand zitterte, als sie sich um den Riegel legte, aber mit zusammengebissenen Zähnen öffnete ich ihn und stieg zum ersten Mal in meinem Leben wackelig in den U-Bahn-Tunnel. Dieser Tunnel unterschied sich nicht wesentlich von den Katakomben unter uns – es gab zwar weniger Tote, aber es roch immer noch nach feuchter Erde und ein bisschen nach Toten.

Ich wusste nicht, was ich erwartet hatte, als ich diesen neuen Ort betrat, aber *das* war es nicht. Hatte ich gedacht, dass Moriah hier auf mich warten würde, bereit, mir genau das zu geben, was ich brauchte? Dass die Welt mir alles geben würde, nur weil ich etwas Schwieriges geschafft hatte?

Eines Tages werden sie dich holen. Sie werden dich von diesem Ort reißen und dir alles nehmen, was es zu nehmen gibt. Sie werden deine Schuppen, deine Haare und dein Blut stehlen. Sie werden dir die Augen aus dem Schädel pflücken und die Haut von deinen Knochen schälen. Sie werden dich befruchten, dich bestehlen, und wenn du nur noch eine vertrocknete Schale des Mädchens bist, das du einmal warst, werden sie dir auch das Leben nehmen.

Vaspirs Worte hallten in meinem Kopf wider, als ich versuchte, weiter in den Tunnel vorzudringen. Es war egal, dass ich diese neue Welt schon betreten hatte, ich konnte mich nicht dazu bringen, noch einen Schritt von der Luke wegzugehen. Schluckend hechtete ich zurück in mein kleines Loch und verfluchte die Tatsache, dass ich vielleicht nie mutig genug sein würde, es zu verlassen.

Ich knallte die Luke zu, verriegelte sie und wäre in meiner Eile, mich in Sicherheit zu bringen, fast gefallen.

Sie werden dir alles nehmen, was du bist und was du sein wirst. Bis nichts mehr übrig ist.

Mir blieb der Atem in der Lunge stecken, als ich über die Felsbarriere sprang und zurück zu meiner kleinen Nische in dieser winzigen Welt rannte. Tränen brannten in meinen Augen, während ich meine Lunge zwang, zu arbeiten.

Fünfzig Jahre.

Fünfzig Jahre, und ich konnte nicht mehr als einen Schritt von meinem Zuhause weggehen.

Ein halbes Jahrhundert, und ich schaffte es nicht einmal einen Zeh über die Schwelle zu setzen. Ich könnte mich ebenso gut gleich in eines dieser Gräber legen – ich könnte mich auch einfach hinlegen und sterben. Was war dieses Leben wert, wenn ich es nicht leben konnte? Wozu war der Atem in meinen Lungen gut, wenn ich nie frische Luft einatmen konnte? Was nützte das Feuer, das auf meiner Haut tanzte, wenn ich nicht einmal die Sonne auf meinem Gesicht spüren konnte?

Ich biss die Zähne zusammen und verfluchte jede einzelne Träne, die mir über die Wangen rann. Ich verabscheute jede einzelne davon. Denn wenn Vaspir nicht zurückkäme, wäre ich zum ersten Mal in meinem Leben wirklich allein – gefangen in dieser Gruft, als wäre ich schon tot.

Du warst für mehr bestimmt als das hier.

Du warst für mehr bestimmt, als dich zu verstecken,

mehr als dich mit einem bescheidenen Leben und ohne Glück durchzuschlagen.

Das hörte sich schon eher nach mir an. Ich hatte Vaspir schon viel zu lange in meinen Kopf eindringen lassen. Aber ich hatte doch schon vor so langer Zeit angefangen, mich gegen seine Folter zu wehren, dagegen, dass er mich in sein Bett nahm. Warum konnte ich mich nicht auch hiergegen wehren? Warum konnte er mich nicht nach oben bringen? Keiner wusste, dass ich ein Drache war. Die gab es hier nicht. Warum sollten sie vermuten, was ich war? Wenn ich mich nicht wandeln konnte, konnte ich es doch geheim halten, oder nicht?

Er wird Nein zu dir sagen. Genauso wie er es getan hat, als du sechs, dreizehn und dreißig warst. Er wird dich daran erinnern, dass es zu schwer ist, deine Absonderlichkeiten zu verbergen.

Aber Vaspir war doch gerade gar nicht hier, oder?

Mein Blick fiel auf die Wand mit den Büchern, die ich gesammelt hatte – oder besser gesagt, die Vaspir für mich gesammelt hatte. Ich hatte jedes einzelne davon gelesen und geliebt. Sie zurückzulassen, trieb mir erneut die Tränen in die Augen. Doch dann wanderte mein Blick zu meinem Bett und den kleinen Kleiderstapeln, die als *Kleiderschrank* dienten, und zu der

Waffensammlung, die ich mir im Laufe der Jahre angeeignet hatte. Da draußen gab es mehr als das hier und es war ja nicht so, dass ich nicht zurückkehren konnte. Ich konnte diesen Ort verlassen und die Welt sehen.

Das konnte ich tun.

Das würde ich tun.

Sobald ich den Mut dazu habe.

Ich machte auf dem Absatz kehrt, ging zu dem Bereich, in dem das Essen vorbereitet wurde, schnappte mir einen leeren Kartoffelsack und rannte zurück in mein Zimmer, bevor ich wieder die Nerven verlor. Ich stopfte ihn mit Klamotten und meiner Zahnbürste voll, ohne mir die Mühe zu machen, ein Buch auszuwählen. Wenn ich versuchen würde, auch nur eine Handvoll auszuwählen, würde ich meinen wankelmütigen Mut verlieren und beschließen zu bleiben.

Ich zog den Sack zu und warf ihn mir über die Schulter, bereit, diesen Ort endlich zu verlassen – den Himmel zu sehen, die frische Luft zu atmen ... Ich war noch keine drei Schritte aus meinem Zimmer, als ich das Schlurfen von Füßen hörte.

Sechs Paar.

Es waren sechs Personen – sieben, wenn man mich mitzählte – an einem Ort, der eigentlich nur für zwei Personen gedacht war. Moriah war nur ein einziges Mal hier unten gewesen und hatte sich nie wieder durch die Luke getraut.

Ihre Düfte drangen in meine Nase.

Männer. Sechs Männer.

Behutsam nahm ich die Tasche von meiner Schulter und legte sie lautlos auf den Boden. Zwei Schritte später hatte ich eine leichte Axt in der Hand.

Vaspir hatte mich gewarnt, dass sie mich eines Tages holen würden.

Es schien, als wäre dieser Tag heute gekommen.

KAPITEL 2
RONAN

HÄTTE ICH AUCH NUR EINE HIRNZELLE IN meinem Kopf, würde ich etwas anderes tun – *irgendetwas* anderes. Aber leider war ich hier und versuchte, den Drang zu bekämpfen, den Auslöser für einen Krieg zu betätigen, der sich seit dem Tag meiner Geburt zusammengebraut hatte. Ein Krieg, in dem Vater gegen Sohn kämpfte. Ein Krieg, in dem es Blut auf den Straßen und nur wenige Überlebende geben würde.

Ein Krieg, den ich nicht auslösen sollte.

Ein eisiger Wind peitschte mir ins Gesicht, während ich auf dem Dach eines bröckelnden Sandsteinhauses hockte und beobachtete, wie das Auto meines Vaters auf seinen Lieblingsort zusteuerte.

Taron Rose war konsequent inkonsequent – zu paranoid, um jeden Tag der gleichen Routine zu folgen. Als Anführer der Rosen hatte er auch allen Grund dazu. Wenn es nicht die anderen Syndikate waren, die uns Brooklyn unter den Füßen wegreißen wollten, dann waren es all die Leute, denen er auf dem Weg dorthin auf die Füße getreten war. Es war fast unmöglich, ihn aufzuspüren.

Außer ...

Er schaffte es immer noch, dreimal pro Woche in dieses spezielle Bordell zu gehen, um seine Frau zu betrügen. Vor langer Zeit hatte er meinen kleinen Bruder Adrian mitgenommen – der Inbegriff einer Ohrfeige. Was Adrian nicht wusste – und was niemand wusste – war, dass mein Vater zwar in ein Bordell ging, um den Schein zu wahren, sich aber immer nur mit einer Frau traf.

Und die war keine Prostituierte.

Nein, es war meine Mutter.

Neera Rose war die perfekte Königin für ihren König, seine Gefährtin, seine Liebe ... aber nur zum Schein. Für die Weltöffentlichkeit galt die Gefährtin meines Vaters als meine Mutter – schön, aber kalt zu allen anderen, abgesehen von ihren Kindern. Nur war ich nicht wirklich ihr Sohn, auch wenn sie mich das nie spüren ließ. Nein, meine leibliche Mutter war in dem Bordell und wartete darauf, meinen Bastard von einem Vater zum dritten Mal in dieser Woche zu treffen.

Pünktlich auf die Minute.

Wenn mein Vater sich für irgendetwas anderes interessieren würde, als seinen Schwanz in jemanden zu stecken, würde er merken, wie prekär unsere Lage war. Vor etwa fünfzig Jahren hatten wir die Menschen als Puffer – eine Möglichkeit, uns in den Schatten zu verstecken und unser kleines Stück Land zu verwalten, ohne dass es jemand mitbekam. Jetzt, wo die Magie und ihre Benutzer öffentlich bekannt waren? Nicht mehr so sehr.

Die Portale zu anderen Welten waren tausend Jahre lang unbemerkt geblieben, bis sich eines mitten auf einer Autobahn in Portland geöffnet hatte, und zwar genau im Berufsverkehr. Wir hatten es geschafft, unsere Position zu halten – und sogar mehr Land als je zuvor gewonnen, während die Menschheit ihren letzten Atemzug tat. Jetzt lebte die Welt von Magie und Technologie.

Und Macht. Es ging immer um Macht. Fünf übernatürliche Syndikate beherrschten die fünf Stadtbezirke New Yorks – jeder Clan hielt sein Territorium in einem instabilen Gleichgewicht, das uns alle jeden Moment zu Fall bringen konnte. Und unseres würde bald fallen, wenn mein Vater nicht ab und zu mit etwas Anderem als seinem Schwanz denken und sich umschauen würde.

Dann wüsste er, dass unser Einfluss auf die Stadt ins Wanken geriet – dass der Einfluss jedes Clans auf die Stadt ins Wanken geriet. Mit Haus von Erde und Eisen im Westen und umgeben von See und Serpentin, würden wir noch vor Jahresende überrannt werden, wenn wir dieses Land nicht halten könnten.

Als nächster Nachkomme des Imperiums der Rosen könnte ich meinen Vater ausschalten, während er unpässlich war, und niemand würde auch nur mit der Wimper zucken. Es wäre fast zu einfach. Wenn es meine Mutter – meine richtige Mutter – nicht definitiv umbringen würde, dann würde ich ihm den Kopf abreißen, ihm in den Nacken scheißen und Anspruch auf alles erheben, was er nicht ehren konnte. Er scherte sich einen Dreck um unser Volk oder unser Geschäft, er interessierte sich nicht für seine Familie.

Aber ich tat es.

Das Telefon in meiner Hosentasche summte und lenkte mich gerade noch davon ab, einen Vatermord zu begehen.

»Was?«, brüllte ich, als ich an das verdammte

Ding ging, obwohl ich es gar nicht wollte. Da mein Vater *unpässlich* war, gab es niemanden, der die Familie führen konnte. Adrian war mit seiner Frau und ihren beiden anderen Gefährten in Erde und Eisen. Ender trieb sich wahrscheinlich irgendwo anders herum, und dann war da noch ich.

Der Älteste der Rosen musste es gut machen – auch wenn es nichts Gutes zu tun gab.

»Sag mir, dass du nicht irgendwo auf einem Dach sitzt.«

Mein Blick fiel auf das kantige Gebäude, während ich beobachtete, wie mein Vater aus dem Auto stieg und ins Haus huschte. *Arschloch.* Wenn es jemals einen Zeitpunkt gab, an dem ich keine Dosis Realität brauchte, dann war es dieser.

»Was willst du, Pollux? Ich bin gerade ein wenig beschäftigt.«

Beschäftigt damit, keinen Krieg anzuzetteln. Beschäftigt damit, ihm dabei zuzusehen, wie er meine Mutter wieder und wieder betrog. Die Frau da drinnen würde ich nicht mal *Mom* nennen, wenn man mich dafür bezahlen würde. Sie hatte mich bei meiner Geburt weggegeben, und selbst zwei Jahrhunderte später schmerzte dieser Scheiß noch. Es schmerzte, dass seine fortgesetzte Indiskretion die Frau, die mich großgezogen hatte, zu jemandem gemacht hatte, den selbst ich nicht mehr wiedererkannte.

»Nennt man das heutzutage so? Ich dachte, stalken wäre unter deiner Würde.«

Ich riss das Telefon von meinem Ohr weg und überlegte, ob ich es über den Rand werfen sollte. *Gilt es als stalken, wenn es die eigenen Eltern sind und man vorhat, sie zu ermorden?*

»Nicht stalken. *Jagen.*«

Ihr Seufzer war im besten Fall enttäuscht. »Ist das nicht gehüpft wie gefickt? Am Ende kommt's aufs Gleiche raus.«

Ein Knurren durchfuhr meine Kehle, während ich versuchte, sie nicht mit einem Lachen zu bestätigen. Das Letzte, was ich gebrauchen konnte, war, dass Pollux glaubte, sie könnte mich in dieser Angelegenheit umstimmen.

»Noch mal, was willst du?«

Sie schnalzte mit der Zunge und ich konnte förmlich sehen, wie sie enttäuscht den Kopf schüttelte. »Ich habe hier jemanden, der mit einem Vertreter der Rosen sprechen möchte. Jemand, der etwas sehr Großes mitzuteilen hat – etwas, das uns einen Vorteil verschaffen könnte.«

Pollux war meine beste Freundin und rechte Hand. Wenn sie glaubte, dass wer auch immer das war, ein Druckmittel gegen meinen Vater in der Hand hatte, dann wäre es ratsam, dass ich meinen Arsch zurück auf unsere Seite der Stadt schleppte.

»Hat er gesagt, was er hat?«

Ihr Schnauben war halb spöttisch, halb amüsiert. »Nicht genau, aber soweit ich weiß, handelt es sich um eine Art Wesen. Ein mächtiges Wesen, das er an den richtigen Käufer verscherbeln möchte.«

Genau das war der Grund, warum ich anstelle meines Vaters das Sagen haben sollte. Wie ich meinen Dad kannte, würde er die Chance ergreifen, ein empfindungsfähiges Wesen als Druckmittel zu besitzen, denn ein Mann wie er hatte keinen moralischen Kompass. Ich konnte mich nicht als Musterbeispiel für moralische Tugend bezeichnen, aber Sklaverei stand auf meiner Liste der absoluten Tabus.

Und diese Liste war kurz.

»Zeige Interesse, ohne zu viel zu enthüllen. Ich bin unterwegs. Mach es ihm bequem, aber nicht *zu* bequem. Wir wollen ihn verunsichern. Sag ihm, dass ein niederer Vertreter des Clans gleich bei ihm sein wird, um zu entscheiden, ob er was hat, was wir wollen.«

»Ein niederer Vertreter? Du verstehst aber schon, dass ich nicht lügen kann, oder?« Da Pollux genauso eine Fae war wie ich, wusste ich, dass sie nicht lügen konnte. Das hieß aber nicht, dass sie die Wahrheit nicht so formulieren konnte, dass sie unseren Bedürfnissen entsprach.

»Bin ich der höchste Vertreter des Clans?«, fragte ich und kannte die Antwort ganz genau. Das Problem mit Pollux war, dass sie zu viel Ehre hatte und die Schlupflöcher nicht ausnutzte, wie es eine gute Fae tun sollte.

»Darüber lässt sich streiten, aber wenn du es genauer nehmen willst, nein.«

»Dann bin ich ein niederer Vertreter, nicht das Oberhaupt. Sondern darunter. *Niederer.*«

»Bla bla bla. Ich werde ihn für eine Weile unterhalten und dafür sorgen, dass niemand sonst erfährt, was wir vorhaben. Ich bringe ihn in den *Sapphire Room.*«

Das war schlau. Der Club hatte die beste Schallisolierung und den besten magischen Schutz, um zu verhindern, dass Außenstehende ein Problem verursachten. Es half, dass er uns gehörte – oder besser gesagt mir.

Nicht den Rosen. Nicht meinem Vater. *Mir.*

»Ich beeil mich.«

Der *Sapphire Room* war meine Antwort auf die Aufforderung meines Vaters, im Geschäft die Initiative zu ergreifen. Ich musste mich entscheiden, ihm entweder zuzustimmen oder dem Drang nachzugeben, ihm während des Familienessens den Kopf abzuschlagen. In Wahrheit war es eine Möglichkeit für meine Art, Geschäfte zu machen – kleine Geschäfte, die unsere Pläne nicht durchkreuzten. Fae-Geschäfte waren eisenfest, und die Familie bekam einen Prozentsatz des Gewinns von jedem einzelnen Geschäft, das in diesem Club abgeschlossen wurde.

Allein in den letzten fünf Jahren hatten wir so unsere Einnahmen um dreihundert Prozent gesteigert.

Und wenn es meinen Vater nicht maßlos aufregen würde, dass ich so erfolgreich war, würde er erkennen, was für ein Segen das war. Unsere Familie hatte den Finger am Puls jedes Geschäfts, jedes Stückchens Magie, das durch unser Territorium floß. Und was noch besser war? Jeder Deal, der im *Sapphire Room* geschlossen wurde, hatte einen netten kleinen Haken, von dem außer mir niemand wusste.

Jeder Deal versprach dem rechtmäßigen Thronfolger von Brooklyn Loyalität, und ich hatte vor, eines Tages meine eigene kleine Gruppe loyaler Soldaten zur Verteidigung der Stadt einzusetzen.

Ich hielt mich im Schatten auf und aktivierte einen Glamour, der mein wahres Gesicht verbarg, bevor ich in Raum zwölf ging, wo Pollux meinen Verkäufer gebunkert hatte. Der Glamour verbarg meine Größe, die Länge meiner Haare, verhüllte meine Kraft und ließ es so aussehen, als wäre ich ein niederer Vertreter der Rosen. Aber kaum hatte ich den Raum betreten, wünschte ich mir sofort, ich hätte es nicht getan.

Pollux stand in der Ecke, die Arme über ihrem smaragdfarbenen Jackett verschränkt, die Nase angewidert gerümpft. Ein langer silberner Zopf hob sich auffällig von ihrer dunkelbronzenen Haut ab, und ihre gleichfarbigen Augen schimmerten im schummrigen Licht des Raumes. Sie musterte den Wandler, der auf der saphirblauen Samtpolsterbank lag und mit seinen schmutzigen Stiefeln den Stoff beschmierte, während er an einer Truthahnkeule knabberte, als wäre es das erste Essen seit Tagen.

Der Duft im Raum war so erdig, als ob der Mann schon viel zu lange unter der Erde gewesen wäre. Er war nicht gerade schmutzig, aber es fehlte ihm an Manieren und Anstand und an den allgemeinen Voraussetzungen, um in einem Etablissement wie diesem zu sein. Aber da war noch etwas anderes, ein Duft, der unter der Oberfläche schlummerte und den ich nicht zuordnen konnte.

»Vaspir, nehme ich an?«, begann ich, nicht gewillt, ihm dabei zuzusehen, wie er sich noch mehr Essen ins Gesicht schaufelte. »Wie ich höre, bist du zu einem Deal bereit, aber du hast dich mit den Details zurückgehalten. Als ein Vertreter der Rosen kann ich kein Geschäft abschließen, bevor ich nicht die Parameter der Vereinbarung kenne.«

Der Wandler mampfte weiter und hob die Schultern, als ob er sein Essen vor einem Raubtier schützen wollte. Als er seinen Happen aufgegessen hatte, wischte er sich mit dem Handrücken über den Mund, anstatt die Serviette zu benutzen, die vor ihm auf dem Couchtisch lag.

»Und ich habe deinem kleinen Täubchen hier gesagt, dass ich nur mit einer Rose einen Deal machen würde. Nicht mit einem Vertreter, nicht mit einem Untergebenen. Einer Rose.«

Ich ließ meinen Blick zu Pollux gleiten. Sie schürzte die Lippen, hob die Augenbrauen und warf mir einen Blick zu, der sagte: *Deine Entscheidung.* Sie und ich wussten beide, dass dieser Wandler diesen Raum nicht verlassen würde – jedenfalls nicht bei Bewusstsein. Und Pollux hatte die Macht, dafür zu sorgen, dass er sich nie daran erinnern würde, hier überhaupt einen Deal gemacht zu haben.

»Na gut.« Ich presste meinen Daumenabdruck in das Amulett um meinen Hals und legte meinen Glamour ab, während ich mich in den Ledersessel gegenüber von ihm setzte. »Du sprichst mit einer Rose, und solange ich nicht genau weiß, was dein Angebot ist, wirst du nicht einmal einen Hauch von meinem Vater mitbekommen. Ich würde also vorschlagen, dass du anfängst zu reden.«

Im Gegensatz zu Pollux trug ich keinen Anzug, meine Vorliebe für Kampfleder ließ das Arschloch innehalten. Wobei, na ja, vielleicht lag es am Leder oder an den Messern an meinem Gürtel. So oder so, der kleine Scheißer wurde blass.

Perfekt.

Widerwillig legte er die Truthahnkeule ab, die er gerade zerkleinert hatte, und dann blitzte die Habgier in seinem übertrieben kantigen Gesicht auf. »Was wäre, wenn ich dir sagen würde, dass in dieser Stadt ein Drache lebt? Ein goldener. Der seltener ist als alles, was du je gesehen hast.«

Woher sollte dieser kleine Wicht von einem Mann etwas über einen goldenen Drachen wissen? Der einzige Drache, den ich außerhalb von Faerie oder Arcadia kannte, teilte sich eine

Gefährtin mit meinem Bruder. Sosehr ich sein momentanes Glück auch verachtete, ich wollte nicht, dass dieses kleine Wiesel ihm Schaden zufügte.

Zugegeben, Niall war ein weißer Drache und kein goldener.

»Ich würde sagen, du hast meine Aufmerksamkeit. Rede weiter!«

Vaspir knallte seine Stiefel wieder auf den Boden und rutschte auf seinem Platz hin und her, bis er nur noch halb auf dem Polster saß. »So funktioniert das hier nicht. Sag mir, was du bereit bist zu verhandeln, und ich nenne dir die Details.«

Das war jetzt schon ermüdend. Ich lehnte mich in meinem Sessel zurück und tat so, als ob ich darüber nachdenken würde. »Das hängt davon ab, wie einfach es ist, den Drachen zu beschaffen, wie gut er kämpfen kann, ob er sich wandeln kann und so weiter. Wie ich schon sagte, brauche ich mehr Informationen.«

Und wenn ich diese Informationen bekam, mussten sie aus einer verlässlichen Quelle stammen und nicht von irgendeinem Bullshit durchdrungen sein, den er mir erzählen wollte.

Vaspir schnaubte, und sein Gesicht verzog sich gerade so weit, dass seine Schnauze und seine Hauer zu sehen waren. *Wildschwein-Wandler.* Das war alles, was ich sehen musste.

Nach einem kurzen Seitenblick zu Pollux schnippte sie mit den Fingern, und der Wandler fiel wie ein Stein zu Boden, und seine Augen flatterten zu, als ihre Magie von ihm Besitz ergriff. Sein Kopf schlug gegen den Couchtisch, als er zu Boden glitt, und sein Schnarchen war so laut, dass die Wände wackelten.

Pollux war eine Traum-Fae, oder besser gesagt eine Albtraum-Fae. Bald würde Vaspir sich ans Bein pissen und darum betteln, uns zu erzählen, was er wusste. Aber nicht hier. Wenn er tatsächlich einen goldenen Drachen hatte, mussten wir sicherstellen, dass niemand davon erfuhr.

Seufzend zog ich mein Handy aus der Tasche und suchte die Nummer des einzigen Mannes, dem ich dieses kleine Problem anvertrauen würde.

Es klingelte dreimal und die Verbindung wurde mit einem genervten Knurren hergestellt. Alexander Ward ging nicht gern an sein Telefon. So wie der Wandler-Clan auseinanderfiel, war ein Gespräch mit ihm fast so schwierig wie das Baden einer Katze. Aber wenn dieser Typ die Wahrheit sagte, könnte das bedeuten, dass wir endlich das Einzige gefunden hatten, das die Syndikate vereinen könnte – das Einzige, das uns einen Vorteil verschaffen könnte.

Die eine Sache, die uns alle am Leben halten und dafür sorgen könnte, dass kein Blut auf den Straßen vergossen würde.

»Ich hoffe, du hast was Gutes, Rose.«

Oh, es war gut, ganz bestimmt.

»Wir brauchen Isaac und einen Platz, wo wir ein Schwein für eine Weile unterbringen können. Es könnte sein, dass unser goldenes Ticket gerade angekommen ist.«

KAPITEL 3

CIRA

Es war schon lustig, wie das mit der Angst funktionierte. Vor ein paar Minuten hatte ich noch zu viel Angst, um mehr als zwei Schritte in einen U-Bahn-Tunnel zu machen – zu viel Angst, um in meine eigene Freiheit zu spazieren. Doch jetzt, wo sich Vaspirs Warnungen bewahrheiteten, war es nicht mehr Angst, die ich empfand.

In meinen Büchern war manchmal von einer Wut die Rede, die den Körper zu beherrschen schien. Manche nannten es Zorn, andere nannten es Blutrausch, wieder andere nannten es Vergeltung, aber als die Hitze meines Feuers aus meiner Haut herauszubrechen drohte, wurde mir klar, dass es alles von dem war, was ich fühlte.

Vaspir hatte mit allem recht gehabt.

Männer würden mich holen kommen.

Sie waren bereits hier.

Kaum atmend versuchte ich, keinen Laut von mir zu geben, als ich mich durch den Vorraum bewegte – ein schwieriges Unterfangen, denn mein Herz hämmerte mir förmlich aus der Brust und meine Lunge drohte zu explodieren. Nur weil ich keine Angst hatte, hieß das nicht, dass ich eine Idiotin war. Ich hatte immer nur eins gegen eins gekämpft, und obwohl ich Vaspir sogar in seiner gewandelten Form besiegen konnte, waren sechs gegen eins eine ganz andere Hausnummer.

Ihre Düfte drangen in meine Nase, aber ich konnte nicht genau ausmachen, was sie bedeuteten – sie waren zu fremd, zu neu. Einer von ihnen hatte einen Moschusgeruch an sich, der mich an Fisch erinnerte, ein anderer den von Nagetieren, von denen wir uns in den mageren Zeiten, als das Stehlen von Nahrung fast unmöglich war, ernährt hatten. Aber die anderen vier waren ein Mysterium für mich.

»Komm schon, kleines Mädchen. Wir werden dir nichts tun«, zischte einer von ihnen und seine Stimme hatte etwas Schlangenhaftes an sich. »Wir wollen nur reden.«

Ich fand es nicht besonders gut, dass sie herausgefunden hatten, dass ich eine Frau war, und ich war auch nicht allzu glücklich darüber, dass sie mich für ein Kind hielten. Wenn wir nach Menschenjahren gingen, war ich mindestens im mittleren Alter – eine erwachsene Frau, die über ihr Leben selbst bestimmen konnte. Aber für sie war ich in Wirklichkeit wahrscheinlich noch ein Kind. Immerhin wäre eine erwachsene Menschenfrau mutig genug gewesen, nach draußen zu gehen.

Ich schlich um das Vorzimmer herum und verabscheute jeden Schritt, den ich machen musste. Alles war zu laut – der knirschende Sand unter meinen Stiefeln, mein Atem, mein Herzschlag. Alles war nur ein weiteres Element, damit sie mich finden konnten. Meine Haut wellte sich und meine goldenen Schuppen verlangten danach, mir eine Rüstung zu geben.

Was ich brauchte, war Deckung, und die würde ich bekommen, sobald ich das Licht ausschalten konnte. Ich konnte im Dunkeln sehen. Wir hatten unsere ersten Jahre hier ohne Licht verbracht. Ich konnte mich noch an die ersten Tage als kleines Kind erinnern, bevor Vaspir Elektrizität installiert hatte. Wir hatten nur mit Feuerlicht überlebt, aber nicht viel davon, sonst wären wir an dem Kohlenmonoxid gestorben.

Das war eine weitere Sache, die Vaspir nie

wirklich verstanden hatte. Im Gegensatz zu ihm konnte ich alles sehen, hören und fühlen. Jede Bewegung, die sie machten, veränderte die Luft um sie herum, jeder Atemzug, jeder Duft.

Und wenn ich nur an die magischen Kristalle heronkäme, die unsere Lichter mit Energie versorgten, könnte ich uns alle in die Dunkelheit stürzen und mir einen Weg hinaus ebnen. Aber das brachte eine neue Reihe von Problemen mit sich. Abgesehen von ein paar Nagetieren hatte ich noch nie etwas getötet, und selbst das hatte ich gehasst.

Ich hoffte, dass ich jetzt nicht die gleichen Probleme haben würde.

Mit schmerzhaft langsamer Geschwindigkeit erreichte ich den faustgroßen Kristall, der die Lichterketten, die wir in fast jedem Tunnel hatten, mit Strom versorgte, und riss ihn mit deutlich weniger Finesse aus dem Sockel, als ich beabsichtigt hatte. Der Kristall klirrte auf den Boden und zersprang mit einem erschreckend lauten *fffzzzt*, das von den Steinwänden widerhallte und direkt auf mich zeigte.

»Wir können dich hören, kleines Mädchen. Warum kommst du nicht raus und ersparst uns den ganzen Ärger?«, schlug der Schlangenmann vor, dessen Geduld nach dem Erlöschen der Lichter zu schwinden schien. »Wenn wir dich suchen müssen, werden wir nicht mehr so nett sein.«

Ja, weil das auch genau die richtige Methode ist, um mich aus meinem Versteck zu locken. Idiot.

»Tja, ich glaube nicht, dass ihr mich findet«, antwortete ich und ließ meine Stimme so hoch wie möglich ansteigen. »Ich kann im Dunkeln sehen. Könnt ihr das auch?«

Vielleicht würde das Echo sie verwirren und es mir ermöglichen, den Tunnel zu erreichen, der zur U-Bahn führte. Während das Geräusch noch von den Wänden widerhallte, bahnte ich mir einen Weg zum größeren Vorraum und hoffte, dass sie mir nicht den Weg abschneiden würden. Als ich um eine raue Steinmauer herum spähte, wurde mir klar, dass ich noch nie im Leben Glück gehabt hatte – keinen einzigen Tag.

Ein riesiger Mann mit einem entstellten Gesicht und Tentakeln anstelle von Armen stand zwischen mir und der sicheren Flucht. Neben ihm stand ein in Leder gehüllter Mann mit grün gefärbter Haut und Schlitzen als Pupillen. Seine gespaltene Zunge tastete durch die Luft, wahrscheinlich um mich zu wittern.

Perfekt.

Ich versuchte, das Positive daran zu sehen. Ich wusste, wo sich mindestens zwei von ihnen aufhielten, aber als ich mir die Muskeln des Riesen ansah, wurde mir klar, dass ich einiges an Arbeit vor mir haben würde. Selbst in voller Wandlungsphase war Vaspir nicht so groß wie dieser Typ, aber dafür war seine Haut wahrscheinlich härter. Die Axt in meiner Hand würde bei dem Riesen ganz bestimmt durchkommen.

Ich musste nur aufpassen, dass ich in der Zwischenzeit nicht von dem Schlangenjungen gebissen wurde.

Bevor das letzte Echo verklungen war, schlich ich mich aus meinem Versteck und betete, dass sie in der Dunkelheit genauso blind waren wie Vaspir.

»Ich kann sie riechen«, flüsterte der Schlangenjunge und wandte sich von mir ab, während er die anderen Tunnel scannte. »Sie ist ganz in der Nähe.«

»Der Typ hat gesagt, es wäre ein einfacher Raubzug«, fuhr er fort. »Was für ein Haufen Bullshit.«

»Was hast du denn erwartet? Der Typ sah verflucht hinterhältig aus«, brummte der Tentakeltyp und schüttelte den Kopf. »Ich kann einfach nicht glauben, dass der Boss darauf eingegangen ist. Ich habe es ihm doch gesagt, oder? Ich habe ihm gesagt, dass das eine verdammte Falle ist.«

»Jaja, niemand hört auf dich.«

»Das tun sie auch nicht. Ich meine, komm schon! Wir wissen doch beide, dass es keinen goldenen Drachen gibt, der einfach so seit Ewigkeiten unter der Stadt sitzt. Klar, verarschen kann ich mich alleine.«

»Och, du Armer. Ich bin nur froh, dass der Boss beschlossen hat, dieses Mal nicht mitzukommen. Vielleicht können wir noch ein bisschen Spaß haben, bevor wir sie ausliefern. Der Typ meinte, sie sei ein süßes kleines Stück.«

»Hör auf mit dem Scheiß!«, murmelte der Große und merkte nicht, dass ich direkt hinter ihm stand. »Der Boss hat gesagt, wir sollen sie ohne großes Getöse herbringen. Dass du rumpoppst, steht nicht wirklich auf der Tagesordnung.«

Das ließ mich lange genug innehalten, um darüber nachzudenken. Ich war mir nicht sicher, was *rumpoppst* bedeutete, aber ich verstand *ein bisschen Spaß haben.*

Der Schlangenjunge war ein Vergewaltiger.

Der Tentakeltyp war es nicht.

Das ließ mich überdenken, wen ich zuerst töten wollte. Ich machte auf dem Absatz kehrt, drehte meine Axt um eine Vierteldrehung und schnitt durch den Hals des Schlangenjungen wie ein heißes Messer durch Butter. Nicht, dass ich wusste, was Butter war, aber der Ausdruck war ein paar Mal in meinen Büchern verwendet worden, und er klang sehr passend.

Sein Kopf glitt von seinen Schultern und landete mit einem nassen *Platsch* auf dem Steinboden. Ich war so sehr damit beschäftigt, seinem enthaupteten Rumpf dabei zuzusehen, wie er auf der Suche nach seinem Kopf herumfuchtelte, dass ich nicht mitbekam, wie der Große reagierte. Ein Tentakel schlang sich um meinen Knöchel und riss mir den Boden unter den Füßen weg. Ich landete hart auf meiner Schulter und meine Axt polterte neben mir auf den Boden. Ich wollte nach ihr greifen, aber der brennende Griff an meinem Knöchel riss mich so schnell von meiner Waffe weg, dass ich sie nicht packen konnte.

Ich würde sagen, dass der Tentakeltyp kein Vergewaltiger war, aber dafür war er *stinksauer*. Sein fleischiger Griff schloss sich um meine Kehle, als er mich hochzog und dicht vor sein Gesicht hielt, wobei es ihm wegen seiner schlechten Sehkraft offensichtlich schwerfiel, sich zu orientieren. Das war okay: Ich hatte eine Ersatzwaffe – oder zehn – die alle rasiermesserscharf waren.

Aus meinen Fingerspitzen schossen Krallen hervor und ich zerfetzte den Arm, der mich festhielt, in tausend Teile. Blutschwaden strömten aus seinem Fleisch und er ließ mich zurück auf den Steinboden fallen.

»Verfluchtes Miststück, du hast Petey getötet.«

Oh, das war ja wohl der Oberhammer. Er trauerte um den Kerl, der mich vergewaltigen wollte, bevor er mich an seinen Boss ausgeliefert hätte.

»Keine Sorge«, krächzte ich und holte tief Luft, während ich nach dem Tentakel schlug, der noch immer an meinem Knöchel hing. »Du wirst ihn bald wiedersehen.«

Der Tentakeltyp heulte vor Schmerz auf, als ich seine Umklammerung durchtrennte und mir Zeit verschaffte, meine Axt zu holen. Wenn ich schlau gewesen wäre, hätte ich mir noch mehr Waffen geschnappt, denn das Heulen des Tentakeltypen brachte alle Jungs ins Spiel.

Vor etwa zwanzig Minuten hatte ich noch gejammert, dass ich hier unten allein sterben würde.

Oh, wie sich das Blatt gewendet hatte.

Alle vier seiner Kumpels füllten den Vorraum und machten eine Flucht zur U-Bahn unmöglich.

»Wenn du glaubst, du kommst hier raus, ohne dafür zu bezahlen, bist du verrückt.«

Ich kicherte fast, während ich meine Schulter kreisen ließ, um die Verrenkungen meines zweiten

Aufpralls auf den Boden zu lösen. Ich glaubte ganz und gar nicht, dass ich es hier hinausschaffen würde, aber ich war mir verdammt sicher, dass sie es auch nicht tun würden. Sie würden mich nicht zu diesem Boss bringen. Sie würden mich nicht dafür bezahlen lassen, dass ich Petey getötet hatte, und bevor das alles vorbei war, würde jeder Einzelne von ihnen das scharfe Ende meiner Axt zu spüren bekommen.

»Dann zeig mal, was du kannst, Tentakeltyp. Es sei denn, die Dinger wachsen nicht nach?«

»Fick dich!«, knurrte er und drei weitere dünne Fortsätze schienen aus seinem Rücken zu krabbeln. »Ich hätte Petey auf dich loslassen sollen.«

Schuppen bildeten sich auf meinem Fleisch, als ich dem Feuer, das schon lange darauf brannte, herauszukommen, freien Lauf ließ. Es überzog meine Haut, schoss über jedes Stückchen freiliegenden Fleisches und entzündete die Kanten meiner Axt mit seiner hellen Flamme.

Ich soll mich ficken, oder? Oh, nein, Kumpel. Fick du dich!

Ich wartete nicht darauf, dass sie angriffen – die Zeit dafür war schon längst verstrichen. Jetzt war nicht die Zeit, um ein Mauerblümchen zu sein – auch wenn ich nicht wusste, was das war. Ich stieß einen unheilvollen Schrei aus und stürzte mich auf den

Tentakeltypen. Er war immerhin der größte von allen.

Er wich meiner Axt aus und gab mir den Weg frei, um sie in die Brust des Mannes hinter ihm zu rammen. Aus ihm spross graues Fell, während seine Muskeln erschlafften und das Leben in Sekundenschnelle aus seinen Augen wich. Krallen bohrten sich in meine Seite, während ein anderer Mann vor Todesqualen aufheulte, als meine Flammen wie ein Lauffeuer auf sein Fell übergriffen.

Ich stemmte einen Fuß in den Bauch des toten Mannes, zerrte die Axt heraus und wirbelte herum, um einen weiteren Treffer zu landen. Ein Tentakel schnappte nach meinem Knöchel, aber dieses Mal verbrannte ich ihn genauso wie er mich. Geistesabwesend schlug ich mit meinen Krallen zu und riss ihn ab, aber dieser hier wollte nicht loslassen.

Ein weiteres Paar Krallen harkte über meinen Oberkörper, bevor meine Axt sich in den Hals des Löwen bohrte und ihm den Kopf abschlug. Bis der Schmerz sich bemerkbar machte, waren nur noch ich und der Tentakeltyp übrig. Im Nachhinein betrachtet hätte ich ihm wahrscheinlich zuerst den Kopf abschlagen sollen – vor allem, weil das Gift in diesen

Tentakeln meine begrenzten Heilungsfähigkeiten tatsächlich beeinträchtigte.

Eines dieser verdammten Dinger griff wieder nach mir, aber ich hatte meine Lektion gelernt. Anstatt ihn zu nahe kommen zu lassen, ließ ich meine Axt fliegen und der zweischneidige Kampfstab bohrte sich mit einem dumpfen *Plopp* in seine Brust.

Ich mochte das Töten nicht besonders, aber das hier genoss ich – oder hätte es zumindest getan, wenn das Gift mich nicht von innen heraus verbrennen würde. Ich sank auf den Steinboden und versuchte, das Blut in meinem Inneren zu kontrollieren, während ich den letzten Rest des verbrannten Tentakels von meinem Knöchel riss.

Ich hatte sie getötet.

Ich hatte sie alle getötet.

Aber vielleicht hatten sie mich auch getötet.

KAPITEL 4

ALEX

»SAG MIR, WO DER DRACHE IST!«

Meine Klinge bohrte sich in das zarte Fleisch unter dem Auge des Schweins, während ich auf eine Antwort wartete. In der Regel versuchte ich, zuerst zu verhandeln, bevor ich zu anderen unappetitlichen Mitteln überging, um die benötigten Informationen zu bekommen. Aber nach einem ganzen Tag dieses Bullshits verlor ich allmählich die Geduld.

Nicht, dass ich jemals wirklich welche gehabt hätte.

Aber im Vergleich zu den berüchtigtsten Mitgliedern meiner Familie war ich ein Ausbund an Tugend und hatte die Geduld eines Heiligen. Zugegeben, neben Phaon Ward würde jeder so wirken. Mein Bruder Ty war nicht anders – beide waren sadistische, launische und irrationale Kinder, die Manhattan nach ihren kindischen Launen regierten.

Zum Glück waren beide Bastarde tot.

Leider musste ich auch nach ihrem Tod immer noch ihren Müll aufräumen.

Na ja ... aufräumen und versuchen, nicht selbst zum sadistischen Mörder zu werden. Der erste Teil gelang mir ganz gut. Der zweite Teil war eine schwierigere Aufgabe.

»Magst du dieses Auge?«, knurrte ich und verlor den letzten Funken meiner Geduld. »Denn je länger du brauchst, um mit mir zu reden, desto größer ist die Chance, dass du es verlierst.«

Vaspir wimmerte, aber er kuschte keinen Millimeter und sagte kein einziges beschissenes Wort. Nein, alles, was ich bekam, war ein Starren und Schweigen für meine Mühe.

Na gut.

Mit einem dumpfen *Plopp* löste sich sein Auge aus dem Schädel. Und schon ging das Geschrei los. Zu schade, dass er keine Informationen mit seinen Schreien lieferte.

»Pollux, ich dachte, du hättest ihn mit deinem Traum-*was-auch-immer* angegriffen. Kannst du nicht einfach seinen Geist durchkämmen und herausfinden, wo der Drache ist?«

Ronan hatte gesagt, dass Vaspir versuchte, einen Golddrachen zu verkaufen. Da ich genau wusste, dass der einzige Drache in dieser Gegend mein Schwager Niall war, würde ich dieses Arschloch auf keinen Fall aus den Augen lassen, bis wir diesen anderen Drachen gefunden hatten.

Allerdings war Niall ein weißer Drache und sollte mit meiner Schwester sicher zu Hause sein. Der Gefährte meiner Schwester war als Ei gestohlen, gefoltert und getestet worden, aber wir hatten nie seine wahre Herkunft erfahren. Er hatte Nikki gerettet, sie befreit, nachdem sie und Marissa entführt worden waren. Marissa konnte er nicht retten, weil ihre menschliche Heilung der Aufgabe nicht gewachsen war.

Aber Nikki überlebte, und ich würde Niall bis ans Ende der Zeit etwas schulden.

Daher das Verhör.

Ich beschützte meine Familie. Das hatte ich schon als Kind getan, und obwohl Nikki die Kanzlerin von Erde und Eisen war und drei Gefährten hatte, die für ihre Sicherheit sorgten – ganz zu schweigen davon, dass sie schwer zu töten war –, würde ich auf keinen Fall zulassen, dass jemand ihr Glück bedrohte.

Nicht nach allem, was sie durchgemacht hatte – nicht nach allem, was mein Vater ihr angetan hatte.

»Nein«, sagte Pollux, »ich kann seinen Verstand nicht durchkämmen. Ich hab das bisschen Hirn, was er hatte, schon mit meinen Albträumen zu Brei verarbeitet. Das Einzige, was ich sehen kann, ist ein Tunnel ... ansonsten war er nicht gerade auskunftsfreudig.«

Ich warf Ronan einen vernichtenden Blick zu, der wie schon in der letzten Stunde in der Ecke saß und die Stirn runzelte, während er mir bei der Arbeit zusah. Unserem Gast fehlten jetzt vier Finger, drei Zehen, ein Fuß, drei Meter Darm und jetzt auch noch ein Auge, und ich hatte immer noch nichts von ihm erfahren. Der Anti-Heilungs-Schutzwall im Zimmer sorgte dafür, dass nichts davon nachwachsen würde, bis wir es brauchten.

»Wann kommt Isaac?«

Ronan seufzte, während er mein Werk begutachtete. »Jeden Moment. Er musste sich noch um einige Dinge kümmern, bevor er gehen konnte. Clan-Scheiße.«

Isaac vervollständigte unsere kleine Gruppe – jeder von uns wollte die Syndikate ausschalten. Na ja, *ausschalten* war nicht der richtige Ausdruck. Wir wollten sie in etwas Besseres umgestalten. Aber zuerst mussten wir den Müll beseitigen. Ronan musste seinen Vater aus dem Weg räumen. Ich musste das Versprechen einlösen, das ich meiner Schwester gegeben hatte, und Isaac musste seinen eigenen Clan entrümpeln.

Das konnten wir nur erreichen, wenn wir ein Druckmittel hatten. Ein Drache – egal ob Gold oder nicht – würde das Blatt entscheidend wenden und dafür sorgen, dass See und Serpentin mit ihrem Bullshit aufhören würden.

Es wäre nur eine Frage der Zeit, bis die beiden Häuser, die uns umzingelten, ihren Willen bekämen. Vielleicht nicht in einem Jahr oder fünfzig, aber ich wusste genau, dass es zu meinen Lebzeiten passieren würde.

Die fünf Stadtbezirke würden an einen von ihnen fallen.

Es sei denn, wir hielten es auf.

»Pollux? Könntest du ...« Ich wedelte zu dem heulenden Schwein, das sich weigerte, die Klappe zu halten oder in Ohnmacht zu fallen.

»Mit Vergnügen«, sagte sie und schnippte mit den Fingern. Das Schnarchen des Schweins war nicht viel besser als sein Heulen, aber wenigstens rüttelte es nicht an meiner Schädeldecke.

»Das bringt uns nicht weiter. Ich habe in seinen

Träumen einen Tunnel gesehen. Warum können wir nicht nachsehen, ob die Pixies irgendwas wissen?«, schlug Pollux vor, die genau wusste, warum wir das nicht tun konnten.

Pixies waren zickige, temperamentvolle kleine Biester, und sie kontrollierten die U-Bahnen. Ob es unter der U-Bahn etwas gab oder nicht, war fraglich, aber mit diesen Fickern fertigzuwerden, war so gut wie unmöglich. Sie hatten ihr Territorium und alles, was sie wollten, und duldeten niemanden, der in ihren Raum eindrang.

»Ich würde lieber auf Isaac warten und mich mit dem Schnarchen dieses Arschlochs herumschlagen, als ins Territorium der Pixies zu gehen, vielen Dank.«

»Dem stimme ich zu«, murmelte Ronan und starrte auf das, was von dem Schwein übrig war.

Ich würde ja echt zu gern wissen, wie er es geschafft hatte, Pollux von wichtigen Informationen fernzuhalten und unter extremer Folter nicht zu brechen. Ich hatte schon öfter Kriminelle und Mörder getroffen – *gefoltert* –, die bei mir schon drei gebrochene Zehen und einen Augapfel früher gebrochen wären.

Was auch immer er zu verbergen hatte, es musste etwas Großes sein.

Fünf Minuten später schwang sich Isaac in den Raum, seine blauen Augen funkelten die Eimer mit Blut an, die auf dem Boden verteilt waren.

»Wie ich sehe, habt ihr schon ohne mich angefangen. Wo bleibt denn da die Loyalität?«, fragte er sarkastisch und strich seine schulterlangen blonden Haare im Nacken zu einem Knoten zusammen. Dann rümpfte er die Nase – wahrscheinlich hatte er gerade den Geruch des verbrannten Fleisches gerochen – etwas, das Ronan probiert hatte, bevor ich loslegte.

»Wenn man bedenkt, dass keiner von uns ihn brechen kann, sieht es so aus, als ob er ganz dir gehört, Kumpel.«

Isaac machte eine dramatische Verbeugung. »Natürlich braucht ihr mich, um den Tag zu retten.«

Isaac war der Älteste von uns allen, ein Vampirmeister, der sich versteckt hielt und darauf wartete, sich an dem Clan zu rächen, der seine Familie zerstört hatte. Er mochte mir Jahrhunderte überlegen sein, aber manchmal benahm er sich wie ein Kind. Seine Maske des Clan-Vollstreckers war so fest verankert, dass er sie nur selten fallen ließ, selbst bei uns. Es gab vieles, was wir nicht über Isaac wussten, so vieles, was er uns nicht sagen wollte, aber er hatte uns schon ziemlich oft den Arsch gerettet, und so war Vertrauen unsere einzige Option.

Ich wusste nicht, ob jeder Vampirmeister das Blut so lesen konnte wie Isaac, aber wenn es einen Weg gab, das Gehirn von jemandem zu entsperren, dann hatte er ganz sicher den Schlüssel dazu. Er machte sich nicht die Mühe, das Schwein zu beißen. Nein, er wischte einfach über das Blut, das dem Typ über die Wange lief, und steckte sich den Finger in den Mund. Der Vampir hatte ein Problem damit, jemanden zu beißen – den Wunsch verspürte er nur, wenn er kämpfte oder fickte.

Isaacs Augen leuchteten rot auf. »Oh, er hat tatsächlich einen Drachen. Eine Frau ... die er aus Arcadia mitgebracht hat, als sich das Portal geöffnet hat. Er hat sie in einem Tunnel zurückgelassen. Sie ist allein, aber trainiert. Eine Brandstifterin.« Isaac blinzelte zu uns in den Raum zurück. »Ich komme mit – das sollten wir alle, aber Ronan muss die Führung übernehmen.«

Das ergab Sinn. Ronan war der einzige Feuer-Fae, den ich kannte, und egal ob Drache oder nicht, ich wollte nicht zu Tode gebrutzelt werden.

»Da ist noch was anderes«, knurrte Isaac. »Ronan war nicht der Erste, dem er sie verkaufen wollte. Er ging zuerst zu den Wandlern.«

Das Blut kochte fast in meinen Adern, als ich versuchte, die Wut zu unterdrücken, die mein Tier in den Vordergrund zu rücken drohte. Krallen schossen aus meinen Fingerspitzen, und mein Rücken juckte, weil ich meine Flügel loslassen wollte.

»Zu wem *genau* ist er gegangen?«, presste ich zwischen zusammengebissenen Zähnen hervor. Der Raum war nicht groß genug für mein Tier, aber es war schwierig, die Wandlung so kurz nach dem Vollmond zurückzuhalten.

Er kniff die Augen zusammen und schüttelte den Kopf. »Nicht zu Jackie. Ein Untergeordneter. Ich habe ihn noch nie gesehen.«

Jackie war diejenige, der ich die Leitung des Wandler-Syndikats überlassen hatte. Ich hatte versucht, ihr bei der Führung zu helfen, aber das Problem war, dass sie zwar stark genug war, um ein Alpha zu sein, aber sie hatte nicht das angemessene Temperament dafür. Sie hatte keine Geduld, keinen Mittelweg, und obwohl mein Vater auch keine dieser Eigenschaften gehabt hatte, hatte sein Tier immer dafür gesorgt, dass sich niemand mit ihm anlegen wollte.

Es spielte keine Rolle, wie stark Jackie war, sie konnte uns einfach nicht anführen. Ein Teil von mir wünschte sich, ich hätte den Platz schon vor einem

Jahr eingenommen, aber als Oberhaupt waren zu viele Augen auf mich gerichtet. Und ich musste die Unterstützer meines Vaters unbemerkt ausschalten.

»Wir müssen los. Sofort.«

Das Letzte, was wir brauchten, war eine abtrünnige Gruppe von Wandlern, die den Drachen zuerst finden würde. Ich kannte den Abschaum meiner Leute. Sie würden sie wahrscheinlich töten, bevor wir die Chance hatten, sie auf unsere Seite zu bringen.

Isaac führte Ronan und mich zu einer halb zerstörten Kathedrale in Lower Manhattan, das Blut, das er gekostet hatte, wies ihm den Weg besser als jede Karte. Ja, das war das Territorium der Wandler, aber so nah an den Docks war es im bestmöglichen Fall gesetzlos und im schlimmsten Fall ...

Pollux war mit Vaspir zurückgeblieben und beobachtete das Schwein, um sicherzugehen, dass es nirgendwohin ging. Wenn ich nicht vorgehabt hätte, den Bastard zu benutzen, um herauszufinden, mit wem er zuerst gesprochen hatte, hätte ich ihn einfach umgebracht.

Als ich ein Junge war, hatte die St. Patricks Basilika noch gestanden, und erst als sich das Portal öffnete, war sie eingestürzt. Das weit geöffnete Dach war rissig und zerbrochen, wie skelettartige Finger, die nach dem Himmel griffen. Unter dem Altar befanden sich eine Falltür und eine Steintreppe, die zu einem engen Tunnel führte, durch den kaum zwei Personen nebeneinander passten.

Wir liefen eine gefühlte Ewigkeit, während der Duft von Blut und Tod und ein schwacher Hauch von Gewürzen meine Nase erfüllte und meine Schritte schneller und größer werden ließ. Es war dumm – ich war dumm.

Da unten könnten ein Dutzend Leute sein. Der Drache selbst könnte darauf warten, uns alle in Brand zu setzen. Aber irgendetwas an diesem würzigen Duft schien an meiner Brust zu zerren und jede Vernunft zu ersticken. Ich überholte Isaac und rannte nach vorn, nur um dann stockend zum Stehen zu kommen. Es öffnete sich ein großer Vorraum, und der Duft des Todes schlug mir ins Gesicht.

Verwesende Körper lagen überall auf dem Boden. Einige waren knusprig gebrannt, andere lagen nur noch in Stücken da. Aus den Überresten eines Wandlers, dessen Tentakel in Stücke gerissen waren, ragte eine altertümliche Streitaxt heraus.

»Wie lange ist es her, dass er zu den Wandlern gegangen ist?«, fragte Ronan, der meine Gedanken wiedergab.

Isaac zuckte mit den Schultern, seine Nasenflügel

flatterten, als er versuchte, Düfte aufzuschnappen. »Einen Tag vielleicht? Plus die Zeit, die er bei dir verbracht hat.«

Zwei Tage. Dem Geruch nach stimmte das ungefähr. Nachdem meine Leute den Verkauf abgelehnt hatten, hatten sie keine Zeit verschwendet, seinem Duft bis hierher zu folgen.

Aber trotz der Verwesung stieg mir dieser würzige Duft, der an Zimt, Nelken und Sonnenschein erinnerte, in die Nase. Er rief mich weiter in den Tunnel hinein, vorbei an den Leichen, als würde ich an einer Schnur gezogen werden. Das leise Schlurfen von Bewegungen drang an meine Ohren, während das Ziehen in meiner Brust immer stärker wurde.

Sie war am Leben.

»Cira?«, rief Isaac, seine Stimme war ruhig wie ein Flüstern, ihr Name auf seinen Lippen wie ein Messer in meinem Bauch. »Wir sind nicht hier, um dir wehzutun.«

Und dann hörte ich ihn – den zitternden Atem einer verängstigten Frau. Aber zu dem Duft kam noch so viel Blut hinzu, dass ich fast bewusstlos wurde – frisch verschüttet und immer noch fließend.

Sie war verletzt.

Sie hatten sie verletzt.

Dieser Gedanke ließ mein Tier an die Oberfläche

klettern. Mein Rücken schmerzte, weil ich meine Flügel befreien wollte, während die Krallen versuchten, sich ihren Weg von meinen Fingerspitzen zu bahnen.

»Hier«, murmelte Ronan und zauberte eine Flamme in seine Hand. Sie löste sich von seinen Fingern und schwebte vor uns her, während sie den Weg erhellte.

Meine Augen passten sich dem neuen Licht an, als ich eine Bewegung wahrnahm. Sie lag in der Mitte des Ganges, halb auf der Seite, das Blut strömte aus ihrem Oberkörper, während sie sich den Weg durch den Tunnel krallte und versuchte zu entkommen. Ein Bein schien völlig nutzlos zu sein, während sie ihr Bestes gab, um in die Freiheit zu gelangen.

Ihre goldenen Augen trafen meine, sie erstarrte und versuchte, ihre Hand zu heben, um uns abzuwehren.

Cira.

Unter all dem Blut war sie nackt, mit Schmutz und Ruß bedeckt, und ich hätte sie am liebsten in eine Decke gewickelt, damit niemand außer mir sie sehen konnte. Leider kam mir Isaac zuvor und schüttelte seine Lederjacke ab, während er sich langsam näherte.

Sie rutschte zurück und versuchte, schneller wegzukommen. »N-nein. Nein.«

»Ist schon gut, Sweetheart. Wir werden dir nicht wehtun. Wir würden dir nie etwas tun. Das sind nicht unsere Männer. Du brauchst doch Hilfe, oder?«, sagte er und bot ihr seine Jacke an, um ihre Wunden zu bedecken, während ich versuchte, nicht zu explodieren.

»Du brauchst einen Heiler«, zwang ich mich zu sagen und versuchte, die arme Frau nicht anzuknurren.

Cira.

Isaac hob sie vom Boden, ihr Blut befleckte sein weißes T-Shirt, und brennende Hitze schoss durch jede einzelne Zelle meines Körpers. Ich hatte die Beschreibung schon oft genug gehört, um genau zu wissen, was passierte. Um genau zu wissen, warum ihr Duft so auf mich wirkte und warum ich bei ihrem Anblick in Isaacs Armen am liebsten meinen Freund totgeschlagen hätte, um sie ihm wegzunehmen.

Aber obwohl ihre Augen nie von meinen zu weichen schienen, klammerte sie sich an Isaac, als wäre er ihr Retter. Sie krallte ihre Hand in sein T-Shirt, als hätte sie Angst, er würde sie fallen lassen.

Blinzelnd rappelte ich mich auf und ordnete mein

Leben neu, um sie hereinzulassen – ich änderte alles, was ich war und was ich zu wissen glaubte.

Denn eine Sache wusste ich ganz sicher.

Cira war meine Gefährtin.

KAPITEL 5

ISAAC

SCHICKSAL WAR EINE GRAUSAME BITCH, NICHT wahr?

Ich hätte schon bei der ersten Kostprobe des Schweineblutes wissen müssen, wer Cira für mich war – ich hätte spüren müssen, dass sie anders war –, aber ich hatte diesen Drang wie ein Dummkopf ignoriert. Und jetzt, wo wir mitten in diesem Tunnel unter der Stadt waren, mit ihrem Duft in der Nase und ihrer Angst, die an meinem Herzen zerrte ...

Während Ronans Flamme den Weg erleuchtete, wusste ich es ganz genau.

Ich war hoffnungslos verloren.

Ihre goldenen Augen waren das, was mich zuerst traf. Vor dem Duft ihres Blutes und ihrer Angst waren es diese wunderschönen Augen, die förmlich in meine Brust griffen, mir das Herz herausrissen und es in ihre nicht vorhandene Tasche steckten. Wahrscheinlich hätte ich als Erstes bemerken müssen, dass sie splitternackt war.

Hatte ich aber nicht.

Ich hätte die nicht verheilenden Kratzspuren auf ihrem Oberkörper bemerken sollen, die mehr Blut austreten ließen, als sie heilen konnte, und das unbrauchbare Bein, das sie hinter sich herschleppte, als sie versuchte, von uns wegzukommen. Aber nein, es waren diese verdammten Augen, die aus einem Gesicht leuchteten, das mit Ruß, Schmutz, Dreck und Blut bedeckt war. Diese Augen, die mich fast im Boden verwurzelten und mein Gehirn vernebelten.

Und dann meldete sich endlich ihre Angst – ihr Bedürfnis, zu fliehen, obwohl sie dem Tod so nahe war. Alles, was ich zu wissen glaubte, brach einfach zusammen. Bevor ich es mir anders überlegen konnte, zog ich meine Jacke aus. Ich war mir sicher, dass ich zuerst etwas gesagt hatte, um die Situation zu entschärfen, aber ich konnte mich nicht mehr daran erinnern, was für einen Unsinn ich von mir gegeben hatte. Ich wollte nur, dass sie in Sicherheit war, in meinen Armen und auf dem Weg zu einem Heiler. Denn sie würde sterben, wenn wir sie nicht *pronto* von hier wegbringen würden.

Langsam näherte ich mich ihr und hielt ihr meine Jacke hin, als ob ich die weiße Fahne der Kapitulation schwenken würde. Kaum war sie zugedeckt, nahm ich sie in die Arme, riss sie aus dem Dreck und ließ die strahlende Wärme ihres Körpers in mich eindringen.

Cira klammerte sich an mein T-Shirt, als würde ich ihr eine Art Schutz bieten. Und dann bemerkte ich endlich den verfluchten Blick auf Alex' Gesicht. Ich wusste nicht, was hinter diesen dunklen Augen vor sich ging oder warum sie das Gold seines Tieres aufblitzen ließen, aber ich konnte die Wut riechen.

Ich erkannte eine Blutwut, wenn ich sie sah, und er war Millimeter davon entfernt, etwas Dummes zu tun.

»Gib sie mir!«, befahl er, mit einem Hauch von Alpha in seinem Ton, als wäre er der große Mann und nicht der Jüngste unter uns.

Cira schnappte erschrocken nach Luft und klammerte sich an mich. Sie krallte ihre Hand in mein T-Shirt, als hätte sie Angst, ich würde sie loslassen. Er bewegte sich, um sie zu nehmen, und ich musste alle Instinkte in mir bekämpfen, um nicht einen meiner engsten Freunde an Ort und Stelle zu töten.

So behutsam wie möglich drückte ich sie fester an

mich und sagte ihr, dass alles gut werden würde. Erst als sie sich beruhigt hatte, schaute ich ihm in die Augen. »Wenn du versuchst, sie mir wegzunehmen, werde ich dich mit deinen eigenen Armen totschlagen. Du jagst ihr eine Scheißangst ein. Reiß dich verflucht noch mal zusammen!«

Weil ich die Wahrheit genauso kannte wie er, oder weil er vielleicht endlich begriff, wie beschissen die Situation war.

Cira hatte nicht nur *einen* Gefährten. Wenn Alex' Verhalten ein Indiz war, dann hatte sie *zwei*.

Dank der kleinen Kostprobe von Vaspirs Blut hatte ich einen guten Eindruck davon bekommen, wie das Leben von Cira in diesen Tunneln verlaufen war. Sie war ganz neu in dieser Welt und hatte keine Ahnung, wer wir waren und was wir wollten. Ich war auch einst so allein gewesen wie sie, und ich wollte nicht zulassen, dass sich meine Gefährtin auch nur eine Sekunde länger so fühlte, als sie es musste.

Vor Jahrhunderten, als ich viel jünger war als sie jetzt, war ich auch verlassen worden. Allerdings hatten meine Eltern nicht versucht, mich an den Meistbietenden zu verkaufen, wie es ihr Wächter getan hatte. Sie waren mit Gewalt aus diesem Leben gerissen worden. Aus meinem Leben. Zurzeit tat ich mein Bestes, um den Wichser, der das getan hatte, zur Strecke zu bringen. Ich hatte mich sogar in seinen Clan eingeschleust, gab mich als Vollstrecker aus und wollte ihn Stück für Stück vernichten.

Vor sechs Jahren hätte ich meine beiden engsten Freunde verraten, um mich zu rächen.

Vor drei Monaten hätte ich diesen Drachen als Druckmittel benutzt, um den Tepes-Clan zu stürzen.

Vor fünf Minuten hatte ich noch einen Plan.

Aber seit dreißig Sekunden bestand keine Chance mehr, dass ich Cira benutzen würde – niemals.

Nun ja, es sei denn, sie würde mich darum bitten.

Alex machte – zum Glück – einen kleinen Schritt zurück und schien die Realität der Situation zu verdauen. Cira war verletzt. Ich war mir nicht einmal sicher, ob wir es noch rechtzeitig zu einem Heiler schaffen würden.

»Wir werden dir helfen, Schatz. Mach dir keine Sorgen«, murmelte ich und drückte sie fest an meine Brust, als könnte ich sie allein durch meine Berührung am Leben erhalten.

»Ich rufe Amala an«, schlug Ronan vor und kramte ein Telefon aus seiner Tasche, während er mit seiner beschworenen Flamme im Schlepptau den Weg zurückging, den wir gekommen waren. »Sie kann mich auf einem meiner Grundstücke treffen. Es ist nicht weit.«

Aber der Duft des Todes haftete an ihr und sagte mir, dass wir nicht so viel Zeit haben würden. »Ich weiß nicht, ob sie es schaffen wird«, murmelte ich und drückte sie noch etwas fester an mich, während ich ihm folgte. Langsam schien die Kälte aus ihren Knochen zu sickern.

Cira zitterte und ein schmerzhaftes Stöhnen entglitt ihren Lippen.

»Scheiße«, knurrte Alex und seine Nase sog den Duft des Todes ein, der nichts mit den Männern zu tun hatte, an denen wir auf dem Weg nach draußen vorbeikamen – dieselben, die sie getötet hatte, um freizukommen. »Du musst ihr helfen.«

Alex und ich stürmten zu Ronans SUV und legten Cira auf den Rücksitz, während Ronan sich ans Steuer setzte und uns kaum die Türen schließen ließ, bevor er vom Bordstein wegfuhr und unsere Ärsche über die Brücke beförderte.

Angesichts der Toten, die wir zurückgelassen hatten – etwas, worum wir uns irgendwann kümmern mussten –, war ich froh, dass wir nicht in Manhattan blieben. Und je weiter wir vom Tepes-Clan entfernt waren, desto besser.

Als wir uns bewegten, fielen Ciras goldene Augen zu, und ihr Kampf um das Bewusstsein wurde zu einem aussichtslosen Unterfangen, während ihre Atmung unregelmäßig und schwerfällig wurde.

»Ich schwöre bei den Göttern, wenn du meine Gefährtin in deinen Armen sterben lässt, bringe ich dich um«, knurrte Alex und seine Hände wurden zu den vogelähnlichen Krallen seines Greifs, während sie in meine Schulter bissen.

»Was?«, brüllte Ronan von vorn, während wir uns durch Autos und Hindernisse schlängelten, als hätten wir irgendwelche Verfolger am Arsch.

Ich wies ihn ab. »Falls es dir noch nicht klar sein sollte: Cira hat nicht nur einen Gefährten. Man sollte meinen, das wäre für jemanden, der eine Schwester mit drei Gefährten hat, klar, aber *neeeiiin* ... Und ich werde nicht zulassen, dass *meine* Gefährtin unter meiner Aufsicht stirbt.«

Ohne weitere Umschweife bohrte ich meine Fangzähne in meinen Unterarm und sorgte dafür, dass die Wunde groß genug war, damit sie sich nicht zu schnell schloss. Alex zog die Jacke von Ciras Brust weg und ließ das Blut auf die schlimmsten Verletzungen tropfen. Bei einem schwächeren Wandler oder Fae hätte diese Wunde problemlos einen größeren Blutverlust verursachen können, als deren schwächere Körper verkraften könnten. Selbst jüngere Vampire könnten bei der Menge an Blut, die aus ihr strömte, das Bewusstsein verlieren.

Sie war stark.

Stark genug, um zu leben, verdammt noch mal.

Vielleicht würde sie das Gefährten-Band nicht akzeptieren – sie könnte mich mit Leichtigkeit verstoßen, wenn sie den Willen dazu hätte. Aber ich hatte nicht vor, sie zu verlieren – nicht so. Ich wusste, dass dies die Magie des Gefährten-Bandes war, Schicksals grausame Hand, die mir einen weiteren Schlag versetzte und mich dazu brachte, eine Frau, die ich vor einer Stunde noch nicht einmal gekannt hatte, einer jahrhundertelangen Blutfehde vorzuziehen. Aber ich konnte nicht leugnen, dass ich mich nach einer Verbindung wie dieser gesehnt hatte – etwas, das mich mit etwas Größerem als meinem eigenen Hass verband.

Cira musste nur lange genug leben.

Die schlimmsten Wunden begannen sich wieder zu schließen, unser beider Blut versiegte langsam. Die Anspannung in ihrem Körper ließ ein wenig nach und sie schmolz mit mir zusammen, ihre Augen flatterten auf, während goldene Schuppen auf ihrer Haut schimmerten. Die Augen hatten für einen Moment eine schlitzförmige Pupille, bevor sie wieder rund wurden.

Alex unterbrach unseren Blick, legte meine Jacke wieder über ihren Körper und fügte seine eigene zu dem Gemisch hinzu. Cira zuckte, als er seine Hand auf ihren Knöchel legte, aber nicht aus Angst. Nein, ich hatte endlich herausgefunden, warum die Gliedmaße nutzlos gewesen war, als sie sie im Tunnel hinter sich hergeschleift hatte.

In dem Haufen toter Körper in der Vorkammer war ein Galeere-Wandler gewesen. Er hatte eine Streitaxt in seiner Brust stecken. Wir – Ronan, Alex und ich – benutzten das Gift dieser portugiesischen Galeeren, um die Heilung zu verhindern und Leute zu lähmen, wenn wir Informationen von ihnen brauchten. Im Territorium des Syndikats gab es nur einen Galeeren-Wandler, den ich kannte, und der lag wahrscheinlich tot in diesem Tunnel. Und zufälligerweise gehörte er zu einer Gruppe von Wandlern, die Manhattan übernehmen wollten.

Fabelhaft.

»Wir bringen dich zu einer Heilerin«, knurrte Alex und sein finsterer Blick ruhte auf Cira, als würde er sie am liebsten aus meinen Armen reißen. »Nicke, wenn du verstehst.«

Cira umklammerte mein T-Shirt fester, nickte aber trotzdem.

»Niemand wird dir mehr wehtun, Sweetheart«,

fügte ich hinzu und versuchte, das, was auch immer zur Hölle mit Alex los war, zu mildern. »Versprochen.«

Ciras Augen nagelten mich förmlich an den Sitz, ihr Blick verriet mir, dass sie mir das keine Sekunde lang glaubte.

»Du hast dich gut verteidigt. Ich nehme an, du bist diejenige, die mit der Axt zu Werke war?«, fragte ich und versuchte, ein Gespräch zu starten. »Sechs gegen einen. Ich kenne erfahrene Kämpfer, die das nicht packen würden.«

Ihr Blick erbebte, als sie meine Jacke näher an ihre Brust zog.

»Er meint es ernst«, sagte Ronan vom Fahrersitz aus. »Sechs Kämpfer allein auszuschalten – vor allem diese – ist keine leichte Aufgabe.«

Cira errötete ein wenig – was bei so viel Blutverlust schwer war, aber sie tat es.

»Die Heilerin wird dich schon wieder hinbekommen«, murmelte Alex und tätschelte ihren unverletzten Fuß, wobei seine Hand jetzt, wo Cira aus dem Gröbsten heraus war, wieder eine menschliche Form angenommen hatte.

Nach drei Minuten – die uns wie eine Ewigkeit vorkamen – waren wir an einem der Grundstücke der Rosen, und die zierliche Heilerin mit ihrem

Medizinbeutel wartete am Eingang auf uns. Amala war uralt – nicht, dass sie so aussah –, sachkundig und die beste Heilerin, die man für Geld kaufen konnte. Zugegeben, ihre Talente lagen eher im Bereich der Nekromantie, aber sie hatte sich aus der Not heraus ein wenig umorientiert. Sie hatte uns öfter den Arsch gerettet, als ich zählen konnte, und sie war gut in Sachen Verschwiegenheit.

Nun ja, das und sie hatte eine Abmachung mit Ronan getroffen. Er hatte uns nie verraten, worum sie gebeten hatte, aber Amala war immer für uns da, wenn wir sie brauchten. Normalerweise hatten wir nichts mit dem Ausgestoßenenzirkel zu tun, aber bei Amala war das etwas anderes.

»Willst du mich gerade etwa verarschen?«, meckerte Amala, als Alex aus dem SUV stieg und Cira und mir beim Aussteigen half. Sie stürmte schnaubend ins Gebäude und warf Cira einen verächtlichen Blick zu, als wir alle fünf in den Aufzug stiegen. »Du bringst mir ein nacktes, blutüberströmtes Mädchen, das *nicht* dem Tod nahe zu sein scheint, wie du mir erzählt hast, Ronan.«

Ronan zuckte nur mit den Schultern und ließ seinen Kopf nach hinten fallen, um sich an der Fahrstuhlwand abzustützen. »Sie lag im Sterben. Isaac hat ihr Blut gegeben, damit sie nicht im Auto stirbt, aber da ist ein Galeeren-Tentakel in ihrem Bein eingebettet und wer weiß, was noch alles. Wie wäre es, wenn du deinen Job machst und aufhörst, rumzuzicken?«

Als wir im Penthouse ankamen, kochte Alex vor Wut, denn ich hatte Cira immer noch nicht losgelassen und Ronan hatte eindeutig genug von uns allen. Amala verwies uns in das erste Schlafzimmer auf der linken Seite und forderte mich auf, Cira auf das Bett zu legen, damit sie sich an die Arbeit machen konnte.

Das bereitete mir tatsächlich Schwierigkeiten. Ich wollte, dass sie angeschaut wurde. Ich wollte, dass Cira in Ordnung gebracht wurde, aber …

Sie loszulassen wurde immer mehr zu einem Problem.

»Ist es für dich in Ordnung, wenn ich dich bei Amala lasse?«, fragte ich und hoffte, dass Cira Nein sagen würde.

Sie nickte langsam, während ihre Augen durch den Raum huschten. Aber ein Duft von Angst war nicht zu riechen, also legte ich sie widerwillig auf das Bett.

»Wir sind direkt vor der Tür, wenn du etwas brauchst, okay?« Ich konnte nicht sagen, warum ich sie beruhigen wollte, aber ich wollte es. Schließlich ließ ich sie los und überließ sie Amala, so als würde ich mein eigenes Herz herausreißen und es auf einem Tablett servieren.

Als Amala mich aus der Tür schob, musste ich mich dreimal gegen den Drang wehren, mich nicht wieder in den Raum zu kämpfen.

Und kaum hatte sich die Tür geschlossen, bekam ich eine kleine Dosis Realität.

Cira hatte zwei Gefährten, und ihr anderer war stinksauer.

Die Methode, die er wählte, um das zum Ausdruck zu bringen?

Eine Faust direkt in mein Gesicht.

KAPITEL 6

CIRA

ICH HATTE NOCH NIE IN MEINEM LEBEN EIN SO großes Zimmer gesehen.

Oder ein Bett.

Oder ... *irgendetwas* Vergleichbares. Sicher, ich hatte in Büchern über opulente Häuser gelesen, aber das waren nur Worte auf einem Blatt. Das hier war etwas anderes. *Sie* waren etwas anderes. Die drei Männer, die mich im Tunnel gefunden hatten – nackt, verängstigt und dem Tod so nahe, dass ich ihn auf der Zunge schmecken konnte –, waren ganz anders als die Männer, die mich zuerst holen wollten.

Der erste war ganz in Schwarz gekleidet – schwarze Haare, schwarze Augen, bis hin zu den Stoppeln an seinem Kinn. Alles, was ich an ihm gerochen hatte, war Wut gewesen, und ich hatte befürchtet, dass er nicht anders sein würde als die Männer, die vor ihm gekommen waren. Dennoch spürte ich ein Ziehen in meiner Brust, das mich innehalten ließ. Es schien mich geradezu zu ihm hinzu*reißen*, als ich seinem Blick begegnete, der von Schwarz zu Gold und wieder zurückwechselte, während er wütend seine Zähne zusammenbiss.

Der zweite Mann war genauso blond wie ich, seine blauen Augen waren freundlich, obwohl er sich mitten in meinem Haus befand und wahrscheinlich da war, um mich zu töten. Und als er sprach, war es, als würde eine Last von mir abfallen, während mich das Ziehen in meinem Inneren auch an ihn fesselte. Und in dem Moment, als er mich mit seiner Jacke zudeckte und mich in seine Arme nahm, wusste ich, dass ich ihm vertrauen konnte.

Der dritte Mann stand abseits von uns allen, weigerte sich, meinen Blick zu erwidern, und hielt sich zurück, als ob er nicht da sein wollte. Seine Haare waren fast so lang wie meine und schwarz wie der Tunnel. Er beherrschte die Flamme, die den Weg beleuchtete, und zwang sie, ihm zu folgen, während er eine Heilerin für mich rief.

Der Weg durch den Tunnel war schnell gegangen – schneller, als ich jemals gelaufen war – und ich war dankbar dafür, denn der Tod saß mir im Nacken. In den Tagen nach dem Überfall auf mein Haus hatte ich oft halluziniert und mir Schritte und Atemzüge eingebildet, die durch die Katakomben hallten wie Geister, bereit, mich für sich zu beanspruchen. Ich stellte mir vor, dass Vaspir zurückkommen und mir helfen würde, aber diese Vision schien sich nie zu bewahrheiten. Und schlimmer noch, ich stellte mir vor, dass die Toten sich von ihren Ruhestätten erheben würden, um mich zurück nach Arcadia zu bringen, in eine Welt, die ich nie gesehen hatte, und in ein Leben nach dem Tod, auf das ich nicht vorbereitet gewesen war.

Stattdessen holten mich diese drei Männer aus dem einzigen Zuhause, das ich je gekannt hatte, und steckten mich in dieses opulente Haus mit seinen gigantischen und prachtvollen Decken, die ich gar nicht richtig begreifen konnte.

Und ich glaubte, dass ich Amala nervte, weil ich mich nicht darauf konzentrieren konnte, was auch immer sie tat, um mich *in Ordnung* zu bringen, oder auf ihre bohrenden Fragen, weil ich einfach nur das Bett bewunderte, auf das mich der Blonde gelegt hatte. Es war mit so feinem Stoff bezogen, dass ich mich zu schmutzig fühlte, um darauf zu sitzen, und die Luft war so sauber und frisch, und die Gerüche ...

Alles war neu und hell und glänzend. Ich hatte

keine Ahnung, was vor sich ging und warum ich das Gefühl hatte, etwas zu verlieren, als die drei den Raum verließen. Nichts davon ergab einen Sinn.

»Du musst schon was sagen, wenn es wehtut«, schimpfte Amala und stupste meinen Bauch an, während sie die sich schließenden Wunden begutachtete. Eine violettfarbene Locke fiel aus dem Dutt auf ihrem Kopf, die sie wegblies und mir zum ersten Mal, seit ich auf diesem Bett lag, mit stechend grünen Augen ins Gesicht schaute. »Der Vampir hat gute Arbeit geleistet, schätze ich. Wenn ich mir die Wunden so ansehe, hättest du nicht viel länger durchgehalten, egal, was für eine Art Wandler du bist.«

Es gefiel mir nicht, dass sie wusste, dass ich eine Wandlerin war – auch wenn Wandeln für mich nicht unbedingt auf dem Programm stand. Ich war mir auch nicht sicher, was sie mit mir gemacht hatten, damit sich die Wunden in meinem Bauch so schnell geschlossen hatten, aber ich wusste es zu schätzen. Ich war mir irgendwie sicher gewesen, dass der Tunnel das Letzte sein würde, was ich sehen würde, bevor ich nackt und allein im Dreck starb.

Aber auch wenn sie ein wütendes Wesen war, half Amala mir trotzdem. Auch wenn sie mich später wahrscheinlich töten würde, galt es doch als höflich, Dankbarkeit zu zeigen, oder?

»Mein Bauch tut immer noch weh«, krächzte ich, meine Stimme war kaum mehr als ein Flüstern. Meine Unsicherheit machte sich in mir breit und ich krallte meine Finger in die weiche Decke. Es schien unhöflich, an einem Ort wie diesem laut zu sprechen. »Aber es wird schon besser. Ich möchte mich bei dir bedanken, dass du mir geholfen hast.«

Amala rollte mit den Augen, als sie ein langes Metallinstrument aus ihrer schwarzen Tasche nahm und an einem dünnen, kunstvoll verkohlten Tentakel zupfte, der in mein Fleisch gebrannt war. »Kein Dank nötig. Ich werde dafür bezahlt. Außerdem ist es das erste Mal, dass ich an einem Drachen arbeite. Du erfüllst mir damit eine berufliche Neugierde.«

Wussten alle, was ich war? Der Schmerz schoss durch mein Bein und ich zischte, als sie den Tentakel aus meiner Haut zog. Dann schien der Schmerz augenblicklich zu verschwinden, da das Gift nicht mehr in meine Adern gepumpt wurde.

»Kein Wunder, dass du nicht heilen konntest«, sinnierte sie und betrachtete den Tentakel durch ein Stück violettes Kristall, in das Linien und Kreise geätzt waren. »Das Galeeren-Gift ist stark. Du hast Glück, dass sie dich rechtzeitig gefunden haben.

Wenn dich die Schnitte nicht umgebracht hätten, wäre dein Herz durch das Gift irgendwann stehen geblieben. Aber sag das nicht Isaac! Er wird sich jahrelang damit brüsten, wie sein Blut dich gerettet hat, wenn du ihn lässt.«

Galeere. Ich hatte in einem meiner Bücher über diese Kreaturen gelesen, obwohl ich mir sicher war, dass dieser Wandler noch mit etwas anderem vermischt worden sein musste. Er war viel zu groß, um nur ein Fisch zu sein.

Die Stille dehnte sich aus, während ich versuchte, mir einen Reim auf alles zu machen, und schnell vermisste ich den Nervenkitzel, mit einer anderen Person zu sprechen. Ein Teil von mir fragte sich immer noch, ob das alles ein Traum war oder ich in dem Tunnel gestorben war.

»Welcher von ihnen ist Isaac?«

Amala schaute von meinem Knöchel auf. »Haben sich diese Arschlöcher nicht einmal die Mühe gemacht, sich vorzustellen, bevor sie dich einfach hier abgesetzt haben? Götter, kein Wunder, dass du so geschockt aussiehst. Isaac ist der Blonde. Alexander ist der übergroße Typ im Business-Anzug. Ronan ist der Fae im Kampfanzug.«

Eine Sekunde später vibrierte die Tür und der Kronleuchter wackelte an seinem Pendel. Ich hatte sie schon in Büchern gesehen, aber in natura sahen sie viel schöner aus. Ein Gebrüll ertönte aus dem Flur, und ich zuckte zurück, was Amala einen finsteren Blick entlockte.

»Idiotische Männer mit ihren Gefährtinnen. Man sollte meinen, sie hätten es inzwischen gelernt. Aber ich habe noch nie jemanden gesehen, der mehrere Gefährten hat, ohne ein Band abzulehnen. Du musst etwas Besonderes sein«, sinnierte sie, während sie eine Schale und einige Kristalle aus ihrer Tasche holte.

Sie warf ein paar Kräuter in die Schale und legte den Kristall auf meine noch heilenden Wunden. Mit einem Fingerschnippen entzündete sich die Schale und sie blies den Rauch über meine Haut.

»Wovon redest du? Was sind Gefährten?« Sicher, ich kannte die Definition des Wortes, aber ich hatte das Gefühl, dass es eine andere hatte, als sie meinte.

Mit bis zum Haaransatz hochgezogenen Augenbrauen fuhr sie mit ihrer Arbeit fort und schien den Rauch mit einer Handbewegung über meinen Körper zu bewegen. »Ich bin mir sicher, einer von ihnen wird es dir früher oder später sagen.« Sie begutachtete den Rauch, den sie mir gerade ins Gesicht geblasen hatte, und ihre Augen leuchteten in einem Kaleidoskop von Farben. »Süßes kleines

Mädchen, das ist eine ganz neue Welt für dich, nicht wahr? Ich hoffe, du bist bereit dafür.«

Irgendwie war diese Aussage nicht gerade beruhigend. Und wenn man berücksichtigte, dass jede Sekunde, die ich außerhalb des Tunnels verbrachte, eine brandneue Erfahrung war, hatte ich das Gefühl, dass ich viel öfter ratlos sein würde, als dass ich wüsste, was vor sich ging. Und ganz ehrlich? Es nervte mich einfach. Also, das vage Geschwätz, das sie gerade von sich gegeben hatte, und das Gerangel, das von Sekunde zu Sekunde lauter wurde.

Irgendwie fühlte ich mich mit den drei Männern, die mich gerettet hatten, verbunden.

Traute ich ihnen? *Auf keinen Fall.*

Traute ich Amala? *Nein, noch weniger.*

Aber wenn Vaspir weg war – was er inzwischen sein musste –, dann hatte ich niemanden, zu dem ich gehen konnte. Kein Zuhause, keine Verbündeten, keine Möglichkeit, allein zu überleben. Klar, ich hatte Moriah, aber ich wusste nicht einmal, wie ich sie erreichen konnte, wie ich ihr sagen konnte, dass ich am Leben war. Und es war offensichtlich, dass es einige Männer gab, denen es egal war, ob ich lebte oder starb.

Ich brauchte Verbündete. Ich brauchte Informationen. Und ich brauchte etwas, um die

Männer, die mich gerettet hatten, dazu zu bringen, sich nicht wie Tiere zu verhalten, die um das letzte Stück Fleisch kämpften.

»Du mieser, nichtsnutziger Bastard«, brüllte jemand, bevor er einen weiteren Schrei der Wut losließ.

Dann erschütterte wieder ein dumpfer Schlag den Raum, der den Putz an der Wand aufbrechen ließ und eine hübsche Vase mit – wie ich annahm – frischen Blumen von einem Tisch fegte. Das prächtige Kristall war eines der schönsten Dinge, die ich je gesehen hatte, und nun lag es zerbrochen auf dem Boden, und der Duft der Blumen drang in meine Nase, während das Wasser den verzierten Teppich verdunkelte.

All diese Opulenz und ihre Grausamkeit ließen mich das bisschen Angst verlieren, das ich noch hatte. Ich war fertig mit dem, was da draußen vor sich ging.

Ich drehte mich um, ließ meine Beine vom Bett gleiten und probierte vorsichtig, ob sie mein Gewicht halten könnten. Als ich nicht auf mein Gesicht klatschte, marschierte ich quer durch den Raum, riss die Tür auf und blieb wie angewurzelt stehen. Ronan stand neben der Tür, hatte die Stirn in Falten gelegt, schüttelte den Kopf und murmelte vor sich hin.

Isaac hatte Alex im Würgegriff, mit gefletschten Fangzähnen kämpfte er gegen ein Paar riesiger schwarz-goldener Flügel, die viel zu groß für den Flur waren. Alex' Federn waren auf dem Boden verstreut, zusammen mit Gemälden, die sie von den Wänden gerissen hatten, und einer ordentlichen Menge Blut. Der Putz auf beiden Seiten des Flurs hatte an mehreren Stellen Risse und etwas, das einmal eine Glasskulptur gewesen war, knirschte unter ihren Stiefeln. Beide Idioten bluteten, aber nicht so wie ich noch vor wenigen Minuten.

»Was ist hier draußen los?«, brüllte ich und starrte die kämpfenden Männer an, als ob sie den Verstand verloren hätten. Ja, die Bilder von ihnen, wie sie auf eine ganz andere Art und Weise schwitzten und wild waren, ploppten kurz in meinem Kopf auf und ließen meinen ganzen Körper zusammenzucken, aber ich schob den Gedanken wieder beiseite.

Sie erstarrten und ihr Kampf war schlagartig zu Ende.

Vor fünf Minuten waren sie noch völlig ruhig und gesittet gewesen. Okay, das war eine glatte Lüge. Sie waren bestenfalls wild, aber wenigstens hatten sie sich nicht gegenseitig verprügelt. Jetzt benahmen sie sich wie zwei Ratten, die hinter dem letzten Stückchen Käse her waren.

Oh, wie gern wäre ich dieser Käse.

Nein, Cira. Kein Käse für dich.

Auf meiner Haut bildeten sich Schuppen, als meine Krallen genau diesen Moment wählten, um in Erscheinung zu treten, und ich wusste nicht, ob es daran lag, dass ich sauer war oder angeturnt. Anscheinend wusste jeder hier, dass ich ein Drache war, also stand es nicht gerade an der Spitze meiner Liste, das zu verbergen. Und ja, ich war immer noch nackt, aber das Feuer auf meiner Haut machte diese kleine Tatsache hinfällig, während es über meine entscheidenden Körperteile wirbelte.

»Ich weiß die Gastfreundschaft und die Rettung zu schätzen, aber ich bin mein ganzes Leben lang wortwörtlich im Dunkeln gelassen worden. Ich weiß nicht, wo ich bin. Ich weiß nicht, was hier los ist. Ich weiß nicht, woher ihr wusstet, wo ich bin, und ich weiß nicht, warum die anderen Männer gekommen sind, um mich aus meinem Zuhause zu stehlen. Ich will Antworten, und ich will sie jetzt.«

Alex rammte Isaac einen Ellbogen in die Rippen und der Vampir ließ ihn los. Die Flügel schienen bleiben zu wollen, aber er schaffte es, sie einzuklappen, damit sie nicht noch mehr Schaden anrichten konnten. Sein Shirt hing in Fetzen von seinen Schultern, während er die Arme vor der Brust verschränkte. Und verdammt, es war eine gute Brust.

Sein Gesicht wirkte beschwichtigend, als würde er ein wildes Tier beruhigen, obwohl er noch vor einer Sekunde das wilde Tier gewesen war. »Cira, bitte …«

Vaspirs ständiger Verweis darauf, dass ich nichts wusste, ratterte in meinem Gehirn, und das Feuer, das in mir brannte, breitete sich auf meinen Armen aus. »Wenn du die Worte *Setz dich hin und halt die Klappe!* in den Mund nimmst, wirst du sehen, wie schnell ich dieses schicke Haus abbrennen kann. Ich bin feuerfest. Seid ihr das auch?«

Was weißt du schon, Cira? Du bist noch nie irgendwo gewesen. Alles, was du hast, sind deine Bücher. Du weißt nichts über die Welt, du dummes kleines Mädchen.

Und wessen Schuld war das?

»Das würde keiner von uns sagen.« Isaac stieß Alex mit dem Ellenbogen in den Bauch und kam näher, wobei er einen Bogen um die massiven Flügel machte, die den größten Teil des Flurs einnahmen. Seine blauen Augen brannten sich in mich, und ich kämpfte gegen den Drang an, seinen Bullshit durchgehen zu lassen. »Niemand würde dir sagen, dass du kein Recht hast, zu erfahren, was hier vor sich geht. Wir streiten uns wegen eines simplen Missverständnisses, und das ...«

Ein simples Missverständnis, am Arsch.

»Es ist mir *egal,* warum ihr euch streitet«, knurrte ich mit zusammengebissenen Zähnen und meine Fangzähne wurden länger, als meine Wut stieg. »Was mir nicht egal ist, sind die sechs Männer, die in mein Haus eingebrochen sind, um mich zu entführen. Es ist mir nicht egal, dass sie keine Skrupel hatten, mich vielleicht zuerst zu *vergewaltigen,* bevor sie mich dem *Boss,* wer auch immer zum Teufel das sein mag, übergeben würden. Es ist mir nicht egal, dass mein Wächter weg ist – wahrscheinlich tot – und ich jetzt niemanden auf dieser Welt kenne.«

Das war zum Teil gelogen. Ich kannte Moriah, aber sie zu erreichen, war genauso ein Mysterium wie alles andere an diesem neuen Ort.

Tränen drohten sich zu bilden, der brennende Schmerz, den Vaspir fast aus mir herausgeprügelt hatte, gab mir das Gefühl, schwach zu sein, obwohl ich stark sein sollte. Ich war kein stummes Kind, das sich von jemand anderem tragen ließ. Ich war kein Schwächling. Und ich würde mein vorheriges Schweigen darauf schieben, dass ich fast gestorben wäre, *vielen Dank.*

Aber die Erschütterung, die meine Aussage auslöste, führte dazu, dass alle drei mich anstarrten, als wären sie bereit, in den Krieg zu ziehen – nicht, dass es irgendeinen verdammten Sinn ergeben hätte. Nichts von alledem. Nicht die Tränen, nicht ihre Wut, gar nichts.

»Ihr habt mich aus einem bestimmten Grund mitgenommen«, murmelte ich und ballte meine Hände zu Fäusten, um mir nicht selbst die Haare auszureißen. »Wahrscheinlich aus demselben Grund wie diese anderen Männer. Ich will wissen, was das für ein Grund ist.«

Doch ich wusste es schon.

Trotz der Wut, die in meinem Bauch brodelte, fühlte ich mich immer noch zu jedem von ihnen hingezogen. Ich wollte ihnen immer noch helfen, immer noch ...

Der Flur schwankte ein wenig, sodass ich fast stolperte, bevor mich starke Arme auffingen, als würde ich nichts wiegen. Aber dass Ronan mich festhielt, brachte mich nicht zum Innehalten.

Nein, es war die Tatsache, dass ich ihn nicht verbrannte.

Kein bisschen.

»Ich hab dich, kleiner Drache«, murmelte er, und dann begegnete ich zum ersten Mal diesen wunderschönen bernsteinfarbenen Augen, während Amalas Worte verdammt viel mehr Sinn ergaben.

Idiotische Männer mit ihren Gefährtinnen ...

Ich habe noch nie jemanden gesehen, der mehrere Gefährten hat ...

Du musst etwas Besonderes sein ...

Jupp, ich war bei allen dreien Hals über Kopf verloren.

Scheiße!

KAPITEL 7

RONAN

Ich hätte sie nicht anfassen dürfen.

Ich wusste im Tunnel schon, dass ich das nicht hätte tun sollen – ich wusste, was das für ein Ziehen in meiner Brust war, gleich nachdem mir der Duft ihres Blutes in die Nase gestiegen war. Isaac und Alex wussten nicht, was ich wusste. Dass das Band einen kaputtmachte, dass es einen ignorant gegenüber der Welt um einen herum machte.

Es machte dich schwach, verwirrt und kopflos.

Wir konnten es uns nicht leisten, schwach zu sein. So wie die Syndikate im Moment dastanden, konnten wir uns keinen einzigen Fehltritt leisten. Es war ein wackeliges Kartenhaus, und das Gefährten-Band war ein rauer Wind.

Und ich wusste, dass ich nichts mit dem Scheiß

zu tun haben wollte, den das Schicksal für mich bereithielt. Dem Schicksal zu vertrauen, hatte dazu geführt, dass meine Mutter mit meinem Vater in einer Welt voller Schmerz gefangen war, aus der es kein Entrinnen gab. Auf keinen Fall wollte ich in ihre Fußstapfen treten.

Ich wusste es besser.

Es wäre besser für mich gewesen, das Band auf der Stelle abzulehnen und sie mit Alex oder Isaac oder beiden zusammen sein zu lassen. Ich hätte sie gehen lassen sollen.

Schade, dass ich das nicht umsetzen konnte.

Als ich merkte, dass Cira schwankte, ihr zerbrechlicher Körper so instabil war, nachdem sie in meinem verdammten Auto fast gestorben war, konnte ich mich nicht davon abhalten, sie in meine Arme zu nehmen und sie fest an mich zu drücken – vor allem nicht nach dem, was sie gerade gesagt hatte. Sechs Männer waren in ihrem Haus gewesen. Sechs Männer hatten versucht ... sie hatten versucht ...

Der Duft, der meine Nasenlöcher zuvor nur zaghaft gekitzelt hatte, zog mich jetzt magisch in seinen Bann, ertränkte mich – inmitten von Tod, Schmutz und Schweiß waren Zimt und Feuer, Flammen und Gewürze und ...

Ich war so was von am Arsch.

Das wurde mir sofort klar, als die Hitze ihrer Flammen auf meiner Haut tanzte und mich dazu brachte, sie enger an mich zu drücken, um mich zu erfüllen – nicht, dass ich dachte, ich könnte das jemals. Und erst als ihr Bauch knurrte, kam ich wieder zu mir.

Cira hatte seit Tagen nichts gegessen – nicht mehr, seit diese Männer in ihr Haus eingedrungen waren. Und auch davor hatte sie nicht genug zu essen bekommen. Ihre skelettartige Gestalt und die Art, wie Vaspir sein Essen in meinem Club verschlungen hatte, verrieten mir das. Irgendetwas an ihrem Ausbruch, ihrer Wut und ihrem Hunger machte mir klar, dass sie viel mehr Fürsorge brauchte, als sie von uns bisher bekommen hatte.

Es ließ auch zum ersten Mal in meinem Leben Schuldgefühle in meinem Bauch aufkeimen.

Ja, Vaspir hatte versucht, sie zu verkaufen, aber wir waren diejenigen, die ihn als Geisel hielten. Er lag in einer von Alex' Zellen im Sterben. Ein Teil von mir wollte wissen, warum er versuchte, jemanden wie Cira zu verkaufen – überhaupt jemanden zu verkaufen. Warum gerade jemanden, den er aufgezogen, ausgebildet und um den er sich gekümmert hatte ... Das brachte mich dazu, mir zu wünschen, ich hätte ihn von Alex töten lassen. Aber nachdem ich Cira getroffen hatte, wusste ich, dass ich ihr das nicht wegnehmen würde.

Sie brauchte Antworten, Essen und ein paar verdammte Klamotten. Mehr als nur ein paar. Und die Wahrheit. Auch die würde sie irgendwann bekommen.

Aber dazu würden wir später kommen.

»Da ihr beide euch lieber bekämpft, als vernünftig zu sein, werde ich Cira erzählen, was los ist«, grummelte ich, drückte sie fest an meine Brust und ließ ihr Feuer wie eine Liebkosung über meine Haut tanzen. »Einer von euch Idioten muss ihr etwas zu essen besorgen. Seit sie hier ist, höre ich ihren Magen lauter knurren als den Lärm eures Bullshits. Der andere muss ein paar meiner Klamotten für sie besorgen, bis wir welche machen lassen können.«

Erst dann wandte ich meinen Blick von den goldenen Augen ab, die mein ganzes Leben zu zerstören schienen, und richtete ihn auf Alex, den Idioten, der den Streit überhaupt erst angefangen hatte. »Und komm nicht auf die Idee, den Süßen zu spielen und ihr was von dir zu geben. Mein Zeug ist so verzaubert, dass es nicht entflammbar ist.«

Der Plan – bevor wir sie fast tot in den Katakomben gefunden hatten – war gewesen, sie davon zu überzeugen, mit uns zusammenzuarbeiten – ihr zu erzählen, was ihr Wächter getan hatte und ihr einen Platz auf unserer Seite anzubieten. Jetzt, wo diese Gefährten-Sache im Weg war, hatte ich keine Ahnung, wie der Plan aussah, und eine Umstrukturierung stand nicht auf dem Plan, bis sie dazu bereit war – egal, was sie behauptet hatte.

Niemand konnte es verkraften, dass seine Welt so sehr erschüttert wurde – nicht einmal ich.

Alex schien wieder zu sich zu kommen, seine Iriden färbten sich zurück ins Schwarze, seine Flügel knackten und schlugen, bevor sie in seinen Körper zurückkehrten. In den vielen Jahren, die wir uns kannten, hatte ich ihn noch nie so schnell die Fassung verlieren sehen. Ich würde es auf das Gefährten-Band schieben, das wir alle mit dem rätselhaften Drachen zu teilen schienen, aber es war ja nicht so, dass ich mich zum Affen gemacht hätte, also ...

Genau, Dumpfbacke. Cira ist verletzt, hungrig und verwirrt und du bist keine Hilfe. Schön, dass du auch endlich mal mitmischst, Arschloch.

»Ich kümmere mich um das Essen. Alex kann nicht kochen, selbst wenn sein Leben davon abhinge«, meldete sich Isaac, als ob wir nicht alle wüssten, wie schlecht Alex' Kochkünste waren. Der

Wandler hatte viele Talente, aber Kochen gehörte nicht dazu.

Alex hatte nicht einmal die Kraft, sich beleidigt aufzublasen, sondern zuckte nur mit den Schultern. »Ich hole die Klamotten.«

»Tja, sieht aus, als hättet ihr alles im Griff«, sagte Amala und unterbrach meinen Starrkampf mit Alex und Isaac. »Ich werde euch meine Rechnung schicken. Bis dahin passt auf den Knöchel auf. Zwei Tage lang wurde ihr Gift in den Körper gepumpt. Sie braucht Ruhe, und zwar viel davon. Ich erwarte, dass das Problem der Unterernährung gelöst ist, bevor ich in ein paar Tagen zurückkomme. Vampirblut kann nur begrenzt helfen.«

Es gab Dinge, die ich an Amala mochte, und Dinge, die ich wirklich hasste. Ihr Timing war sowohl ein Segen als auch ein Fluch, aber ihre Logik war unübertroffen. Das Gleiche galt für ihre Loyalität. Zugegeben, ihre Loyalität wurde mit den Schulden, die sie noch hatte, und dem Deal, den sie gemacht hatte, erkauft, aber das konnte man so oder so sehen.

Amala unterstützte diejenigen, von denen sie glaubte, dass sie siegen würden.

Glücklicherweise setzte sie ihr Vertrauen in uns. Allerdings hatte sie ein wenig Hilfe – ihre Kristalle,

Zaubersprüche und Karten gaben ihr einen entscheidenden Hinweis darauf, wer dieses Land am Ende regieren würde. Und solange das Schicksal uns hold war, hatten wir sie in der Tasche.

»Wir sehen uns«, rief sie über ihre Schulter und stapfte durch die zerstörten Gänge, als sie sich zum Ausgang bewegte.

Wenn das Schicksal beschloss, uns in den Rücken zu fallen, gab es kein einziges Quäntchen Loyalität, Geld oder Deals, die Amala dazu bringen würden, an unserer Seite zu bleiben.

Und solange wir das nicht vergaßen, war alles gut.

»Ähm«, murmelte Cira und zog damit die Aufmerksamkeit aller auf sich. »Es geht mir wieder gut. Du kannst mich runterlassen. Mir war nur kurz schwindelig, aber es geht mir gut, also …«

»Nein«, konterte ich und blieb standhaft.

Hatte ich meine Weigerung näher erläutert und meine Gründe dargelegt?

Nein.

War ich dabei, genau so verrückt zu werden wie Alex und Issac?

Vielleicht.

Ich ließ meinen Blick noch einmal auf diese goldenen Augen fallen, obwohl ich wusste, dass ich es nicht tun sollte – denn jedes Mal, wenn ich diesem Blick begegnete, war ich einen Schritt näher daran, ein genauso dummer Idiot zu werden wie die beiden anderen. Und dann war es wieder wie ein Blitz, der mich direkt in die Magengrube traf und mein verdammtes Gehirn durcheinanderbrachte.

»Du wärst fast gestorben. Hätte Isaac dir nicht sein Blut gegeben, wärst du gestorben«, erklärte ich schließlich, wohl wissend, dass das nichts damit zu tun hatte, wie sehr ich sie nicht gehen lassen wollte. »Ich weiß nicht, wie lange du nichts gegessen hast, aber der Blutverlust, die fehlenden Kalorien und die Teilwandlung haben dich viel mehr Energie verbrauchen lassen, als du solltest. Jetzt werden wir dich erst einmal waschen und füttern ...«

Und hoffentlich werden wir dazwischen nicht belästigt.

»Und ich werde alle Fragen beantworten, die du hast.«

Warum genau hatte ich das jetzt gesagt? Alle Fragen, die sie hatte?

Sie könnte mich fragen, wo ihr Wächter war, und ich müsste die verdammte Wahrheit sagen, weil ich es gerade versprochen hatte. Ein Teil von mir wollte ihr alles sagen – wollte einfach sein Herz ausschütten. Der andere Teil wusste es besser.

Zugegeben, der Teil, der es besser wusste, klammerte sich an sie wie ein verdammter Idiot, also ...

»Wirst du wirklich?«, fragte sie und die Unschuld in dieser einfachen Frage ließ meinen Schwanz aufrecht stehen und aufhorchen.

Was hatte diese Frau an sich, dass ich halb verrückt geworden war? Selbst unter Ruß, Blut und Dreck war sie die attraktivste Frau, die ich je in meinem Leben gesehen hatte. Diese goldenen Augen, diese hohen Wangenknochen, dieser verdammte Schmollmund. Was würde ich tun, wenn sie in meinen Klamotten steckte und meinen Duft an sich hatte?

Höchstwahrscheinlich würde ich in meiner verdammten Hose explodieren. Das Schicksal war die größte verfluchte Bitch in allen Welten, und niemand konnte mir etwas anderes weismachen.

»Ja, das werde ich. Vielleicht gefallen dir meine Antworten nicht, aber ich werde ehrlich zu dir sein.«

Ihr Blick senkte sich, während sie auf ihrer Unterlippe kaute. *Götter helft mir!* Was würde ich nicht dafür geben, dass meine Zähne an dieser Lippe knabberten, dass ich diesen Mund schmeckte, dass ich ...

Nein, du verfluchter Idiot. Du musst dieses Band so schnell wie möglich ablehnen, damit du nicht in die gleiche beschissene Falle tappst wie deine Mom. Du weißt schon, die Frau, die nicht wirklich deine Mom ist, aber deinen Dad so sehr liebt, dass sie in der Hölle einer Ehe mit deinem Bastard von einem Vater festsitzt? Du weißt schon, diese Frau?

»Also los. Ich zeige dir die Dusche, dann kannst du dich waschen.«

Ich machte mir nicht die Mühe, ihre Antwort abzuwarten, sondern ging einfach den Flur entlang in mein Zimmer und setzte sie sanft vor der begehbaren Dusche ab. Ich konnte mich nicht davon abhalten, ihre Hand festzuhalten und sicherzustellen, dass sie nicht umkippte, während ich den Wasserhahn auf eine lavaheiße Temperatur drehte. Als Feuer-Fae war mir nie warm genug, es sei denn, ich stand in Flammen. Jetzt, nachdem Ciras Flammen erloschen waren, würde ihr hier wahrscheinlich auch kalt sein. Ich zwang mich, nicht auf die weite Fläche Haut vor mir zu schauen und konzentrierte mich mehr darauf, dass alles für sie bereit war.

»Dusche. Das ist ganz anders als in den Büchern«, murmelte sie leise vor sich hin, und mir wurde klar, dass sie vielleicht zum ersten Mal eine Dusche sah.

Vielleicht war es auch das erste Mal, dass sie ein

Haus oder ein Schlafzimmer oder irgendetwas anderes als diese Tunnel sah. Isaac war nicht besonders ausführlich darauf eingegangen, was er gesehen hatte, als er Vaspirs Blut gelesen hatte, aber während die Sekunden verstrichen, wurde mir klar, wie sehr er sie abgeschirmt hatte.

Wie neu sie war.

Die Augen auf ihr Gesicht gerichtet, studierte ich ihren erstaunten Ausdruck, bevor ihre blasse Haut eine graue Färbung annahm. Ja, wir mussten sie sauber machen. Und es war nicht nur der Ruß, das Blut und der Schmutz. Wahrscheinlich hatte sie immer noch Gift auf der Haut – Gift, das sie verpestete, während ich versuchte, sie nicht gegen die Wand zu ficken.

Verfluchter Idiot. Du bist nicht besser als die anderen beiden.

»Hier«, sagte ich, hob sie wieder vom Boden hoch und setzte sie auf die Bank in die Gischt.

Ich konnte sie das nicht allein machen lassen. Es war zu wahrscheinlich, dass sie fallen und sich den Kopf aufschlagen würde. Nach allem, was sie durchgemacht hatte, wäre das eine beschissene Aktion von mir gewesen. Ich stieg geduckt aus dem Wasser und legte meine Jacke, mein Shirt und die drei Amulette, die um meinen Hals hingen, ab. Als meine Hände zu meinem Gürtel wanderten, musste ich mich zusammenreißen, bevor ich diesen Augen wieder begegnete.

»Ich helfe dir beim Duschen und das war's«, sagte ich, öffnete meinen Gürtel und streifte meine lederne Kampfhose ab. »Kein Schabernack.«

Jetzt musste ich nur noch hoffen, dass sie mich nicht zum Lügner machen würde.

KAPITEL 8
CIRA

ERST IN DIESEM MOMENT WURDE MIR BEWUSST, dass ich nackt war.

Sehr.

Sehr.

Nackt.

Mein Feuer hatte sich im Laufe der Jahre durch einen Großteil meiner Klamotten gebrannt. Irgendwann hatte ich gelernt, dieses wütende Element zu kontrollieren, damit es nicht so zerstörerisch war. Das war, bevor Männer in mein Haus eingedrungen waren und versuchten, mich zu entführen. Ich schämte mich nicht für meinen Körper, aber die Art, wie Ronan mich ansah, ließ eine ungewohnte Schüchternheit in meine Wangen kriechen.

»Ich bin mir sicher, dass ich das auch allein schaffe. Ich war zwar noch nie in einer so ausgefallenen Dusche, aber ich nehme an, sie funktioniert wie alle anderen.«

Das war eine glatte Lüge.

Es gab Knöpfe und Regler und drei verschiedene Düsen, aus denen das Wasser herauskam. Alles war herrlich warm, und der nächstliegende Strahl spülte das schlimmste Gift von meinem Bein und ließ die letzten Reste des Schmerzes nach und nach verschwinden. Dann waren da noch diese kleinen Flaschen auf dem Regal. Auf der einen stand *Shampoo*, auf der anderen *Spülung* und eine andere war eine sehr hübsche Glasflasche, die irgendwie leuchtete. Ich würde mich von diesem Fläschchen fernhalten, denn es sah aus wie ein Zaubertrank oder zumindest so, wie ich annahm, dass ein Zaubertrank aussehen würde.

»Ich verstehe, dass das ziemlich unangenehm ist, wenn man bedenkt, dass ich ein völlig Fremder bin und du, na ja, nackt bist, aber du bist zweimal fast in Ohnmacht gefallen und einmal bist du tatsächlich in Ohnmacht gefallen und warst dabei, vor meinen Augen zu sterben. Ich habe ein gesteigertes Interesse daran, dass du am Leben bleibst, also wie wäre es, wenn wir deinen Kopf nicht auf den Fliesen aufschlagen lassen und diese Peinlichkeit zwischen uns überwinden? Wie ich schon sagte, kein Schabernack.«

»Da ich nicht weiß, was *Schabernack* bedeutet, muss ich annehmen, dass du Sex meinst, wenn du das sagst.«

»Ja, ich meine Sex, wenn ich das sage«, knirschte er mit zusammengebissenen Zähnen und seine bernsteinfarbenen Augen loderten vor Hitze, die nichts mit den Flammen zu tun hatte, die unter seiner Haut wüteten ... so viel Haut – goldene. Mit strammen Muskeln.

Reiß dich zusammen! Dieser Mann hat dich aus deinem Zuhause gestohlen. Sicher, er hat dich am Leben gehalten und verhindert, dass du mit dem Gesicht voran in einem Flur voller Trümmer auf dem Boden landest, aber trotzdem braucht er etwas von dir, oder? Und was ist mit den anderen beiden?

Bilder von uns vieren zusammen füllten mein Gehirn, und ich musste meinen Kopf schütteln, damit er nicht gleich in der Dusche explodierte.

»Also, kein Sex. Verstehe. Du hilfst mir nur, meinen Körper mit deinen Zaubertränken und Elixieren zu waschen, steckst mich in deine

Klamotten und fütterst mich, und willst im Gegenzug nichts von mir. Klar. Vollkommen plausibel.«

Er trat in die Dusche und zog die Glastür hinter sich zu. »Ich habe nicht gesagt, dass ich nichts im Gegenzug will. Ich sagte nur, kein Sex.«

Seine Hüften waren in engen schwarzen Stoff gehüllt, der rein nichts von dem verbarg, was er zwischen seinen Schenkeln hatte. Und ja, ich starrte genau darauf, denn es sah aus wie ein Monster, das versuchte, der Enge des Stoffes zu entkommen. Ich hatte bisher nur freudlosen, stümperhaften Sex gehabt, aber ich wusste aus meinen Büchern, dass es nicht so sein sollte.

Er ist ein völlig Fremder, du Idiotin. Das sind sie alle.

»Ja, klar«, sagte ich spöttisch. »Absolut glaubwürdig.«

Er verschränkte seine dicken Arme über der inzwischen nassen Brust. »Weißt du, ich glaube, ich mochte dich lieber, als du noch zu viel Angst hattest, um zu reden.«

Tja, und wenn mich das mal nicht in einem Rutsch zum Schweigen brachte *und* gleichzeitig meine Gefühle verletzte.

Es war wieder wie bei Vaspir.

Setz dich hin und halt die Klappe, Cira! Götter, kannst du nicht einfach still sein?

Es ist mir egal, was in deinem kleinen Buch steht. Wenn du weiter über sie redest, werde ich aufhören, sie für dich zu besorgen. Keiner mag eine laute Frau.

Wird dir eines deiner kleinen Bücher irgendwann in nächster Zukunft vielleicht verraten, wie man sich wandelt?

Mein Wächter wollte, dass wir regierten, er wollte, dass ich dieses große, prophezeite Ding voller Potenzial war, und ich konnte mich nicht einmal wandeln. Was würde passieren, wenn sie das auch feststellen würden? Dass ich nur dem Namen nach ein Drache war, nicht in Wirklichkeit. Und es würde keine Rolle spielen, was für ein Band wir vier hatten oder für wie besonders sie mich hielten.

Am Ende würden sie nicht bekommen, was sie wollten.

Am Ende würden sie erkennen, was für einen Fehler sie gemacht hatten, als sie mich retteten.

Am Ende würden all die Gastfreundschaft, das Essen, die Duschen und der Luxus verpuffen und sie würden erkennen, dass mein Drache auch durch noch so viel Folter nicht zum Vorschein kommen würde.

Es würde nicht anders sein als in den Tunneln. Ich war hier nur ungeschützter.

»Ich brauche deine Hilfe nicht, Ronan«, murmelte ich, zog meine Beine hoch und an die Brust. »Das ist eine Dusche, keine experimentelle Teilchenphysik. Ich schaff das alleine.«

Ich war nicht hilflos. Ein armseliger Abklatsch eines Drachens, ja. Hilflos, nein.

Ronan kniete sich so hin, dass er auf Augenhöhe mit mir war, aber ich sah ihn nicht an. Es spielte keine Rolle, wie sehr es in meiner Brust zog oder wie hübsch er war. Aber das wollte er mir natürlich nicht gestatten. Raue Finger fanden mein Kinn und drehten es so, dass ich seinem Blick begegnen musste.

»Es tut mir leid«, murmelte er mit flehendem Blick. »Ich gebe mir wirklich Mühe, eine unglaublich erotische Frau, die gerade sehr nackt und jetzt auch noch nass ist, nicht anzustarren, während ich versuche, ein Gentleman zu bleiben. Obwohl mir ein Gefühl im Bauch sagt, dass ich das nicht sein soll. Das war beschissen von mir, so was zu sagen, und ich entschuldige mich dafür.«

Ich konnte mich an kein einziges Mal in meinem Leben erinnern, wo sich jemand bei mir entschuldigt hatte – kein einziges Mal. Ich stellte fest, dass das den Schmerz nicht linderte. Die Beleidigung war immer noch da, eine innere Narbe statt einer äußeren. Von beidem hatte ich weiß Gott genug.

»Es ist nicht richtig, meine Scheiße an dir auszulassen. Ich werde es nicht wieder tun.«

Zähneknirschend nickte ich und versuchte mein Bestes, um nicht mitten in dieser blöden Dusche in Tränen auszubrechen.

»Komm jetzt! Du wirst dich besser fühlen, wenn du sauber bist und etwas gegessen hast.«

Ich nahm seine Hand, und er half mir aufzustehen, wobei er mich sanft drehte, bis mein Rücken vollständig unter der Dusche stand.

Und dann spürte ich nichts anderes mehr als das himmlische Wasser, das über meinen ganzen Körper floss. Das Wasser, das ich in den Katakomben für unsere Duschen und Toiletten installiert hatte, war an den besten Tagen eiskalt und an den schlechtesten Tagen fast gefroren. Ich hatte in meinem ganzen Leben noch nie länger als fünf Minuten gebraucht, um meinen ganzen Körper zu waschen. Jetzt war ich mir nicht sicher, ob er mich hier wieder rausholen könnte.

Der Schmutz floss von meiner Haut und ich

spürte schon, dass ich so sauber war wie seit ... wie vielleicht noch nie.

»Möchtest du etwas Shampoo?«, fragte er höflich und hielt meine Hand fest, damit ich nicht mit dem Gesicht auf die Fliesen fiel.

Ich hatte schon einmal Shampoo benutzt, aber es war schwer zu bekommen und Vaspir war nicht scharf darauf, danach zu suchen. Dankbar nickte ich und nahm eine Handvoll der lilafarbenen Flüssigkeit entgegen. Sie enthielt Düfte, die ich noch nie gerochen hatte, aber bei denen ich wusste, dass sie von bester Qualität waren. Ich zog meinen Kopf aus dem Wasser und verteilte die ganze Handvoll auf meiner Kopfhaut, ließ meine Fingernägel die herrliche Substanz in die nassen Strähnen einarbeiten und genoss jedes *Plopp* und jedes Knistern der Bläschen, während meine Haare vielleicht zum ersten Mal in meinem Leben richtig sauber wurden.

»Die meisten Leute mit langen Haaren waschen sie zweimal«, sagte er, als ich den Schaum ausgespült hatte. »Ich habe noch mehr davon. Du kannst so viel benutzen, wie du willst.«

Dankbar streckte ich wieder meine Hand aus und sah zu, wie er sie füllte. Wir hatten noch nie einen Überschuss an irgendetwas gehabt, und ich war noch nie so sorglos mit Vorräten umgegangen. Tja, aber wenn ich schon alles verlor, dann würde ich meine Haare zweimal shampoonieren und vielleicht sogar eine Haarspülung benutzen. Ronan könnte Lotion haben. Ich hatte seit mindestens zehn Jahren keine Lotion mehr benutzt.

Nachdem meine Haare gründlich gewaschen waren, reichte Ronan mir die Spülung und ich schmierte meine Strähnen mit der seidigen Substanz ein. Ich fühlte mich wie ein Kind, das sich über all diese kleinen Annehmlichkeiten freute, und warum sollte ich das auch nicht? Warum sollte ich nicht jedes einzelne Stückchen des Guten wertschätzen?

Es würde mir doch bald wieder entgleiten, oder?

So ging es immer weiter, bis ich mit Seife und einem, wie Ronan es nannte, *Waschlappen* spielte und meine Haut mit diesen Zaubertränken schrubbte, durch die ich mich fast wieder lebendig fühlte.

»Die Seife hat heilende Eigenschaften«, sagte er, nachdem ich mich darüber gewundert hatte, wie viel besser ich mich fühlte. »Das ist die blaue«, sagte er und deutete auf die Flasche. »Die grüne ist zum Stressabbau. Die rosafarbene ist für ...« Aber er fuhr nicht fort, sondern räusperte sich, bevor er über die nächste Flasche sprach. »Die rote ist, wenn dir zu heiß ist. Ich benutze sie oft in den Sommermonaten.«

Aber irgendetwas sagte mir, dass er mich mit meiner Begeisterung für all die neuen Entdeckungen davon abhalten wollte, Fragen zu stellen. Das reichte mir jetzt. Es spielte keine Rolle, dass ich mich zum ersten Mal seit Jahren wieder so richtig amüsierte – die Realität würde früher oder später kommen.

Ich entschied mich für *früher*.

»Warum bin ich hier, Ronan?« Ich beobachtete, wie die Blasen von meiner Haut abperlten, während ich auf meine Antwort wartete.

Diese herrlichen Arme verschränkten sich vor seiner Brust, als ich mich umdrehte und das Wasser auf mein Gesicht regnen ließ, um ihm mehr Zeit zu geben. Aber er antwortete mir nicht. Nach einer Weile warf ich ihm einen Blick über meine Schulter zu, aber er erwiderte diesen nicht. Nein, seine Augen waren starr, nichts sehend, während Flammen über seine Haut züngelten, seine Augen glühten und seine Kiefer waren verkrampft.

»Was ist los?«, fragte ich und drehte mich verängstigt nach der Gefahr um. Meine eigenen Flammen entzündeten meine Haut, selbst unter der Gischt, während meine Schuppen schimmerten.

»Wer hat dir das angetan?«, knurrte er und sein Körper vibrierte vor Wut.

Oh. Das. Meine Flammen erloschen wieder, als sich eine Maske über mein Gesicht legte.

»Wer hat mir was angetan?« Ich wusste ganz genau, wovon er sprach, aber ihm zu sagen, warum ich diese Narben hatte, würde nur dazu führen, dass ich alles verlieren würde.

Ronan packte mich am Arm und zog mich sanft an sich, während er den Kopf senkte und mich ansah, als wüsste er, dass ich lüge. »Die Narben, kleiner Drache. Wer hat dir das angetan?«

Er fragte, als ob er die Antwort schon wüsste, als ob er wollte, dass ich es leugnete, als ob er …

»Es ist nichts«, murmelte ich und schüttelte seine Hand ab. »Und wechsle nicht das Thema.«

Ronans Knurren ließ mir die Haare auf den Armen zu Berge stehen und er pirschte sich an mich heran, bis ich mit dem Rücken an den kühlen Fliesen klebte und seine warme Brust an meine drückte. Das wäre verdammt sexy, wenn es mir nicht eine Höllenangst einjagen würde.

»Lüg mich nicht an, Cira! Es ist nicht *nichts*. Etwas, das dir wehtut, ist nicht *nichts*. Etwas, das Narben wie diese auf deinem Rücken hinterlässt, ist nicht *nichts*.«

Das war es dann jetzt also. Ich hatte eine Dusche und eine gute Heilung aus diesem Deal herausgeholt. Denn wie sollte ich ihn beruhigen, wenn er solche Fragen stellte? Wie sollte ich ihn anlügen?

»Ich kann mich nicht wandeln«, platzte ich heraus, während mir die Tränen über die Wangen zu laufen drohten. »Vaspir, wollte …«

»Ich schwöre bei allem, was mir heilig ist, wenn du jetzt sagst, dass dieser Wichser von einem Wächter dir *helfen* wollte, werde ich meinen verdammten Verstand verlieren.«

Ich konnte nur schlucken, mein Schweigen sprach für sich.

»Ich kann mich nicht wandeln, Ronan. Das«, flüsterte ich und hielt meine Hand mit den schimmernden Schuppen und der Handfläche voller Flammen hoch, »ist alles, was ich je hatte. Was auch immer du wolltest? Was immer du dachtest, als Gegenleistung zu bekommen? Ich kann dir nicht helfen.« Mein Glucksen war feucht, als die Tränen, die ich zurückgehalten hatte, endlich flossen. »Wahrscheinlich hätte ich wenigstens den Mund halten sollen, bis ich eine gute Mahlzeit bekommen habe, was?«

Ronans Blick verfolgte die Tränen, die mir über die Wangen liefen, aber sein Gesicht war völlig leer. Er bewegte sich nicht, gab nicht einmal ein Anzeichen dafür, wie er mit mir verfahren würde, jetzt wo er wusste, dass ich praktisch wertlos war.

»Also gut«, grummelte er, stellte das Wasser ab und entfernte sich von mir. Ronan stieg aus der Dusche und wickelte sich ein dickes weißes Handtuch um die Taille. Als er aus der Tür verschwand, rutschte mir das Herz in die Hose und mein Magen zog sich zusammen.

Warum tat es so weh, dass er ging? Warum wollte ich mich übergeben und umkippen und …

Mein Herz klopfte ein kleines bisschen schneller, als er zurückkam, seine untere Hälfte in eine weiche Hose gehüllt, während er mit dem Handtuch über seine nassen Haare wuschelte. Er hing das Handtuch an einen Haken, bevor er sich ein anderes schnappte und es mir hinhielt.

Ein Funken Hoffnung keimte in meiner Brust auf, als ich aus der Dusche stieg und mich in die warme Hülle schmiegte. Kaum berührte die Luft meine Haut, fing ich an zu zittern.

»Mach dir keine Sorgen. Wir werden dich schon aufwärmen. Isaac hat dir Suppe und Apfelcider gemacht, und Alex hat einen Jogger und einen Hoodie für dich in den Trockner gesteckt. Du bleibst heute Nacht bei mir und morgen können wir uns den Rest überlegen.«

Bei ihm bleiben? Also im selben Bett? Zusammen?

Er führte mich in ein weiteres opulentes Zimmer mit einem Bett, das größer war, als ich es je gesehen hatte – nicht, dass das viel aussagen würde. Das ganze Ding war aus dunklem Holz gefertigt und der Sockel mit komplizierten Mustern verziert, die von einem Meisterschreiner stammen mussten. Das Kopfteil lief in der Mitte zu einer verschlungenen Spitze aus, und die beiden angrenzenden Pfosten reichten bis zur Decke. Am Kopfende stapelten sich Kissen in allen Formen und Größen, und ich kämpfte gegen den Drang an, in ihre Mitte zu springen.

Am Fußende befanden sich ein Stapel Klamotten und ein Tablett mit dampfendem Essen, das mich vergessen ließ, wie sich mein Bauch bei dem Gedanken, die ganze Nacht mit Ronan zu verbringen, zusammengezogen hatte.

Geradezu vibrierend schüttelte ich das Handtuch ab und stürzte mich auf die Klamotten, um mich von dem weichen *Jogger* einhüllen zu lassen. Ich verfing mich in dem *Hoodie*, aber Ronan half mir, mich davon zu befreien, nachdem er mir geholfen hatte, den Kordelzug in der Taille zu binden und den Bund zu rollen, bis ich nicht mehr in dem Stoff schwamm.

Ich machte mir nicht einmal die Mühe, meine Haare zu bürsten, bevor ich mich auf ein riesiges Stück knuspriges Brot und eine köstliche Suppe stürzte. Ich hatte noch nie in meinem Leben etwas so Gutes gegessen und stöhnte fast bei jedem Bissen. Der Cider war süß und spritzig und schien mich von innen zu wärmen, während ich dann endlich mit einer Bürste durch meine nassen Strähnen fuhr.

Es war schwer, gutes Essen in die Katakomben zu bekommen. Vaspir hatte sich immer darüber beschwert, wie schwierig es war, etwas zu kochen oder frische Zutaten zu bekommen. Meine Bücher waren da unten auch keine große Hilfe.

Noch bevor mein Getränk leer war, wurden meine Augenlider schwer, denn der volle Bauch, die warmen Klamotten und das weiche Bett waren zu viel, als dass ich Nein sagen konnte. Ronan half mir, es mir gemütlich zu machen, aber selbst unter der Decke war mir noch kalt. Er hatte sich auf der Seite des Bettes ausgestreckt, die der Tür am nächsten war. Mit entblößter Brust und den Kopf auf die Hände gelegt, starrte er an die Decke, als wäre er kein bisschen müde.

Ronan war freundlich, aber distanziert, seit ich ihm von meinem Problem erzählt hatte – wahrscheinlich war es jetzt auch sein Problem. Ich konnte es ihm nicht verübeln. Was auch immer das Ziehen war, von dem Amala gesprochen hatte, reichte nur bis zu einem gewissen Punkt. Ich hatte Isaac und Alex seit der Enthüllung meines Geheimnisses nicht mehr gesehen, aber es war wahrscheinlich, dass ihre Reaktion genauso kalt ausfallen würde.

Vielleicht war das der Grund, warum ich zitterte.

»Wenn deine Zähne weiter so klappern, werde ich nie schlafen können«, brummte er und drehte sich auf die Seite, während er mich in den Arm zu nehmen schien.

Wollte er mich auf den Boden schmeißen oder so? Mich rauswerfen?

Ronan tat nichts von dem. Nein, er zog mich zu sich und klemmte sein Bein zwischen meins, während er meinen Oberschenkel um seine Hüfte wickelte. Sein Arm legte sich um mich und bettete mich an seine Brust, während er mit beiden Händen den Saum meines Pullovers hochschob und meine Narben berührte, als ob das nichts wäre. Seine Hände versengten mich, tauten meinen armen Körper auf, bis ich nicht mehr ein Eisblock war, und ließen mich fast vergessen, dass er das erhobene Fleisch berührte.

»Ich kann Hitze genauso gut kontrollieren wie Feuer«, sagte er mit müder Stimme, als ob ich ihn wirklich wach halten würde. »So können wir beide schlafen.«

Als ich mich nicht bewegte – zur Hölle, ich atmete kaum – öffnete er ein Auge einen Millimeter weit.

»Schlaf, kleiner Drache. Der Morgen wird noch früh genug kommen.«

KAPITEL 9

ALEX

Es hatte eine Zeit gegeben, in der ich dachte, mein Vater wäre das größte Arschloch auf diesem Planeten. Jetzt, wo er und mein Bruder tot waren, schien es, als wäre ich der amtierende Champion an dieser Front.

Mein Tier und ich hatten nie die Kontrolle verloren – niemals. Nicht mitten in der Folter. Nicht, als meine Familie auseinanderfiel. Nicht, als Manhattan im Chaos zu versinken drohte und den Launen der Unterstützer meines Vaters ausgeliefert war.

Aber als ich sie in diesem verdammten Tunnel sterben sah, in dem Wissen, wer sie für mich war ... Der Halt, den ich an meinem Tier hatte, der Halt, den ich an der Kontrolle hatte, der Halt, den ich an meiner Vernunft hatte ... alles brach zusammen.

Jetzt stand sie mit Ronan in der Dusche, und ich musste den Drang bekämpfen, Isaac durch die Wand zu werfen und sie aus Ronans Armen zu reißen.

Wieder.

Wild und verrückt. Das war das Wort, das ich gesucht hatte. Ich war verrückt wild nach einer Gefährtin, die wahrscheinlich keine Ahnung hatte, was vor sich ging. Ich wollte derjenige sein, der sie hielt, wenn sie verletzt war. Ich wollte derjenige sein, der ihre Wunden säuberte. Ich wollte derjenige sein, der mit ihr in der Dusche stand und ihr das Blut, den Schweiß und die Angst von der Haut wusch.

So wie ich mich benommen hatte, hatte ich das absolut nicht verdient, und sie würde mich wahrscheinlich sowieso nicht akzeptieren. Wenn ich es auf den Greif unter meiner Haut schieben könnte, würde ich es tun, aber selbst ich wusste, dass es keine Rolle spielte, dass Greife notorisch beschützende und besitzergreifende Kreaturen waren. Ich war ein hirnloser Idiot gewesen.

Mein Blick fiel auf den zerstörten Flur – alles nur, weil ich meinen Greif nicht festhalten konnte. Ich hatte mir jeden Tag, an dem sie noch gelebt hatten, geschworen, dass ich nicht so sein würde wie mein Vater und mein Bruder.

Und jetzt sieh mal einer an, wie ich mich verhalten hatte.

»Ich bin ein Arschloch«, murmelte ich und starrte auf die Zerstörung.

Isaac stieß ein leises Lachen aus. »Willkommen auf der Party. Schön, dass du die Sache endlich so siehst wie ich.«

Grummelnd kämpfte ich gegen den Drang an, ihm wieder ins Gesicht zu schlagen. »Sobald du ihr Essen besorgt hast, müssen wir zurück in die Katakomben. Es muss aufgeräumt werden und wir müssen ihren Duft überdecken. Sie hat da unten sechs Männer getötet. Irgendwann wird jemand kommen und nach ihnen suchen. Ich würde sie lieber nicht hierherführen.«

Ich konnte sie nicht so beschützen, wie Ronan es tat – wie Isaac es getan hatte. Aber ich konnte den Schlamassel aufräumen. Darin war ich verdammt gut.

Isaac verpasste mir einen Schlag gegen die Schulter, wobei die Kraft des Vampirs immer noch ausreichte, um mich zur Seite zu schleudern. »Da ist ja mein Freund. Wird auch Zeit, dass er wieder auftaucht. Für einen Moment dachte ich, wir hätten dich verloren.«

»Jaja. Ich war ein totales Arschloch. Ich hab's verstanden. Ich wäre wahrscheinlich viel ruhiger gewesen, wenn du sie mir einfach gegeben hättest, aber ich verstehe das. Hätte ich sie in meinen Armen gehabt, hätte ich sie auch nicht abgegeben. Allein die Tatsache, dass du es geschafft hast, sie abzusetzen und Amala arbeiten zu lassen, ist wahrscheinlich ein verdammtes Wunder. Ich werde das schon in den Griff bekommen.«

Irgendwann.

Hoffentlich.

Vielleicht.

Isaac rieb über die sich schließende Wunde an seiner Augenbraue, das Blut war schon lange getrocknet. »Auch auf die Gefahr hin, dass mir wieder die Fresse eingeschlagen wird, möchte ich dir ein paar Informationen geben, die du wahrscheinlich übersehen hast, während du versucht hast, meinen Kopf durch die Wand zu bekommen.«

Oh, Scheiße. Ich war mir nicht sicher, ob ich auf das, was er mir sagen wollte, vorbereitet war.

»Hau raus!«

»Cira hat nicht nur zwei Gefährten. Wenn man darüber nachdenkt, dass einer von uns tatsächlich auf das gehört hat, was Amala da drinnen gesagt hat«, erklärte er und deutete auf seine eigene Brust. »Sie hat nicht nur einen oder zwei. Sie hat drei, und ich wette, du kannst dir denken, wer der dritte ist.«

Sein Blick wanderte zu der Tür, die Ronan und Cira von uns trennte. Derselbe Ronan, der ihr gerade beim Duschen half und ihren wahrscheinlich nassen, nackten Körper festhielt, und ...

»Drei?«, fragte ich ungläubig und mit einer gehörigen Portion Jammern in dieser einfachen Frage.

Immer, wenn ich darüber nachgedacht hatte, eine Gefährtin zu haben – was nicht oft war –, hatte ich immer angenommen, dass es sich nur um ein Paar handeln würde. Teilen war noch nie mein Ding gewesen.

»Ach, komm schon. Deine Schwester hat drei Gefährten. Vielleicht ist das ein Familienmerkmal?«

Erstens: Ekelhaft. Und zweitens ...

»Meine Schwester hatte auch zuerst ein verstoßenes Gefährten-Band. Du hast doch gehört, dass diese Bindungen spalten können.«

Zumindest ergab das für mich einen logischen Sinn. Ich konnte mir nicht vorstellen, dass jemand wusste, dass Cira seine Gefährtin war und sie dann verstoßen würde. Selbst wenn sie dreckig und mit

Blut und Schweiß bedeckt war, war sie immer noch das schönste Geschöpf, das ich je gesehen hatte. Inmitten all des Aufruhrs und der Turbulenzen war sie immer noch so stark. Ich hatte noch nie jemanden gesehen, der so stark war. Ich wollte mich um sie kümmern – immer auf sie aufpassen.

Etwas, das ich in diesem Moment nicht tat, denn ich saß da und stöhnte, weil ich nicht das tun durfte, was ich tun wollte.

Die Umfrage hat ergeben: Arschloch.

Fuck!

»Wie kannst du gerade so verdammt ruhig sein? Ich will da hineinstürmen und sie aus dieser Dusche reißen. Nein, ich will sie nicht aus der Dusche reißen. Ich will Ronan aus der Dusche reißen und seinen Platz einnehmen. Wieso bist du nicht so wild wie ich?«

Isaacs blaue Augen liefen rot an, während sich sein Unterkiefer verkrampfte. »Wer sagt denn, dass ich ruhig bin? Ich bin nicht mehr ruhig, seit ich dieses Schweineblut gelesen habe. Wenn du den Scheiß wüsstest, den ich weiß, wärst du auch nicht ruhig. Aber dass ich meine Nerven verliere, ist nicht das, was sie braucht. Cira braucht uns, sie braucht Schutz und Fürsorge, und ...«

Er holte zur Beruhigung tief Luft und schloss die

Augen, während er seine Zähne fest zusammenbiss. »Sie braucht alles, was wir ihr geben können, und dazu gehört nicht, dass ich ausflippe. Will ich in dieser Dusche sein? Ja. Will ich derjenige sein, an den sie sich stützt? Ja. Will ich teilen? Nein. Aber ich werde es tun, weil sie es brauchen wird. Es geht nicht um mich. Es geht um sie.«

Ich hatte vorher gedacht, dass ich von mir selbst enttäuscht wäre, aber …

»Wenn sie uns akzeptiert, werden du und Ronan ein Band zu ihr haben, das ich nie haben werde. Sie ist ein Drache, nicht wahr? Irgendjemand wird ihr das Fliegen beibringen müssen. Du bist ein Wandler, richtig? Jemand wird sich mit ihr wandeln. Ronan hat seine Feuerfähigkeiten. Das sind Dinge, die ich nie haben werde. Aber ich werde Cira haben, und das ist im Moment genug. Aber nur, wenn wir alle weiteratmen und die Syndikate übernehmen können. Sonst spielt das alles keine Rolle.«

Das tat mehr weh, als der Schlag in den Magen, den er mir verpasst hatte. Er hatte recht. Falls sie uns akzeptierte – und wenn man bedachte, wie ich mich verhielt, war ihr Akzeptieren ein großes *Falls* –, gab es Dinge, die ich mit ihr bekommen würde, die er nicht bekommen würde. Aber er konnte sie viel besser beschützen, als ich es je könnte. Mit seiner

Fähigkeit, sich zu verhüllen, würde Cira geschützt sein.

Es geht nicht um mich. Es geht um sie.

Verdammt, er hatte so was von recht. Ich musste meinen Kopf wieder klar bekommen.

»Mach ihr eine Suppe oder irgendwas Warmes. Du hast die Katakomben erlebt. Die waren praktisch eine verdammte Sauna. Sie wird hier oben erfrieren.« Und ich steckte ihre Kleidung in den Trockner, bis sie dampfte.

Und dann ...

Dann würde ich das Chaos aufräumen.

Isaac und ich gingen, bevor Ronan und Cira aus der Dusche kamen, was ich für das Beste hielt, um mein Tier unter Kontrolle zu halten. Jetzt, wo wir wieder in den Katakomben waren, wurde mir klar, wie brutal meine Gefährtin sein konnte. Wie wild sie war. Wie gut sie sich selbst schützen konnte.

Und ich würde daran denken, wie verdammt sexy das war, wenn dieser ganze Tod nicht deutlich machen würde, wie beschissen das Wandler-Syndikat war.

Sechs meiner Artgenossen waren in das Haus meiner Gefährtin eingedrungen. Sechs meiner

Artgenossen hatten geglaubt, sie könnten einen Golddrachen unter dem Befehl eines sogenannten *Bosses* fangen. Ein Boss, der nicht Jackie sein konnte und ganz sicher nicht ich war. In Manhattan trieb sich ein Möchtegern-Boss herum, und ich musste unbedingt herausfinden, wer er war, und ihn schnellstens beseitigen.

»Wenn du von mir verlangst, dass ich totes Blut lese, bekommst du gleich wieder eins auf die Fresse«, knurrte Isaac, der meinen Denkprozess aufschnappte, bevor ich ihn laut aussprechen konnte. Wir waren schon so lange befreundet, dass er genau wusste, wie ich dachte, und denjenigen ausfindig zu machen, der *unsere* Gefährtin wollte, stand ganz oben auf meiner Prioritätenliste.

»Kannst du es mir verübeln? Das ginge immerhin viel schneller.«

»Und was würde ich Cira nützen, wenn ich durch das Lesen von totem Blut wahnsinnig geworden wäre?«

Der Mann hatte nicht ganz unrecht.

Nach fünfzig Jahren war der Duft von Cira überall, sogar in den Steinen selbst. Wir müssten diesen Ort bis auf die Grundmauern niederbrennen, um sie zu vertuschen, und das sogar mit Isaacs Verhüllungsfähigkeit. Wir würden ihr ein Amulett besorgen müssen, um ihren Duft zu verbergen – zumindest bis wir herausgefunden hatten, wer die Bedrohung war.

»Komm, sieh dir das an!«, rief Isaac, und ich folgte ihm in das Zimmer, das ihr Raum gewesen sein musste, denn der einzige Duft darin war ihrer.

Es war eine kleine Steinnische, dessen vier Wände entweder mit Büchern oder Waffen gefüllt waren. Cira hatte von beidem eine ziemlich umfangreiche Sammlung. Die Themen der Bücher reichten von Heimwerken und Teilchenphysik bis hin zu Eishockey-Romantik und Werwolf-Smut. Und ihre Waffen waren ebenso breit gefächert. Äxte, Schwerter, Messer, Seilpfeile und jede erdenkliche Klingenwaffe, die ich mir vorstellen konnte, waren alle fachmännisch gepflegt worden, selbst in diesem feuchten Verlies. In der Mitte ihres Zimmers lag eine uralte Matratze mit ramponierter Bettwäsche und einem einzigen Kopfkissen. Ein kleiner Stapel Kleidung befand sich in einem behelfsmäßigen Kleiderschrank, und das war auch schon alles.

»Denkst du, was ich denke?«, fragte Isaac, und ich hoffte es, denn das, was ich gerade dachte, war das, was wir tun würden, und es war mir scheißegal, was er dazu sagte.

»Dass wir ihre Kostbarkeiten zurück ins Haus

bringen und dann diesen Scheißhaufen hier niederbrennen müssen? Dass wir ihr nur die feinsten Klamotten und die weichste Bettwäsche kaufen und dafür sorgen müssen, dass sie weiß, dass sie nie wieder hierher zurückkommen wird? Dass wir ihr zeigen müssen, dass sie in Sicherheit ist und man sich um sie kümmert, weil nichts von dem hier ihrer würdig ist?«

»Ja, das trifft es in etwa, aber es fällt mir auch schwer, nicht zurück in die Zelle zu gehen und das Schwein zu zerfleischen. Das werde ich nicht tun, denn das ist definitiv die Aufgabe von Cira, aber dieser Wichser muss sterben.«

Von mir würde er keinen Widerspruch bekommen. »Bringen wir es hinter uns.«

Ein paar Stunden später, nachdem wir sichergestellt hatten, dass es keine weiteren Leichen zu verbrennen gab, zündete Isaac eine magische Bombe, die alle Beweise – auch die Leichen – in Asche verwandelte. *Na, sieh mal einer an.* Es hatte seine Vorteile, Hexenfreunde zu haben.

Obwohl ich Amala nicht gerade als Freundin bezeichnen würde. Vielleicht eine Verbündete?

Das Ausladen von Ciras Habseligkeiten war schnell erledigt, und dann nahm ich endlich eine Dusche, um den Duft der Katakomben von meiner

Haut zu bekommen. Wie sie dort fünfzig Jahre lang gelebt hatte, war mir ein Rätsel. Ich verstand nicht, wie ihr Wächter sie so versteckt halten konnte. Wie er sie von Wind und Sonne, vom Mond und von den Sternen fernhalten konnte. Wie konnte er ihr Nahrung und Schmuck vorenthalten, wie konnte er sie nicht anbeten?

Aber obwohl sie unter diesem Dach sicher und geborgen war, war das Bedürfnis, ihr nahe zu sein, zu übermächtig für mich. Ich fand mich auf der anderen Seite von Ronans Tür wieder und kämpfte dagegen an, durchzustürmen.

»Zwei Dumme, ein Gedanke«, flüsterte Isaac. Der Vampir erwischte mich völlig unvorbereitet. Wenn man bedachte, dass er seine gesamte Präsenz verhüllen konnte, war es allerdings nicht gerade selten, von Isaac überrascht zu werden.

»Ich will nichts von dir hören«, murmelte ich und starrte auf das dumme Stück Holz, das mich von meiner Gefährtin trennte.

»Ich sagte, zwei Dumme, ein Gedanke, du Trottel. Meinst du, es würde sie stören, wenn wir auf dem Boden schlafen?«

Ich warf ihm einen Blick über die Schulter zu, um zu checken, ob er mich verarschen wollte.

Das tat er nicht.

Und da wurde mir klar, dass Isaac genauso viel Schmerz empfand wie ich. Von Cira getrennt zu sein, war für ihn genauso schwierig wie für mich.

»Es fällt mir immer schwerer, mich darum zu scheren. Dir?«

Er zuckte mit den Schultern, verschränkte die Arme vor der Brust und starrte die Tür an, als wäre sie eine persönliche Beleidigung.

Da beschloss ich *Scheiß drauf*. Wir befanden uns alle auf unbekanntem Territorium, und mehr Schutz für Cira konnte nicht schaden. Leise drehte ich den Knauf und trat ein, wobei ich Ronans hellwachen und aufmerksamen Blick begegnete, als wir in seinen Raum vordrangen. Cira lag an ihn gekuschelt, ihr Gesicht an seine Brust geschmiegt, und ich wollte verdammt noch mal so gern an seiner Stelle sein.

Ich schnappte mir ein paar Kissen von einem Stuhl in der Nähe, warf Isaac eines zu und ließ dann meins auf den von mir gewählten Platz auf dem Boden fallen. Ronan rollte mit den Augen, schlang seine Arme um Cira und drückte sie an sich.

Arschloch.

Als ich in mein behelfsmäßiges Bett fiel, fühlte ich mich hier immer noch viel besser als in meinem eigenen Bett. Wenigstens konnte ich hier ihren Atem und ihren Herzschlag hören. Ich wusste, dass sie sicher, warm und lebendig war.

Und selbst auf dem kalten Fußboden war mein Schlaf so tief, dass ich erst aufwachte, als ich einen Fuß in den Bauch bekam und ein ganzer Körper auf meinen knallte.

Ein Paar große goldene Augen blickten mich aus dem schönsten Gesicht an, das ich je gesehen hatte.

Und ich wollte mich so lange wie möglich an sie klammern.

KAPITEL 10

CIRA

ALS ICH HEUTE MORGEN AUFWACHTE, HATTE ich nicht die Absicht, Alex – im wahrsten Sinne des Wortes – in die Arme zu fallen, aber genau das passierte dann doch. Diesmal hatte es nichts mit dem Blutverlust oder der Benommenheit durch Nahrungsmangel zu tun.

Nein. Es war einfach nur dumm gelaufen.

Meine Blase war der Auslöser für den ganzen Schlamassel. Als ich heute Morgen die Augen geöffnet hatte, sah ich eine wunderschöne Brust, die ich eindeutig als Kopfkissen benutzte. Ich konnte mich nicht erinnern, wann ich jemals so ausgeruht und so warm aufgewacht war.

Und die Aussicht?

Nein, die hatte ich auch noch nie.

Ronans schlafendes Gesicht war genauso schön wie seine Brust. Seine dunklen Wimpern warfen Schatten auf seine Wangen und ich musste den Drang bekämpfen, meine Zähne in seine volle Unterlippe zu versenken. Er wirkte so angespannt, wenn er wach war, es war schön, ihn zur Abwechslung mal gelassen zu sehen.

Aber meine Blase meldete sich, und ich musste ihr gehorchen. Ich schaffte es, mich aus Ronans Griff zu befreien, wobei ich mein Bestes tat, um ihn nicht aufzuwecken. Vielleicht lag es an all den Jahren mit Vaspir, aber ich wusste, dass niemand viel Lärm am Morgen mochte. Wenn sie mich hierbehalten wollten, war das Einzige, was ich tun konnte, ein guter Gast zu sein.

Warum bist du so laut? Kannst du nicht mal für fünf Sekunden die Klappe halten?

Langsam wich ich zurück, denn meine Blase war ziemlich penetrant, als ich meinen Fuß aufsetzte. Statt des harten Bodens, den ich erwartet hatte, fand ich einen ziemlich warmen Bauch und einen vollständigen Mann. Ein vollständiger Mann, den ich unter mir zerquetschte, als ich auf ihn fiel.

Alex umschloss mich, unsere Körper waren eng beieinander und ich starrte in seine dunklen Augen. In den Lichtstrahlen, die durch die Vorhänge fielen, konnte ich erkennen, dass sie nicht schwarz waren, wie ich gedacht hatte, sondern ein tiefes Waldgrün hatten, das fast endlos schien.

»Guten Morgen, meine Schöne. Gut geschlafen?«

Es war nicht gut, dass sein verschlafenes Grollen, das durch meine Brust vibrierte, das Denken unmöglich machte. Mein Gehirn hatte einen Kurzschluss, da seine Hände meine Hüften so fest umschlossen. Mussten sie so groß sein? Sollten sie dazu führen, dass jede einzelne Zelle meines Körpers den Wunsch verspürte, meinen Mund auf seinen zu stürzen, wie ich es noch vor fünf Sekunden bei Ronan gewollt hatte?

Nein, Cira. Konzentriere dich!

Ich brachte kaum ein Nicken zustande.

»Badezimmer?«, quietschte ich und kletterte von ihm herunter. Trotzdem entging mir nicht, wie sein Gesicht weicher wurde und eine Seite seines Mundes ein wenig nach oben kippte. Weich stand Alex gut, das war viel besser als seine Wut, obwohl, die auch sexy war.

»Natürlich. Weißt du, wo die Toilette ist?«, fragte er und rollte sich zum Sitzen auf, wobei seine Brust und sein Bauch Worte zu einem echten Problem machten.

Ich nickte und huschte an einem verschlafenen

Isaac vorbei, der auf seinem eigenen Schlafplatz am Fußende des Bettes saß, und an einem gähnenden Ronan. Bei dem Versuch, ihn schlafen zu lassen, hatte ich alle geweckt.

Perfekt.

Ich fand den Toilettenstuhl in dem versteckten Kämmerchen, in dem sich anscheinend nur die Toilette selbst befand. Ich hatte in einem meiner Heimwerkerbücher über Sanitäranlagen gelesen, dass es so etwas gab. Sie wurden Wasserklosetts genannt, und ich persönlich fand sie genial. Volle Privatsphäre und eine verschließbare Tür? Einfach nur magisch. Das Beste, was ich je gebastelt hatte, waren ein paar Laken an einem Flaschenzugsystem.

Ich erledigte mein Geschäft, wusch mir die Hände und flippte im Bad ein klitzekleines bisschen aus, während ich nach einer Zahnbürste und Zahnpasta suchte. Alle drei hatten in Ronans Zimmer geschlafen.

Mit mir.

Na ja, vielleicht nicht *mit mir* mit mir, aber im selben Zimmer, und ich wünschte mir, ich könnte ein bisschen quieken, ohne dass es jemand mitbekäme. Ich fühlte mich zu allen dreien hingezogen, und ja, ich erinnerte mich genau daran, was Amala gesagt hatte, dass alle meine Gefährten waren, aber ... ich wusste nicht, was das zu bedeuten hatte.

Musste ich mich für einen entscheiden?

Würde ich sie alle bekommen?

Und warum wollte ich bei dem Gedanken an uns vier zusammen ohnmächtig werden?

Doch dann setzte die Realität ein und verdrängte die leidenschaftlichen Bilder in meinem Kopf.

Was, wenn Ronan ihnen sagte, dass ich mich nicht wandeln konnte? Sicher, der Mann hatte mich die ganze Nacht festgehalten und dafür gesorgt, dass mir warm war, aber er brauchte offensichtlich einen Drachen für irgendetwas. Wenn sie alle wüssten, was Ronan wusste, müsste ich zurück in die Tunnel gehen. Sie würden mich ausliefern, wie Vaspir es immer gesagt hatte.

Wozu braucht man einen Drachen, der sich nicht wandeln kann, Cira?

Aber musste ich mich denn verstecken? Es gab eine ganze Welt da draußen, und wenn ich ein Drache war, der sich nicht wandeln konnte, war ich dann überhaupt ein Drache?

Endlich fand ich die Zahnpasta und die in Plastik verpackte Zahnbürste und machte mich daran, meine Zähne zu putzen, während ich einen neuen Plan schmiedete. Es stimmte, sobald alle wussten, was

Ronan wusste, würde ich vor die Tür gesetzt werden. Wenn Vaspir weg war, musste ich mein Leben selbst in die Hand nehmen.

Denn wenn ich eines wusste, dann, dass Vaspir weg war. Oder tot. Oder verletzt. Ich musste ihn erst einmal finden, und dann ... dann konnte ich gehen. Kein mühseliges Überleben mit Abfällen mehr. Keine Ratten mehr. Keine Dunkelheit mehr. Ich würde den Himmel sehen und den Mond und die Sterne. Ich würde den Wind auf meinem Gesicht spüren. Natürlich brauchte ich Geld, aber ich würde es schon schaffen.

Ronan, Alex und Isaac würden mich rausschmeißen – Gefährten-Band hin oder her – und dann würde ich überleben. Darin war ich gut.

Ich musste nur den schrecklichen Schmerz in meinem Herzen ignorieren, wenn ich daran dachte. Ich musste durch den Schmerz ihrer Ablehnung atmen, wenn sie mich wegschickten.

Ich konnte das tun.

Ich würde das tun.

Denn ich wusste etwas, was die meisten Leute nicht wussten: Wenn es ums Überleben ging, konnte man so ziemlich alles schaffen.

Als ich es nicht mehr länger hinauszögern konnte, spähte ich aus dem Badezimmer und atmete erleichtert auf, weil der Raum leer war und nur die Überreste von Isaacs und Alex' Fußbodenschlummer daran erinnerten, dass ich mir das alles nicht nur ausgedacht hatte.

Der Gedanke, dass sie alle hier bei mir geschlafen hatten, gab mir ein warmes Gefühl. Und auch wenn ich wusste, dass es nicht von Dauer sein würde, war es doch ein schönes Andenken, das ich behalten konnte.

Ich starrte immer noch auf Isaacs Kissen auf dem Boden, als die Tür aufging und Alex mit einer dampfenden Tasse hereinkam, die köstlich duftete. Mein Magen rebellierte und erinnerte mich daran, dass ich bald etwas zu essen brauchte.

Alex' Augenbrauen wanderten bis zum Haaransatz, während sich ein breites Lächeln auf seinem Gesicht ausbreitete. »Hört sich an, als müsste jemand frühstücken. Keine Sorge, Isaac kocht gerade, aber ich habe mich gefragt, ob du schon mal Kaffee probiert hast.«

Ich hatte in meinen Büchern schon oft von diesem Getränk gehört. Die Leute schienen aus irgendeinem Grund besessen von ihm und dem Koffein zu sein, aber ich hatte es noch nie probiert. Dem Geruch nach zu urteilen, der aus dieser Tasse kam, würde ich es lieben.

Ich schüttelte den Kopf. »Habe ich nicht.«

»Meine Schwester sagt, wenn man das erste Mal Kaffee trinkt, soll man ihn süß machen, damit der bittere Geschmack der Bohnen überdeckt wird. Ich habe ihn ein bisschen süßer gemacht, als ich ihn normalerweise mag. Ich kann nicht kochen, aber ich kann Kaffee machen.«

Dankbar nahm ich die Tasse entgegen und nahm einen zaghaften Schluck. Sofort trafen ganz neue Aromen auf meine Zunge und ich kämpfte gegen den Drang an, den Kaffee zu verschlingen. Ich war froh, dass die Flüssigkeit so heiß war. Ohne sie alle um mich herum wurde mir langsam wieder kalt.

»Der ist wirklich gut. Danke.«

»Komm mit! Isaac ist fast fertig mit dem Frühstück«, sagte er, nahm sanft meine Hand in seine und zog mich in den Flur.

Im hinteren Teil des Hauses befand sich ein großer Raum mit vielen Schränken, Theken und Elektrogeräten. Ich hatte noch nie eine richtige Küche in natura zu Gesicht bekommen, aber ich hatte Bilder in meinen Heimwerkerbüchern gesehen.

Alles war einfach so schön. Die Schränke waren dunkel, fast schwarz, und die Arbeitsplatten bildeten einen schönen Kontrast mit einem grau-geäderten Weiß. Es gab einen Metallkühlschrank, der fast größer war als mein Zimmer in den Tunneln, und Isaac stand vor einem Herd. Der Duft von gekochtem Fleisch war so köstlich, dass mein Magen noch einmal aufschrie, bevor Alex mich zu einem Barhocker führte und den neben mir einnahm.

Auf dem Tresen standen abgedeckte Teller und ein plattenartiges Gedeck, das nur für mich reserviert zu sein schien.

»Ich war mir nicht sicher, was du magst«, sagte Isaac über seine Schulter. »Also habe ich alles gekocht, was mir zum Frühstück einfiel.«

Er drehte sich um und hielt mir eine Platte mit Fleischstreifen hin. Alex fing an, die Platten aufzudecken, und füllte meinen Teller mit mehr Essen, als ich jemals in einer ganzen Woche gegessen hatte. Es gab fluffige Brotscheiben und das, was ich für Eier hielt, Fleischstreifen und Kartoffelwürfel, Flaschen und Soßen ... Ich wusste nicht, was ich mit all dem anfangen sollte.

Angesichts meiner Verwirrung fing Isaac an, die einzelnen Dinge aufzuzählen. »Das ist Bacon. Er ist ein unverzichtbares Lebensmittel und das Beste, was du je essen wirst. Das sind Kartoffeln. Ich habe sie leicht gewürzt, weil ich mir nicht sicher war, was du magst. Das sind Eier und Pancakes«, sagte er und ging zum nächsten Teller. »Und Ketchup und Ahornsirup.«

Alex reichte mir eine Gabel, das Utensil war für mich etwas ungewohnt. Meistens aß ich rohes, fast abgelaufenes Fleisch und alles Gemüse oder Obst, das Vaspir klauen konnte. Ich hatte schon vor langer Zeit aufgehört, mir das Essen schmackhaft zu machen.

»Das ist sehr nett. Danke.«

Und weil ich keine Sekunde länger warten konnte, schaufelte ich mir das Essen in halsbrecherischer Geschwindigkeit in den Mund. Die Geschmäcker explodierten auf meiner Zunge und ich merkte, wie ranzig alles, was ich je in meinem Leben gegessen hatte, gewesen sein musste. Der Bacon war knusprig und salzig, die Pancakes waren süß und fluffig, die Eier waren perfekt gewürzt und die Kartoffeln ...

Ein Geräusch an der Tür ließ mich die Augen aufreißen und ich sah Ronan am Türrahmen lehnend.

»Wusstest du, dass du stöhnst, wenn du isst, kleiner Drache?«

Ich hatte Mühe, mein Essen herunterzuschlucken, während mein Blick auf Isaac und Alex und dann wieder auf Ronan fiel. Alle drei sahen mich an, als ob ich die Mahlzeit wäre und sie mich gleich verschlingen wollten. Ich kämpfte darum, sie nicht zu lassen.

»Tut mir leid. Ich habe so etwas noch nie gegessen«, krächzte ich, nachdem ich mich geräuspert hatte, und versuchte, die Röte zu verbergen, die meine Wangen beflecken musste. »Danke für die Suppe gestern und das alles hier.«

»Du musst dich nicht bedanken«, grummelte Isaac, wobei sein Blick meine Lippen nicht verließ. »Es ist mir ein Vergnügen.«

Was auch immer du tust, leck dir nicht über die Lippen, Cira. Dieser Mann ist ein Raubtier und wird dich verschlingen.

Aber was wäre, wenn ich wollte, dass er mich verschlang?

Alex räusperte sich und riss mich aus meiner Trance. »Wir müssen über die Katakomben reden, Cira.«

Das war's. Das hier würde sicher ein *Schön, dass du gut gegessen hast, aber wir sehen dich dann später wieder* werden. Vorsichtig legte ich meine Gabel ab und versuchte, mich nicht von dem Brennen hinter meinen Augen überwältigen zu lassen.

»Du kannst nicht dorthin zurückgehen – egal aus

welchem Grund«, fuhr Alex fort und ließ mich halb von meinem Barhocker aufspringen.

»Was?«

»Wir haben es geschafft, all deine Besitztümer aus deinem Zimmer zu räumen, aber der Rest davon? Na ja, wir haben es abgefackelt.«

Der Raum begann sich zu drehen. »Aber ...«

»Es gab sechs tote Wandler in deinem Zuhause – ein Zuhause, in dem du fünfzig Jahre lang gewohnt hast. Es gab keine Möglichkeit, deinen Duft zu verbergen, und irgendwann wäre jemand gekommen, um diese Wandler zu suchen. Wir mussten alles zerstören, um dich zu schützen.«

Was sollte ich dann tun, wenn sie mich hier rausschmeißen würden? Dann hatte ich überhaupt kein Zuhause mehr. Die Welt fühlte sich an, als ob sie mich verschlingen würde. Unsicher kletterte ich vom Barhocker und trat einen Schritt zurück, wobei ich die drei anstarrte, als hätten sie gerade mein Todesurteil unterschrieben.

»Aber das bedeutet, dass ich kein Zuhause habe. Ich kann nirgendwo leben. Ich habe kein Geld, keine Unterkunft. Ich habe nichts – ist es das, was ihr mir sagen wollt?«

Isaac trat um den Tresen herum, aber ich hielt eine Hand hoch. Behutsam versuchte er, mich zur

Vernunft zu bringen, aber seine Worte klangen einfach wie Lügen. »Nein, natürlich nicht.«

»Es scheint hier ein Missverständnis zu geben. Das hier ist dein neues Zuhause«, sagte Alex und deutete auf den großen Raum, aber er wusste nicht das, was Ronan wusste.

Ich begegnete Ronans Blick und wusste, dass ich es bereuen würde, wenn ich es mir hier zu bequem machte. »Warum hast du es ihnen nicht gesagt?«

Er verschränkte die Arme vor der Brust und legte den Kopf schief, als wäre ich bezaubernd. »Was soll ich ihnen denn sagen, kleiner Drache?«

Seine Ausweichmanöver machten mich wütend. Das war mein Leben, mit dem er spielte.

»Komm mir nicht mit *kleiner Drache*. Was ist mit der Tatsache, dass ich mich nicht wandeln kann? Was ist damit? Warum hast du es ihnen nicht gesagt? Ich weiß, dass ihr einen Drachen wollt. Ich weiß, dass diese Männer einen Drachen wollten. Wozu braucht man einen Drachen, der sich nicht wandeln kann? Ich weiß genau, was passiert, wenn ich euch nicht gebe, was ihr wollt. Dann sitze ich draußen auf der Straße. Ihr hättet mich einfach in diesem verdammten Tunnel lassen sollen.«

Das sanfte Lächeln auf Ronans Gesicht war längst

verschwunden. »Du wärst gestorben, wenn wir dich in dem Tunnel gelassen hätten.«

Es war das gleiche verdammte Schicksal – es dauerte nur länger.

»Das ist besser als Hoffnung. Hoffnung tötet genauso leicht wie Wunden, sie ist nur langsamer. Ja, ich habe es warm und einen vollen Bauch und ein schönes Bett zum Schlafen und Leute, die mich ansehen, als wäre ich von Bedeutung. Aber wenn ich euch nicht geben kann, was ihr wollt, werde ich wieder allein sein, mit nichts und niemandem. Nur werde ich dann gekostet haben, wie schön es war, tatsächlich etwas zu haben. Das ist schlimmer.«

Alex und Ronan schienen kurz darüber nachzudenken, aber Isaac und der Tresen, an dem er sich festhielt? Er sah aus, als wäre er drei Sekunden davon entfernt, ihn in zwei Hälften zu brechen.

»Und wie kommst du darauf, dass einer von uns dich rauswerfen würde?« Isaac hatte die Frage geflüstert, aber es schien, als hätte er sie geschrien.

»Gesunder Verstand? Ich weiß nicht viel über die Welt, aber ich weiß, wie die Syndikate sind. Sie sind blutrünstig und mörderisch. Was nützt mir das, wenn ich nicht in irgendeiner Weise dazu beitragen kann? Ich bin mir ziemlich sicher, dass jeder von euch genauso tödlich ist wie ich. Ich bezweifle ernsthaft, dass ihr einen weiteren Vollstrecker in euren Reihen braucht. Ihr wollt einen Drachen. Ich kann kein Drache sein.«

Als niemand etwas sagte, nickte ich und ließ den Verlust durch mich hindurchfließen.

»Und woher willst du das wissen?«, knurrte Alex und starrte mir ins Gesicht, als wollte er die Welt zerstören. »Du hast dein ganzes Leben im Untergrund verbracht, richtig? Du hattest kaum genug zu essen, um weiter zu atmen und nichts als einen Taugenichts von Wächter, der einen Scheißdreck gemacht hat. Späte Wandler schaffen es immer wieder, sich zu wandeln. Es braucht nur die richtigen Umstände.«

Ich dachte an die Narben auf meinem Rücken, an die Mühen, die Vaspir auf sich genommen hatte, um eine Wandlung zu erzwingen. »Wenn ich mich wandeln würde, hätte ich es schon längst getan.«

Irgendwas an meiner Art, das zu sagen, ließ Alex' ganzen Körper anspannen. Es war, als wüsste er über meine Narben Bescheid und würde einen Mord in Erwägung ziehen.

»Ich hätte das Schwein töten sollen, als ich die Chance dazu hatte«, knurrte Alex und seine Augen bluteten golden, während seine Hände knackten und sich in die Krallen seines Tieres formten.

Ich wich einen Schritt zurück, denn die Angst drohte mich in die Tiefe zu reißen.

Sie hatten Vaspir.

Wahrscheinlich hatten sie diese Männer geschickt, um mich zu holen, und kamen erst, als sie schon zu lange weg waren.

Ich hatte gedacht, es wäre jemand anderer, aber nein.

Und jetzt saß ich voll in ihrer Falle.

Fantastisch.

KAPITEL II
ISAAC

DER VERRAT, DER AUS JEDER PORE MEINER Gefährtin quoll, brachte mich dazu, dieses Schwein vernichten zu wollen, wie ich es vom ersten Moment, als ich sein Blut gelesen hatte, hätte tun sollen. Ich wollte ihn ausweiden und dafür sorgen, dass keine Zelle von ihm eine Sekunde länger lebte. Ich wollte nicht, dass sie erfuhr, wie Vaspir versucht hatte, sie auf diese Weise zu verkaufen. Niemand hatte das verdient, vor allem nicht Cira.

»Du denkst, wir waren es«, flüsterte ich und versuchte, meine Wut nicht zu verlieren. »Du denkst, wir haben diese Männer geschickt. Du denkst, dass wir dir so wehtun würden.«

Und warum sollte sie das auch nicht denken?

Nach dem, was ich im Blut ihres Wächters gelesen hatte, gab es für sie keinen Grund, etwas anderes zu glauben. Ihre Worte, dass Hoffnung eine Falle sei, trafen mich auf eine Weise, die ich mir selbst nicht eingestehen konnte. Ich war früher genau da gewesen, wo sie jetzt war.

Allein.

Verängstigt.

Ohne Familie und ohne Zuhause.

Aber ich hatte keine einzige helfende Hand bekommen, niemanden, der mich aufgenommen, meine Wunden geheilt oder mir Essen gegeben hätte. Das hatte ich selbst getan, und ich würde verdammt sein, wenn sie das Gleiche durchmachen müsste wie ich.

Der Duft der Angst drang aus jeder Pore ihres Körpers, als sie sich langsam in einen Raum ohne Ausgang zurückzog.

»Natürlich nicht«, log sie, während ihr Blick von mir zu Alex, zu Ronan und wieder zu mir wanderte. »Warum solltet ihr so etwas tun?«

Lügen. Alles Lügen.

Lügen, die man daran erkennen konnte, dass die Schuppen an ihrem Hals und die Schlitze in ihren Pupillen aufblitzten. Feuer blühte auf ihrer Haut auf, aber da sie Ronans Klamotten anhatte, brannten sie nicht.

Den Göttern sei Dank für kleine Wunder.

»Möchtest du wissen, woher wir wussten, wo du bist? Wie wir dich gefunden haben? Ich kann es dir sagen, wenn du willst.« Das war gestern Abend eine ihrer brennendsten Fragen gewesen. Also könnte ich sie genauso gut jetzt auch beantworten. »Vor drei Tagen kam dein Wächter in den *Sapphire Room*, um ein Geschäft abzuschließen. Er hielt sich sehr bedeckt, bis er sich mit Ronan zusammensetzte. Erst dann sagte er, was er verkaufen wollte. Einen Golddrachen.«

Ciras ganzer Körper erschlaffte, ihre Schultern sackten nach vorn und ihr Gesicht verzog sich, als hätte ich ihr gerade einen Schlag in den Bauch versetzt. Der Schmerz war in einem Augenblick da und wieder weg, eine Maske glitt so schnell über ihr Gesicht, dass ich sie fast verpasst hätte. Aber selbst mit diesem ausdruckslosen Blick konnte ich sie spüren, obwohl wir nichts getan hatten, um unser gemeinsames Band zu festigen.

Nichts außer dem lästigen kleinen Blutaustausch, um ihr Leben zu retten, meinst du.

Fuck!

Es war, als würde ihr Herz in meiner Brust brechen, und jetzt wusste ich auch, warum.

Tränen füllten ihre Augen, obwohl ihr Gesicht ausdruckslos war. »Habt ihr wenigstens einen Rabatt bekommen? Fehlerhafte Ware und so.«

»Ich habe diesem Mann keinen einzigen Cent gegeben und würde es auch nie tun«, zischte Ronan, wahrscheinlich beleidigt, dass sie so etwas von ihm dachte. »Ich bin kein großer Fan von Sklaverei, und du bist kein Eigentum, das man kaufen und verkaufen kann.«

»Klar.« Sie lachte und ihr freudloses Kichern riss mir förmlich die Brust auf. »Was mache ich dann hier? Ihr habt gesagt, er wollte mich verkaufen. Ich bin hier und er nicht. Was sagt dir das?«

»Wenn man bedenkt, dass ich niemals eine Bezahlung für eine Person leisten würde – schon gar nicht für dich –, dann sagt mir das, dass du gehen kannst, wann immer du willst«, knurrte Ronan und wies auf die Tür. »Aber bevor du gehst, hoffe ich, dass du verstehst, dass wir nicht die Ersten waren, zu denen Vaspir gegangen ist. Das waren die Männer, die dich holen wollten.« Er schluckte, und Flammen züngelten über seiner Lederjacke. »Die Männer, die gedroht haben, dich zu vergewaltigen. Die Männer, wegen denen du fast gestorben wärst, während du dich gewehrt hast.«

Cira blinzelte und Tränen liefen ihr über die Wangen, als sie versuchte, die Wahrheit aus uns allen herauszulesen. »Und Fae können nicht lügen, richtig?« Als er nickte, stieß sie einen zitternden Atemzug aus und umarmte sich, als wäre es nicht das erste Mal, dass sie ihr verwundetes Herz beruhigen musste. »Was war dann der Plan? Wenn nicht Sklaverei, was dann?«

»Beschäftigungsverhältnis«, stellte Alex klar, wohl wissend, dass das jetzt nicht mehr zur Debatte stand. »Wir wollten dir einen Platz an unserer Seite, ein Gehalt und eine Wohnung anbieten, wenn du uns hilfst, bestimmte Hindernisse aus dem Weg zu räumen.«

Aber Cira einzustellen, kam einfach nicht infrage. Nicht mehr. »Aber das war, bevor wir wussten, wer du für uns bist.«

Da ich keine Sekunde länger von ihr wegbleiben konnte, ließ ich die Arbeitsplatte los und verringerte den Abstand, den sie zwischen uns geschaffen hatte. Ich berührte sie nicht – das konnte ich angesichts ihrer Flammen auch nicht –, aber ich kam ihr so nahe wie möglich.

»Niemand wird dich vor die Tür setzen. Niemand

wird dich foltern, damit du dich wandelst. Niemand wird dir das Gefühl geben, dass du nicht erwünscht bist – nie wieder. Ich bin kein Fae, aber mein Blut fließt in deinen Adern. Und wenn man bedenkt, dass ich noch nie einer lebenden Seele Blut gegeben habe, ist das für mich so gut wie ein Schwur.«

Ein Schwur, der ein Gefährten-Band verstärkte, von dem sie nicht wusste, dass wir es hatten. Wenn sie beschloss, dass ich nicht derjenige war, den sie wollte, wusste ich nicht, ob er gebrochen werden konnte. Ich würde sie einfach vom Gegenteil überzeugen müssen.

Das Feuer auf ihrer Haut erlosch, als sie jeden von uns nach Bestätigung suchend ansah. »Versprecht ihr es?«

Das war einfach für mich. Selbst wenn die anderen beiden sie nicht akzeptierten, würde ich es tun. Nach allem, was ich in Bewegung gesetzt hatte, sollte ich es wahrscheinlich nicht, aber für sie würde ich meinen Rachefeldzug aufgeben.

Es würde mich innerlich auffressen, aber ich würde es tun.

»Ich schwöre dir bei meinem Blut in deinen Adern, dass du bei mir sicher bist«, murmelte ich und betete, dass ich sie nicht ins Unglück führte. Ich streckte ihr meine Hand entgegen und atmete erleichtert auf, als sie sie annahm. Instinktiv führte ich ihre an meine Lippen und drehte sie so, dass ich ihr einen Kuss auf die Innenseite des Handgelenks drücken konnte.

»Du hast vielleicht nicht mein Blut in deinen Adern, aber du hast mein Wort«, schwor Alex und kniete sich vor ihre Füße. »Du bist bei uns sicher.«

Cira strich Alex behutsam durch die Haare, aber er schnappte ihre Hand und drückte sie an die Seite seines Gesichts, als würde er sich nach ihrer Berührung sehnen. Sie stieß einen zitternden Atemzug aus, bevor sie ihren Blick auf Ronan richtete.

Er schien, mit sich selbst zu hadern, und kämpfte gegen das Ziehen in seiner Brust an, das darum bettelte, in ihrer Nähe zu sein. Am Ende siegte das, was auch immer ihn zurückhielt.

»Ich schwöre, du bist in meinem Haus willkommen. Du hast hier eine sichere Zuflucht, so lange du sie brauchst. Und wenn du uns helfen möchtest, werde ich dich nicht daran hindern.« Er schluckte schwer, und seine Selbstbeherrschung schwankte gerade so weit, dass ich sehen konnte, wie das Gefährten-Band ihm das Herz zerriss, so gut es ging. »Meine rechte Hand, Pollux, wird später mit Klamotten für dich vorbeikommen. Alle Teile wurden von meinem Schneider angefertigt und sind so verzaubert, dass sie Flammen abweisen. Wenn ihr mich entschuldigen würdet. Ich habe noch einiges zu erledigen.«

Ronan drehte sich um, verließ die Küche und fegte den Flur entlang. Ich kämpfte gegen den Drang an, bei Cira zu bleiben, aber ich folgte ihm, weil ich genau wusste, worum es ging. Ronan verabscheute seinen Vater wegen eines schäbigen Gefährten-Bandes, das er mit seiner Mutter teilte. Er würde nicht so leicht klein beigeben, egal wie sehr er sich das auch wünschen mochte.

»Wage es nicht, ihm das Leben zu nehmen«, befahl ich leise, weil ich Angst hatte, Cira könnte mich hören. »Das ist ihr Anrecht, nicht deins.«

Ronan wirbelte herum und seine Augen tanzten mit Flammen, die nach außen schlugen. »Ich weiß, dass du sein Blut gelesen hast, aber das heißt nicht, dass du alles weißt. Ich war mit ihr in der Dusche. Ich habe gesehen, was er getan hat. Ihr beide seid bereit, für sie auf die Knie zu gehen. Das ist süß. Du weißt nicht das, was ich weiß.«

Oh, ich wusste beschissen viel mehr, als ich zugeben wollte.

»Denkst du, die Narben auf ihrem Rücken sind das Einzige, was er ihr angetan hat?« Ich knurrte leise vor mich hin und hasste jede Sekunde, in der das Blut dieses Mannes in mir war. Hasste es, dass ich ihre Geheimnisse und ihr Leben ausplauderte.

Ronans Augen zuckten und sein Feuer wurde so heiß, dass es die Farbe von den Wänden schmelzen könnte. Wäre das ganze Gebäude nicht für ihn bestimmt, hätte er es wahrscheinlich schon bis auf die Grundmauern niedergebrannt. Ich hatte nur Bruchstücke ihrer Narben in Vaspirs Erinnerungen gesehen. Ich wusste nicht, was ich tun würde, wenn oder falls ich sie jemals in natura sehen würde.

»Wenn du ihn am Leben halten willst«, knurrte er mit zusammengebissenen Zähnen, »dann machst du einen beschissenen Job, mich davon zu überzeugen, ihn nicht in Stücke zu reißen.«

Er hatte nicht ganz unrecht.

Ein Teil von mir wollte das ganze Wissen, das ich hatte, für sich behalten, denn es herauszulassen, würde uns alle nur vergiften. Aber wenn ich es für mich behielt, würde ich verhindern, dass er erfuhr, wie verdammt besonders Cira war, wie schön, wie verdammt perfekt. Denn sie würde es ihm nie sagen, und wir mussten vorsichtig mit ihr umgehen.

Mein Lächeln war bitter, als ich etwas davon herausließ. »Jede Klinge, die Alex und ich hierhergebracht haben, hat er an ihrer Haut getestet«, flüsterte ich und die Tatsache brach mein verfluchtes Herz. »Aber sie waren auf ihrer Ehrenwand, also habe ich sie ihr zurückgebracht. Sie hat für jede einzelne von ihnen geblutet. Sie hat sich jedes Buch in ihrem Regal, jede Klinge an ihrer Wand, jede Naht in ihrer Kleidung verdient. Jeden einzelnen Bissen Essen. Alles wurde mit Blut oder Fleisch gekauft und bezahlt.«

Und dieser Wichser hatte es geliebt, sie zu quälen. Er hatte jede Sekunde, die er mit ihr gespielt hatte, genossen. Aber diesen Teil behielt ich für mich.

»Wie kannst du da stehen, obwohl du weißt, was du weißt, und sie ablehnen? Wie kannst du sie die ganze Nacht im Arm halten und sie dann abweisen wollen? Willst du wissen, wie du zu deinem Vater *Fick dich!* sagst? Du behandelst deine Gefährtin mit Ehre. Du brichst ihr nicht das Herz. Wenn du das tust, dann bist du nicht besser als er.«

Ich wollte Cira nicht teilen, aber ich würde es tun, denn ich wusste ohne den geringsten Hauch eines Zweifels, dass sie uns alle brauchte. Und wenn ich schon jemanden teilen musste, dann wenigstens mit diesen Männern. Männer, denen ich schon vor langer Zeit meine Loyalität geschworen hatte.

»Sie braucht uns alle, Ronan. Verstoße sie nicht. Sie würde es nicht überleben.«

Das war eine Lüge. Sie würde es überleben. Cira hatte viel mehr als das überlebt, aber es würde einen Teil von ihr töten, der langsam wieder zum Leben erweckt worden war. Ich hatte es in ihrem Gesicht gesehen, als sie von Hoffnung gesprochen hatte. Auch wenn sie es nicht wollte, blühte diese in jeder Sekunde in ihr auf, in der wir dafür sorgten, dass sie wusste, dass sie unsere Gefährtin war.

Ich bewegte mich rückwärts und kehrte zu der Frau zurück, ohne die ich bald nicht mehr leben können würde. »Und sei vor Einbruch der Dunkelheit zurück! Ich muss mich beim Clan melden. Meine Abwesenheit hat wahrscheinlich schon Verdacht erregt.«

Ich wollte nicht gehen, aber um sie zu beschützen, musste ich das tun. Und das würde mich verflucht noch mal in den Wahnsinn treiben.

Ronan wurde nüchtern und neigte sein Kinn zustimmend. »Ich werde dieses Fickschwein heilen lassen, damit er, wenn sie ihm den Kopf abreißt, sie als das sieht, was sie wirklich ist: eine Königin.«

Eine Königin für uns Könige. Das hörte sich gut an.

»Braver Junge. Ich wusste, dass du es in dir hast.«

»Ach, fick dich doch, du selbstgefälliger Bastard«,

murmelte er und ging auf die Garage zu, und da wusste ich, dass er wieder in der Herde war.

In der Küche angekommen, entdeckte ich ihr besorgtes Gesicht und musste das in Ordnung bringen. Ich wusste genau, was diesen beschissenen Morgen retten würde.

Es war Zeit, dass Cira endlich die Sonne sah.

KAPITEL 12
CIRA

AUS IRGENDEINEM VERRÜCKTEN GRUND WAR ich nervös. Es war ja nicht so, als würde ich jemanden zum ersten Mal treffen. Isaac hatte nur vorgeschlagen, dass ich die Sonne sehen sollte, und jetzt hatte ich Angst, dass Jogger und nackte Füße nicht angemessen waren, um so etwas zum ersten Mal zu sehen.

»Ich kann dich nicht mit nach draußen nehmen, weil ich dich noch nicht verhüllt habe«, begann Isaac, »und außerdem ist es da draußen unangenehm kalt. Da du die niedrigen Temperaturen nicht so gut verträgst, dachte ich mir, dass du die Sonne vielleicht auf eine andere Weise sehen willst. Dieses Haus hat einen ziemlich großen Wintergarten im Westflügel, und der sollte warm genug für dich sein.«

Ich konnte mir mein Zögern nicht erklären. Ich hatte mein ganzes Leben lang darauf gewartet, die Sonne zu sehen – ich träumte von ihrer Wärme auf meinem Körper und fragte mich, wie sie sich anfühlen würde. Mir war immer so kalt gewesen, mein Körper war nie warm genug. Tatsächlich hatte ich mich nur einmal halbwegs wohl gefühlt, und das war, als Ronan mich mit seiner Wärme durchströmte und Alex und Isaac in der Nähe waren.

Aber es war so viel mehr als das. Ich hatte mir das Rausgehen, das Sehen der Welt, das Erleben von *irgendetwas* so stark in meinem Kopf ausgemalt. Was, wenn es nicht so war, wie ich dachte? Was, wenn ich besser dran wäre, wenn ich nur davon träumte?

Alex nahm meine Hand in seine und drückte sie sanft, um meinen Blick vom Boden zu lösen. »Du hast heute schon eine Menge durchgemacht. Lass uns etwas sehen, das dir Freude bereitet. Du hast noch nie Blumen oder Pflanzen gesehen, richtig? Der Wintergarten hat beides und ein Wasserspiel. Das wäre doch schön, oder?«

Blumen, ein Wasserspiel und die Sonne? Das war schon fast zu viel.

Ich schwöre, du bist nie glücklich. Nicht wahr?

Beschweren. Alles, was du tust, ist, dich zu beschweren.

Aber das waren nicht meine Worte. Es waren die von Vaspir. Dieser Bastard hatte versucht, mich an den Meistbietenden zu verkaufen, und trotzdem ließ ich zu, dass er meinen Verstand vergiftete. Er hatte mich sitzen lassen, wie er es immer angekündigt hatte, und ich hörte weiterhin auf seine Worte, als ob sie von Bedeutung wären. Es ergab keinen Sinn, dass der Verrat so verdammt wehtat. Vaspir hatte nicht eine einzige nette Sache für mich getan, einfach aus der Güte seines Herzens heraus.

Ich war mir nicht sicher, ob Vaspir überhaupt ein Herz hatte.

Ein Teil von mir wollte fragen, ob er noch lebte, wollte genau wissen, wie viel Folter er erlitten hatte. Ich fragte mich, ob die Antworten auf diese Fragen mir Frieden bringen würden. Ob sie seine Stimme in meinem Kopf zum Verstummen bringen würden.

Trotzdem traute ich mich nicht, zu sagen, warum ich so beunruhigt war.

»Natürlich, ich würde es gern sehen.«

Ich hatte mein ganzes Leben darauf gewartet, das zu sehen, und ich würde nicht zulassen, dass seine dumme Stimme mich vom Leben abhielt.

Alex drückte meine Hand. »Du wirst es lieben.«

Ich ließ mich von dem großen Mann durch einen riesigen Flur und eine Treppe hinauf führen, während die Kälte in meine nackten Füße biss. Ich nahm alles in mich auf. Das hohe gewölbte Mauerwerk, die Landschaftsgemälde, die ich bisher nur aus Kunstgeschichtsbüchern kannte, das geschnitzte Holzgeländer, über das ich immer wieder mit den Fingern fuhr. Wenn ich nicht rausgeschmissen werden würde – ein Versprechen, an das ich immer noch nicht glaubte –, dann würde ich jede gute Sache, jede neue Erfahrung, jeden schönen Anblick annehmen, als könnte mir das alles morgen wieder entrissen werden.

Denn bei meinem Glück würde es das wahrscheinlich auch.

Mit Isaac hinter mir und Alex vor mir kam es mir so vor, als gäbe es einen Schutz, eine Sicherheit, die es vorher nicht gegeben hatte. Auf diese Weise nahm ich die Temperatur nicht so stark wahr, schätzte meine Umgebung mehr und konnte mich endlich darauf freuen, etwas Neues zu erleben.

Die doppelten Glastüren verbargen nichts von dem Raum dahinter, aber es war fast zu viel, um es auf einmal zu verarbeiten. Strahlendes Licht glitzerte durch jedes einzelne Fenster – und es gab Hunderte davon. Drei der vier Wände waren voll davon, und überall gab es Grün. Hohe Pflanzen und kleine Sträucher, Formschnitte und wild blühende Blumen füllten jeden Winkel und jedes Fleckchen. Ich kannte einige der Namen der Arten, aber es waren so viele, dass ich sie nicht alle benennen konnte. Und so, wie einige von ihnen zu leuchten schienen, war ich mir sicher, dass sie nicht in meinen Büchern stehen konnten.

Kaum hatte Alex die Türen geöffnet, schlug mir die warme, feuchte Luft direkt ins Gesicht und beruhigte meine Nerven. Und obwohl mich das Licht nahezu blind machte, konnte ich mich nicht dazu bringen, auch nur einen Gedanken daran zu verschwenden.

»Im Moment ist es bewölkt, aber für den Rest des Tages soll es sonnig werden«, sagte Alex. Der blaue Himmel war mit großen, weißen Wolken übersät, die die Sonne verdeckten.

Ich blinzelte durch das neue Licht und ließ die Wärme über mich ergehen, ohne zu wissen, was ich mir zuerst ansehen sollte. Der wohlriechende, erdige Duft, der sich mit der Süße der Blüten mischte, erfüllte meine Nase. Das leise Geräusch eines plätschernden Baches erfüllte den Raum. Ich entdeckte die Quelle: ein Wasserfluss, der sich am Rand des Raumes entlang schlängelte und in der Mitte in einen Teich mit orangefarbenen und weißen Fischen mündete.

Ich hatte noch nie in meinem Leben Fische gesehen, aber ich hatte alle Arten von ihnen studiert. Aber die Bücher, die ich gelesen hatte, beschrieben nicht, wie ihre Schwänze hin- und herflogen, wie schnell sie sich bewegten oder sie alle miteinander ein Spiel zu spielen schienen, das ich nicht verstand.

»*Cyprinus rubrofuscus*«, platzte ich heraus und zeigte wie ein Kind auf sie, während ich den Drang bekämpfte, ihre schuppigen Körper zu streicheln. »Das ist ein Zierkarpfen, der auch als Koi bekannt ist. Wusstet ihr, dass sie bis zu fünfunddreißig Jahre alt werden können?«

Ich hielt mir den Mund zu, bei dem Versuch, meine Worte im Zaum zu halten. Es interessierte niemanden, dass ich den wissenschaftlichen Namen eines Zierkarpfens auswendig konnte.

Isaac löste sanft meine Finger, sein Lächeln war triumphierend. »Was habe ich dir gestern Abend gesagt? Niemand wird dir sagen, dass du den Mund halten sollst. Ich möchte jede Kleinigkeit, die du mir erzählen willst, auch hören.«

Und so erzählte ich den beiden, dass alle Kois im Teich die gleiche Gattung und Art haben und sie nur unterschiedlich alt sind. Je dunkler die rote Farbe, desto älter der Fisch. Keiner schien genervt zu sein, dass ich auf die Pflanzen hinwies, die ich kannte, oder nach denen fragte, die ich nicht kannte.

Aber das Beste war, als sich die Wolken am Himmel auflösten und die strahlende Sonne mein Gesicht zu berühren schien wie die Hand eines Liebhabers. Zum zweiten Mal am heutigen Tag standen mir Tränen in den Augen, aber dieses Mal nicht, weil ich traurig war. Es war Freude – reine, ungetrübte Freude –, und die hatte ich in meinem ganzen Leben noch nie gespürt.

Ich hatte mir umsonst Sorgen gemacht, denn ich schätzte jedes einzelne Stückchen dieser Erfahrung – ich liebte jedes bisschen davon.

Die Sonne brannte herrlich auf meiner Haut, und es war fast so, als ob meine Schuppen nach der Oberfläche griffen, damit sie sie auch berühren konnten. Ich spürte, wie sie über mein Fleisch krabbelten, sodass es fast kitzelte, und so zog ich reflexartig den Ärmel des Sweatshirts zurück, um mehr Haut den schönen Strahlen auszusetzen.

»Cira, machen deine Schuppen das immer so?«, fragte Isaac und hielt meinen Arm sanft fest, damit er die Haut inspizieren konnte.

»Nein. Niemals«, hauchte ich und sah zu, wie sie im Licht schimmerten.

Alex nahm meinen anderen Arm und schälte den

Ärmel zurück. »Vielleicht bist du ein Sonnendrache? Ich kenne nur einen anderen von deiner Art, aber der weiß nicht, woher er kommt. Vielleicht gibt es dort, woher du kommst, viele Drachen. Vielleicht brauchen sie unterschiedliche Voraussetzungen, um sich wandeln zu können.«

Mein Herz machte einen Sprung, und das lag nicht nur daran, dass die beiden mich berührten. Es war der Gedanke, dass ich vielleicht nicht wertlos, vielleicht nicht kaputt war.

»Guck«, murmelte er und zeichnete mit seinem Finger eine schwache Narbe nach, als sie verschwand.

Meine blassen Arme hatten hier und da Narben – nicht von der Folter, sondern von mehr als fünfzig Jahren Leben in der Dunkelheit. Kaum traf die Sonne auf die neu freigelegte Haut, schmolzen auch dort die hellsten Narben und verschwanden, als wären sie nie dagewesen.

Ich löste meine Arme aus ihren Griffen, steckte meine Daumen in den Bund des Joggers und schob ihn mir die Beine hinunter.

»Oha, Cira«, krächzte Alex. »Was machst du da?«

Ich hüpfte auf einem Fuß und kickte die Hose weg, während ich ihn komplett ignorierte. Das Sweatshirt reichte mir eh bis zum Oberschenkel, also war es ja nicht so, als ob ich nackt wäre – nicht, dass er nicht schon fast alles von mir gesehen hätte.

Isaac verpasste ihm einen Schlag auf die Schulter. »Halt die Klappe, Mann, und nimm das Geschenk an, das wir hier bekommen.«

Meine beiden Beine schimmerten golden im Licht, während die Sonne jeden Teil von mir zu wärmen schien. Die dicke Narbe an der Stelle, an der sich die Galeere in mein Bein geächzt hatte, verschwand praktisch sofort, als die Sonne ihre Arbeit tat und mich vollständig heilte.

Ein Kichern sprudelte aus meiner Kehle. Ich konnte mich nicht erinnern, seit meiner Kindheit über irgendetwas gelacht zu haben, und selbst damals hatte Vaspir meine Stimme nicht gern gehört.

Und weil ich nicht aufhören konnte, legte ich noch einen drauf und zog mein Oberteil aus, als meine Flammen aufloderten, um die wichtigen Teile zu bedecken. Die Strahlen auf meiner Haut waren himmlisch – besser als die Dusche gestern Abend, fast so gut wie Ronan, der mich mit seinen Berührungen wärmte, fast so gut wie das Aufwachen, als alle drei mit mir im Zimmer waren.

»Heilige Scheiße«, hauchte Alex und sein heißer Blick wanderte über mich, während meine Haut die

Sonne aufsaugte. »Götter, ich hatte fast vergessen, wie verflucht schön du bist.«

»Ich nicht«, murmelte Isaac. »Wie konntest du das nur vergessen?«

Und sosehr ich auch ihre Augen auf mir liebte, die Sonne auf mir liebte ich noch mehr. Übermütig tanzte ich von einem Fuß auf den anderen, während ich heilte – wirklich heilte. Die Kratzspuren an meinem Bauch verfärbten sich von rosa über weiß zu nichts. Die Augen geschlossen, den Kopf nach hinten geneigt erblühte ein breites Lächeln auf meinem Gesicht, während meine Haarspitzen die nackte Haut meines Hinterns kitzelten.

Dann erinnerte ich mich an Ronans Gesicht von letzter Nacht. Wie er auf meinen Rücken gestarrt hatte. Die Art, wie er die Narben berührte, als er mich wärmte. Ich wirbelte herum, raffte meine Haare hoch und ließ die Sonne auf die frisch freigelegte Haut scheinen, in der Hoffnung, dass auch die schlimmsten Wunden heilen würden.

Ein paar Sekunden später spürte ich, wie sich die Stimmung im Raum veränderte. In der einen Sekunde freudig und frei, in der nächsten geschwärzt öffnete ich meine Augen, um die Bedrohung einzuschätzen, als eine Wolke die Sonne verdeckte.

Alex starrte ins Leere, aber seine Augen hatten

das Gold seines Tieres. Ronan hatte ähnlich auf meine Narben reagiert, seine Wut hatte ihn fast überwältigt. Isaac und ich tauschten einen Blick aus, und seine Augen erzählten eine andere Geschichte.

Alex hatte nur geahnt, was ich durchgemacht hatte.

Isaac hatte irgendwie schon gewusst, was er zu sehen bekommen würde. Aber da war kein Mitleid, nur Verständnis. Isaac hatte wahrscheinlich seine eigenen Narben.

Ein Grollen ertönte aus Alex' Brust, und das Knacken und Brechen von Knochen brachte meinen Magen zum Zusammenziehen.

Alex wandelte sich und es gab nichts, was wir dagegen tun konnten.

KAPITEL 13
CIRA

So hatte ich mir diesen Moment nicht vorgestellt.

Wut legte sich über Alex' Gesichtszüge, während ihm schwarz-goldene Flügel aus dem Rücken wuchsen. Seine Hände nahmen die Form der Krallen eines Vogels an, aber sie waren dick und robust, bereit, jemanden oder etwas zu zerreißen, wann immer er wollte. Alex' Shirt zerriss in zwei Hälften, während sein Oberkörper an Größe zunahm, sich verdoppelte, verdreifachte, bis er einen Kriegsschrei aus seinem neu geformten Schnabel ausstieß.

Seine Hinterbeine platzten aus der Schlafanzughose und ließen das schwarze Fell einer Raubkatze sprießen. Zusammen mit dem

Löwenschwanz deutete alles darauf hin, was für eine Kreatur Alex war.

Heilige Scheiße! Alex war ein Greif.

Ein verdammtes Fabelwesen stand *einfach so* da rum, als wäre es nichts Besonderes. Mein Gehirn war drei Sekunden davon entfernt zu explodieren.

»Dir ist schon klar, dass *du* auch ein Fabelwesen bist, oder?«, murmelte Isaac und ich merkte, dass ich das laut gesagt hatte.

»Das bleibt abzuwarten. Und ...« Ich schweifte ab und gestikulierte zu dem riesigen Katzenvogel, beeindruckt davon, wie wenig mein Gehirn gleichzeitig verarbeiten konnte.

Ich konnte kaum begreifen, wie groß er in dieser Gestalt war. Der Wintergarten war zwei Stockwerke hoch und hatte eine mit Pflanzen verzierte Empore, die rundherum verlief. Alex musste sich ducken, um die Glasdecke nicht in Millionen Stücke zu zerschmettern.

Er stieß ein Grollen aus, das teils nach dem Kreischen eines Falken, teils nach dem Brüllen eines Löwen klang, wodurch die Fensterscheiben erzitterten und mein Trommelfell fast platzte. Selbst die Wandlung schien seine Wut nicht im Zaum halten zu können. Aber ich verstand es nicht. Ja, Ronan hatte letzte Nacht ähnlich reagiert, aber es waren nur Narben. Ich wusste, wie ich sie bekommen hatte, aber sie nicht. Was machte es schon aus, wenn ich sie hatte?

Es ist nicht nichts.

Etwas, das dir wehtut, ist nicht nichts.

Etwas, das Narben wie diese auf deinem Rücken hinterlässt, ist nicht nichts.

Ronans Worte hallten in meinem Kopf wider, genau so wie seine Wut. Er war so aufgebracht gewesen, und jetzt war Alex es auch.

Isaac trat zwischen uns. Er berührte mich nicht, weil meine Flammen ihn verkohlen würden, aber er war nah genug, um die Hitze zu spüren.

»Du und ich werden jetzt ganz langsam zurücktreten und dem Mann etwas Platz geben«, sagte er über seine Schulter, bevor er sich wieder Alex zuwandte. »Komm schon, mein Großer. Wandle dich zurück! Du kannst im Moment nichts dagegen tun. Der Schaden ist bereits angerichtet, und du machst ihr eine Scheißangst.«

Das stimmte *so* nicht ganz.

Hatte ich Angst, dass Alex durch die Fenster brechen, in die Sonne fliegen und durch die Stadt jagen würde, bis er Vaspir fand?

Auf jeden Fall.

Hatte ich Angst, dass er mir wehtun würde?

Ganz und gar nicht.

Man könnte mich verrückt nennen, aber ich konnte mir nicht vorstellen, dass Alex jemals die Hand gegen mich erheben würde. Die Art, wie er in der Küche vor meinen Füßen gekniet und meine Hand an seine Wange gedrückt hatte. Die Art, wie er meine Berührung brauchte?

Nein, dieser Mann würde mich bis zu seinem letzten Atemzug beschützen.

Vielleicht machte mich das naiv und leichtgläubig, aber das war es, was ich in meinem Inneren wusste.

Alex' Greif verengte seine Augen auf Isaac, während aus seinem Schnabel wieder das grollende Kreischen ertönte.

»Ich glaube nicht, dass es ihm gefällt, wenn du annimmst, er würde mir wehtun«, murmelte ich und war überwältigt davon, wie majestätisch er war – wie schön. »Vielleicht solltest du das anders formulieren.«

Und wie wurde meine Hypothese bewiesen?

Indem Alex einen riesigen Flügel nach Isaac schwang und ihn in den Flur und aus dem Wintergarten schleuderte. Isaac knallte gegen die Wand und rutschte auf seinen Arsch. Seine Augen wurden blutrot, als ein Knurren seine Kehle hochfuhr. Dann stieß Alex' Greif mit menschenähnlicher Anmut die Türen zum Wintergarten zu und verhinderte mit seinem riesigen Körper, dass sie sich öffnen konnten.

Und dann waren seine Augen auf mich gerichtet.

Ein weiteres unheilvolles Kreischen ließ die Fensterscheiben erzittern und drohte, jede einzelne zu zerbrechen, bevor mir klar wurde, dass es nun an mir liegen würde, ihn zu beruhigen.

»Es ist okay, Alex. Ich glaube nicht, dass du mich jemals verletzen würdest. Tatsächlich bin ich mir sogar ziemlich sicher, dass du geschworen hast, das nicht zu tun, und ich habe dir das in dem Moment geglaubt. Ich glaube dir auch jetzt noch.«

Eine leichte Ranke der Angst machte sich in meinem Bauch breit, aber es war nicht die Angst vor Alex. Es war Angst *um* ihn. Denn Isaac hatte mir das Gleiche versprochen und ich befürchtete, dass die beiden sich gegenseitig töten würden, um ihr Wort zu halten.

Ich zog mein Feuer in mich und ließ meine Flammen erlöschen, denn ich wusste, dass er mehr als nur ein paar Versuche brauchen würde, um die Kontrolle zu erlangen.

»Siehst du? Es sind nur du und ich hier. Ich werde dir nicht wehtun, und ich glaube nicht, dass du mir wehtun wirst.« Ich machte zaghafte Schritte nach vorn und streckte meine Hand nach der Bestie aus. Aber er war nicht wirklich eine Bestie. Er war einfach Alex, und auch wenn er eine andere Gestalt hatte, war er immer noch der Mann, der zu meinen Füßen gekniet hatte.

Zögernd griff ich nach dem Federkleid an seiner Brust und strich sanft über die weichen Daunen, in der Hoffnung, dass ich ihn beruhigen konnte.

»Ich weiß, dass du dich wegen meiner Narben aufregst, aber ich habe sie schon vor langer Zeit bekommen. Wahrscheinlich wollte Vaspir mich deshalb verkaufen. Er wurde nicht länger mit Blut bezahlt, als ich anfing, mich zu wehren. Ich habe schon vor langer Zeit gelernt, mir das nicht mehr von ihm gefallen zu lassen. Und ja, ich habe mir jede Narbe verdient, aber ich habe ihn für jede einzelne arbeiten lassen.«

Das half nicht weiter. Dem Zittern seiner Federn nach zu urteilen, machte ich es wahrscheinlich nur noch schlimmer.

»Ich bin nicht kaputt, Alex«, platzte ich heraus und hoffte, dass er wusste, wie wahr diese Worte waren. »Nicht auf diese Weise. Ich kann mich vielleicht nicht so wandeln wie du, aber ich habe gelernt, zu kämpfen. Ich habe gelernt, auf mich selbst aufzupassen. Ich habe unter der Erde gelernt wer ich bin. Du kannst wütend sein, wenn du willst. Wenn ich zu viel darüber nachdenke, bin ich auch noch wütend. Aber ich bin hier. Ich atme noch. Ich lebe noch. Und das ist mir allemal lieber, als in diesem Tunnel zu sein.«

Ich wusste, dass er mich hören konnte, aber ob meine Argumente für ihn Sinn ergaben oder nicht, war eine ganz andere Frage. Also plapperte ich weiter, sagte ihm, dass ich ihn wunderschön fände, und fragte ihn, ob er mich eines Tages, wenn es draußen nicht mehr so kalt war, auf einen Ausflug mitnehmen würde.

Darauf antwortete er mit einem Schnaufen, und ich nahm an, dass die Antwort Nein lautete. Aber der Gedanke, wie der Wind über meine Haut tanzte, während wir durch den Himmel schwebten, brachte eine gewisse Ruhe in meine Brust, von der ich hoffte, dass er sie spüren konnte.

»Stell dir das mal vor«, sagte ich und dachte an die Glückseligkeit des Fliegens. »Ich könnte auf deinem Rücken reiten und du würdest mir deine Lieblingsplätze in der Stadt zeigen. Wir würden über die Meere und Berge fliegen. Das wäre doch wunderbar, oder nicht?«

Inzwischen rieb ich mein Gesicht an dem Flaum

seiner Brust und ließ mich von den weichen Federn kitzeln, während ich meine Gedanken weiterspann.

»Manchmal denke ich an den Wind auf meiner Haut. Ich frage mich, ob er wie die Sonne sein wird. Ich träume vom Fliegen, du nicht auch?«

Es dauerte eine Weile, aber schließlich fing Alex an, zu schrumpfen. Das Knacken und Brechen eines Wandlers in der Übergangsphase verdrehte mir gleichzeitig den Magen und erfüllte mich mit Staunen. Wenn ich mich jemals wandeln würde, könnte es genau so sein. Aber bei meinem Glück wäre ich wahrscheinlich nicht größer als eine Hauskatze, wenn ich es jemals schaffen würde, mich zu wandeln.

Als Alex zu seiner normalen Größe zurückgekehrt war, die Federn längst verschwunden und die Krallen an seinen Fingern nicht mehr vorhanden waren, wurde mir klar, dass er genauso entblößt war wie ich. Das wurde so richtig deutlich, als er mich in seine Arme nahm und an seine Brust drückte, während er sein Gesicht an meinem Hals vergrub.

»Niemand wird dich jemals wieder so behandeln – hörst du mich? Niemand. Niemand wird dir mehr wehtun. Niemals wieder.« Er knurrte diese

Versprechen in meine Haut, während er mich festhielt.

Als er sein Gesicht hob und mir in die Augen schaute, sah ich den schwachen Schimmer von Tränen in seinem Blick. »Ich bin ein Wandler, also weiß ich, was du durchmachen musstest, um solche Narben zu bekommen. Ich hätte ihn töten sollen, als ich die Chance dazu hatte«, sagte er und schluckte seine Emotionen hinunter, während er mich fester an sich drückte. Mit zusammengepressten Zähnen schüttelte er den Kopf.

Und obwohl ich seine Gefühle zu schätzen wusste, gehörte die Rache mir.

»Würdest du mir das wegnehmen?«, fragte ich und fuhr mit meiner Fingerspitze über seine Unterlippe, um mir seinen vollen Mund aus der Nähe einzuprägen. »Würdest du mir meine Rache nicht gestatten?«

Er schob einen Arm unter meinen Hintern und richtete mich so aus, dass ich keine andere Wahl hatte, als meine Beine um seinen Oberkörper zu schlingen. »Willst du dich rächen? Oder willst du, dass ich den Müll rausbringe? Ich bin offen für beides.«

Ich dachte einen Moment lang darüber nach.

»Ich glaube, ich will mit ihm reden, bevor er

stirbt. Ich will wissen, was er weiß. Ich will wissen, woher ich komme und ob alles, was er mir je gesagt hat, eine Lüge war. Dann kannst du ihn umbringen.«

Ich hatte erst vor Kurzem sechs Leben genommen, und sosehr ich den Bastard auch verachtete, war ich mir nicht sicher, ob ich Vaspir töten könnte. Aber ein Teil von mir dachte, dass ich wohl lieber sicherstellen sollte, dass er tot war. Ich konnte ihn vielleicht nicht direkt umbringen, aber ich konnte ihm beim Sterben zusehen.

»Klingt gut«, sagte er und drückte mich fester an seine Brust, sodass meine Brustwarzen den dünnen Haarwuchs dort streiften.

Aber womit beschäftigte ich mich stattdessen? Ich war immer noch fasziniert von der Fülle seiner Unterlippe und konnte nicht verhindern, dass mein Finger sie nachzog.

»Du wusstest, dass ich dir nicht wehtun würde, oder?«, murmelte Alex und fuhr mit seiner Hand durch meine Haare.

Noch nie zuvor hatte jemand mit meinen Haaren gespielt, und ich kämpfte gegen den Drang an, meine Augen in den Hinterkopf zu rollen. Es half, dass ich immer noch auf seinen Mund starrte und mich fragte, wie es wohl sein würde, wenn ich meinen eigenen darauf presste.

»Du hast mir gesagt, dass du mir nie wehtun würdest«, erinnerte ich ihn und bewegte mich etwas nach vorn. »Ich habe dir geglaubt. Hätte ich das nicht tun sollen?«

»Ich will verflucht noch mal hoffen, dass du mir glaubst.« Er drückte seine Nase gegen meine. »Sag mir ... wenn ich dich jetzt küssen wollte, würdest du mich lassen?«

Ich war noch nie geküsst worden – nicht einmal in der freudlosesten aller Fummeleien hatte jemand seine Lippen auf meine gepresst. Ich wollte unbedingt, dass Alex mich küsste, ich wollte alles erleben, was er mir geben wollte. Ich wollte ihn auf meinen Lippen, an meinem Körper und in mir spüren. Ein Ziehen in meiner Brust schien mich zu ihm zu ziehen, obwohl es kaum noch Platz zwischen uns gab.

Es kamen nicht einmal mehr Worte über meine Lippen. Das Beste, was ich zustande brachte, war ein Nicken, und selbst da war ich mir nicht sicher, ob mein Körper meinem Verstand gehorchte. Quälend langsam verringerte er den Abstand und drückte diese warmen, festen Lippen auf meine. Und obwohl er mich ausreichend vorgewarnt hatte, stieß ich einen fast erschrockenen Atemzug aus – einen Atemzug, den er in vollem Umfang ausnutzte, indem er seine Zunge in meinen Mund schob, woraufhin mein Gehirn beschloss, einen Kurzschluss zu erleiden.

Meine Beine schlossen sich um seinen Rücken und zogen ihn näher an mich heran, Ich ließ meine Hände über seine goldene Haut wandern, bevor sie sich in seinen Haaren verfingen. Das Verlangen kochte in meinem Inneren und mir wurde klar, dass es nie *nah genug* sein würde. Ich würde nie genug von seiner Haut haben, von seinen Küssen, seiner Zunge in meinem Mund und seiner Hitze an mir. Und obwohl sich meine Finger in seinen Haaren festkrallten, würde ich mich nie vollständig fühlen, wenn wir nicht miteinander verbunden waren.

Zum ersten Mal in meinem Leben fühlte ich mich begierig. Ich wollte mehr – mehr von seinen Berührungen, mehr von seiner Hitze, mehr von diesen Küssen, die mein Gehirn durcheinanderzubringen schienen und mir ein Kribbeln über den Rücken jagten.

Bevor ich dazu bereit war, wurde der Kuss unterbrochen, und das Geräusch von Alex' keuchendem Atem bewirkte etwas in mir. Schuppen krochen über meine Haut und zwischen meinen Schenkeln wurde es feucht.

»Wir müssen aufhören«, schnaufte er und seine

Finger bohrten sich so in die Haut meiner Hüften, dass ich mir wünschte, er würde nie aufhören wollen.

»Warum? Nenn mir einen guten Grund«, keuchte ich und versuchte, noch näher an ihn heranzukommen, obwohl ich das nur schaffen könnte, wenn er in mir wäre.

Verdammt, ich wollte das.

Seine Hand krallte sich hinten in meine Haare, wahrscheinlich um meine Aufmerksamkeit zu erregen, aber das bewirkte etwas ganz anderes. Ein Stöhnen entwich meinen Lippen, bevor ich meine feuchte – und nackte – Stelle gegen seine Bauchmuskeln schaukelte.

Er neigte meinen Kopf nach hinten und küsste die Haut meines Halses, während er die Realität wieder in den Raum holte.

»Wir müssen aufhören, denn wenn ich dich auf dem Boden dieses Zimmers ficke, nimmt dir das die Entscheidungsfreiheit. Du hast drei Gefährten, Cira – Isaac, Ronan und mich. Ich werde dich nicht abweisen und Isaac auch nicht, also hast du mehr als einen.«

Irgendwie ernüchterten mich seine Worte. Der Gedanke, dass sie alle drei mir gehören könnten, schreckte mich nicht ab. Es war der Zweifel, den ich hatte.

»Und Ronan?«, fragte ich und mein Herz brach ein wenig bei dem Gedanken, dass er mich zurückweisen könnte, obwohl ich nicht wusste, was das bedeuten würde.

Ich wusste nicht, was irgendetwas davon bedeutete.

»Das hängt von ihm ab. Jeder von uns muss seine eigenen Entscheidungen treffen. Ich sorge dafür, dass du deine Entscheidungsfreiheit behältst.«

Aus Dankbarkeit, die ich nicht aussprechen konnte, knabberte ich an seiner Unterlippe, wobei meine Fangzähne über seine zarte Haut streiften. Alex zitterte, als ich das tat, und zog mich enger an sich.

»Treib es nicht zu weit!«, knurrte er und klammerte sich fester an mich. »Ich habe nur noch ein begrenztes Maß an Kontrolle.«

Ich hätte es wieder getan, aber das Räuspern eines Mannes ließ mich aufschrecken.

»Ach, lasst euch nicht stören«, stichelte eine große Frau mit einem breiten Lächeln in einem atemberaubend schönen Gesicht. »Aber falls es euch interessiert, dieses kleine Szenario hat meinen Status als bisexuell verdammt deutlich bestätigt. Bei allen Göttern, ihr zwei seid höllisch sexy.«

Ihre weißen Haare und silbernen Augen bildeten

einen wunderbaren Kontrast zu ihrer dunklen Haut und ihrem königsblauen Anzug, und ich fühlte mich in ihrer Gegenwart gleichermaßen ehrfürchtig und schäbig.

»Könntest du uns etwas Privatsphäre geben, Pollux?« Alex verlagerte seinen Körper weg, damit ich geschützt war von den Blicken der Frau – Blicke, die jetzt auf seinen Hintern geheftet waren.

Nein. Das gefällt mir nicht.

»Oh, Süßer«, säuselte sie und verzog ihre rotgeschminkten Lippen zu einem schamlosen Grinsen. »Es ist niedlich, dass du glaubst, das sei abschreckend.« Sie suchte sich einen Platz am Rand des Wintergartens, pflanzte ihren Hintern darauf und ließ ihren Blick schweifen. »Glaub mir, ich genieße die Aussicht.«

Das Knurren, das durch den Raum schallte, war eine Überraschung.

Dass es von mir kam, war eine noch größere.

Ich kämpfte gegen den Drang an, meinem Feuer freien Lauf zu lassen, während ich Pollux anstarrte. Sie lächelte immer noch und hob die Hände.

»Botschaft angekommen, Gummibärchen. Das ist dein Mann, obwohl ich gehört habe, dass du ein paar davon hast.« Beim nächsten Knurren schüttelte sie den Kopf. »Ich verurteile nicht. Aber wenn du nicht willst, dass ich gucke, schlage ich vor, dass wir dir ein paar Klamotten besorgen, ja?«

Die Frau hatte nicht ganz unrecht.

Alex ließ mich runter und reichte mir mein Sweatshirt, damit ich mich bedecken konnte, während er mir meine – *ehemals Ronans* – Jogginghose klaute. Wahrscheinlich war ich nicht die Einzige, die ihm dabei zusah, wie er den grauen Stoff über seine Haut streifte oder bewunderte, wie wenig er verbarg, aber wenigstens schwieg Pollux.

Sie betrachtete jedoch den gesamten Bestand meiner aktuellen Garderobe mit größter Skepsis. »Tja, ich schätze, es kann nur noch bergauf gehen?«

Ein Lachen kroch in meiner Kehle hoch.

Ja, ich würde sie mögen.

KAPITEL 14
RONAN

ALS ICH DEN ANRUF FÜR EIN außerplanmäßiges Meeting im *Sapphire Room* erhielt, standen meine Nackenhaare schon senkrecht. Als ich erfuhr, dass es sich um einen aufstrebenden Wandler aus Manhattan handelte und nicht um Jackie – das Oberhaupt der Wandler seit dem Tod von Alex' Vater und Bruder –, war ich mehr als nur ein kleines bisschen alarmiert.

Aber als Pollux mir mitteilte, dass es um einen Deal ging, wusste mein Bauchgefühl, dass es etwas mit Cira zu tun hatte.

Nach der Sache in der Küche war ich dankbar für die Fahrt zum Club, weil ich so einen klaren Kopf bekommen konnte. Der *Sapphire Room* war mein Baby – eine winzig kleine Ecke in dieser Welt, die ich mit meinen eigenen Händen erschaffen hatte. Aber jetzt schien alles auf wackligen Beinen zu stehen. Wir waren so kurz davor, alles zu übernehmen, und gerade jetzt mit Cira – obwohl sie unser goldenes Ticket sein sollte – schien alles so kurz davor zu sein, uns durch die Finger zu rutschen.

Aber ich wusste, wenn es darum ging, New York oder Cira zu behalten – wenn es darum ging, meinen Vater zu vernichten, wenn es darum ging, Phaon Wards Gefolgsleute aus dem Weg zu räumen, wenn es darum ging, den Tepes-Clan von innen heraus zu zerstören – wusste ich, wofür sich jeder von uns entscheiden würde.

Alex war schon sein ganzes Leben lang auf der Suche nach seiner Gefährtin – eine Möglichkeit, an etwas festzuhalten, das nur ihm gehörte.

Isaac brauchte etwas anderes als Rache, an das er sich klammern konnte.

Und ich?

Ich wusste, was Gefährten mit einem machen, und obwohl Isaacs Worte in meinem Kopf nachhallten, war ich mir nicht sicher, ob ich sie beherzigen konnte. Ich wollte Cira so sehr – ich wollte mich um sie kümmern, sie beschützen, sie ficken, ihr Lachen hören, sie nachts im Arm halten, wenn ihr kalt war ...

Ich wollte diesen unbezwingbaren Schmerz in ihrer Brust, der meinen eigenen widerspiegelte, heilen.

Ich wusste nur nicht, ob ich es mir erlauben konnte.

Aber ich konnte herausfinden, ob dieser Wandler, der so scharf darauf war, einen Deal außerhalb seines Territoriums zu machen, derselbe Mann war, der sechs Männer geschickt hatte, um meine Gefährtin zu entführen.

Meine Gefährtin.

Mein Herz hatte sich bereits entschieden, auch wenn mein Gehirn ihm das Gegenteil einredete. Dieses dumme kleine Organ würde mich in eine Welt des Schmerzes stürzen.

Es nervte mich maßlos, dass Pollux nicht hier war. Noch mehr nervte es mich, dass ich derjenige gewesen war, der darauf bestanden hatte, dass sie Cira eine neue Garderobe besorgte, anstatt mir den Rücken zu decken. Wenn dieses Arschloch *der* Mann war, der versucht hatte, zu stehlen, was ihm nicht gehörte, hätte er ihrem Duft bis zu meinem Safe House folgen können.

Vielleicht lockte er mich weg.

Das könnte alles eine verdammte Falle sein.

Es fühlte sich an wie eine verdammte Falle.

Das Einzige, was ich mit Sicherheit sagen konnte, war, dass der Wandler, den ich traf, zumindest pünktlich war. Corvin Blackwell betrat den *Sapphire Room* genau zur vereinbarten Zeit. Nachdem ich mich jahrelang mit Phaon Ward und seiner Vorliebe, überall zwanzig Minuten zu spät aufzutauchen, herumgeschlagen hatte, war es fast schon angenehm, ohne eine Art Pisswettbewerb zur Sache zu kommen.

Blackwell war ungefähr so groß und breit wie ich, hatte aber kurz geschnittene schwarze Haare und einen stahlblauen Blick, der mich mit den Zähnen knirschen ließ. Er wirkte nicht wie irgendeine Art von Wandler, die ich jemals gesehen hatte, und die Signatur der Magie, die von ihm ausging, deutete darauf hin, dass er nicht nur Wandler war, sondern ein Hybrid. Ich diskriminierte niemanden, so wie viele Wandler es taten. Ich war ja selbst halb in eine Wandlerin verliebt, auch wenn ich das niemandem gegenüber jemals zugeben würde, schon gar nicht, nachdem ich sie erst seit einem Tag kannte.

»Mr. Rose, es freut mich, Sie kennenzulernen«, sagte Blackwell, nachdem er sich vorgestellt und in einem der Clubsessel gegenüber meinem Schreibtisch Platz genommen hatte. »Ich habe gehört, dass Sie der Beste in Sachen Deals sind und noch besser darin, Dinge zu finden, die beinahe unmöglich zu finden sind. Ich wüsste zwar gern, wie Sie vorgehen, aber ich bin bereit, Anerkennung zu zollen, wo Anerkennung gebührt.«

Irgendetwas an ihm ließ meine Nackenhaare hochschnellen. Vielleicht war es die schwachsinnige Lobhudelei oder die Art und Weise, wie er hier so ruhig wirkte. Vielleicht hatte es auch etwas mit Cira zu tun. Auf jeden Fall wollte ich nicht außerhalb der Öffnungszeiten gerufen werden, um mich mit dieser Scheiße zu beschäftigen.

»Ich mache mir nicht sonderlich viel aus Schmeicheleien. Sagen Sie mir einfach, was Sie brauchen, und ich werde Ihnen einen Deal anbieten, der mir angemessen erscheint.«

Blackwell runzelte die Stirn, während der Duft von Verwirrung den Raum erfüllte, bevor die Tür zu meinem Büro aufschwang und meinen Scheißkerl von Vater enthüllte.

Ich kämpfte gegen den Drang an, meinen Vater direkt dort, wo er stand, in Brand zu setzen. Erstens würde das rein gar nichts nützen. Genau wie ich war der Scheißkerl feuerfest. Zweitens hatte ich es im Laufe der Jahre geschafft, meinen sichtbaren Hass auf meinen Vater zu unterdrücken. Es war schwierig, aber ich würde die Rosen anführen, auf die eine oder andere Weise. Entweder würde er sie mir geben oder ich würde sie mir nehmen, wobei es mir viel lieber wäre, meiner Mutter nicht das Herz brechen zu müssen.

Und drittens? Wir hatten einen Zeugen. Ich mochte keine Zeugen.

»Vater. Es ist eine Überraschung, dich hier zu sehen.«

Zumal das hier mein Lokal war und ich ihm höflich, aber bestimmt gesagt hatte, er solle sich gefälligst raushalten.

Blackwells Blick wanderte von mir zu meinem Vater und wieder zurück zu mir, mit verengten Augen, als würde er nicht ganz verstehen, was hier los war. Wenn Taron Rose eines gut konnte, dann war es, die Leute im Ungewissen zu halten.

»Ja, nun, ich glaube, du bist falsch informiert. Du bist nicht hier, um für Corvin einen Deal zu machen. Du bist hier, um einen Deal zwischen ihm und mir zu vermitteln.«

Tja, na, wenn das mal nicht den Titel beschissene Scheiße trägt.

»Und wie hättest du gern, dass ich das mache?« Nicht, dass ich das tun würde, aber Beschwichtigung war schon seit vielen Jahren das Gebot der Stunde. Kein Grund, es jetzt zu ändern.

Mein Vater setzte sich neben Corvin, sein

bernsteinfarbener Blick war auf mich gerichtet, als könne er meine verächtlichen Gedanken lesen. Ein Teil von mir hasste es, dass ich meinem Vater so sehr ähnelte. Dass es verbarg, dass ich nicht das Kind meiner Mutter war.

»Corvin und ich haben uns geeinigt, die Syndikate der Rosen und Wandler zu vereinen. Da See und Serpentin darauf brennen, das Land zu übernehmen, ist es nur eine Frage der Zeit, bis wir mit vereinten Kräften gegen sie antreten müssen. Wir wissen beide, dass Jackie der Aufgabe, die Wandler anzuführen, nicht gewachsen ist. Sie ist zwar stark, aber sie hat nicht die Persönlichkeit dafür oder die Fähigkeit, lange mit dummen Leuten fertigzuwerden. Nichts für ungut«, sagte er beiläufig, als hätte er gerade erst die Beleidigung bemerkt, die er eben ausgeteilt hatte.

Corvin seufzte und massierte sich den Nasenrücken. »Schon gut. Es ist, als würde man mit Katzen ringen.«

»Die Wandler fallen quasi auseinander, seit Alexander zurückgetreten ist – nicht, dass ich ihm das angesichts ihres Zustands vorwerfen könnte«, sagte mein Vater, obwohl das nicht ganz stimmte. Er hatte eine ziemlich schlechte Meinung von Alex – genauso wie er dessen Schwester dafür verachtete, dass sie uns den Kanzlerposten unter den Füßen weggeschnappt hatte – seine Worte. »Auch wenn er Jackie hilft, ist es einfach nicht dasselbe. Jetzt ist es an der Zeit zu handeln – Allianzen zu schließen. Du verstehst schon.«

Ich hatte das Gefühl, dass ein *Aber* kommen würde. Ich musste nur warten, bis mein Vater es ausspuckte.

»Dann ist diese Allianz also aus reiner Herzensgüte entstanden?«, fragte ich, obwohl ich genau wusste, dass es nicht so war. Mein Vater tat nie etwas umsonst. Irgendeine Bezahlung steckte hinter dem ganzen Bullshit, und ich wollte wissen, was es war.

»Natürlich nicht. Die Wandler wären bereit, sich mit uns zu vereinen, wenn die Rosen im Gegenzug den letzten Golddrachen finden.« Mein Vater legte eine Kunstpause ein, aber ich wusste, dass ich darauf nicht reagieren sollte. »Es gibt Gerüchte, dass jemand, der so etwas verkauft, durch diesen Club gelaufen ist. Es hieß auch, dass sechs Wandler ausgesandt wurden, um ihn zu finden, und keiner von ihnen zurückgekehrt ist. Das lässt mich vermuten, dass sie genau das gefunden haben, wonach sie gesucht haben, es aber nicht mitnehmen konnten.«

Ich hoffte, dass meine Miene ausdruckslos war, denn die Flammen, die aus meiner Haut zu schlagen drohten, kosteten mich jedes bisschen Konzentration. Ich hatte gewusst, dass es bei diesem Treffen um Cira gehen würde. Auf irgendeine Art ... auf irgendeine Weise hatte es sich herumgesprochen, dass Vaspir einen Drachen verkaufte. Es hatte sich herumgesprochen, dass er hier gewesen war.

Ich hatte irgendwo eine undichte Stelle.

Und ich würde sie finden.

Aber zuerst musste ich mich um diesen Bullshit kümmern.

»Du willst mir also sagen, dass wir jetzt an Märchen glauben?«, knurrte ich und versuchte, die Wut, die in meinem Bauch brannte, nicht herauszulassen. »Als Nächstes erzählst du mir, dass die Pixies auf Knien zu uns kommen wollen.«

Die Pixies hatten den Rosen nicht mehr getraut, seit mein Vater ihren derzeitigen Anführer nahezu ausgelöscht hatte. Moriah Caine würde eher ihren eigenen Arm abnagen, als einem Mitglied meiner Familie zu vertrauen, und bei der ersten Gelegenheit würde sie meinem Vater den Kopf abschlagen und ihm in den Hals scheißen.

Da hatten Moriah und ich etwas gemeinsam.

Aber mein Spott und meine Ablenkung

schreckten meinen Vater nicht im Geringsten ab. »Ich habe eine zuverlässige Quelle, mein Sohn. Du wirst diesen Deal also vermitteln, ja?«

Aber das konnte ich nicht. Ich konnte keinen Deal vermitteln, der sie in Gefahr bringen würde. Sie war schon genug in Gefahr.

Ich habe sie gerade erst in Sicherheit gebracht.

»Nein, das werde ich nicht. Du hast vielleicht eine zuverlässige Quelle, aber ich nicht. Wenn dieses Ereignis in meinem Club passiert wäre, wie du sagst, habe ich das Gefühl, dass ich davon wissen müsste. Warum sagst du mir nicht, von wem du das gehört hast?«

Mit anderen Worten: Welcher meiner Mitarbeiter ist ein Spion meines Vaters?

»Ich werde keinen Deal machen, der auf falschen Informationen beruht, und ich werde ebenso wenig einen Deal machen, der auf Märchen aufbaut. Ich kann dir nicht helfen.«

»Nicht einmal für die Familie?«, fragte mein Vater, wobei sein Tonfall weit mehr aussagte als das, was aus seinem Mund kam.

Es war eine Verhöhnung, eine Herausforderung.

In meinem eigenen verdammten Club.

Ich wäre fast wieder so weit gewesen, seinen

Arsch in Brand zu setzen. Leider würde es immer noch nicht funktionieren.

»Ein schlechtes Geschäft hilft niemandem – nicht einmal der Familie.«

»Ich habe nicht von mir gesprochen«, sagte mein Vater und neigte seinen Kopf in Richtung Corvin, der sich von Sekunde zu Sekunde unwohler zu fühlen schien. Als ich die Stirn runzelte, fuhr mein Vater fort. »Ich weiß, dass du mir folgst. Ich weiß, dass du denkst, dass du der Einzige bist, der überall in der Stadt Spione hat. Glaubst du etwa, ich weiß nicht, was du treibst? Ich weiß, dass du über Laena Bescheid weißt. Auf dem Dach zu sitzen, scheinst du mit ihr gemeinsam zu haben.«

Ich verdaute diese Information, während Corvin ein kleines glucksendes Lachen ausstieß. Ich kämpfte gegen den Drang an, auch ihn in Brand zu setzen.

»Ich bin ein Gargoyle-Wandler«, erklärte er, aber auf meinen finsteren Blick hin murmelte er: »Ist aber auch egal.«

All die Zeit, die ich vergeudet hatte, um nicht entdeckt zu werden. So oft hatte ich mich bei ihm eingeschleimt, ihn beschwichtigt und seine verdammten Befehle ausgeführt. Und er wusste, dass ich kein einziges Molekül, das ihn erschaffen hatte, ertragen konnte.

»Diese Frau ist nicht meine Mutter. Es ist mir scheißegal, ob ich zwischen ihren Beinen geschlüpft bin, sie hat mich nicht aufgezogen. Sie hat mich nicht gelehrt. Sie hat mich nicht einmal gewollt. Soweit es mich betrifft, gibt es diese Schlampe nicht.« Mein Blick wanderte zu Corvin. »Und wenn du von ihr abstammst, existierst du ebenso wenig. Kein. Deal. Verflucht noch mal.«

»Das ist eine Schande, mein Sohn.« Als ob er das Recht hätte, mich so zu nennen.

»Hör verflucht noch mal auf, mich *Sohn* zu nennen. Die Scharade ist vorbei, alter Mann. Ich kann dich nicht leiden. Du scherst dich offensichtlich einen Dreck um mich und deine anderen Kinder. Ich helfe dir nicht und es ist mir egal, warum du diese kleine beschissene Show wolltest. Kein. Deal.«

»Nochmal: Das ist eine Schande. Als du noch klein warst, habe ich deine Geschwister benutzt, um dich in Schach zu halten. Leider kann ich Adrian nicht mehr benutzen. Er ist für mich unerreichbar. Aber Ender habe ich immer noch in der Hand. Ich frage mich, was mit ihr passieren könnte, wenn du dich mir weiterhin widersetzt.«

Mit dieser vernichtenden Drohung stand er von seinem Stuhl auf und schlenderte aus dem Raum, als ob er keine einzige Sorge auf der Welt hätte. Er hatte

Ender bedroht, aber sie konnte auf sich selbst aufpassen. Wenn er versuchen würde, ihr wehzutun, würde sie ihm die Hölle heiß machen, und zwar zehnfach. Adrian mochte sie als Kind verhätschelt haben, aber ich war derjenige, der ihr beigebracht hatte, wie man kämpfte.

Wie man überlebte.

Und wie man sicherstellte, dass unser Vater sie nie wieder benutzen würde.

»Viel Glück, alter Mann«, murmelte ich, wohl wissend, dass dieser Bastard mich wahrscheinlich hören konnte.

Ich wandte mich an Corvin, der offensichtlich mein Halbbruder mütterlicherseits war. »Bist du nicht froh, dass du nicht zu seinem Genpool gehörst? Ich bin mir ziemlich sicher, dass er dich jetzt bedrohen würde, wenn dem doch so wäre.«

Weite, stechende Augen tanzten zwischen der Tür, durch die mein Vater gerade geschritten war, und mir hin und her. In diesem Moment wurde mir klar, wie unschuldig er an der ganzen Sache war – nicht, dass ich ihn nicht in Stücke reißen würde, weil er diese Männer geschickt hatte, um Cira etwas anzutun.

»Wenn du glaubst, dass er dir helfen wird, mehr Macht zu erlangen, irrst du dich. Und wenn du glaubst, dass er dich nicht ausnutzt, um genau das zu bekommen, was er will, bist du dümmer, als du aussiehst, und das will schon was heißen. Ich schlage vor, dass du gehst und dich nicht mehr mit diesem Arschloch abgibst. Es ist mir egal, wie du und ich aneinandergebunden sind. Für mich existierst du nicht, und wenn du schlau bist, existierst du auch weiterhin nicht für mich.«

»Meine ... *unsere* ... Mutter ...«

»Sie ist verflucht noch mal nicht meine Mutter. Neera Rose ist meine Mutter.«

Er rollte mit den Augen. »Von mir aus. Laena hat mir gesagt, dass ich ihm vertrauen kann. Und ich dachte, vollwertige Fae könnten nicht lügen.«

Verdammt. Er war noch jung.

»Das können wir nicht, aber was für sie wahr ist und was für dich wahr ist, unterscheidet sich gewaltig. Und jetzt verpiss dich aus meinem Club. Ach, und ein freundlicher Rat? Ich schlage vor, du hörst auf, nach einem Golddrachen zu suchen. Die Märchen meines Vaters werden dir nicht helfen.«

Corvin stand auf und beäugte mich mit einem rätselhaften Blick, der nichts verriet. Wahrscheinlich hatte mein Vater ihm gesagt, dass er hier sicher wäre – dass er zur Familie gehörte, und deshalb hatte er seine Deckung fallen lassen. Jetzt war diese Neuheit, diese Leichtgläubigkeit längst verschwunden.

»Wir sehen uns wieder.«

»Hoffentlich nicht«, drohte ich, denn ich wusste genau, dass er nicht auf mich hören würde.

Und dann war er weg, den Weg zurück, den er gekommen war.

Aber jetzt wusste ich, dass ich beobachtet wurde – vielleicht sogar von mehr als einem Augenpaar. Ich konnte nicht zurück ins Safe House gehen.

Noch nicht.

Aber wenn ich das tat, musste ich das Gefährten-Band mit Cira festigen – wenn nicht, um diese Last in meiner Brust loszuwerden, dann um sie vor dem Zorn meines Vaters zu schützen.

Und ich würde mir das so lange einreden, bis mein Verstand meinem Herzen folgen würde.

Das bewies, dass Fae tatsächlich lügen konnten, wenn sie sich nur genug Mühe gaben.

KAPITEL 15

ISAAC

ICH WAR SCHON, *BEVOR* ICH DIE Textnachricht von Ronan erhalten hatte, jenseits aller Rationalität. Das meiste davon war für Alex bestimmt, aber einiges auch für mich. Wie sollte ich sie beschützen, wenn Alex mich einfach mit einem verdammten Flügel aus dem Zimmer fegen konnte?

Und warum hatte ich ihn gelassen?

Weil sie ihn beruhigen musste.

Weil sie diejenige sein musste, die seine Bestie besänftigt.

Weil wir sie genauso brauchen, wie sie uns braucht.

Alex' Tier war nicht gerade irrational, aber Wut in Verbindung mit seiner Gefährtin hätte Cira durchaus verletzen können.

Sie war zwar nicht verletzt worden, aber das

hatte die Wut, die in meinem Bauch kochte – die Angst –, nicht gestoppt. Denn als er wieder zu sich gekommen war, hatte er alles, was ich je gewollt hatte, in seinen Armen gehalten. Das war eine Lüge. Er hatte alles, was ich je gewollt hatte, jede Sekunde eines jeden Tages, und er wusste es nicht einmal.

Eine Familie, Leute, für die man sorgen konnte, eine Bestimmung.

Das Gefährten-Band, das an meinem Herzen zerrte, das mich zu ihr hinzog, war manchmal wie ein Messer, das mich zerschnitt, anstatt mich zu heilen. Ich war so lange allein gewesen. Nur wenige kannten meine Geschichte, noch weniger wussten, dass das meiste von mir eine Fassade war.

Ich spürte, dass ich nur noch eine gewisse Zeit so weitermachen konnte. Das Banner der Rache konnte mich nur so lange tragen, bis es vollendet war. Das war mir schon vor langer Zeit klar geworden, aber Cira war etwas, wofür es sich zu leben lohnte, *jemand*, für den es sich zu leben lohnte.

Das waren sie alle.

Ich musste einen Spaziergang machen, um mich abzukühlen, nachdem ich sie in seinen Armen gesehen hatte. Die Eifersucht und das Bedürfnis, sie zu haben, ließen mich fast bewusstlos werden. Aber der Text, der mich erreichte, ließ mich bis auf die Knochen erfrieren und entfachte meine Wut erneut.

RONAN

Der Tau fällt von den Blütenblättern
der Rose.

Goldenes Geflüster huscht umher.

Ich werde es nicht rechtzeitig zurück
schaffen.

Ihr wisst, was zu tun ist.

Die blumige Sprache brachte mein Herz fast zum Stillstand. Es war ein Code, den wir vor langer Zeit ausgearbeitet hatten, als wir dachten, dass sein Vater uns im Auge haben könnte. Und wenn Ronan verschlüsselt schrieb, bedeutete das, dass er eine undichte Stelle hatte – eine große.

Goldenes Geflüster. Jemand wusste über Cira Bescheid.

Vielleicht mehr als nur ein Jemand.

Fuck.

Sie musste verhüllt werden, und zwar am besten gestern. Ich hätte es sofort tun sollen, als sie in meinen Armen lag, aber ich wusste, wie unbeherrscht ich gewesen wäre, wenn ich es getan hätte. Das war etwas, das ich vermieden hatte, obwohl ich es besser wusste. Wenn ich sie gebissen hätte, wenn ich einen einzigen Tropfen des Blutes, das in ihren Adern floss, getrunken hätte, hätte ich nicht gewusst, was das mit dem Gefährten-Band gemacht hätte. Ich wusste nicht, ob es einrasten und uns für immer aneinanderbinden würde, bevor sie bereit war.

Aber die Zeit, es ihr zu erklären, war hier und jetzt, und dann musste es ihre Entscheidung sein.

Ich machte mich auf die Suche nach Pollux und Cira und war geringfügig froh, dass Alex nirgends zu sehen war, auch wenn ich es besser wusste. Ich musste Alex berichten, was los war, ich musste sie verhüllen und verflucht noch mal von hier verschwinden, bevor das Gefährten-Band mich um den Verstand brachte. Ich fand sie in Ronans Schlafzimmer.

Cira kam hinter einem gemusterten Sichtschutz hervor, ihre zarten Kurven waren in ein wunderschönes smaragdgrünes Kleid gehüllt, das nichts dazu beitrug, das Brennen in meiner Brust zu lindern. Mit kaum vorhandenen Trägern und einem Ausschnitt, der sich liebevoll um ihre Brüste schmiegte, und einem Schlitz, der gen Himmel reichte, wusste ich zweifelsohne, dass sie unter dem seidigen Stoff nackt war. Er betonte jede einzelne ihrer Rundungen, und wäre ich ein schwächerer

Mann, hätte ich meine Zunge verschluckt. So aber musste ich mich an der Tür festhalten, bevor ich sie wie ein verdammtes Tier anfiel.

»Entschuldige uns, Pollux. Cira und ich müssen uns unterhalten«, knurrte ich und versuchte, mich zu beherrschen. Und weil Pollux Ronan zu Ehren verpflichtet war und ihm ein Leben lang etwas schuldete, ließ ich den Rest raus. »Du solltest ihn wahrscheinlich anrufen. Es gab einige Entwicklungen.«

Sie knirschte mit den Zähnen und begegnete mir mit großen silbernen Augen. »Ich habe ihm gesagt, dass er dieses verdammte Meeting nicht wahrnehmen soll. Ich habe ihm gesagt, er soll auf mich warten. Und hat er auf mich gehört? *Nööööö.*«

Ohne ein weiteres Wort hatte sie ihr Telefon am Ohr und schritt an mir vorbei aus dem Raum. Und weil ich ein schwacher Mann war, schloss ich die Tür und pirschte mich an Cira heran, als ob sie alles hätte, was ich mir wünschen könnte.

Sie musterte mein Gesicht und ich kämpfte gegen den Drang an, ihr die Sorgen direkt von den Lippen zu küssen. »Mit Ronan stimmt etwas nicht. Er ist in Gefahr, nicht wahr? Wegen mir.«

Verdammt, wenn sie nicht in allen Punkten recht hatte.

»Weißt du noch, als wir vorhin darüber sprachen, dich zu verhüllen?«, fragte ich und ließ ihren Duft in meine Nase strömen, während ich sie an mich zog. Sie ließ es ohne zu zögern zu und schmiegte sich an meine Brust, während ich gegen den Drang ankämpfte, das Kleid hochzuziehen und mich zu ... *Konzentrier Dich!* »Ich habe von Ronan gehört, dass man über dich Bescheid weiß – nicht über dich persönlich, aber über einen Golddrachen. Wir müssen dich unbedingt verhüllen, damit alle, die mit dir in Verbindung stehen, alle, die nach deinem Duft suchen, alle, die eine Hexe beauftragen, um dich zu finden, alle, die uns gesehen haben, dich nicht finden können.«

Sie wich zurück und hielt sich an meinem Shirt fest, als wollte sie nicht außer Reichweite sein. »Das klingt, als gäbe es ein *Aber*. Ist es schmerzhaft? Schwierig? Was ist es?«

Direkt auf den Punkt gebracht. Das ist genau meine Art von Mädchen.

»Es bedeutet, dass ich – mindestens – einen Tropfen deines Blutes zu mir nehmen müsste.«

Ciras Augenlider flatterten, als ihr Duft stärker wurde. »Du müsstest mich beißen?«

Bildete ich mir das nur ein, oder machte der Gedanke, dass ich sie beißen würde, sie an? *Nein, hör auf, mit deinem Schwanz zu denken, Arschloch!* Aber das war gar nicht so einfach, wenn besagter Schwanz gegen meinen Reißverschluss drückte und danach verlangte, frei zu kommen.

Aber dann biss sie sich auf die Unterlippe und ihre langen Fangzähne bohrten sich auf die erotischste Art und Weise in das zarte Fleisch.

»Nicht unbedingt. Ich kann tun, was ich tun muss, ohne dich zu beißen.« Ich schüttelte den Kopf und versuchte, die animalischen Pläne, die ich für dieses Kleid und ihr Blut hatte, zu verdrängen. Rationalität war das, was ich in diesem Moment brauchte.

Sie runzelte die Stirn, als wäre sie enttäuscht, dass ich meine Fangzähne nicht in ihrem Fleisch versenken würde. *Mögen die Götter mir beistehen. Ich habe nur eine begrenzte Menge an Kraft.*

»Normalerweise tut es nicht weh, außer dem Schnitt. Aber da du meine Gefährtin bist und mein Blut bereits in deinen Adern fließt ...«

Ihre goldenen Schuppen schimmerten und ihre Augen verfinsterten sich. »Du willst mein Blut«, hauchte sie und ihre Pupillen verengten sich zu Schlitzen. »Ich glaube, ich will, dass du es bekommst.«

Aber ich konnte nicht einmal daran denken, wie

meine Fangzähne in ihr Fleisch eindrangen, ich konnte nicht an den Seufzer denken, der von ihren Lippen kommen würde, und ich konnte mir ihr Stöhnen nicht ansatzweise ausmalen. Ich ignorierte diese verführerischen Worte und fuhr fort, als hätte sie nicht gesprochen. »Wenn ich dein Blut zu mir nehme, fürchte ich, dass das Gefährten-Band schneller geschlossen wird, als du bereit dafür bist.«

Die goldenen Augen fingen an zu schimmern. »Und das ist für immer, richtig?«

»Ja, das heißt, du würdest mich zu deinem Gefährten wählen. Und wenn es einmal geschehen ist, kann es nicht mehr rückgängig gemacht werden.«

»Aber ich habe mehr als einen – zumindest hat Alex das gesagt. Er schien auch zu denken, dass es noch zu früh ist, um in der Sache was zu unternehmen.«

Ich unterdrückte ein Knurren. Er hatte sie nackt in seinen Armen gehabt und den richtigen Weg eingeschlagen. Das konnte ich auch, verdammt noch mal. »Aus gutem Grund. Du kennst uns erst seit einem Tag – wenn überhaupt. Das ist nicht genug Zeit für dich, um dir bei uns sicher zu sein.«

»Doch, ist es«, murmelte sie und starrte mich mit diesen wunderschönen goldenen Augen an, die sich vom ersten Moment an in meine Seele gebrannt hatten.

»Glaubst du, ich kann nicht zwischen euch dreien und anderen Männern unterscheiden? Alle anderen haben mich entweder verletzt oder versucht, mich zu entführen. Ich wurde geschlagen, gefoltert und missbraucht. Glaubst du, dass ich einen guten Mann nicht erkenne, wenn ich ihn – *oder sie* – sehe?«

»Ich ...«

»Du sagst, dieses Gefährten-Band wurde vom Schicksal ausgewählt, ja? Warum sollte die Schicksalsgöttin mir euch drei geben, wenn sie nicht wüsste, wovon sie spricht?«

Und verdammt, sie hatte nicht ganz unrecht.

»Bis jetzt habt ihr drei mich besser behandelt, als ich es in meinem ganzen Leben je wurde. Wenn ihr alle bei mir seid, fühle ich mich ... vollständig. Ich wusste nicht, was das bedeutet, bis ich hierherkam. Du hast vielleicht Angst vor dem Gefährten-Band, aber ich habe keine.«

Ich war voller Ehrfurcht vor dieser Frau. Ihre Stärke, ihre Intelligenz, ihr Überlebenswille.

Meine Finger krallten sich in den Stoff an ihrer Hüfte und zogen sie an mich heran, während mich der Drang, meine Fangzähne in der zarten Haut ihres

Halses zu versenken, fast überwältigte. »Sag mir, wo die Grenze ist.«

»Grenze?«, fragte sie und ihre Brust streifte meine, als sie immer näher kam.

»Anders gefragt: Sag mir, was du willst. Darf ich dich beißen? Darf ich dich küssen? Darf ich meinen Kopf zwischen deine Beine stecken und deine Pussy mit meiner Zunge ficken?« Ihr Puls donnerte in meinen Ohren, bis ich sanft ihren Hals umschloss und ihr Gesicht so weit lenkte, dass es nur noch wenige Millimeter von meinen Lippen entfernt war. »Wo. Ist. Die. Grenze?«

Ihr ganzer Körper zitterte, während ihre Fangzähne sich in ihre Unterlippe bohrten. Ein einziger Tropfen Blut quoll aus dem durchbohrten Fleisch, und mein Wille bröckelte langsam zu Staub.

»Ich bin gierig«, flüsterte sie, fing den Tropfen mit ihrer Zunge auf und verteilte ihn auf ihren Lippen, bis sie rot gefärbt waren. »Ich will alles, einfach alles, was du mir geben willst.«

Das war's. Das letzte Quäntchen Widerstand, das ich noch hatte, schwand dahin, woraufhin ich meinen Mund auf ihren presste und die Spuren ihres Blutes mit meiner Zunge aufnahm. Der Geschmack von ihr überflutete meine Sinne und zog mich in seinen Bann. Meine Fangzähne wurden länger, als ich sie vom Boden hob, ihren hinreißenden Hintern in meinen Händen ... und Jupp, ich hatte recht.

Kein verdammtes Höschen.

Sosehr ich es auch wollte, ich konnte keinen Sex mit ihr haben – noch nicht. Sie hatte etwas Besseres verdient als einen schnellen Fick, und das würde es sein müssen, wenn ich sie in Sicherheit bringen wollte. Wenn ich den Schein wahren wollte, wenn ich sichergehen wollte, dass niemand nach ihr suchte, musste ich gehen, bevor jemand im Tepes-Clan Verdacht schöpfte – oder noch *mehr* Verdacht schöpfte.

Aber ich könnte sie zum Kommen bringen.

Ich könnte sie schmecken, sie verhüllen und ...

Ihre Beine schlossen sich um meinen Rücken, ihre Hitze brannte sich in mich, während sich unsere Münder duellierten. Meine Hände krallten sich in ihre Haare und ich löste mich von ihrem Mund, um ihren Kiefer und ihren Hals zu schmecken, während ich mir den Duft von Zimt und Gewürzen, von Sonne und *Cira* in die Nase steigen ließ.

Ich musste sie nicht beißen, um sie zu verhüllen, aber verdammt, ich wollte es. Ich wollte, dass sie mein Mal trug – wollte, dass sie wusste, dass sie mir gehörte, auch wenn ich es noch nicht permanent machen konnte. Ich wollte ein Stück von mir bei ihr haben, solange ich weg war. Aber zuerst ...

Meine Finger klammerten sich an den Stoff ihres Kleides, als ich sie an meinem Körper hinuntergleiten ließ, wobei ich das Kleid hochzog und über ihren Kopf streifte, bevor mein Gehirn verarbeiten konnte, dass ich sie entblößte. Und verdammt, wenn dieser kleine Hauch von einem Kleid nicht einen Körper verbarg, den ich anbeten wollte.

»Götter, du bist so verdammt schön, dass es wehtut.«

Trübe, goldene Augen trafen meine, ihre Lippen waren von unserem Kuss geschwollen, ihre goldenen Haare fielen ihr über die Schultern und umspielten ihre Kurven.

»Du bist dran«, flüsterte sie mit ihrer heiseren Stimme, die halb knurrte und halb schnurrte.

Ihre Hände krallten sich um den weichen Stoff meines T-Shirts und zerrissen es in ihrer Eile, mich davon zu befreien. Eine Naht an meinem Hals platzte auf und ihre Augen starrten auf die freiliegende Haut, als ob sie darüber nachdenken würde, mich auch zu beißen.

Oh, fuck!

Mein Schwanz pulsierte an meinem

Reißverschluss und ich musste die Zähne gegen das Verlangen, das mich zu überwältigen drohte, zusammenbeißen.

»Wenn du mich ohne Shirt haben willst, Prinzessin, hättest du nur fragen müssen«, knurrte ich und riss den Stoff weiter auf, um ihren suchenden Fingern Platz zu machen – Finger, die so heiß waren, dass sie fast brannten. Finger, die nach meinem Gürtel griffen.

»Ich will dich nicht ohne Shirt«, konterte sie und ihre Schuppen schimmerten, während ihre Augen so hell wie die Sonne leuchteten. »Ich will dich so nackt, wie ich es bin. Ich will deine Lippen auf meiner Haut und deinen Schwanz, der mich ausfüllt. Ich will …«

Ich unterbrach sie mit einem Kuss. Wenn sie noch irgendetwas gesagt hätte, wäre ich nicht mehr davon abzuhalten gewesen, das zu beanspruchen, was mir gehörte. Und sie gehörte mir. Vielleicht musste ich teilen, aber damit kam ich klar. Ich löste mich von ihrem Mund, knabberte und küsste ihren ganzen Körper hinunter, während ich mich bückte, meine Arme an ihren Knien einhakte und sie auf das Bett fallen ließ.

Ausgebreitet wie ein Festmahl, zog ich ihren Hintern an die Kante, wobei ihr Duft mich so verflucht hungrig nach ihr machte, dass ich kaum noch geradeaus gucken konnte. Sie war so nass, so verlangend und ich wollte sie einfach nur verschlingen. Ach so sanft knabberte ich an der Innenseite ihrer Oberschenkel und strich mit meinen Fangzähnen über die zarte Haut, ohne sie zu verletzen.

»Halt dich an irgendwas fest, Prinzessin!«

Bevor sie ein weiteres Wort sagen konnte, hatte ich meinen Mund schon auf ihrer feuchten Pussy und leckte von ihrem Kitzler bis zu ihrer Öffnung und wieder zurück. Gleich bei der ersten Berührung stieß sie ein so süßes Stöhnen aus, dass mein Schwanz gegen meinen Reißverschluss zuckte, als wollte er ausbrechen. Und ihr Geschmack ... *Fuck*, ich trat mir innerlich selbst in den Hintern, weil ich so verdammt anständig war.

Ich umkreiste ihren Kitzler mit meiner Zunge und nahm ihn in den Mund, saugte an ihm, verwöhnte ihn und genoss es, wie sich ihre Hände in meinen Haaren verankerten, während sie mich genau dahin führte, wo sie mich haben wollte. Dann ließ ich zwei Finger in ihre feuchte Pussy gleiten, ihre Hitze war wie der verdammte Lockruf einer Sirene und ihr Rücken hob sich fast vollständig vom Bett.

»Bitte!«, flehte sie und ihre Brust färbte sich rosig,

während sich ihre Schuppen bewegten. Sie ließ meine Haare los und krallte sich mit ihren Klauen in der Bettdecke fest. *»Bitte!«*

Also machte ich mich wieder an die Arbeit, brachte sie an den Rand des Abgrunds und ließ ihren ganzen Körper summen, bevor ich zuschlug. Ich wollte ihr Blut – ich brauchte es – aber ich wollte auch, dass sie sich daran erinnerte, dass sie mir gehörte. Als sich meine Fangzähne in die zarte Haut ihres Innenschenkels bohrten, kam sie, und ihre Erlösung entlockte ihrer Kehle einen Schrei, der so schön war, dass ich fast den Verstand verlor.

Ihr Blut füllte meinen Mund, ein einziger Schluck war alles, was ich brauchte, auch wenn dieser eine Schluck reichte, um mich für immer nach ihr zu sehnen.

Nicht alle Vampire waren Meister, aber ich war einer – nicht, dass mein Clan das wusste. Ich konnte alles – und jeden – verhüllen, wenn ich es wollte. Mit meiner Kraft begann ich den Prozess – sie vor allen und jedem außer uns zu verstecken. Niemand könnte sie erschnüffeln, niemand könnte sie aufspüren. Wenn sie eine Bedrohung darstellten, würden sie sie einfach *nicht* finden, egal was sie versuchten.

Sie war geschützt, aber geschützt oder nicht, ich wollte sie trotzdem nicht verlassen.

Doch ich musste es tun. Mit einem letzten Kuss ließ ich sie auf dem Bett zurück sinken und versuchte mich davon abzuhalten, sie zu ficken, bevor mich meine innere Stimme doch überzeugen konnte. Nachdem ich mich in meiner eigenen Dusche um mich selbst gekümmert hatte, zog ich mich an und durchstreifte das Haus auf der Suche nach Alex. Ich fand ihn im Arbeitszimmer, wo er wie ein eingesperrtes Tier auf und ab marschierte.

»Verdammt noch mal, Jackie!«, knurrte er in sein Handy. »Wenn du nicht an dein scheiß Telefon gehst, werde ich dich suchen kommen. Sechs Wandler sind auf eine kleine Mission zur Drachenjagd gegangen und seitdem nicht mehr gesehen worden. Ich bekomme reihenweise Anrufe wegen dieser Scheiße und du bist wie vom Erdboden verschluckt. Du hast vierundzwanzig Stunden Zeit, mich zurückzurufen, sonst gehe ich selbst auf eine kleine Jagdmission.«

Er legte auf, seine Iris leuchtete golden, weil sein Tier so nah an der Oberfläche war. Jackie war diejenige, der er die Verantwortung für die Wandler überlassen hatte, nachdem seine Familie letztes Jahr Manhattan fast ausgelöscht hatte. Aber Jackie war nicht für die Führung geeignet, so viel war klar.

»Hat Pollux dich aufgeklärt?«, fragte ich.

Alex nickte, seine Fäuste waren geballt, sein

Kiefer verkrampft. Er wollte mir die Scheiße aus dem Leib prügeln, aber ich konnte es einfach nicht bereuen, Cira geschmeckt zu haben, konnte es nicht bereuen, ihrem Körper das Vergnügen abgerungen zu haben.

Nicht. Im. Geringsten.

Verdammt, das Einzige, was ich bereute, war, sie zurückgelassen zu haben.

»Ich muss gehen, bevor der Clan kommt und mich jagt.« Es war bereits kurz vor Einbruch der Nacht. Wenn ich jetzt nicht ginge, würde die Hölle auf Erden losbrechen. »Cira ist verhüllt, und nein, ich habe ihr nicht die Wahl genommen. Sie ist immer noch gefährtenlos, falls dich das glücklich macht.«

Sein Auge zuckte sichtlich. »Nein, tut es nicht.«

Nun, dabei konnte ich ihm nicht helfen.

»Wenn ich zurückkomme, sollte sie besser gesund und munter sein, verstanden?«

Das brachte ihn dazu, aus seinem Gedankengang auszubrechen. »Willst du mich verarschen? Natürlich wird sie bei mir sicher sein. Ich versuche nur, mich zu beruhigen, weil ich sie schreien gehört habe. Hast du eine Ahnung, wie schwer es ist, sie kommen zu hören und nichts tun zu können? Allein die Tatsache, dass du nicht von ihr weggerissen wurdest, ist ein Beweis für meine Beherrschung.«

Nein, der wahre Beweis für Alex' Beherrschung wäre es, zuzusehen, wie sie gefickt wurde, ohne dass seine Bestie ihren verdammten Verstand verlor. Ein wahres Zeichen seiner Beherrschung wäre es, sie zu teilen – alles von ihr –, aber dazu war er noch nicht bereit. In ihrem Blut hatte ich gelesen ... Cira wollte uns alle auf einmal zusammen haben, und verdammt sollte ich sein, wenn ich ihr nicht alles geben würde, was sie wollte.

»Ich schlage vor, dass du lernst zu teilen, denn diese Frau ist gierig und will *alles* haben. Vielleicht solltest du das erst einmal begreifen, bevor du eine gute Sache ruinierst. Und wenn du schon dabei bist, bleib in ihrer Nähe. Sie wird sich bald verlassen fühlen, wenn Ronan und ich weg sind.«

Seine Lider wurden schwerfällig, als ob ihm der Gedanke noch gar nicht in den Sinn gekommen wäre. »Ja, okay. Das werde ich.«

Und damit verschwand ich, schleppte meinen Arsch quer durch die Stadt und zurück zu meinem Clan – wieder in meiner Verkleidung steckend, zwang ich jedes bisschen meines wahren Ichs in mich hinein, während ich meine falsche *Persona* wie eine Jacke überzog. Für den Tepes-Clan war ich ein lässiger Schläger mit einer Vorliebe für ein breites

Grinsen, während ich Knochen brach. Jemand mit Muskelkraft, aber wenig Macht.

Jemand, den sie sich nicht zweimal ansehen würden.

Jemand, von dem sie nie erwarten würden, dass er ihr Untergang sein könnte.

Aber als ich die Tepes-Villa betrat, herrschte dort eine Aufregung, die mir keineswegs gefiel. Es war anders als an jedem anderen Tag. Hier ging es nicht um irgendein beschissenes Drama oder eine Beleidigung durch einen anderen Syndikats-Clan. Nein, hier ging es um etwas Größeres. Die Stimmung an diesem Ort ließ mir alle Haare zu Berge stehen.

Und als ich den Clanführer erreichte, wusste ich genau, warum.

Titan Madras saß auf seinem waschechten Thron, seine roten Augen funkelten wie damals, als er meine ganze Familie ermordet hatte, und sein sadistisches Lächeln war breit. Ich wusste, dass alles aus den Fugen geraten würde, aber seine Worte ließen mich erstarren.

»Es gibt einen Golddrachen in New York. Alle Mann an Deck, um ihn zu finden.«

Fuck!

KAPITEL 16
CIRA

MEHR ALS EINE WOCHE, NACHDEM ISAAC MICH keuchend, nackt und allein nach dem einzigen nicht selbst erzeugten Orgasmus, den ich in meinen mehr als fünfzig Jahren je erlebt hatte, zurückgelassen hatte, war ich ein besorgtes, ängstliches und stinksaures Nervenbündel.

»Was bin ich, neun Jahre alt?«, knurrte ich und schlug Alex die Schachtel aus den Händen. »Nein, ich will nicht noch ein Brettspiel spielen.«

Hatte ich die Schachtel dabei auch zufällig mit meinen Krallen zerstört? Vielleicht, aber ich war kurz davor an die Decke zu gehen und er wollte *Mensch ärgere dich nicht* spielen? Wieder? Wenigstens hatte man in den Katakomben immer etwas zu tun gehabt. Es hatte immer etwas zu reparieren, etwas zu verbessern gegeben. Hier war alles glänzend, neu und perfekt und es gab nichts für mich zu *tun*.

Man konnte nicht unendlich viel schlafen oder kochen oder lesen oder *was auch immer*, bevor man den Kopf gegen die Wand schlagen würde. Klar, Alex hatte mir Filme gezeigt, und ich mochte sie. Sie waren unterhaltsam genug. Ich hatte mir tonnenweise so genannte *Disney*-Filme angesehen, aber die waren nicht so mein Ding. Na ja, es sei denn, die toughe weibliche Hauptfigur vernichtete alles und hatte ein Schwert in der Hand. Oder einen Bogen oder eine Bratpfanne.

Er schwenkte auf Actionfilme um – vor allem auf Action- und Katastrophenfilme mit Frauen in der Hauptrolle – und die gefielen mir viel besser. Aber selbst mit genug Filmen für Jahrzehnte konnte ich nicht lange genug stillsitzen, um mich auf viele von ihnen einzulassen. Ronan und Isaac waren seit über einer Woche verschwunden. Irgendetwas musste passiert sein, und Isaac war wortkarg gewesen, bevor er mich nach dem intensivsten Vergnügen meines Lebens zurückgelassen hatte. Und trotz meiner Bemühungen erzählte Alex mir nichts.

Mit großen, dunklen Augen starrte er mich an. »Okay«, sagte er sanft. »Keine Brettspiele. Möchtest du den Mond sehen?«

Es half, dass sein Gesicht so mitleidig aussah und er genauso ratlos war wie ich. Aber ich wollte den Mond nicht ohne Ronan und Isaac sehen. Ich wollte ohne sie auch nicht in diesem Haus sein. Es ging so weit, dass selbst die Sonne mich nicht mehr aufheitern konnte.

Ja, Alex besser kennenzulernen war fantastisch. Er war witzig, charmant und freundlich, aber es schien, als würde er sich von seiner besten Seite zeigen. Als würde er sich vor mir verstecken, wenn die anderen nicht da waren. Ich war ein nassgeschwitztes, wildes Wrack, und er ließ kaum zu, dass sein Bein meines berührte.

Ich hatte versucht, mit Alex auf der Couch, im Wintergarten und in seinem Bett zu knutschen, aber jedes Mal hatte er mich mit den Worten abgewiesen, dass es noch zu früh sei. Er sagte, ich sei noch nicht bereit. Er traf Entscheidungen für mich, genau wie Isaac, und das pisste mich an.

»Nein, ich will den Mond nicht sehen. Ich will keinen Film sehen, und nein, ich will nicht noch ein verdammtes Brettspiel spielen. Ich will wissen, wo Ronan und Isaac sind.«

Ich hatte schon öfter darüber nachgedacht, zu gehen, als ich zählen konnte. Doch da war dieser Faden in meiner Brust, der zu wollen schien, dass ich ihm folgte, und je stärker er an mir zerrte, desto mehr hatte ich das Gefühl, meinen Verstand zu verlieren. Jetzt, wo ich aus den Katakomben heraus war, erschien mir das Weggehen nicht mehr so beängstigend. Ich konnte versuchen, Moriah zu finden. Ich konnte den Wind auf meiner Haut spüren. Ich konnte buchstäblich alles tun.

Leider hatte ich einen zwei Meter großen Schatten, der mich behandelte, als wäre ich ein verdammtes Kleinkind.

»Und ich habe dir gesagt, dass ich es nicht weiß. Dass es nicht sicher ist, sie zu kontaktieren. Dass Leute nach dir suchen.«

»Dann lass sie verdammt noch mal suchen«, fauchte ich, und nicht zum ersten Mal heute formten sich Krallen an meinen Fingerspitzen. »Ich wurde überrumpelt, als ich sechs Männer ganz allein getötet habe. Die wollen mich entführen? Sollen sie es doch versuchen.«

Alex seufzte und zog die Stirn in Falten. Auch das war nicht das erste Mal heute. »Und auch wenn ich weiß, dass du auf dich selbst aufpassen kannst, kann ich als dein Gefährte nicht zulassen, dass du dich so in Gefahr bringst.«

Meine Haut entzündete sich zischend, und ich war froh, dass Ronans Haus und meine neuen

Klamotten feuerfest waren, denn meine Wut verwandelte mich immer wieder in einen verfluchten Waldbrand.

»Ich habe nicht einen Käfig gegen einen anderen getauscht. Du bist nicht mein Gefährte, bis wir das Band vollendet haben, und das hast du offensichtlich nicht vor«, knurrte ich und wischte mir den Schweiß von der Stirn. *Warum war es so heiß? War es nicht Winter hier?* »Du willst mich nicht, ich hab's kapiert. Hör auf, mit der Gefährten-Scheiße um dich zu werfen, wenn du kein einziges Wort davon glaubst.«

Und ich war so unglaublich erregt, als ob dieser eine Orgasmus die Waage zum Kippen gebracht hätte oder so. Jetzt war ich die ganze Zeit über geil. Ich war stinksauer auf ihn, aber trotzdem wollte ich Alex die Klamotten vom Leib reißen und den riesigen Schwanz, von dem ich wusste, dass er sich hinter der Hose verbarg, einfach nur benutzen. Ich wollte ihn in meinem Mund haben, ich wollte ihn überall haben, aber *neeeiiin* ... Mr. Gentleman da drüben wollte mich nicht einmal küssen. Ich hatte die letzte Woche allein geschlafen und dabei versucht, nicht an die verdammte Decke zu gehen.

»Wer sagt denn, dass ich dich nicht will?«, knurrte er, scheinbar genervt davon, dass er mich nicht anfassen konnte, weil ich mal wieder in

Flammen stand. Ich hatte keine Ahnung, warum. Seit zehn verdammten Tagen hatte er nicht einmal mehr meine Hand gehalten.

»Du! Du willst mich ja nicht mal küssen. Was zum Teufel soll ich denn denken?«

Er schlug mit der Hand so fest auf den Tresen, dass ein Riss im Stein zurückblieb. »Ich versuche, ein verdammter Gentleman zu sein. Hast du eine Ahnung, wie sehr ich dir deine verdammten Klamotten vom Leib reißen und dich an einer gottverdammten Wand nageln möchte? Weißt du, wie sehr ich jeden Zentimeter deiner Haut küssen möchte, aber ich versuche hier, ein guter Kerl zu sein. Du kennst mich nicht. Du kennst keinen von uns.«

»Es ist nicht nur das.« Ich wedelte mit der Hand in seine Richtung. »Dieser Typ – wer auch immer du vorgibst zu sein – ist nicht der, den ich in der ersten Nacht getroffen habe. Er ist nicht der Mann, der mich aus den Armen eines anderen Mannes reißen wollte. Er ist nicht der Mann, der nur so weit von mir entfernt sein konnte, dass er auf dem Boden neben meinem Bett geschlafen hat. Der zu meinen Füßen gekniet hat, um mir zu schwören, dass er mir nichts Böses will. Ich weiß nicht, wer du in den letzten zehn Tagen gewesen bist, aber du bist nicht der Mann, zu dem ich mich vom ersten Augenblick an hingezogen gefühlt habe. Warum versteckst du dich vor mir?«

»Ich verstecke mich nicht, Cira. Der Mann, den du damals gesehen hast, ist nicht der Mann, den du brauchst. Du brauchst jemanden, der stabil ist, jemanden ...«

»Ist es dir jemals in den Sinn gekommen, mich zu fragen, was ich brauche?« Ich knurrte und kämpfte gegen den Drang an, über den Tresen zu klettern und ihn entweder zu ohrfeigen oder zu ficken, ich war mir nicht sicher, was.

»Hat sich jemals der Gedanke in dein Hirn geschlichen, dass Berührungen, Umarmungen, Streicheleinheiten und Liebe vielleicht genau das sind, was ich mein ganzes Leben lang vermisst habe? Dass es mich in den Wahnsinn treibt, das nicht mehr zu haben, nachdem ich es vor Kurzem noch hatte? Ist es dir auch nur im Entferntesten in den Sinn gekommen, dass ich vielleicht nicht unbedingt die volle Ladung Romantik brauche, um zu wissen, was ich habe und was nicht? Dass du mich in deinem Bestreben, ein Gentleman zu sein, völlig allein zurückgelassen hast?«

Alex stotterte kurz, sein Gehirn schien nicht zu verarbeiten, was ich gerade gesagt hatte, während er sich auf einen Barhocker fallen ließ. »Aber ...«

»Nein, du hast es einfach auf dich genommen, zu vermuten, was ich brauche, anstatt mich verflucht noch mal zu fragen.«

Waren das Tränen in meinen Augen? Wahrscheinlich, aber ich war in letzter Zeit ein ziemliches Wrack, und Tränen waren eigentlich schon nichts Neues mehr.

»Als jemand, der wahrscheinlich für die verfluchte Ewigkeit an dich gebunden sein wird, schlage ich vor, dass du mit dem Scheiß aufhörst, bevor ich dich aus Versehen umbringe.« *Oder auch nicht aus Versehen.* »Jetzt will ich etwas schlagen, und da dein Gesicht wahrscheinlich tabu ist, sag mir bitte, dass es in diesem Haus irgendeinen Winkel mit Waffen gibt, damit ich irgendwas in Stücke reißen kann.«

»Du willst kämpfen?«, fragte er und sein erhitzter Blick deutete darauf hin, dass noch etwas anderes auf dem Programm stand, nachdem ich ihm die Leviten gelesen hatte. Zu dumm, dass meine Wut meine Libido im Moment irgendwie zum Erliegen gebracht hatte.

»Ich weiß nicht, mit welchen Frauen du aufgewachsen bist, aber ich habe jeden einzelnen Tag meines Lebens gearbeitet – entweder in der Bildung oder bei der Verbesserung meines Zuhauses. Von der

Zeit, in der ich wach war, bis ich schlafen ging, war jede Sekunde Arbeit. Ich weiß nicht, wie man so stillsitzen kann, und wenn ich nicht auf irgendetwas einprügele, werde ich bald wahnsinnig.«

Alex' Gesichtsausdruck wurde nachdenklich. »Was hältst du von einer kleinen Sparringssession?«

IN RONANS HAUS GAB ES MEHRERE ZIMMER – mehr, als ich zählen wollte. Abgesehen von den Sanitäranlagen im Haus, den ausgefallenen Lichtschaltern und dem schönen Stuck waren auch die Möbel exquisit und es roch himmlisch und nicht wie auf einem Friedhof. Aber ich war schon seit zehn Tagen hier und durfte noch nicht alles erkunden.

Im Stockwerk unter dem Wintergarten befand sich ein riesiger, weitläufiger Raum, der mit Stoffmatten, Boxsäcken, Trainingsgeräten und Waffen gefüllt war. Wie in meinem Zimmer in den Katakomben gab es eine ganze Wand voll davon. Erst als ich sie näher betrachtete, bemerkte ich, dass einige von ihnen mir gehörten – vor allem eine doppelseitige Streitaxt.

»Du hast meine Sachen hergebracht«, murmelte ich und griff nach der Waffe. »Ich hatte vergessen, dass du mir das gesagt hast.« Meine Finger tanzten über das geflochtene Leder, das jetzt mit Blut befleckt war. Die Erinnerungen an diese Nacht hatten sich in mein Gehirn eingebrannt – jeder Hieb und Stich, jedes Harken meiner Krallen, wie ich vor dem Geruch der Verwesung wegkriechen musste.

»Wir wussten nicht, ob du …« Alex hielt inne, seine Augen färbten sich vom dunkelsten Braun zum strahlendsten Gold, sein Tier war ganz nah an der Oberfläche. »Sie hingen an deiner Wand. Wir wussten nicht, ob du sie behalten willst.«

Er hatte genau wie ich gehört, was Isaac über meine Waffen gesagt hatte. Selbst mit einer erstklassigen Isolierung konnte man die Macht der Ohren eines Wandlers nicht bremsen. Isaac wusste alles. Durch das Lesen von Vaspirs Blut hatte er mehr erfahren, als ich je teilen wollte.

»Ich wollte … ich will … sie behalten.« *Ich hatte sie mir doch verdient, oder?*

»Mit oder ohne Waffen?«, fragte er mit einem Hauch von Überheblichkeit in seinem Tonfall, der wahrscheinlich nicht angebracht war. Wenn ich mit Waffen gegen ihn kämpfte, bestand eine gute Chance, dass ich ihn verletzen konnte.

»Ohne. Nur Nahkampf.« Ich knackte meinen Nacken und meine Finger, bevor ich mich zu strecken begann. »Leichte Berührung oder volle Breitseite?«

Sein Lächeln wurde breiter. »Leichte Berührung, keine Kräfte. Meinst du, du schaffst das?«

Der spöttische Unterton war da, und scheiße, das war verdammt noch mal sexy. *Das* war der Typ, den ich vermisst hatte. Alex wollte sehen, was ich konnte. *Dummer kleiner Greif.* Wusste er nicht, dass Drachen stärker waren? Auch ohne dass ich mich jemals vollständig gewandelt hatte, war ich immer noch um Längen stärker als Vaspir. Diese Tatsache hatte die Lage in den Katakomben sehr angespannt werden lassen, als er mich nicht mehr überwältigen konnte.

»Wenn du es so spielen willst, nur zu. Bist du bereit?«

Alex' Lächeln war verschmitzt, aber ich hatte bereits jeden Winkel von ihm katalogisiert. Ich hatte ihn tagelang beobachtet, wie er die Stirn runzelte, wenn er an sich zweifelte, wie sich sein Unterkiefer anspannte, wenn er wütend wurde, und wie er die Augen verengte, wenn er über etwas nachdachte.

Das würde ein Spaß werden.

Alex stürmte auf mich zu, sein riesiger Körper war blitzschnell, als er frontal auf mich zusteuerte. Ich wartete, bis er mich fast erreicht hatte, bevor ich seinen eigenen Schwung gegen ihn nutzte, sein kräftiges Handgelenk umklammerte und ihn auf eine der Matten warf. Einen Moment später waren meine Krallen an seiner Kehle – nicht reißend, nur berührend – und ließen ihn wissen, dass er bei einem echten Kampf bereits tot wäre.

»Ein Punkt für mich. Willst du's noch mal versuchen?«

Gold blitzte in seinen Augen auf und ein berechnender Ausdruck übernahm seine Züge. Den Move würde ich nicht noch einmal benutzen können.

»Mein kleiner Drache ist also schnell. Das werde ich mir merken.«

Oh, er hatte keine Ahnung, worauf er sich eingelassen hatte. »Ich habe noch nicht mal was gemacht.«

»Na gut.«

Blitzschnell versuchte er, wieder zuzuschlagen, sprang auf die Ballen seiner Füße und stürzte sich auf mich. Ehrlich gesagt war das einfach nur süß. Ich wirbelte herum und ging in die Hocke, bevor ich ihm meine Schulter in den Bauch rammte und ihn wieder auf die Matte schleuderte. Dieses Mal hielt er nicht inne, als er auf dem Boden aufschlug, sondern rappelte sich einfach wieder auf, ohne zuzulassen, dass ich ihm erneut an die Kehle ging.

Als er versuchte, mir die Beine unter den Füßen

wegzuziehen, war er nicht darauf vorbereitet, dass ich meine Beine um seine Taille schlang, meinen Arm um seinen Hals legte und zerrte. Wir beide taumelten auf den Boden – ich auf ihm – und wieder waren meine Krallen an seiner Kehle.

»Zwei zu null für mich.«

Alex schien es zu mögen, wenn meine Klauen an seiner Kehle waren. Warum sonst würde er mir so leicht manövrierbare Angriffe ermöglichen? »Wehe, du lässt mich einfach gewinnen.«

Sein sexy Lachen vibrierte in meinem ganzen Körper, als sich seine Hände in meine Hüften krallten. »Ich lasse dich gar nichts machen. Du hast gefragt, wozu du gut bist, wenn du dich nicht wandeln kannst. Ich bin hier, um dir zu sagen, dass du in deiner eigenen Haut auch ohne ein Tier tödlich genug bist.«

»Ganz ehrlich? Das ist eines der nettesten Sachen, die je jemand zu mir gesagt hat.«

Einen Moment später schlug ich mit dem Rücken auf der Matte auf und Alex lag ausgestreckt über mir und drückte mich auf den Boden. Er hatte eine große Hand um meine beiden Handgelenke geschlungen.

»Ist das dein großer Trick?«, fragte ich neckisch und schlang meine Beine um seine Taille. »Du weißt aber schon, dass ich da wieder rauskomme, oder?«

Es wäre sogar ziemlich einfach. Ich müsste nur meine Hüften richtig kreisen lassen, dann wäre er Wachs in meinen Händen.

Er legte den Kopf schief und fuhr mit seiner Zunge von meinem Schlüsselbein bis zu meinem Ohrläppchen und knabberte an dem zarten Fleisch. »Ich glaube nicht, dass du das willst.«

Ein Feuerregen, der nichts mit meinen Flammen zu tun hatte, durchfuhr meinen ganzen Körper. Das war der Alex, den ich vermisst hatte – diese durchtriebene, besitzergreifende, arrogante Kreatur. Aber natürlich musste ich ihm das Gegenteil beweisen. Als ich langsam mit meinen Hüften über die markante Stelle seiner Härte kreiste, wurden seine Augen kurz unfokussiert, und das war der Moment, in dem ich zuschlug und uns umdrehte, bis ich mit gespreizten Beinen auf ihm saß.

Diesmal rollte er sich nach vorn und krallte seine Finger in meine Haare, während er seine Lippen auf die meinen presste. Als der Kuss endete, knabberte und küsste er meinen Hals und führte mich genau dorthin, wo er es wollte. Seine Hände glitten unter mein Shirt und zogen es mir über den Kopf. Ich war mit seinem Hemd weit weniger vorsichtig. Knöpfe klapperten durch den Raum, als ich zu einem weiteren dieser schweißtreibenden Küsse ansetzte, ohne mich darum zu scheren, dass ich wahrscheinlich sein Hemd ruiniert hatte.

Meine Hände wanderten über seine Haut, während sich mein ganzer Körper verkrampfte. Ich brauchte ihn in mir. Ich *brauchte* ihn. Alex beugte seinen Kopf und hinterließ beißende Küsse auf meinen Brüsten, und als er meinen Nippel in seinen Mund nahm, zuckte ich zusammen, als hätte ich einen Schock erlitten.

»Ich ... ich ...« Mir fehlten die Worte, aber Alex hatte die Botschaft verstanden. Seine Finger wanderten unter den Bund der dehnbaren Hose und fanden meinen Kitzler mit gekonntem Spürsinn.

»Ist es das, was du willst, kleiner Drache? Willst du, dass ich diese sexy kleine Pussy fingere, bis du auf meiner Hand kommst?«

Ja und nein. Aber als er anfing zu spielen, wollten die Worte einfach nicht mehr herauskommen. Zwei kräftige Finger füllten mich aus, während ein geschickter Daumen das pralle Nervenbündel rieb, bis ich für ihn brannte.

»Fuck, du bist so feucht, Baby«, knurrte er gegen meine Haut und brachte meine Hüften in Bewegung, als hätten sie einen eigenen Willen. »So verdammt begierig. Genau so, nimm dir, was du willst! Reite meine Hand!«

»Bitte«, wimmerte ich gegen seinen Mund und bettelte um die Erlösung, die mich in die Tiefe zu ziehen drohte. *»Bitte.«*

Ich wusste nicht, was ich brauchte, aber Alex wusste es. Er krallte seine freie Hand in meine Haare und versenkte seine stumpfen Zähne in der zarten Haut meines Halses. Sofort sah ich Sterne und verbrannte wie eine Supernova, als eine Welle der Lust meinen Körper überrollte.

Als ich wieder zu mir kam, lag ich auf Alex' Brust und war kaum in der Lage, meinen Kopf zu heben, während er mit meinen Haaren spielte.

»Ich habe einen Vorschlag für dich«, sagte er und seine Stimme dröhnte durch meinen ganzen Körper.

Ich war mir ziemlich sicher, dass mein Kitzler bei dem tiefen Klang pulsierte, denn ich wusste, dass er mir alles ins Ohr flüstern könnte, und ich wäre bereit und willig.

»Wir können hier im Haus bleiben und ich kann dich halten, während du schläfst …«

Na, das ist doch mal eine hervorragende Option.

»Oder wir ziehen uns an und gehen in Ronans Club.«

Ich wich zurück und starrte ihn an, während seine Augen immer noch golden glühten. »Ronan hat einen Club?«

»Ja, hat er. Er ist halb Nachtclub und halb Treffpunkt. Du hattest recht – ich habe dich nicht gefragt, was du willst. Ich habe das, was ich für das Beste für dich hielt, über das gestellt, was du brauchst. Und du kannst nicht einen Käfig gegen einen anderen tauschen. Es ist vielleicht an der Zeit, diesen hier zu verlassen.«

Ich versuchte, zu begreifen, was ein *Nachtclub* war, und reduzierte es auf eine einzige Frage.

»Was soll ich anziehen?«

KAPITEL 17
CIRA

»BIST DU DIR SICHER, DASS DAS OKAY IST?«, fragte ich und fuhr mit meinen Händen über den seidigen Stoff meines Kleides – dasselbe smaragdgrüne Kleid, das Isaac mir vom Leib gerissen hatte, bevor er mich verschlang. Jedes Mal, wenn meine Fingerspitzen die weichen Fasern streiften, zogen sich meine Brustwarzen zusammen und mein Inneres spannte sich an, während die Hitze in meinem ganzen Körper wuchs.

Alex schlang einen Arm um meinen Rücken, als wir durch eine Gasse zum Hintereingang von Ronans Club gingen, und legte seine Hand besitzergreifend um meine Hüfte. Alle paar Sekunden bohrten sich seine Fingerspitzen in meine Haut, und das brachte mich dazu, dieses kleine Abenteuer noch einmal zu überdenken.

»Ganz sicher nicht, aber wir machen es trotzdem. Dich zu verstecken, ergibt nur Sinn, wenn die Leute wissen, was du bist. Du bist verhüllt, also sollte das kein Problem sein, und ich will, dass du das hier bekommst.«

Es war schon schwer genug gewesen, überhaupt aus dem Haus zu kommen. Vor allem, als er das Kleid gesehen hatte. Alex hatte mir geholfen, es aus den Stapeln der Kleider, die Pollux mitgebracht hatte, auszusuchen. Als ich ihn fragte, warum er sich ausgerechnet für dieses Kleid entschieden hatte, leuchteten seine Augen golden auf, bevor er etwas sagte, das mich fast dazu brachte, ihm sein schwarzes Hemd von den Schultern zu reißen und ihn anzuflehen, mich zu ficken.

»Es riecht nach dir und Isaac. Der Duft von eurem Sex hängt noch in den Fasern, und ich will ihn die ganze Nacht an dir riechen.«

Jetzt verstand man mich, oder? Es war ein echter Kampf, das Haus zu verlassen.

Aber nachdem ich mich schick gemacht und die zierlichen Schuhe angezogen hatte, die dem Wetter draußen nicht angemessen schienen, versetzte mich jede neue Erfahrung in einen Zustand der Ehrfurcht.

Die Stadt war in Licht und Lärm getaucht. Leute liefen die Straße entlang, Autos sausten vorbei. Ich hatte noch nie so viele Leute auf einmal gesehen, und das war, bevor Alex dreimal kräftig an der Hintertür von Ronans Club klopfte.

Ein riesiger Mann – sogar noch größer als Alex – öffnete die Tür und duckte sich unter dem Rahmen hindurch, um draußen in seiner vollen Größe zum Stehen zu kommen.

»Mr. Ward, es ist eine Weile her. Ihr üblicher Tisch?«

Alex neigte sein Kinn zu einem kurzen Nicken, das wohl *Ja* bedeutete.

»Und wer ist dieses hübsche kleine Ding?«, fragte der Türsteher, aber er wurde mit einem tiefen Knurren aus Alex' Brust abgefertigt.

Er schob mich hinter seinen Rücken und verbarg mich so vor den Blicken. »Das geht dich nichts an, Francis.«

Ich hatte nicht das Gefühl, dass dieser Riese eine Bedrohung darstellte. Sicher, er sah so aus, aber er war es nicht.

»Sie kennen die Regeln, Mr. Ward«, sagte Francis und verschränkte die Baumstämme von Armen vor seiner Brust. »Kein Name, kein Zutritt. Ich mache die Regeln nicht.«

Ich hatte keine Ahnung, warum das so eine große Sache war. Ich rollte mit den Augen, ging um Alex herum und streckte meine Hand zur Begrüßung aus. »Aecira Dragomir.«

Es war nur viermal vorgekommen, dass Vaspir meinen vollen Namen laut ausgesprochen hatte, aber ich hatte mir diesen Namen, den mir meine Mutter gegeben hatte, gemerkt. Für den unwahrscheinlichen Fall, dass er nicht gelogen hatte, hatte meine Mutter mir diesen Namen gegeben, während sie ihm ihre letzten Atemzüge zuflüsterte, in denen sie von ihm verlangte, dass er versprach, mich in Sicherheit zu bringen.

Im Nachhinein betrachtet war es wahrscheinlich nur ein Märchen, aber zumindest gefiel mir der Name.

»Ein schöner Name für eine schöne Lady. Schade, dass ich gleich wieder vergessen werde, dass Sie überhaupt hier waren.« Er zwinkerte mir zu, lächelte breit und tätschelte meine Hand. »Hier entlang.«

Alex drückte mich an seine Seite, als er uns in den Club führte, sein Griff um meine Hüfte war besitzergreifend und fordernd. »Du hast gerade einem High Fae deinen Namen gegeben. Du hast Glück, dass Ronan Francis vertraut, sonst müsste ich ihn umbringen.«

Ich drehte mich zur Seite und betrachtete Alex' Gesicht. Er scherzte ganz und gar nicht. Eine normale Person wäre wahrscheinlich erschrocken über den Ausdruck auf Alex' Stirn, aber ich war es nicht. Tatsächlich schien diese Aussage fast wie ein Kompliment zu sein.

»Wenn du weiterhin so nette Sachen sagst, schaffen wir es nicht mehr bis zu dem Drink, den du mir versprochen hast.«

Er leckte sich über die Lippen, bevor er sich zwang, den Blick abzuwenden. Er führte mich weiter, wobei seine Hand fast zu einer Faust an meiner Hüfte wurde.

Der schmale, mit Ziegeln ausgekleidete Korridor öffnete sich zu einem großen, offenen Raum voller Leute. An den beiden hinteren Wänden befand sich eine L-förmige Bar und auf der Hauptebene waren Tische verteilt. Am Rand standen dunkelrote Sitzecken, und Alex führte uns zielsicher zu einer, während ich mir alles anschaute. In der Mitte des Raumes tanzte eine große Menge von Leuten, deren Körper sich in einem Gewirr von Gliedmaßen bewegten.

Alex zog mich in die Sitzecke, sodass wir direkt nebeneinandersitzen konnten. Seine Hand legte sich auf mein Knie, sein Finger fuhr über die freiliegende

Haut, während er einen beißenden Kuss auf meine Schulter drückte.

Ich fragte mich, wie es wohl wäre, wenn Alex sich mit mir bewegen würde, wenn er mit mir tanzen würde, wenn sich unsere Körper wie die der Tanzenden umeinander winden würden. Ich stellte es mir immer noch vor, als eine Frau an unseren Tisch kam und ein Glas mit einer süßen kleinen Serviette vor mir abstellte, in die eine goldene Rose eingestanzt war.

»Eine *Dirty Lemonade* für Ihren Gast, und wie immer mit den besten Empfehlungen des Hauses, Mr. Ward. Kann ich Ihnen sonst noch etwas bringen?« Ihr Tonfall war zwar kokett, aber ihre Augen verrieten etwas anderes. Sie flirtete, weil sie es musste, nicht weil sie es wollte.

»Für mich nichts, Charlotte, aber meine Frau möchte vielleicht was essen. Bring ihr eine Speisekarte, ja?«, forderte Alex und starrte das arme Mädchen finster an.

»Natürlich, ich bin gleich wieder da.«

Ich schmiegte mich an ihn und flüsterte ihm ins Ohr. »Was war das?«

Alex zog mich näher an sich. »Dich respektlos zu behandeln, wird von mir nicht geduldet. Niemals. Sie hat mit mir geflirtet. Direkt vor deinen Augen. Wenn ein Mann das getan hätte, hätte ich ihm den Kopf abgerissen.«

Ich knabberte an seinem Ohr und vertrieb den Stich mit meiner Zunge. »Auf den letzten Teil kommen wir noch mal zurück, aber ... das hat sie nicht getan. Sieh dir ihre Augen an, anstatt nur auf ihre Worte zu hören. Sie denkt, sie muss flirten. Vielleicht, damit die Leute ihr mehr bezahlen, vielleicht für Gefälligkeiten. Sie will nicht mit dir flirten. Guck mal genau hin.«

Charlotte kam zurück, ihre Hüften schwangen verführerisch in ihrem Minikleid. Sie reichte meine Speisekarte an Alex weiter und ignorierte mich völlig. Ich wäre gekränkt gewesen, wenn es nicht so offensichtlich gewesen wäre, dass sie nicht hier sein wollte.

Alex blinzelte sie an, während er die Speisekarte entgegennahm und das arme Mädchen mit dem Finger zu sich beorderte. Als sie sich näher heran lehnte, konnte man über die laute Musik hinweg hören, wie sie schwer schluckte.

»Du musst das nicht tun. Ich werde dir ein besseres Trinkgeld geben, wenn du meine Frau mit Respekt behandelst. Ich weiß, dass viele Typen hier auf so 'nen Scheiß stehen, aber ich nicht. Verstanden?«

Charlottes Schultern schienen sich zu entspannen und fielen von ihren Ohren weg. »Danke. Ich weiß das zu schätzen.« Sie schaute mit verlegenem Gesichtsausdruck zu mir. »Tut mir leid. Trinkgeld, weißt du?«

Ich zuckte mit den Schultern und ließ es auf sich beruhen. Sie war keine Bedrohung – nicht jetzt, wo ich wusste, dass Alex mich nur ignoriert hatte, um ein Gentleman zu sein. *Was auch immer zur Hölle das sein soll.* »Vergeben und vergessen. Was kannst du empfehlen?«

Ihre Augen leuchteten auf. »Die gefüllten Krabbenküchlein sind göttlich, aber mein Favorit ist die Bruschetta.«

»Wir nehmen beides«, sagte Alex, und Charlotte verschwand, um unsere Bestellung aufzugeben.

Aber ich achtete nicht darauf – nein, ich war auf dieses sanfte Ziehen in meiner Brust fixiert, das mir sagte, dass entweder Ronan, Isaac oder beide in diesem Gebäude waren. Ich suchte die Menge ab und hielt nach einem der beiden Ausschau. Es war so lange her, dass ich sie gesehen hatte, dass es mir wie Jahre vorkam, auch wenn es nur Tage waren. Trotzdem setzte das zerbrechliche Organ in der Mitte meiner Brust mehrere Schläge aus, während meine Suche etwas hektischer wurde.

»Was ist los?«, befahl Alex – keine Frage, sondern eine Forderung.

»Sie sind hier – Isaac, Ronan – sie sind hier. Ich kann sie nicht finden.«

Ein beißender Kuss unterbrach meine Suche. Alex' besitzergreifende Hand packte meinen Oberschenkel unter dem Saum meines Rocks, wodurch sich meine Beine etwas spreizten. »Schau zur Bar. Er starrt dich direkt an.«

Ich suchte noch einmal alles ab, bevor ich Isaac entdeckte. Er lehnte mit dem Rücken an der Bar und starrte mich mit seinen glühenden, roten Augen an.

»Weißt du, wie sehr sich dein Puls beschleunigt, wenn du weißt, dass er dich beobachtet?«, fragte Alex und der tiefe Klang seiner Stimme vibrierte in meiner Brust. »Ich frage mich, wie du darauf reagierst, wenn er mir dabei zusieht, wie ich dich ficke. Ich glaube, das wird dir gefallen.«

Ich drückte meine Knie zusammen, um den Druck zwischen meinen Beinen zu lindern, und versuchte, nicht zu stöhnen, als Alex' Finger den Saum meiner Unterwäsche neckten.

»Ich glaube, ich hätte auch Lust zuzusehen«, grummelte er und seine Stimme ließ die Hitze im Raum um einige Grad steigen. »Ich werde zusehen, wie du seinen Schwanz nimmst und wie du darum bettelst, von uns beiden gleichzeitig genommen zu werden.«

Jupp, ich würde in dieser Sitzecke in Flammen aufgehen, wenn ich mich nicht bewegte. Zittrig griff ich nach der *Lemonade* und freute mich über die kühle Flüssigkeit, die mir über die Lippen floss.

»Aber zuerst wirst du mit mir tanzen.«

Ich stotterte ein wenig, aber Alex hörte nichts davon und zog mich an der Hand aus der Sitzecke und auf die Tanzfläche. Die Musik war langsam und sinnlich und pulsierte um uns herum. Alex zog mich zu sich, wiegte seine Hüften, formte mich und bewegte mich auf eine Weise, die so sexy war, dass es sich beinahe so anfühlte, als würde er mich auf dieser Tanzfläche vor all den Leuten ficken.

Zärtliche knabbernde Küsse landeten auf meinen Schultern, und obwohl wir uns in einem Raum voller sich windender Körper befanden, war es fast so, als wären wir allein – fast so, als wäre das hier ein Vorspiel. Einen Moment später griff etwas um meinen Bauch und drückte mich mit dem Rücken an die Vorderseite von jemandem. Alex beobachtete das Geschehen und sein Lächeln wurde noch breiter, als Isaacs Duft mich einhüllte.

»Erinnerst du dich an das letzte Mal, als du dieses Kleid getragen hast, Prinzessin? Weißt du noch, was da passiert ist?«, fragte er in mein Ohr und drückte mich an sich, als würde er mich nie wieder loslassen.

Zum ersten Mal seit viel zu langer Zeit hatte ich das Gefühl, dass ein winziges Puzzlestück in meinem Herzen wieder an seinen Platz gesetzt wurde. Ich konnte nur nicken, als Isaac meinen Körper auf eine Art und Weise bewegte, die mich keuchen ließ, obwohl wir vollständig bekleidet waren.

»Ich habe dich vermisst«, murmelte ich und legte meine Hand auf seine, die auf meinem Bauch ruhte, während sich so etwas wie Erleichterung in meinem ganzen Wesen breitmachte. Ich war schon viel zu lange innerlich leer.

»Ich habe dich auch vermisst, Prinzessin.« Er drehte mich, sein Gesicht war nur wenige Millimeter von meinem entfernt, während die Musik um uns herum pulsierte. »Du riechst zum Anbeißen gut.«

Ein Schauer durchfuhr mich, als Alex' Wärme meinen Rücken erreichte und sein Arm meinen Oberkörper umschloss, während Isaacs Griff zu meinen Hüften überging. Ich konnte nicht anders, als mich auf die Zehenspitzen zu stellen und meinen Mund auf seinen zu drücken, während ich meinen Arm nach hinten ausstreckte, um Alex an mich zu binden. Was auch immer ihn ferngehalten hatte, es war mir egal. Ich war einfach nur froh, dass er hier war.

»Wenn du so weitermachst, Zuckerschnute, schaffen wir es nicht mal mehr nach Hause.«

»Heißt das, du kommst tatsächlich wieder nach Hause? Denn was auch immer dich fernhält, es steht auf meiner Abschussliste.«

Isaacs Lachen vibrierte durch meinen Körper, aber ich meinte jedes Wort ernst. Ich wollte ihn zurück – ich wollte Ronan zurück. Das Ziehen in meiner Brust schmerzte so sehr, dass es mich wahnsinnig machte.

»Ich glaube, ich könnte keine Minute länger von dir wegbleiben, selbst wenn ich es versuchen würde. Du bist wie eine Droge, Prinzessin.«

Die Erleichterung erfüllte mich für einen einzigen Moment, bevor ich aus den Armen der beiden gerissen wurde. Eine Sekunde später blickte ich in glühende bernsteinfarbene Augen, deren Feuer sowohl furchterregend als auch verdammt sexy war.

Ronan war endlich angekommen und er war *stinksauer*.

KAPITEL 18

RONAN

»WAS ZUR HÖLLE STIMMT NICHT MIT DIR?«, knurrte ich, mein Gesicht nur wenige Zentimeter von Ciras entfernt.

Ich war kurz davor, ihr die Seele aus dem Leib zu schütteln. Wusste sie nicht, wie verdammt gefährlich es war, hier zu sein? Wusste sie nicht, dass mein Vater jeden Winkel hier beobachtete? Konnte sie nicht erahnen, wie sehr es mich umbringen würde, wenn ihr wegen meiner Familie etwas zustoßen würde?

Ich wartete nicht auf ihre Antwort. Stattdessen starrte ich Alex und Isaac mit finsteren Blicken an. Letzterer war hier, weil er mein Leck gefunden hatte, als selbst ich es nicht konnte. Ersterer sollte dafür sorgen, dass Cira in Sicherheit war, und nicht mitten in meinem Club, wo er sie förmlich in der Öffentlichkeit teilte, verflucht noch mal.

»Er ist angekommen«, knurrte ich Isaac an und meinte damit den kleinen Informanten meines Vaters. »Kümmert euch um die Sache, denn offensichtlich kann man euch beiden ihre Sicherheit nicht anvertrauen.«

Die beiden schienen genauso angepisst zu sein wie ich, aber das war mir scheißegal. Ich packte Cira am Handgelenk und zog sie hinter mir her, während ich mich durch den Club schlängelte und die Massen sich für mich teilten wie das Rote Meer. Die große Treppe führte nach oben zu den Besprechungsräumen und meinem Büro, und ich musste mich beherrschen, sie mir nicht über die Schulter zu werfen und jedem Einzelnen zu zeigen, wer sie für mich war.

Was zur Hölle hatten sie sich dabei gedacht? Sie war sicher gewesen. Keiner wusste, wer sie war. Keiner kannte ihren Namen. Keiner wusste, dass sie eine Frau war. Und jetzt hatte ich Hunderte von Leuten, die gesehen hatten, wie ihre Schuppen über ihre Haut schimmerten, während sie mit diesen beiden Idioten getanzt hatte. Es war nur eine Frage der Zeit, bis mein Vater von ihr erfuhr ...

Es sei denn, Isaac könnte vorher an meine undichte Stelle gelangen.

Misha Popov war Barkeeper in diesem Etablissement, ein Wasser-Fae, und er nutzte seine Fähigkeit, um Nachrichten in Drinks zu übermitteln.

Hinterhältiger Ficker.

Es wäre nicht so schlimm gewesen, wenn er nicht der ganzen Welt von Vaspir und Cira erzählt hätte. Isaac hatte das Leck in weniger als vierundzwanzig Stunden gefunden, während ich neun verdammte Tage lang gesucht hatte. Und bevor wir das Arschloch zum Schweigen bringen konnten, kam sie in meinen Club spaziert.

Ich stürmte in mein Büro und riss die Tür fast aus den Angeln, bevor ich sie hinter mir herzog und die Tür mit gleicher Wucht wieder schloss. »Ich erwarte eine verdammte Antwort.«

»Auf welche Frage?«, fragte sie und ihre Augen leuchteten animalisch, während sich diese verdammt schönen Schuppen auf ihrer Haut abzeichneten.

Ich hatte fast vergessen, wie wunderschön sie war.

Ich hatte fast ihren Duft vergessen.

Ich hatte fast alles vergessen.

Aber auch das fühlte sich wie eine Lüge an, denn

seit ich gezwungen worden war, sie zu verlassen, war sie in jedem meiner wachen Gedanken gegenwärtig.

Ich pirschte mich an sie heran, wobei ich sie zu meinem Schreibtisch dirigierte. »Ich habe gefragt, was zur Hölle mit dir nicht stimmt? Du solltest doch versteckt bleiben. Wie zum verfluchten Teufel soll ich dich bitte beschützen, wenn du so aufreizend in der Öffentlichkeit herumtanzt? Hast du eine Ahnung, wie viele Augen heute Abend auf dich gerichtet waren?«

Alex Ward und Isaac Gaspar waren in dieser Stadt keine Unbekannten. Jeder kannte sie. Sie hier zu sehen, war eine Sache. Aber sie hier mit einer Frau auf einer Tanzfläche zu sehen? Im ganzen Laden gab es kein Auge, das nicht auf die drei gerichtet war.

Meine waren es auf jeden Fall. Jede elegante, schwungvolle Bewegung ihrer Hüften, während sie mit ihnen getanzt hatte, hatte mich fast sabbern lassen, während ich sie vom Balkon aus beobachtet hatte. Die beiden hatten ihre Hände überall auf ihr, und sie hatte jede Sekunde davon genossen. Ich war noch nie so verflucht eifersüchtig gewesen.

»Und ich sage dir, genau das, was ich Alex gesagt habe: Ich habe nicht einen Käfig gegen einen anderen getauscht. Die Leute suchen nach mir? Dann sollen sie verdammt noch mal suchen. Ich kann auf mich selbst aufpassen.«

Der Gedanke, wie sie in Isaacs Armen blutete, wie sie fast starb und wie ich sie auffangen musste, damit sie nicht stürzte, schoss mir durch den Kopf und brachte mich dazu, die Zähne zusammenzubeißen.

»Klar, und ich habe deinen Arsch nicht nackt und sterbend in einem Tunnel gefunden. Das war eine andere Frau, nicht wahr?«

Ihre Pupillen verengten sich zu Schlitzen, als sie mir eine geschärfte Kralle auf die Brust drückte. »Das waren sechs gegen einen, und ich war unvorbereitet. Jetzt bin ich vorbereitet.«

»Wirklich?« Ich packte ihre Handgelenke und verschränkte sie hinter ihrem Rücken. »Warst du darauf vorbereitet? Wie sehr bist du darauf vorbereitet, dass dir eine ganze Stadt am Arsch klebt? Denn genau das wirst du erleben. Und wenn sie herausfinden, dass du eine Frau bist? Dann wirst du dir wünschen, du wärst in diesen verdammten Katakomben gestorben.«

»Ich gehe nicht zurück in einen Käfig, Ronan«, knurrte sie und ihre Fangzähne wurden länger, während ihre Schuppen über ihre Haut schimmerten. Flammen züngelten über ihren Körper und ich hatte Glück, dass ich feuerfest war, denn sie hätte die

Macht, mich zu Asche zu verbrennen, wenn ich sie gelassen hätte. »Ich habe mehr verdient als vier Wände und *zehn Tage* lang kein einziges Wort von dir. Ich verdiene mehr, als dass du mich ignorierst und mich mit meinen Sorgen allein lässt. Ich verdiene mehr, als mich jede Sekunde zu fragen, ob du in Gefahr bist, ob du zurückkommst oder ich nach dir suchen soll.«

Ihr Blick wanderte für eine Sekunde zu meinen Lippen, bevor sie mir wieder in die Augen sah. »Versuchst du mir damit zu unterstellen, dass ich mich nicht selbst beschützen kann? Ich kann dir nämlich zeigen, wie leicht ich aus dieser Sache herauskomme.« Ihr Blick blieb wieder auf meinem Mund haften, während sie mit der Zunge über ihre Lippen fuhr. »Aber ich bezweifle ernsthaft, dass du das willst.«

Mit ihren üppigen Kurven, die sich gegen meinen Körper pressten, war ich mir absolut sicher, dass sie recht hatte. Ich wollte nicht, dass sie da rauskäme. Ich wollte nicht weiter von ihr entfernt sein als in diesem Moment, und selbst das war nicht nah genug.

»Nur zu, versuch es!«, knurrte ich und beugte sie praktisch nach hinten, wobei ihr Duft meine Nase erfüllte. Ich musste die Zähne zusammenbeißen gegen die blinde Besessenheit des Gefährten-Bandes, das uns wie zwei Magnete zusammenzog. Ich wollte sie so sehr, dass ich nicht mehr klar denken konnte. In jeder freien Minute drehten sich meine Gedanken um sie. Wie ich sie hielt, während sie schlief, wie sie sich über das Shampoo freute, wie das Wasser in der Dusche ihre Kurven hinunterfloss.

Ganz langsam erhob sie sich auf ihre Zehenspitzen, vollführte jede Bewegung mit Bedacht, drückte ihre Lippen sanft auf meine und ließ ihre Zunge in meinen Mund gleiten. Götter, sie schmeckte einfach himmlisch. Alles vergessend, ließ ich ihre Handgelenke los, umfasste ihren Kiefer und verstärkte den Kuss. Zehn. Verdammte. Tage. Zehn Tage ohne sie und ich war ein geistloses Wrack.

Ich manövrierte sie so, dass ihr Hintern auf meinem Schreibtisch landete und die Papiere wie eine Lawine auf den Boden flatterten. Wie hatte ich es nur so lange ausgehalten, sie nicht zu küssen? Es war, als wäre ich unter Wasser gewesen, und sie war mein erster Atemzug frischer Luft. Ein kleiner Vorgeschmack und ich war süchtig, ich wollte ihren Mund auf meinem, als wäre sie mein einziges Bindeglied zur Welt. Ich schmiss die restlichen Gegenstände von meinem Schreibtisch, ohne mich darum zu kümmern, dass sie auf dem Boden zerschmetterten. Ich drückte sie nach hinten und bedeckte sie mit meinem Körper, wobei ich jede Sekunde genoss, in der ihre Flammen über meine Haut tanzten.

Meine Finger fanden den Saum ihres Rocks, und dann war ich zwischen den schönsten Schenkeln, die ich je gesehen hatte.

»Ich habe dir gesagt, dass ich da rauskommen kann«, stichelte sie und knabberte mit ihrem Fangzahn an meiner Unterlippe.

So ist das also, ja?

»Und wenn ich dich übers Knie lege, weil du nicht dortgeblieben bist, wo es sicher war, was wirst du dann tun?«

Cira biss sich auf die Lippe, während sie ihre sündhaft sexy Beine um meinen Rücken schlang und ihre Wärme in mich eindrang. »Gib zu, dass du mich auch vermisst hast, und du kannst tun, was immer du willst.«

Es war an der Zeit, endlich mal die Wahrheit zu sagen. »Jede Sekunde an jedem Tag. Es hat sich nicht wie zehn Tage angefühlt, sondern wie tausend. Jeder Moment ohne dich war wie ein Messer in meinem Herzen. Ich kann mich nicht länger von dir fernhalten – keine weitere Sekunde, keinen weiteren Tag.«

Unsanft nahm ich wieder ihren Mund ein, denn

ich brauchte ihren Kuss mehr als die Luft in meiner Lunge. »Du gehörst mir, verstanden? *Mir*.«

Ein harter Ausdruck überzog ihr Gesicht, bevor ihre Beine sich zusammenzogen und mir fast die Rippen brachen, als sie uns beide vom Schreibtisch riss und mich mit dem Rücken auf den Boden knallte. Glas zersplitterte, Papiere gingen in Flammen auf, aber ich war mehr mit Ciras Krallen an meiner Kehle beschäftigt.

»Dito«, knurrte sie und ihre Augen glühten mit dem geschmolzenen Gold ihres Tieres. »Dachtest du, ich würde nicht denselben Schmerz empfinden? Dachtest du, du wärst der Einzige? Zehn ... Tage, Ronan. *Zehn*.«

Schweiß bildete sich tröpfchenweise auf ihrer Stirn, während die Hitze den Raum beherrschte. Ihre geschlitzten Pupillen verengten sich, während um uns herum ein kleines Lagerfeuer wütete. Ich schenkte dem keine große Beachtung. Es war ja nicht so, als ob einer von uns oder das Gebäude Feuer fangen würde. Die Wut, der Schweiß, die brütende Hitze, die durch meine Klamotten in mich sickerten ...

Oh, Scheiße.

Cira kam in ihre Hitzephase. Ob sie sich nun wandeln konnte oder nicht, sie war immer noch eine

Wandlerin, und sie hatte ihre Gefährten getroffen. Und ich hatte sie auf dem Trockenen sitzen lassen – das hatten wir alle. Ich war nicht besser als mein Vater und hatte meine Gefährtin zurückgelassen, als sie mich am meisten brauchte. Es war egal, ob Cira mehr als einen Gefährten hatte, sie hatte mich genauso vermisst, wie ich sie vermisst hatte – sie hatte sich genauso nach mir gesehnt wie ich mich nach ihr.

Ich rollte mich zusammen und es war mir egal, dass ihre Krallen in meinen Hals bissen.

Es war mir egal, dass ich blutete.

Es war wichtiger, zu reparieren, was ich kaputt gemacht hatte.

Ich packte ihre Hüften und schaukelte sie gegen mich. »Lass es mich wiedergutmachen.«

Ihre Lippen trennten sich, ihr Blick glühte und ihre Krallen zogen sich langsam zurück, während ihr Duft aufstieg. Meine Nase war nicht annähernd so gut wie ihre, aber die aufkommende Hitzephase ließ das Parfüm ihrer Haut wie eine Droge wirken.

»W-wie hast du v-vor das anzugehen?«, stotterte sie, ihre Konzentration war im Eimer.

Gut.

Meine Finger fanden den Rand ihrer Unterwäsche und zerrissen den fadenscheinigen

Stoff grob an den Nähten, um diese Barriere aus dem Weg zu räumen. Dann krallte ich meine Hand in ihre Haare und entblößte ihren sexy Hals für meinen Mund, meine Zähne.

»Ich habe vor, dich zu ficken, bis du weißt, dass du mir gehörst.«

Ihr Atem kam in kleinen, erotischen Schnaufern, als ich an den Trägern ihres Seidenkleides zog und ihre perfekten Brüste entblößte, während ich mit beißenden Küssen bis zu ihren dunklen Nippeln wanderte. Ein Stöhnen vibrierte in ihrer Kehle, als sie mir die Jacke von den Armen riss. Ich half ihr dabei, denn ich wollte ihre Haut auf meiner spüren, ihre Hitze an mir, um mich herum.

»Was brauchst du, kleiner Drache? Meinen Mund? Meine Finger? Meinen Schwanz?«

Sie antwortete nicht. Stattdessen zerriss sie mein Hemd mit ihren Krallen und zerrte den Stoff beiseite, bis ihr Mund auf meiner Haut lag und sie selbst beißende Küsse verteilte. Ich ließ ihr noch ein paar Sekunden Zeit, bevor meine Hand auf ihren Arsch klatschte.

»Ich habe dir eine Frage gestellt. Ich erwarte eine Antwort.«

Sie biss sich auf die Unterlippe, ließ die Hüften kreisen und presste ihre entblößte Pussy gegen meinen eingesperrten Schwanz, als ob das schon Antwort genug wäre.

Dann stand ich mit ihr in den Armen auf und beugte sie vorwärts über den Schreibtisch, während ich ihr das Kleid komplett herunterzog. Meine Hand klatschte wieder auf ihren Arsch und dieses Mal bekam ich ein Stöhnen für meine Mühe, während ihr Hintern zurück wippte, als ob sie einen weiteren Klaps wollte.

»Dich«, keuchte sie. »Ich will dich.«

Mein kleiner Drache musste etwas genauer werden. Ich kniete mich zwischen ihre Beine und leckte über die Nässe, die ihre Pussy und den oberen Teil ihrer Schenkel bedeckte. *Fuck, sie tropfte förmlich.* Ihr Duft rief nach mir, aber ihr Stöhnen rief noch lauter nach mir. Ich stand auf, löste meinen Gürtel, schob meine Hose von den Beinen und befreite endlich meinen Schwanz.

Ich beugte mich über ihren Rücken und flüsterte ihr ins Ohr. »Sag mir, was du willst, Cira. Sag es und es gehört dir.«

Goldene Augen trafen auf meine, als sie ihren Kopf drehte und meinen Mund eroberte. »Ich will, dass du mich fickst. Ich will, dass du mich beanspruchst. Ich will dein sein. *Bitte*, Ronan, ich …«

Ich ließ sie nicht ausreden. Kaum hatte sie gesagt,

sie gehöre mir, drang ich in sie ein und beobachtete, wie ihre Augen in den Hinterkopf rollten, während sie sich am Schreibtisch festkrallte und zehn dicke Kratzer im Holz hinterließ. Ihre Hitze brannte sich so heftig in mich, dass ich fast eingeknickt wäre. Ihre Pussy war so eng, als wäre sie ein verdammter Schraubstock.

»*Mein*«, knurrte ich, packte ihr Kinn und brachte ihren Mund zu meinem. »Sag es! Sag, dass du mir gehörst.«

»Ich ... ich ...« Sie stöhnte, schaukelte nach hinten, nahm mehr von mir und presste mich bis zum Anschlag in sich. Fuck, wenn sie das noch mal machte, würde ich sofort explodieren. »Ich gehöre dir. Bitte.«

»*Fuck*, du bettelst so wunderschön.« Ich zog mich zurück, drehte sie um und stieß wieder in sie. »Aber ich will dein Gesicht beobachten, während du mich aufnimmst.«

»Mehr«, wimmerte sie und schlang ihre sexy Beine um mich. »Fick mich, Ronan! Jetzt!«

»Wie du wünschst.«

Ich stieß mit aller Kraft in sie, wobei ich darauf achtete, bei jedem Stoß ihren Kitzler zu berühren. Eine herrliche Röte entstand in der Mitte ihrer Brust, kroch ihren Hals hinauf und färbte ihre Wangen rosa. Ihr Mund stand offen, ihre Fangzähne waren ausgefahren, ihre Augen glühten und ihre Schuppen schimmerten. Sie war die schönste Frau, die ich je in meinem Leben gesehen hatte – zweifellos.

Und in diesem Moment explodierten die Flammen, die ich zurückgehalten hatte, aus mir heraus, vermischten sich mit ihrem Feuer und hüllten uns beide in schmelzende Hitze. Sie vermischten sich genauso wie unsere Körper, drangen in uns ein wie eine Million Berührungen, eine Million Küsse und setzten alle meine Nervenenden in Flammen. Alles, was nicht so verzaubert war, dass es dem Feuer widerstehen konnte, verbrannte zu Asche, und das war mir absolut scheißegal.

»Ich muss ... ich muss ...« Ihr Blick traf meinen und ich hob sie hoch und drehte uns so, dass sie auf meinem Schoß und wir zusammen auf meinem Stuhl saßen. Kaum hatten ihre Knie die Polsterung berührt, spürte ich, wie ihre Erlösung sich ankündigte und uns beide mitriss.

»Markiere mich, mein kleiner Drache«, knurrte ich, bewegte ihre Hüften und führte sie zu meinem Hals. »Mach mich genauso zu deinem, wie du mein bist.«

Diese goldenen Augen loderten vor Hitze, vor

Verlangen, vor Bedürfnis. Ich hatte nicht gewusst, wie sehr ich sie brauchte, bis sie in mein Leben getreten war. Ich hatte nicht gewusst, wie sehr ich sie vermisste, bis ich sie auf dieser Tanzfläche gesehen hatte.

Und ich hatte nicht gewusst, wie viel ich opfern würde, bis ich sie auf diese Weise bekam.

Ich gehörte ihr. Sie gehörte mir. Meine wunderschöne Gefährtin.

Ihr teuflisches Lächeln war wie ein feuchter Traum, und ich wusste nicht mehr, warum ich jemals damit gewartet hatte, sie zu meiner zu machen. Dann bohrten sich Ciras Fangzähne in meinen Hals, ihre Erlösung überrollte uns beide und sie drückte mich so fest zusammen, dass ich keine andere Wahl hatte, als ihr zu folgen.

Blitze zuckten durch meine Wirbelsäule, als sich meine Eier anspannten und das Band an seinem Platz einrastete, als ob es schon immer da gewesen wäre. Ich ergoss mich in ihr und presste sie an mich, als ob sie mir jeden Moment jemand wegnehmen würde.

Die Welt mochte mir meine Frau wegnehmen wollen, aber ich würde jeden Zentimeter davon niederbrennen, bevor ich das zulassen würde.

KAPITEL 19

ALEX

DIESES VERFLUCHTE ARSCHLOCH.

Ich sah zu, wie Ronan Cira praktisch die große Treppe hochschleifte, während ich bei jedem Schritt, den sie von mir wegging, härter gegen mein Tier ankämpfte.

Vor einer Sekunde hatte sie noch in meinen Armen gelegen.

Vor einer Sekunde hatte ich mir noch vorgestellt, wie es sein würde, sie zu teilen. Ihr Stöhnen in meinem Ohr zu hören, während ich sie auszog.

Vor einer Sekunde noch hatte mich die Wärme ihrer Berührung wahnsinnig gemacht, und jetzt, wo sie weg war, war mir kalt und ich war verflucht angepisst.

Ich war derjenige, der in den letzten zehn Tagen

bei ihr gewesen war, während die anderen unterwegs waren und irgendeinen Scheiß gemacht hatten. Ich war derjenige, der dafür gesorgt hatte, dass sie sicher, beschäftigt und glücklich war. Und ja, ich hatte es königlich vermasselt, aber ich war es, der die ganze Zeit bei ihr gewesen war. Ich war es, der jeden Tag in den Wahnsinn getrieben worden war und mit seinen eigenen Dämonen gekämpft hatte, während ich versucht hatte, der Gute zu sein.

Nicht Ronan. Nicht Isaac. Ich.

Ein Knurren durchfuhr meine Kehle, als ich mich auf den Weg zu ihnen machte, nur um von Isaacs stählernem Griff zurückgerissen zu werden. Manchmal vergaß ich, wie alt er war, wie stark, und das war eine nette Erinnerung daran, dass ich Glück hatte, ihn auf meiner Seite zu haben.

»Wir haben einen Job zu erledigen«, knurrte er mit tiefer Stimme, sodass der Club ihn nicht hören konnte. Das hielt mich nicht davon ab, ihn zähnefletschend abzuschütteln.

»Ja, ich bin auch angepisst.« Isaac seufzte und starrte ihnen hinterher, als würde er auch gegen den Drang ankämpfen, ihnen zu folgen. »Aber wenn wir uns jetzt nicht um den Scheiß kümmern, bringen wir Cira in Gefahr.«

Das erregte meine Aufmerksamkeit.

Ich war zehn verdammte Tage lang nicht auf dem Laufenden gewesen. Keine Anrufe. Kein Nichts, und das alles wegen einer undichten Stelle. Irgendetwas sagte mir, dass Isaac sie gefunden hatte.

»Wo?«, fragte ich, wohl wissend, dass Ronan recht hatte.

Wenn die undichte Stelle hier war, könnte derjenige, der es war, Cira gesehen haben. Die Person hätte ihre Schuppen schimmern sehen können. Sie hatte mit Sicherheit gesehen, wie Isaac und ich mit ihr getanzt und sie geteilt hatten. Cira könnte in diesem Moment in Gefahr sein. Ich hatte Mist gebaut, als ich sie hierher brachte, aber ich bereute es nicht. Cira versteckt zu halten, war nicht besser als das, was dieses verdammte Dreckschwein mit ihr angestellt hatte.

Ich würde sie nicht in einen Käfig sperren – niemand würde das tun.

Isaacs Blick wanderte zu der Bar, an der er gestanden hatte, als Cira und ich angekommen waren. Sechs Barkeeper mixten dort Drinks, aber als wir angekommen waren, standen da nur fünf. Ich hatte jeden von ihnen katalogisiert, ebenso wie jede Kellnerin, jeden Türsteher und jeden Runner. Der einzige Neuankömmling war ein rothaariger

Schönling, der ein Mädchen an der Bar anbaggerte, anstatt Drinks zu servieren.

Als sie den Blick abwandte, wirbelte er mit seinem Finger in ihrem Drink herum und die Flüssigkeit glühte einen Moment lang im gleichen Farbton wie seine Augen, bevor das Mädchen zurückblickte.

Scheiße! Wasser-Fae.

Er könnte alles ausplaudern, während ich hier däumchendrehend herumsaß und nichts tat.

»Er?«, knurrte ich, bereit, den Wichser auf der Stelle zu erledigen. Vor einem Jahr hatte ich noch als ruhiger, besonnener Mann gegolten, ein Vorbild an Toleranz und Geduld, ein Bollwerk der Tugendhaftigkeit. Den Mann, der ich jetzt war, kannte ich nicht, aber wenn es um Cira ging, machte ich keine halben Sachen mehr.

Isaac ließ seinen Blick wieder zu mir gleiten. »Lebendig, wenn möglich. Ich habe noch einige Fragen. Ich werde mich um seinen Boten kümmern.«

Das werden wir sehen. »Ich kann nichts versprechen.«

Ich richtete meine Miene und stolzierte auf die Bar zu, aber irgendetwas an meinem Verhalten ließ den Rothaarigen von seiner Eroberung aufblicken. Mit schuldigen Leuten war das so eine Sache: Sie warteten immer nur auf den Tag, an dem sie jemand bei ihrem Bullshit erwischte. Auch wenn ich nichts gewusst hätte, wäre dieser Wichser wie ein Reh im Scheinwerferlicht erstarrt – so wie er es jetzt gerade tat. Schuldige Leute wussten immer, dass es nur eine Frage der Zeit war, bis sie erwischt wurden.

Und heute war der Tag für dieses Arschloch gekommen.

Ich kannte seinen Namen nicht – das war auch nicht nötig. Isaac kannte ihn, und das war genug.

Seine Augen weiteten sich, sein Gesicht wurde blass, und dann stolperte er nach hinten in eine andere Barkeeperin, woraufhin die Flaschen in ihren Händen auf den Boden fielen. Beinahe wäre er in dem verschütteten Alkohol ausgerutscht, bevor er seine Magie sammeln konnte. Glasscherben und Schnaps schossen wie Messer auf mich zu und ein geschwungener Glassplitter erwischte mich an der Wange, bevor der kleine Scheißer den Schwanz einzog und wegrannte. Die Schreie der verängstigten Gäste verblassten, während sich die Leute um mich herum drängten, aber alles, was ich sah und hörte, war meine Beute.

Zu diesem Zeitpunkt war es egal, was Isaac wollte, der Typ lief gerade vor einem Apex-Raubtier weg. Die Wahrscheinlichkeit, dass dieses Arschloch es lebendig hinausschaffen würde, war gering bis inexistent.

Ich sprang über die Theke und jagte ihm durch die Küche hinterher, wobei ich kochenden Suppen, messerscharfen Wasserstrahlen und verängstigtem Küchenpersonal ausweichen musste.

Verfluchte Wasser-Fae.

Wusste er nicht, dass er jedes Mal, wenn er seine Kraft einsetzte, nur langsamer wurde?

Er rannte aus der Küche in die Gasse, seine Atemzüge kamen in kleinen Dampfwolken, Dampf, den er abzog, um mich mit winzig kleinen Kugeln zu beschießen. Eine erwischte mich am Hals und durchschlug meine Haut, traf aber nichts Lebenswichtiges. Alles, was er damit bewirkte, war, dass ich stinksauer wurde. Ich hatte mir überlegt, ihn schnell zu töten, nachdem wir die nötigen Informationen erhalten hatten, aber jetzt würde er langsam und schreiend sterben.

Im Bruchteil einer Sekunde wandelte ich mich. Meine Flügel sprossen bereits aus meinem Rücken und zerrissen meine Jacke und mein Hemd. Kurz darauf waren meine Hose und meine Schuhe erledigt, und dann war ich in der Luft, während der Schrei meines Greifs an den Fenstern rüttelte und meinen neuen kleinen Freund dazu brachte, sich in die Hose zu pissen.

Ich schwor bei allem, was mir heilig war, wenn er mich mit Pissekugeln angriff, würde ich ihn sofort umbringen, und es war mir scheißegal, ob Isaac Informationen brauchte. Der Wind pfiff über mein Gefieder und mein Greif war froh, zum ersten Mal seit Tagen wieder frei zu sein. Ich hatte Cira die ganze Zeit über nicht verlassen und mein Greif sehnte sich danach, rauszukommen. Und jetzt, wo er einen Grund hatte, seine Gefährtin zu beschützen ...

Wenn Isaac etwas von ihm wollte, musste er schneller sein als ich.

Ich schwebte über die Gebäude und entdeckte meine Beute, deren rote Haare selbst in der Nacht in den Augen meines Tieres leuchteten. Der Fae schlängelte sich zwischen den Fußgängern hindurch, bevor er in den Verkehr rannte, als wollte er überfahren werden. Aber das Dümmste, was der Typ tun konnte, war, auf offenem Gelände zu bleiben. Die Autos schleuderten um ihn herum und knallten ineinander, während sie die Straßen in ein Wirrwarr aus verbogenem Metall verwandelten.

Dann tauchte ich ab und griff mit meinen Krallen nach ihm, bevor ein Bus ihn niedermähen konnte, schnappte ihn und flog mit einem kräftigen

Flügelschlag davon. Er fing an zu schreien, aber sein Heulen wurde vom Wind, der an meinen Ohren vorbeirauschte, fast übertönt. Ich war kurz davor, ihn in der Luft in Stücke zu reißen, um ein Exempel an ihm zu statuieren, aber wir waren nicht in meinem Territorium. Ein Wandler, der einen Fae mitten in Brooklyn in Stücke riss, war nicht die beste Idee, egal wie sehr ich ihn töten wollte.

Jedenfalls noch nicht.

Ich drehte um und steuerte auf den *Sapphire Room* zu, wobei ich den Aufprall seines Körpers auf dem Dach genoss – eine angenehme Abwechslung zu seinen verängstigten Schreien. Benommen von dem Sturz, hatte er nicht genug Zeit zu fliehen, bevor ich mich zurück wandelte, splitterfasernackt auf einem Hausdach mitten im Januar. Zu sagen, ich war nicht besonders erfreut, wäre eine verfluchte Untertreibung.

Bevor der kleine Scheißer die Kraft hatte, noch mehr von seiner Magie zu sammeln, hatte ich ihn am Kragen seines Shirts über die Seite des Gebäudes gehängt.

»Ich schlage vor, du überlegst es dir zweimal, bevor du etwas Dummes tust.«

»Was willst du?«, jammerte er mit großen Augen, während seine Füße in der Luft nach Halt suchten.

»Erinnerst du dich daran, dass ich vor einer Sekunde gesagt habe, du sollst nichts Dummes tun? Mich anzulügen, steht ganz oben auf dieser Liste. Wir beide wissen, dass jemand im *Sapphire* Club überaus gesprächig war und alle möglichen Geheimnisse ausgeplaudert und Geschichten erzählt hat, die er nicht hätte erzählen sollen. Es heißt, dass du dieser Jemand bist.«

Der Fae versuchte, den Kopf zu schütteln, aber ich konnte die Lüge an seiner pissnassen Hose riechen. »Ich war es nicht. Ich bin nur ein Barkeeper, Mann.«

»Ja, und ich bin die verdammte Zahnfee. Hast du echt schon vergessen, was ich über Lügen gesagt habe?« Ich zog ihn näher an mich heran, vergrub meine Krallen in seinem Bauch und genoss es, wie seine Augen vor Schreck groß wurden. »Weißt du, meine Freunde wollen eigentlich nur Antworten von dir, aber sie sind nicht hier. Und du hast mich so wütend gemacht, dass es mir scheißegal ist, wie ich meine Antworten bekomme. Ich hole sie mir einfach von einem Nekromanten, wenn du tot bist. So oder so wirst du für mich singen. Es ist nur eine Frage der Zeit. Du entscheidest, wie viel du davon hast.«

»Aber ...«

Ich witterte die Lüge, noch bevor er den Mund

aufmachte. »Wenn du mich noch einmal anlügst, werden deine letzten Stunden auf der Erde schlimmer sein als die Hölle, in die du kommst.«

Die Dachtür knallte auf und Isaacs Duft schlug mir entgegen, bevor ich mich überhaupt umgedreht hatte.

»Immer startest du die Party ohne mich.«

Ich warf ihm einen Blick über meine Schulter zu. »Wenn du pünktlich hier sein würdest, müsste ich das nicht. Ich hoffe, du hast eine Hose dabei. Ich würde sie ja von unserem Freund hier stibitzen, aber er scheint die Kontrolle über seine Blase verloren zu haben.«

»Ich werde dir alles sagen«, wimmerte er. »Bitte, nur ...«

Isaacs Augen färbten sich rot. »Du hast kein Recht, Forderungen zu stellen – nicht nach dem, was du getan hast. Und jetzt, Alex, setz unseren Freund bitte auf dem Dach ab, bevor sein Shirt reißt. Du weißt, wie sehr ich es hasse, mit Hexen zu reden. Wenn es geht, habe ich lieber nichts mit einem Nekromanten zu tun.«

»Und du fragst dich, warum wir ohne dich anfangen. Jetzt verdirbst du mir den Spaß. Mal wieder.«

»Ich habe ein Paar Hosen, um dir den Deal zu versüßen, wenn du willst?«

Na, das war doch mal eine Ansage.

Grummelnd setzte ich den Fae auf dem Dach ab und entfernte sanft meine Krallen aus seinem Körper, ohne auch nur einen Zentimeter der Eingeweide herauszureißen. Was für ein Bullshit. Weniger als eine halbe Sekunde später hatte Isaac mir eine Jogginghose ins Gesicht geworfen und den Fae an der Kehle gepackt.

»Oh, Misha, du verdammter Idiot. Was soll ich nur mit dir machen?«

»Na ja, wenn du mich ihn nicht töten lässt, sollten wir ihn vielleicht zu Ronan bringen«, schlug ich vor, während ich die Jogginghose über meine Beine zog. Auch wenn sie ein bisschen eng war, war ich froh, dass ich mein bestes Stück bedeckt hatte. »Ich bin mir sicher, dein Boss würde gern wissen, wem du all seine Geheimnisse verraten hast. Aber ich bin mir ziemlich sicher, dass wir schon ein paar Vermutungen haben, nicht wahr?«

»N-nein«, flehte Misha. »I-ich werde mit euch reden. Bitte ... bitte n-nicht ...«

Isaac packte Misha an dessen Kehle, bis er keuchte und ihm die Augen fast aus dem Schädel quollen – wie bei einem altmodischen

Quetschspielzeug. »Du. Wirst. Keine. Forderungen. Stellen. Verräter wie du bekommen nur, was wir ihnen geben.«

Misha gab keinen weiteren Ton von sich, als Isaac ihn vom Dach in Ronans Büro abführte. Der Duft von verbranntem Papier, Sex und Cira wehte in einem Gemisch durch den Flur, das meinen Greif dazu veranlasste, sich befreien zu wollen. Ich klopfte an seine Bürotür, meine Ungeduld übermannte mich fast, aber ich wusste es besser, als hineinzuplatzen.

Ich spürte es in meinem Bauch – und roch es in der Luft. Cira und Ronan hatten ihr Band zementiert. Ich würde diesen Moment für niemanden ruinieren, egal wie sehr ich sie aus seinen Armen reißen wollte.

Nach einer viel zu langen Wartezeit öffnete Ronan die Tür und sein Blick glühte, als er auf den Wasser-Fae fiel.

Es war an der Zeit, unsere Antworten zu bekommen. Hoffentlich würde der Bastard leichter brechen als der letzte.

Um unser aller willen.

KAPITEL 20

CIRA

ICH HATTE NOCH NIE EINEN KALTBLÜTIGEN Mord in Erwägung gezogen, aber als ich den Wasser-Fae in Isaacs Griff anstarrte, wurde mir klar, dass es für alles ein erstes Mal gab.

Ronans Blut klebte noch immer an meiner Zunge. Meine Beine waren noch schwach von dem überwältigenden Orgasmus, den er mir gerade bereitet hatte, und trotzdem wollte ich diesen kleinen Drecksack mit meinen bloßen Klauen in Stücke reißen.

Schweiß stand mir auf der Stirn, als ich versuchte, die Wut zu verdrängen. Meine Haut war zu eng, zu heiß. Vor ein paar Tagen war mir noch so kalt gewesen, und jetzt war ich ein wütendes, heißes, verschwitztes Wrack. *Und* ich war stinksauer, dass dieses Stück Scheiße mein Paarungshoch ruinierte.

Ich habe ihn gebissen.

Mein ganzer Körper zitterte bei der Erinnerung daran, wie meine Fangzähne Ronans Fleisch durchbohrten, wie sich das Gefährten-Band blitzartig festigte, wie seine Hände auf mir lagen, seine Lippen. Jetzt steckte ich in einem Kleid, das vor einer Stunde noch gepasst hatte, sich inzwischen aber zu eng auf meiner Haut anfühlte. Ich wollte kein Kleid tragen. Ich wollte auch nicht, dass Ronan angezogen war. Ich wollte auf Ronans Schreibtisch gefickt werden, aber *neeeiiin* ...

Das stand für mich nicht auf dem Programm.

Nein, ich war zu sehr damit beschäftigt, Isaac anzustarren, wie er den Wasser-Fae festhielt, und die schiere Wut in seinem Gesicht machte seltsame Dinge mit meinem Inneren. Und Alex nahm einfach den ganzen Raum ein, ganz ohne Shirt und ...

Konzentrier dich, Cira!

Ronan parkte seinen Hintern auf der Kante seines Schreibtisches und dominierte den Raum auf eine Weise, die es schwer machte, sich zu konzentrieren.

»Das ist also meine undichte Stelle«, grummelte Ronan und betrachtete den rothaarigen Mann in Isaacs Griff, als wäre er unbeeindruckt. »Wenn man bedenkt, wie sehr du mein Leben in den letzten Wochen verkorkst hast, hätte ich erwartet, dass du größer bist.«

Zähnefletschend knallte Isaac den Verräter auf den freien Stuhl. Mit roten Augen und wütend und einfach nur …

Konzentrier dich, Frau! Der Feind ist buchstäblich unter uns und du schwärmst für Isaac. Reiß dich zusammen!

Aber es war so schwer, sich auf etwas anderes zu konzentrieren als auf meine Libido, die auf elf hochgedreht zu sein schien.

Ronan schnippte mit den Fingern, was mich aufhorchen ließ. Seile aus Feuer flogen aus den Spitzen und wickelten sich um den Oberkörper und die Schultern des Fae, sodass seine Hände und Füße blitzschnell gefesselt waren. Ronans Opfer zuckte nicht einmal mit der Wimper, obwohl es von den Seilen umhüllt war.

»Du weißt, wie es läuft, Misha. Wenn du mich anlügst, verbrennen sie dich.«

Die Dunkelheit zerrte an Ronans Gesicht, schärfte seine Züge und ließ seine Augen mit demselben Feuer leuchten, das auch seine Beute bedeckte. Ich sollte den Zorn in seinem Gesicht auf keinen Fall attraktiv finden. *Nein.* Ich sollte entsetzt sein oder so.

Aber das war ich nicht.

»Alex, bring sie hier raus«, befahl Ronan. »Sie muss das nicht sehen.«

Einen Scheiß muss ich. Das war Unterhaltung vom Feinsten.

»Nein. Das sehe ich anders«, antwortete er und kam auf mich zu. »Misha hier hat mich dazu gebracht, ihn zehn Blocks weit jagen zu müssen und meinen Lieblingsanzug zu ruinieren. Und Cira hat genauso viel mit der Sache zu tun wie wir alle. Durch seine Aktionen wurde sie in ihrem eigenen Zuhause fast vergewaltigt und ermordet.«

»Was?«, brüllte ich und verlor das flatternde, verlangende Ziehen in meinem Bauch. Jetzt spürte ich nur noch das Feuer, das unter meiner Haut loderte.

Alex strich mir die Haare aus dem Nacken und blies mir sanft kühle Luft auf die Haut, aber so süß das auch war, es half nicht.

Isaac legte einen Finger unter mein Kinn und zwang mich, ihn anzuschauen. »Misha ist die undichte Stelle. Er ist dafür verantwortlich, dass du uns fast weggestorben wärst.«

In diesen roten Augen erkannte ich die Wahrheit. Isaac *wusste* es – er *wusste* es einfach –, aber da war noch mehr, ich konnte nur nicht sagen, was es war.

Ich biss die Zähne zusammen, aber konnte das Knurren, das aus meiner Kehle zu kommen drohte, trotzdem nicht unterdrücken. »*Was?*«

Ich sah, wie Mishas Augen bei dem Geräusch, das ich von mir gab, groß wurden, aber das hielt mich nicht davon ab, ihn wirklich in Stücke reißen zu wollen.

»N-nein. D-das habe ich nicht. D-du verstehst nicht ...«

Ronan schnippte erneut mit den Fingern, und Mishas Flehen wurde von qualvollen Schreien abgelöst. Der Geruch von verbranntem Fleisch erfüllte das Büro, während wir alle zusahen, wie er sich vor Schmerzen krümmte. Verrat und Resignation sickerten in mich ein, aber es fühlte sich nicht so an, als würde *ich* sie verspüren. Nein, das war Ronan, und sein Schmerz brachte mich fast dazu, meinen Verstand zu verlieren.

»Ich habe dir genau gesagt, was passieren würde, wenn du lügst, Misha. Warum beantwortest du also nicht meine Fragen, anstatt uns irgendeine Scheiße aufzutischen?« Ronans Stimme war so ruhig, so gefasst, und doch musste Alex mich festhalten, damit ich nicht quer durch das Büro stürmte und sein *Leck* mit bloßen Händen zerfetzte.

»Ich habe nicht gelogen«, keuchte er und

versuchte, aus dem Stuhl zu kommen. »Fae können nicht lügen, schon vergessen?«

Ronan schnippte wieder mit den Fingern und Mishas Schreie hallten erneut in meinen Ohren wider.

»Wir beide wissen, dass du nicht ausschließlich Fae bist. Du bist ein Hybrid, und Hybriden können lügen. Mach es nicht noch schwieriger, als es ohnehin schon ist.« Ronan kniete sich so hin, dass er dem rothaarigen Typ in die Augen sehen konnte. »Wie lange, *und bitte genau*, betrügst du mich schon?«

Mishas Schultern hoben sich, während er nach Luft schnappte und die Resignation seine Gesichtszüge wie eine Maske verdunkelte. »Wie lange bin ich schon dein Angestellter?« Er stieß ein kleines, keuchendes Lachen aus. »Dachtest du, dein Vater würde dir erlauben, diesen Laden zu eröffnen, ohne von Anfang an jede Kleinigkeit zu wissen?«

Es war genau wie bei mir mit Vaspir. Jemand, dem er eigentlich vertrauen können sollte, war ihm die ganze Zeit in den Rücken gefallen.

»Aber ich bezweifle, dass es meinem Vater gefallen würde, wenn er wüsste, dass du alles bei den Syndikaten ausplauderst, nicht wahr?«, erwiderte Ronan mit einem leicht amüsierten

Ausdruck, der seine Lippen fast zu einem Lächeln verzog.

Es war eine Täuschung. In seinem Inneren brodelte es genau wie bei mir.

»Du bist gierig geworden, nicht wahr?«, murmelte Isaac. »Deshalb bist du zum Tepes-Clan und zu Blackwell gegangen. Weil sie viel Geld für Informationen zahlen würden. Wie viel hast du bekommen, Misha? Ich hoffe, es war genug, um zu fliehen. Schade, dass du es jetzt nicht mehr nutzen kannst.«

Wut überzog Mishas Gesichtsausdruck und ein spöttisches Grinsen verzerrte seine Lippen, als ob er in dieser Situation das Recht hätte, wütend zu sein. »Nicht genug. Denkt ihr, es ist einfach, das Niemandsland zu verlassen? Denkt ihr, es ist einfach, als Mitglied des Syndikats – als der, der ich bin – in ein anderes Haus zu gehen? Man sollte meinen, dass See und Serpentin mich wollen, wenn man bedenkt, was ich weiß, aber Asbesta hat kein Interesse daran, Männer in ihre Reihen aufzunehmen.«

»Und es kostet Geld und Kontakte, um in Gold und Granat reinzukommen«, stellte Alex klar. »Tod und Topas würden dich nicht nehmen, und Blut und Beryll haben Geschmack. Erde und Eisen *hätten* dich aufgenommen, du hättest dem Haus nur die Treue schwören müssen. Und doch verkaufst du hier Geheimnisse, als ob wir dich dafür nicht wie einen Fisch ausnehmen würden.«

»Was ich wissen will, ist, woher du von dem Golddrachen weißt«, murmelte Ronan und drehte seinen Finger, woraufhin sich die Seile auf Mishas Schultern strafften. »Vaspir ging zu Corvin, Tage bevor er hierherkam. Woher wusste er, dass er das tun musste? Er hatte fünfzig Jahre lang im Untergrund gelebt. Woher wusste er, dass er zu dem einen Wandler gehen musste, der versucht, das ganze Syndikat zu stürzen? Woher, und bitte sei genau, wusste er, dass er die Informationen an mehrere Stellen verkaufen musste? Es sei denn …«

Es sei denn, Misha hatte es die ganze Zeit über gewusst.

Es sei denn, Misha war der Mittelsmann zwischen den einzelnen Syndikaten für meinen missratenen Wächter.

Es sei denn, Vaspir war zuerst zu ihm gegangen.

»Du verfluchter Mistkerl«, knurrte ich und wehrte mich gegen Alex' Griff.

Alex flüsterte mir beruhigende Worte ins Ohr, aber ich wollte wütend werden – für mich, für Ronan, für den Verrat, der in meinem Bauch brannte. Mit Alex' Armen um mich konnte ich kaum klar denken, und ich hielt mein Feuer mit Mühe und Not im Zaum.

»Wem hast du es noch erzählt, Misha?«, fragte Ronan und neigte den Kopf zur Seite. »Den Hexen? Anderen Häusern? Als Vaspir von der Bildfläche verschwunden ist, warst du es, der Geheimnisse verkauft hat?«

Er schnaubte und verzog sein Gesicht zu einem spöttischen Lächeln. »Natürlich war ich das. Ich musste da doch irgendwie raus, oder nicht? Glaubst du, ich bleibe gern in diesem Höllenloch und schenke Drinks aus, obwohl ich für mehr bestimmt bin? Glaubst du, ich höre mir gern dummes Gelaber an, um es an den Meistbietenden zu verkaufen? Hast du eine Ahnung, wie ausgeklügelt meine Magie ist? Aber nein, ich sitze in einer Sackgasse fest, die mich noch umbringen wird.«

»Habt ihr so Bande geknüpft?«, flüsterte ich, während mich die Wut in Alex' Armen erzittern ließ. »Habt ihr euch gegenseitig bemitleidet, für all das Unrecht, das man euch angetan hat? Für all die Chancen, die ihr verpasst habt? Für all das, was man euch schuldig ist?«

Das war alles, worüber Vaspir immer gesprochen hatte – was er verdiente, was ihm geschuldet wurde, was die Welt ihm geben würde, nur weil er sich herabließ, Luft zu atmen. Nichts, was er sich selbst verdient hätte, mit seinem eigenen Einsatz. Hatte er die Katakomben zu einem Zuhause gemacht? Hatte er uns mit fließendem Wasser, Licht und einer Luftfilterung versorgt? Nein. Das hatte ich getan. Alles, was er uns geboten hatte, war abgestandenes, fast verrottetes Essen und ein Leben voller Schmerzen.

»Das steht mir zu«, brüllte Misha und kämpfte gegen seine Fesseln an. »Das steht mir ...«

Ich stieß Alex von mir und stürmte durch den Raum und packte Mishas Gesicht mit meiner brennenden Hand. Über seine Schreie hinweg brüllte ich nichts als die Wahrheit.

»Dir steht gar nichts zu. Vaspir stand nichts zu. Verstehst du mich? Diese Welt ist genauso wie jede andere, und ich weiß vielleicht nicht viel, aber ich weiß, dass einem das zusteht, was man mit Schweiß und Blut bezahlt – du hast nichts von beidem geleistet. Das Einzige, was dir zusteht, ist meine Vergeltung, mein Zorn und sonst nichts.«

Mishas Augen weiteten sich, wahrscheinlich starrte er auf meine geschlitzten Pupillen und schimmernden Schuppen. »D-du bist der Drache. Du ...«

Die Wut ließ meinen ganzen Körper erzittern.

»Das bin ich, und weißt du was? Du wirst keine Gelegenheit bekommen, jemandem von mir zu erzählen. Ist das klar?«

Meine Hand krümmte sich und aus jeder meiner Fingerspitzen wuchsen Krallen, die sich in sein Fleisch gruben, und als er den Mund öffnete, um zu schreien, brach etwas in mir aus. Ich wusste nicht, was mich dazu veranlasste, aber ich verspürte den stärksten Drang, auf ihn zu atmen ... in ihn *hinein*.

Feuer schlängelte sich meine Kehle hinauf und strömte von meinen Lippen in ihn hinein. Mishas Augen weiteten sich, denn er hatte keine andere Wahl, als es herunterzuschlucken, die Flammen zu fressen und sich von innen heraus verbrennen zu lassen. Jemand zog mich von ihm weg, aber nicht bevor seine Haut aufplatzte und zu brennenden Rissen wurde, aus denen weitere Flammen schlugen, während er zu Asche zerfiel.

Ronans Feuerbänder erloschen – da es nichts mehr gab, woran sie sich festhalten konnten, wurden sie auch nicht mehr gebraucht.

»Heilige verfickte Scheiße«, murmelte Alex in mein Ohr und drückte mich fest an seine nackte Brust. »Das war unglaublich.«

Ronan neigte mein Kinn, so etwas wie Stolz stand ihm ins Gesicht geschrieben. Ich wusste nicht, worauf er stolz sein könnte. Ich hatte gerade ... ich hatte gerade ...

»Ich habe ihn getötet«, flüsterte ich, während der Schock meine Glieder schwächte und meine Gedanken durcheinanderbrachte. Die Männer in den Katakomben hatten mir nicht leidgetan, sie waren in mein Haus gekommen und wollten mich vergewaltigen. Aber dieser Mann? Er war gefesselt und umzingelt worden. Irgendwie fühlte es sich falsch an. Ich hatte falsch gehandelt.

»Ja, das hast du«, stimmte Ronan zu, ohne dass sich sein Stolz auch nur einen Millimeter verringerte. »Und ich könnte deine Stärke nicht mehr bewundern. Hast du eine Ahnung, was wir in den letzten zehn Tagen wegen dieses Arschlochs durchmachen mussten?«

Tränen ließen meine Sicht verschwimmen, als ich Alex mein Gewicht nehmen ließ, während meine Knie drohten, nachzugeben. Trotzdem schüttelte ich den Kopf.

»Misha hat dem Tepes-Clan, den Wandlern und den Rosen von dir erzählt, und er hat versucht, See und Serpentin von dir zu erzählen, aber Asbesta wollte ihn nicht anhören«, sagte Isaac und seine Augen wurden feuerrot. »Er war nicht nur eine undichte Stelle. Er hat jedes einzelne Syndikat gegen dich aufgebracht, und nicht nur jedes Syndikat, sondern auch ein Haus. Ein Haus, das versucht, diese Stadt zu stürzen.«

Alex drückte mich sanft an sich. »Es bestand keine Chance, dass er diesen Raum lebend verlassen würde. Wenn du es nicht getan hättest, hätte es einer von uns getan.«

»Aber er war gefesselt«, argumentierte ich. »Er hat mich nicht bedroht und ich ... ich weiß nicht einmal, was ich getan habe.«

»Du bist ein Drache, Cira«, erinnerte mich Ronan. »Offensichtlich ein feuerspeiender Drache. Du hast eine Bedrohung neutralisiert – eine Bedrohung, die Männer in dein Haus geführt und drei verschiedene Syndikate dazu gebracht hat, auf die Suche nach dir zu gehen. Du meinst, er war gefesselt, aber er hatte schon mehr als genug Schaden angerichtet.«

Aber damit war die wichtigste Frage noch nicht beantwortet.

»Bin ich ein Monster?«, flüsterte ich und starrte auf die Asche, die sich an den Beinen des Stuhls, auf dem Misha vorher gesessen hatte, auftürmte.

»Vielleicht«, sagte Isaac und sein kleines Lächeln wurde zu einem breiten Grinsen auf seinen Lippen. »Aber du bist *unser* Monster.«

KAPITEL 21

CIRA

DIE FAHRT NACH HAUSE WAR EIN EINZIGER verschwommener Moment. Die Lichter der Stadt flogen am Autofenster vorbei, während ich darüber nachdachte, was ich getan hatte. Alex, Isaac und Ronan waren vielleicht stolz auf mich, aber ich konnte nicht sagen, dass ich stolz auf mich selbst war. Und obwohl ich in Wirklichkeit nichts falsch gemacht hatte, fühlte ich mich immer noch zu groß für meine Haut.

Meine Schuppen schimmerten, während ich versuchte, meine Flammen zu unterdrücken, und die kühle Nacht trug nicht dazu bei, die brennende Hitze in meinem Inneren zu lindern. Ich war mir nicht ganz sicher, wann ich es zurück in Ronans Zimmer geschafft hatte, aber nichts half, das Brennen meiner Haut oder den Schmerz zu lindern, der sich über jeden Zentimeter meines Körpers gelegt hatte.

Ronan war dageblieben, um sich um die Aufräumarbeiten zu kümmern, und Alex und Isaac hatten mich mitgenommen und wieder versteckt. Irgendwann in diesem Zeitraum hatten sich meine Gefühle gewandelt. Von der absoluten Abscheu über meine Taten zu der maßlosen Wut, dass dieser Bastard von Wasser-Fae jedem Hans und Franz von mir erzählt hatte. Und ich war rasend sauer, dass anscheinend alles und jeder mich daran hinderte, diese glühende Hitze zu lindern.

Jeder Quadratmillimeter meiner Haut schien hypersensibilisiert zu sein. Der Stoff des Kleides, das ich geliebt hatte, war zu heiß, zu viel, zu eng. Schweiß bildete sich auf meiner Stirn, und jetzt hatte ich endgültig die Nase voll. Grob riss ich mir das Kleid über den Kopf und zuckte zusammen, als ich das verräterische Reißen des Stoffes hörte.

Schimpfend über den Verlust, nahm ich die kälteste Dusche in der Geschichte der Menschheit und vermisste sofort Ronans Duft auf meiner Haut, als er zusammen mit der Seifenlauge den Abfluss hinuntergespült wurde. Ich schloss die Augen und fuhr mit den Fingerspitzen über meinen Körper. Das kalte Wasser konnte die Erinnerung an seine Küsse und seine Berührung nicht vertreiben. Ich überlegte, ob ich mir selbst ein bisschen Spaß bereiten sollte, aber ich fürchtete, das würde es nur noch schlimmer machen.

Ich drehte den Wasserhahn zu, trocknete mich ab und überlegte, ob es nicht besser wäre, nackt zu schlafen, anstatt zu versuchen, etwas anzuziehen. Ich betrachtete den Kleiderschrank, als mich eine Präsenz an der Tür aufschreckte.

»Schade, dass ich die Badezeit verpasst habe, Prinzessin, aber verdammt, ich genieße diese Aussicht.«

Isaac schlenderte mit der Anmut eines Raubtiers, das seine Beute beobachtet, in den Raum, und der rote Schimmer in seinen Augen ließ meinen ganzen Körper verkrampfen. Aber nicht aus Angst. Ich war von diesem Mann gebissen worden und ich war mir sicher, dass ich mich von ihm aussaugen lassen und jede einzelne Sekunde davon genießen würde.

»Ich glaube, mit mir stimmt irgendwas nicht«, murmelte ich und strich mir die nassen Haare aus dem Nacken, obwohl die freigelegte Haut nichts zur Abkühlung beitrug. »Früher war mir die ganze Zeit so kalt, aber jetzt ist mir so heiß und ...« Ich stockte und biss mir auf die Lippe, weil ich es nicht erklären konnte.

Er sagte nichts, während er weiter durch den Raum ging und langsam Stück für Stück in meine Nähe kam, bis seine Brust an meine gepresst war und seine Arme um mich geschlungen waren. Er setzte seine Nase in meinen Nacken und sog meinen Duft ein, als wollte er ihn sich einprägen.

»Mit dir ist alles in Ordnung«, murmelte er und küsste mich knabbernd am Unterkiefer entlang. »Du wurdest mitten im Paarungsrausch unterbrochen, kurz bevor du in deine Hitzephase kamst. Dass du nicht an die Decke gehst, ist ein wahres Wunder.«

Aber ich ging an die Decke – zumindest bildlich gesehen. »Hitzephase? Ich bin noch nie in meine Hitzephase gekommen. Was bedeutet das?«

»Das wärst du zuvor auch nicht. Alex könnte es wahrscheinlich besser erklären als ich, aber wenn weibliche Wandler ihren Gefährten treffen, erleben sie eine Phase intensiver Begierde, die normalerweise nur gestillt werden kann, wenn sie sich ihr hingeben.«

Meine Nippel spannten sich an, als ich mir vorstellte, wie wir vier in einem verschwitzten Gewirr von Körperteilen steckten. Zwischen meinen Beinen krampfte sich alles zusammen und mein Verlangen stieg, während die schmutzigen Gedanken mein Gehirn erfüllten.

»Ich kann das also aus der Welt schaffen, indem ich so viel Sex habe, wie ich will?«, fragte ich und suchte nach dem Haken.

»Im Grunde schon. Normalerweise geht es nach ein paar Tagen vorbei.«

Ein paar Tage, in denen ich – *hoffentlich* – von allen drei Gefährten so richtig ausgepowert wurde? Ich klammerte mich an Isaacs Hemd und wickelte den Stoff um meine Finger. »Ich sehe da keinen Nachteil.«

Isaac packte meine Hüften und zwang mich damit mein Starren auf seinen herrlichen Mund, zu unterbrechen. »Wir müssen besprechen, womit du dich wohl fühlst. Das heißt, wenn du möchtest, dass dir in dieser Zeit jemand Bestimmtes zur Hand geht.«

Mein Magen verkrampfte sich wieder und das nicht auf eine gute Art. Ich machte einen Schritt zurück aus seinen Armen und wünschte, ich wäre nicht so dumm gewesen, mir nichts anzuziehen. »Willst du damit sagen, dass du mir nicht helfen willst?«

Aus irgendeinem Grund schmerzte meine Brust und Tränen sammelten sich in meinen Augen. Wollte er ... Wollte Isaac mich nicht? Lehnte er mich ab? Es tat weh, zu atmen.

Die Schlafzimmertür flog auf und dann füllte Alex den Rahmen aus, als ob er meinen Kummer spüren konnte. Seine goldenen Augen begegneten den meinen von der anderen Seite des Zimmers aus, und verdunkelten sich, als Alex meinen unbekleideten Zustand wahrnahm. Seine Nasenflügel flatterten, während er unsere Düfte aufnahm. Er trug immer noch diese viel zu enge Jogginghose, war immer noch oben ohne und auf eine Art und Weise zerwühlt, die mich dazu brachte, ihn noch heftiger verwüsten zu wollen.

Isaac zog mich wieder in seine Umarmung und drehte mich so, dass ich mit dem Rücken an seine Brust gelehnt war. Seine Arme legten sich um meinen Bauch und präsentierten mich vor Alex wie eine rote Fahne vor einem wütenden Stier.

»Nein, Prinzessin«, flüsterte Isaac und seine Stimme wurde noch tiefer, als seine Fangzähne über die zarte Haut meines Halses strichen. »Das habe ich keineswegs gesagt. Ich frage dich – jetzt, da du mit Ronan verpaart bist –, ob du seine Hilfe anstelle meiner vorziehen würdest. Oder der von Alex. Oder der von uns beiden.«

Wollte ich Ronan? Ja, aber ich kämpfte auch gegen den Drang an, Isaac das Hemd vom Leib zu reißen und mit meiner Zunge seinen Körper entlangzufahren. Ich wollte wissen, wie seine Haut schmeckte, welche Geräusche er machte, wenn ich ihn in den Mund nahm, was er mit mir im Bett machen würde. Ich wollte auch Alex' Augen auf mir haben, während ich gefickt wurde. Ich wollte seinen Mund auf mir, wollte seine Worte in meinem Ohr und seine Hände überall. Ich wollte ausgefüllt werden.

Ich war leer, so leer.

»Ich habe drei Gefährten. Nicht einen, nicht zwei. Drei«, krächzte ich und war kaum in der Lage, die Worte zu formulieren, während Alex' heißer Blick mich durchbohrte. »Nur weil ich mich zuerst mit Ronan verpaart habe, bedeutet das nicht, dass mein Bedürfnis nach euch beiden schwächer geworden ist. Im Gegenteil, ich brauche euch noch mehr, denn jetzt, wo ein Gefährten-Band komplett ist, spüre ich, was mir fehlt.«

Isaacs geschickte Finger schlossen sich um meinen Nippel, während sich seine andere Hand nach Süden bewegte und meinen Kitzler mit einer gekonnten Langsamkeit streichelte, die mich stöhnen ließ und Alex dazu brachte, sich an uns heranzupirschen. Seine Augen verdunkelten sich, als er sah, wie Isaacs Finger mich bearbeiteten.

»So ist es gut, Prinzessin«, schnurrte Isaac, und sein Lob überrollte mich wie eine weitere Berührung. »Jetzt sag uns, wo die Grenze ist.«

Aber es gab keine Grenze – es hatte nie eine gegeben. Ich wollte alles. Alles, was sie mir geben würden.

»Und genau wie beim letzten Mal werde ich dir die gleiche Antwort geben«, keuchte ich und wollte auch Alex' Hände auf mir spüren. »Ich bin gierig. Ich will alles.«

Das war genau das, was ich auf der Tanzfläche gewollt hatte, nur dass sie zu viele Klamotten anhatten.

»Das ist eine gute Antwort«, grummelte Alex und drückte sich an mich, wobei er seinen Kopf zu einem intensiven Kuss neigte, der mich den letzten Rest meines Verstandes verlieren ließ.

Rationale Gedanken verließen mein Gehirn und ich konnte nur noch fühlen. Alex' Lippen lösten sich von meinen und er küsste mich überall, wo er hinkam. Einer seiner Küsse schloss sich um meine Brustwarze und die feuchte Hitze seines Mundes entlockte mir ein sehnsüchtiges Stöhnen. Ich griff nach Isaac, wobei ich meinen Hintern an der Beule in seiner Jeans rieb und die Rauheit auf meiner überempfindlichen Haut genoss. Er drückte meine Brustwarze fester – eine Warnung –, wobei er wahrscheinlich nicht mit dem Stöhnen rechnete, das ich daraufhin ausstieß.

Ich wollte seine Härte, sein Verlangen. Ich wollte alles.

Isaacs Fangzähne an meiner Kehle ließen mein Innerstes zusammenkrampfen, die Leere, das Verlangen übermannte mich fast. Aber er biss nicht zu, verletzte die Haut nicht. Nein, er neckte und verführte mich und streichelte meinen pochenden, bedürftigen Kitzler mit einer gezielten Berührung, die mich quälte.

»Bitte«, flehte ich und drückte Alex' Kopf gegen meine Brust, während ich mich weiter wand.

»Leg sie aufs Bett«, knurrte Isaac, was mich erschaudern ließ.

Dann war ich oben und über Alex' Schulter, seine Handfläche klatschte auf meinen Arsch, bevor ich auf Ronans Bett gelegt wurde, ausgebreitet für ihre Blicke. Alex krallte seine Daumen in seine zu enge Jogginghose und zog sie aus, um seinen harten, pulsierenden Schwanz zu entblößen. Isaacs Jeans war nicht zugeknöpft und hing offen, während er sein Hemd auszog. Die wie ein Zelt aufgespannten Boxershorts verbargen absolut nichts.

Ein Wimmern entrang sich meinen Lippen, während ich sie anstarrte und die Vorfreude mich fast umbrachte.

»Spreiz deine Beine, Prinzessin«, befahl Isaac und griff in seine Boxershorts, um seine Erektion zu umfassen. »Lass mich sehen, wie feucht du für uns bist.«

Ich wusste genau, was er sehen würde. Meine Schamlippen und die Oberseite meiner Oberschenkel glitzerten von meiner Lust. Ich zitterte förmlich, weil sie mich beobachteten. Die Hitze ihrer Blicke brannte in mir, als ich meine Beine spreizte und meine feuchte Pussy entblößte.

Rote und goldene Augen fixierten mich auf dem Bett, der Hunger in ihren Gesichtern entsprach meinem eigenen. Alex war es, der als Erster ausscherte und mich an den Rand der Matratze zerrte, wo er sich hinkniete, wobei sein heißer Atem zwischen meinen Beinen geisterte, bevor er mich lange und langsam leckte. Ich wölbte meinen Rücken vom Bett und ein Feuer der Lust durchzuckte mich wie ein Blitz.

»Du schmeckst so verdammt gut, meine Schöne«, knurrte er in mein Fleisch, bevor er seine Lippen auf meinen Kitzler legte und saugte. Die Lust schlug so stark in mir zu, dass ich fast von der Bettdecke schwebte. Es war so viel und gleichzeitig nicht genug.

Ich stieß ein wimmerndes Stöhnen aus und bettelte um etwas, das ich nicht zu artikulieren vermochte. Ich brauchte mehr. Ich war leer. *So leer.* So heiß.

»Mehr«, hauchte ich und meine Klauen zerrissen das Bettzeug, als ich versuchte, mich an etwas – irgendetwas – festzuhalten.

Isaac tauchte zu meiner Linken auf, seine goldene Haut in voller Pracht, während er seinen dicken Schwanz in der Faust hielt. Aus der Spitze tropfte eine Perle der Lust und ich verspürte den starken Drang, sie wegzulecken. Ich wollte, dass er meinen Mund fickte, während Alex meine Pussy mit seiner Zunge fickte.

»Ich werde dein wunderschönes Gesicht ficken, Prinzessin. Ich werde dich mit meinem Schwanz würgen, und es wird dir gefallen«, knurrte Isaac und sein Blick verließ mein Gesicht nicht, während er meine Reaktion abschätzte, obwohl er praktisch meine Gedanken gelesen hatte.

Als ich nickte, benetzte er meine Lippen mit seinem Verlangen und die salzige Flüssigkeit machte mich hungrig auf seinen Geschmack. Dann packten seine Hände sanft meine Handgelenke und zogen sie über meinen Kopf, während er die Augenbrauen hochzog – fragend nach Erlaubnis. Als Antwort ließ ich meine Zunge über die Spitze seines Schwanzes gleiten und genoss es, wie seine Augen für mich rot aufleuchteten, während sich sein Unterkiefer verkrampfte.

Er packte mein Kinn, sein strafender Griff wurde durch die offene Sorge in seinem Gesicht widerlegt. »Mach auf!«

Als ich tat, was er sagte, füllte er meinen Mund mit seinem Schwanz, während er anfing zu stoßen. »Fuck, Baby. Dein Mund ist das reinste Paradies.«

Alex nutzte die Gelegenheit, um meine Pussy mit zwei Fingern zu beglücken, während er meinen Kitzler mit seiner Zunge bestrafte. Hitze, die nichts mit meinen Flammen zu tun hatte, strömte über meine Haut, während sich mein ganzer Körper anspannte.

»So ist es gut, meine Schöne«, knurrte Alex. »Lutsche seinen Schwanz wie ein braves Mädchen. Fuck, du bist so wunderschön.«

Auf den Befehl und das Lob hin stöhnte ich auf und meine Erlösung schlich sich heran, bereit, mich komplett zu verschlingen.

»Wirst du für uns kommen?«, fragte Alex, als ob

er nicht derjenige war, der mich mit Genuss umbringen wollte. »Ertränk mich, verflucht noch mal, Baby. Komm über mein Gesicht und lass dich von mir sauber lecken.«

Diese Worte gepaart mit Isaacs Schwanz in meinem Mund, Alex' Zunge an meinem Kitzler und seinen Fingern, die mich ausfüllten, ließen mich wie eine verdammte Bombe explodieren. Hitze durchströmte mich von Kopf bis Fuß und mein ganzer Körper erlahmte vor lauter Glückseligkeit. Aber so gut es sich auch anfühlte, mein Verlangen nach mehr war groß. Die Hitze verzehnfachte sich und verlangte alles, was sie mir geben konnten.

»Dreh sie um!«, befahl Isaac und zog seinen Schwanz aus meinem Mund. »Sie muss gefickt werden. Hart.«

Zwei Paar Hände drehten mich, und der Verlust von ihnen ließ mich vor neuem Verlangen wimmern. Aber Alex' geschickte Finger wurden schnell ersetzt, als er die Spitze seines Schwanzes gegen meine Öffnung drückte und ganz langsam in mich eindrang. Dann packte Isaac mein Kinn und fütterte mich mit seinem Schwanz, während seine andere Hand sich in meine Haare krallte.

Voll. Ich war so voll. Meine Augen rollten in den Hinterkopf und das lodernde Feuer, das zwischen meinen Beinen wuchs, drohte mich zu verschlingen. Alex war so groß, dass sich mein Inneres nicht einmal mehr um ihn herum zusammenziehen konnte, als er endlich bis zum Anschlag kam. Was ich tun konnte, war, meine Wangen auszuhöhlen, an Isaacs dickem Schwanz in meinem Mund zu saugen und jede Sekunde seines Lobes, seines Stöhnens und seiner roten Augen zu genießen, die mich mehr an das Bett fesselten als sein Griff.

Mit geöffneten Lippen und ausgefahrenen Fangzähnen ließ er meine Haare los und führte eines meiner Handgelenke an seine Lippen.

»Ich will dein Blut in meinem Mund haben, wenn du das nächste Mal kommst.«

Meine Pussy pochte in Erwartung seines Bisses und Alex' langsamer Stöße, während sein dicker Daumen meinen Kitzler umkreiste. Ich konnte ihm nicht antworten, also saugte ich fester, gieriger und bettelte um seinen Biss, während Alex mich bearbeitete. Alex' Hände wanderten über meine Haut, bevor sie meine Haare packten, mich bewegten und das Tempo vorgaben, mit dem ich den Schwanz seines Freundes lutschte.

Isaac knirschte mit den Zähnen, seine Fangzähne wurden länger und seine Augen verdunkelten sich. Er war nah dran – genauso nah wie ich. »Ich werde in deinem Hals kommen, Prinzessin. Und du wirst jeden Tropfen davon schlucken.«

Ja, das werde ich. Ich würde alles schlucken – alles. Die ersten Anzeichen meiner Erlösung durchströmten meinen Körper und Isaac biss zu, seine Fangzähne bohrten sich in meine Haut und lösten eine Kettenreaktion aus, die meinen Orgasmus durch uns beide schießen ließ. Er stieß ein-, zweimal zu, bevor er sich auf meiner Zunge ergoss, und ich schluckte alles, was er mir zu bieten hatte.

»Fuuuucccccck!«, stöhnte Alex, während seine Stöße an Geschwindigkeit zunahmen. »Du bist so verflucht eng, meine Schöne. So verflucht feucht. Überflute meinen Schwanz, Baby.«

Alex' Arm legte sich um meine Brust, zog mich hoch und veränderte den Winkel seiner Stöße, sodass ich immer weiter kam, während das heiße Verlangen mir den ganzen Atem raubte. Ich konnte nicht einmal schreien, als mich die nächste Welle der Glückseligkeit mitriss, wobei Isaacs Fangzähne die Lust noch verzehnfachten.

Dann löste er seinen Biss, bevor er seine Lippen auf meine presste. Sein Kuss war genauso beanspruchend, wie sein Biss es gewesen war. Ich ließ meine Zunge in seinen Mund gleiten, sodass sich die letzten Spuren seiner Erlösung mit meinem Blut vermischten. Ich wollte ihn beißen, wollte meine eigenen Fangzähne in seinem Fleisch versenken. Ich wollte meine Fangzähne auch in Alex haben. Ich wollte ihr Blut schmecken und sie genauso beanspruchen, wie sie mich beanspruchten.

Alex' Griff lockerte sich, und er zog sich zurück, sodass ich wieder leer war. Selbst mit Isaacs Kuss, selbst nach einem der heftigsten Orgasmen, die es gab, brauchte ich mehr.

»Dreh sie um«, knurrte er, der Befehl eines Alphas wie tausend Küsse auf meiner Haut. »Diesmal will ich sehen, wie sie für mich kommt.«

Ehe ich mich versah, lag ich mit dem Rücken auf dem Bett, und Alex war über mir und glitt in mich hinein, als wäre er für mich bestimmt. Seine dicke Länge traf genau die richtige Stelle, bevor wir uns drehten und er sich aufsetzte, ich auf seinem Schoß, meine Haare in seinen Händen, und er zog mich zu einem leidenschaftlichen Kuss zu sich heran. Seine Hüften schossen in die Höhe und füllten mich so tief aus. Isaac stand hinter mir und hielt mich fest, während Alex mich fickte, als gehörte ich ihm, sein sicherer Griff war alles, was ich brauchte.

Schließlich unterbrach ich den Kuss und meine Fangzähne wurden länger, während ich Alex' strafenden Stößen ausgesetzt war, von denen einer besser war als der andere.

»Mein«, schnurrte ich und starrte auf seinen Hals. Der Drang, ihn zu markieren, war überwältigend – ihn zu meinem zu machen, so wie ich sein war.

»Beiß ihn, Prinzessin!«, drängte Isaac. »Hol dir sein Blut!«

»Tu es«, flüsterte Alex, seine goldenen Augen leuchteten, seine Erlösung prickelte in der Luft. »Markiere mich, meine Schöne. Mach mich zu deinem.«

Seine Worte erinnerten so sehr an die von Ronan, dass ich mich nicht zurückhalten konnte, meine Fangzähne in die zarte Haut seines Halses zu schlagen. Alex' starkes Alpha-Blut füllte meinen Mund, als das Gefährten-Band uns miteinander verknüpfte und seine Gefühle, sein Leben, seine Seele mit der meinen verschmolz. Isaacs Hände auf mir, Alex' Stöhnen in meinem Ohr und das leise Zittern von Ronan, der immer näher kam, verstärkten meine Erregung.

Ich spürte alles.

Erschöpft sackte ich auf Alex' Brust zusammen, während zwei Hände über meine schweißnasse Haut strichen. Aber so erfüllt ich auch war, die Hitze hatte nicht vor, mich ruhen zu lassen.

Genauso wenig wie der Feuer-Fae, der von der Tür aus zusah und mich mit seinem glühenden, bernsteinfarbenen Blick fixierte.

Nein, wir hatten gerade erst angefangen.

KAPITEL 22

CIRA

ICH BISS MIR AUF DIE LIPPE UND SPÜRTE, WIE
mich die Flammen der Hitzephase durchströmten.
Sie liebkosten und verbrannten mich und weckten in
mir das Verlangen nach mehr, als ich dachte, dass ich
bewältigen könnte. Ronans kraftvolle Präsenz
steigerte meine Begierde, als hätte ich nicht gerade
die Mutter aller Orgasmen gehabt.

»Hast du eine Ahnung, wie oft ich auf dem Weg
zu dir fast einen Unfall gebaut habe?«, knurrte
Ronan und pirschte sich an uns heran, während er
seinen Mantel und sein Hemd auszog und dabei eine
Spur von Klamotten auf seinem Weg zum Bett
hinterließ.

Mein Inneres krampfte sich zusammen, was Alex
ein Zischen entlockte. Er war immer noch halbsteif

in mir, aber das *halb* wurde schnell zu einer Erinnerung. Er glitt sanft aus mir heraus und ich fühlte mich wieder hohl, leer und verlangend.

»Du konntest mich spüren?«, krächzte ich und leckte etwas von Alex' Blut von den Lippen. Ich wollte nach Ronan greifen, aber meine Glieder waren wie zerkochte Nudeln.

Ronan strich mir sanft die feuchten Haare aus dem Gesicht und sein hungriger Blick schürte das Feuer, das mich wieder einmal zu übermannen drohte. »Ich könnte auf dem verdammten Mond sein und dich spüren, Süße. Ich dachte schon, ich würde auf dem Weg hierher in meiner Hose kommen.«

Mein Inneres krampfte sich wieder zusammen, weil sie mich alle drei berührten und die Hitze fast unerträglich wurde. Es war nicht nur die Hitze. Es war der Zwang, meine Flammen festzuhalten, der Drang, zwei meiner Gefährten nicht zu verletzen, und zugleich das Bedürfnis, wieder befriedigt zu werden. Ich brauchte jemanden, der mich berührte, der mit mir spielte, der …

Wimmernd versuchte ich, mich von Alex' Brust zu lösen, aber ich konnte mich nicht aufrecht halten, selbst wenn mein Leben davon abhinge. Ich fühlte mich schlapp, sowohl von Alex' gekonntem Fick, als auch von Ronans heißem Blick, Isaacs anhaltenden Berührungen und der Leere in meinem Inneren.

»Komm her, Prinzessin!«, murmelte Isaac und half mir, mich aufzusetzen. Er nahm mich in die Arme und trug mich zu der blutroten Couch mit den weichen Samtpolstern, wo er mich auf seinen Schoß setzte. »Du musst noch mal gefickt werden, nicht wahr?«

Dankbar nickte ich. Ich war mir nicht zu schade zu betteln, wenn dadurch diese schreckliche Hitze nachlassen würde.

»Was hältst du davon, wenn wir eine kleine Show veranstalten? Wir lassen sie zusehen, wie ich dich ficke.«

Er knabberte an der zarten Haut meines Halses, bevor sein Blick wieder auf mich gerichtet war und seine blutroten Augen jede Emotion, jedes Klopfen meines Herzens und jedes Zusammenziehen meiner Pussy wahrnahmen. Es war, als wüsste er genau, wie sehr ich das wollte. Mein Inneres krampfte sich so sehr zusammen, dass ich stöhnte. Meine Nippel waren hart, meine Brüste waren voll und schmerzten, mein Kitzler pulsierte noch vom Nachhall meines letzten Orgasmus, und ich hätte nicht Nein sagen können, selbst wenn ich es versucht hätte.

»Die Worte, Prinzessin. Ich muss wissen, dass es dir immer noch gut geht.«

Gut? Mit ihm? Mit dem Gedanken, dass er mich auch brauchte? Mit der Vorstellung, meine beiden anderen Gefährten mit einer Show auf die Palme zu bringen?

Statt Worten bekam Isaac einen fordernden Kuss, bei dem seine Zunge in meinen Mund eindrang, um die letzten Reste von Alex' Blut von meinen Lippen zu entfernen.

»Das verstehe ich als ein Ja«, knurrte er, drehte mich auf seinen Schoß, sodass ich mit dem Rücken zu ihm saß, und umklammerte meinen Hals mit seinem sicheren Griff. »Aber ich werde trotzdem von dir verlangen, dass du es mir sagst. Wenn du es nicht tust, bekommst du nichts.«

Wimmernd ließ ich meine Hüften kreisen und rieb mich an seiner härter werdenden Länge, während meine Krallen sich in die Haut seiner Oberschenkel gruben. Isaac zischte, sein Schwanz wurde härter und sein Griff wanderte von meinem Hals zu meinen Haaren. Sein fester Halt brachte mich zum Stöhnen, denn ich brauchte Sachen, die ich nicht aussprechen konnte.

Isaacs Berührungen waren federleicht, als seine freie Hand von meinem Hals zur Unterseite meiner

Brüste, zur empfindlichen Haut meines Bauches und zwischen meine Beine wanderte. Aber jede Berührung war zu sanft, nicht genug, nur Millimeter davon entfernt, wo ich sie brauchte.

»*Bitte*«, keuchte ich und meine Hüften zuckten, während ich um etwas bettelte, irgendetwas, um diesen Druck zu lindern. »Irgendwas. Alles. Ich brauche es.«

»Braves Mädchen«, grummelte er in mein Ohr. »Sag das noch mal. Flehe mich an, Prinzessin!«

Als ich die Augen öffnete, sah ich, wie Ronan und Alex mich anstarrten, als wollten sie mich verschlingen. Alex' goldener Blick wanderte über meinen Körper, seine Hand lag auf seinem bereits harten Schwanz. Ronan hatte seine Hose immer noch an, aber sie hing ihm tief auf den Hüften, und seine dicke Erektion drohte jeden Moment aus der Enge zu brechen.

»Bitte, Isaac. Ich will, dass du mich fickst, während sie zusehen.«

Denn das wollte ich.

Isaac zog meine Beine über seine und spreizte seine Knie, sodass ich den Blicken von Ronan und Alex ausgeliefert war. Und je heißer diese Blicke wurden, desto heißer wurde auch ich.

»Fuck, das ist eine so hübsche Pussy«, knurrte

Alex, während seine Hand langsam über seinen Schwanz streichelte.

»Ja, das ist sie«, stimmte Ronan zu, riss seinen Gürtel auf und gab seine Erektion frei.

Alles in mir krampfte sich wieder zusammen und das Bedürfnis verlangte danach, dass sie mich die ganze Zeit beobachteten. Dieser Gedanke wurde nur noch fordernder, als Isaac mich genau da positionierte, wo er mich haben wollte und sein Schwanz mit einem einzigen sanften Stoß in meine gierige Pussy glitt. Isaacs Arm umschloss meine Körpermitte und hielt mich still, während er mich mit Hingabe fickte.

Alex leckte sich über die Lippen, sein Blick blieb auf Isaac und mir haften. Als hätte ich ihn an einer Schnur gezogen, pirschte er sich an uns heran und der Hunger in seinem Gesicht ließ mich nach ihm greifen. Der große Mann beugte sich vor und packte meine Hüften, während er mich mit einem Kuss verbrannte, der mich bewusstlos machen würde.

»Du bist für uns gemacht, nicht wahr, Baby? Gefällt es dir, Isaacs Schwanz zu nehmen? Magst du es, wenn wir zusehen, wie du gefickt wirst?«

Als ich als Antwort nur stöhnte, zwickte er meine Nippel und rieb dann mit seiner Zunge den Schmerz weg.

»Ich wette, wenn ich dich jetzt lecken würde, würdest du anfangen zu triefen.«

Fuck! Ich würde wahrscheinlich explodieren, wenn Alex mich lecken würde, während Isaac mich so fickte. Das bestätigte sich, als Alex sich hinkniete und seine Zunge meinen Kitzler berührte. Die Wärme seines Atems, das Streicheln seiner erfahrenen Zunge, gepaart mit Isaacs kraftvollen Stößen? Ein Feuer der Lust versuchte, mich in den Bann zu ziehen.

»Fuck, sie ist so verdammt eng«, stöhnte Isaac und beschleunigte sein Tempo. »Sie wird kommen.«

»Noch nicht«, knurrte Ronan und legte seine Hand in meine Haare.

Ich wusste nicht, wann er sich ausgezogen oder wann er sich hierher geschlichen hatte, aber irgendwie fühlte ich mich komplett, als er mich berührte. Ronan stand auf dem Sofakissen, sein tropfender Schwanz war nur Zentimeter von meinen Lippen entfernt.

»Mach deinen Mund auf, kleiner Drache.«

Es war, als hätte er allein mit seinen Worten meinen Kitzler gestreichelt. Nur zu gern öffnete ich mich für ihn und nahm ihn so weit auf, wie ich konnte, dann nahm ich noch mehr und schnitt mir die Luft ab, während ich mich danach sehnte, ihm Freude zu bereiten.

»Genau so, Baby«, flüsterte Alex gegen die zarte Haut meines Halses, wobei sein Daumen meinen Kitzler umkreiste, während Isaac sanft in meine Schulter biss. »Saug ihn ein. Götter, du siehst so gut aus, wenn du beide nimmst. Ich wette, du willst uns alle haben, nicht wahr? Willst, dass wir alle deine Löcher füllen und dich ficken, bis du nicht mehr stehen kannst.«

Jaaa. Ich stöhnte um Ronans Schwanz herum und seine Finger krallten sich in meine Haare, bis es fast schmerzhaft wurde. Das brachte mich fast zum Überlaufen.

Fangzähne bissen zu und zogen Blut, aber das war mir egal. »Sie wird eng, wenn du sie lobst. Hast du etwa einen Sex-Kink, Prinzessin? Soll ich dir sagen, wie gut deine Pussy sich um mich herum anfühlt? Wie gut du mich nimmst? Wie hübsch du aussiehst, wenn du auf meinem Schwanz hüpfst?«

Mein Wimmern war flehend, als mein Orgasmus aufstieg und drohte, mich zu zerreißen. Aber Isaac – *dieser Bastard* – zog mich von seinem Schwanz, Ronan zog sich aus meinem Mund und Alex hörte auf, meinen Kitzler zu streicheln ... und dann waren es drei Paar Hände, die mich drehten und mich genau dort platzierten, wo sie mich haben wollten.

Ich fand mich Isaac gegenüber, auf seiner Brust drapiert, während er mich wieder ausfüllte. Langsam und sanft verringerte er sein Tempo und weigerte sich, mein inneres Bedürfnis zu stillen. Nach dem Klappern einer Schublade traf kühle Flüssigkeit auf meinen Hintern und tropfte zwischen meine Pobacken, während hartnäckige Finger mein Loch streichelten. Mein Inneres flatterte und verkrampfte sich ein wenig, als Ronan einen Arm um meine Mitte schlang.

»Ich werde deinen Arsch nehmen, Alex wird deinen hübschen Mund ficken und Isaac wird deine Pussy füllen, und du wirst alles nehmen, wie ein braver kleiner Drache, nicht wahr?«

Ein Daumen drang in den engen Muskelring ein und ich konnte nicht verhindern, dass meine Hüften wippten, weil ich mehr haben wollte. Ich stieß nach hinten, nahm mehr, brauchte mehr.

»Bitte. Oh, bitte«, flehte ich und krallte mich an der Couch fest, um kein Blut zu vergießen, während ich mich von Ronans wunderbarer Zärtlichkeit in den Wahnsinn treiben ließ.

Isaac umschloss mein Gesicht mit seinen Händen und gab mir einen fordernden Kuss, der jeden

Zentimeter von mir zu markieren schien. Unsere Zungen vermischten sich, ein Wettstreit der Kräfte, während er träge in mich stieß und Ronan mich dehnte. Als Ronan seinen Schaft gegen mein Loch drückte, unterbrach ich den Kuss. Das brennende Vergnügen, während er sich langsam Zentimeter für Zentimeter in mich schob, war fast zu viel.

Nachdem ich mich an die Fülle gewöhnt hatte, schaffte ich es, meine Augen zu öffnen, und begegnete den glühenden von Alex, dessen Schwanz nur Millimeter von meinem Mund entfernt war. Mir lief das Wasser im Mund zusammen, als ich nur daran dachte, dass er meinen Mund für sein Vergnügen benutzen würde. Ich öffnete mich für ihn und genoss es, dass ich zum ersten Mal richtig voll war. Mein Inneres flatterte und es schien, als wären meine Gefährten alle im Einklang, denn auf einmal beschleunigten sie alle ihr Tempo.

Alex packte mich an den Haaren und fickte meinen Mund. Isaacs Fangzähne setzten sich an einer Brust fest und der Biss brachte mich fast um, während Ronan in mich stieß und seine stumpfen Zähne in meinen Hals bohrte. Ich versuchte, mein Feuer in mir zu halten, aber ich konnte das Ausmaß meiner Gefühle nicht kontrollieren. Ich kam in einem Rausch von Hitze und Feuer, meine Flammen brachen aus mir heraus und hüllten uns alle in Hitze.

Doch es waren keine Schreie zu hören. Meine Flammen glitten über Isaac und Alex, wie sie es zuvor bei Ronan getan hatten. Wie Tausende von Fingern, Tausende von Berührungen. Alex brüllte, während er seine Erlösung in meiner Kehle erlebte, aber ich war immer noch im Dunst der Lust verloren.

Ronan führte mein Gesicht zu Isaacs Kehle und der Drang, ihn zu beißen, war groß. Kaum war der Duft seiner Haut in der Nähe, schnappte ich zu wie ein Hai und holte mir sein Blut, während das Gefährten-Band geschlossen wurde. Er kam sofort, und mein Biss löste eine neue Erregung in uns dreien aus.

Als ich wieder zu mir kam, wusch Ronan mich mit einem warmen Waschlappen ab, Isaac drückte mir sanfte Küsse auf alles, was er erreichen konnte, und Alex sagte mir, wie gut und sexy ich war. Zum ersten Mal in meinem Leben fühlte ich mich umsorgt, ich fühlte mich zu Hause. In Frieden. Und obwohl die Hitze noch lange nicht vorbei war, wusste ich, dass ich alles gefunden hatte, wonach ich gesucht hatte.

Und ich wusste, dass ich dafür sterben würde, um es zu behalten.

KAPITEL 23
ISAAC

EIN BRENNENDER SCHMERZ IN MEINEM BAUCH ließ mich aus dem Bett schießen und weckte mich aus dem tiefsten Schlaf seit Jahrhunderten. Es hatte drei Tage gedauert, bis Cira ihre Hitzephase überstanden hatte – nicht, dass ich mich beschweren wollte. Drei Tage, in denen ich alles und jeden ignorierte, um sicherzustellen, dass sie es mit so wenig Schmerzen wie möglich überstand. Sie war gierig, fast unersättlich, und es brauchte uns alle drei und etwas Kreativität, um sie zufriedenzustellen.

Wir waren auf einem Haufen in Ronans Bett eingeschlafen – oder zumindest in dem, was davon übrig war – und hatten uns zu dritt um unsere Gefährtin geschlungen, als würden wir sie beschützen. Aber ohne sie in dem Bett aufzuwachen, das wir geteilt hatten, während meine Körpermitte sich anfühlte, als würde sie in zwei Hälften gerissen werden? Das war so ziemlich die unangenehmste Art herauszufinden, dass deine Gefährtin dich hatte sitzen lassen.

»Was zum Teufel ist das?« Ronan stöhnte und umklammerte seinen Bauch, während er versuchte, seine Beine in die Jogginghose zu schieben.

»Es fühlt sich an, als würde man mich zerreißen«, keuchte Alex, der nur mit seinen Boxershorts bekleidet bereits auf dem Weg war. Er hatte die gleiche Idee wie ich. Denn es gab nur einen Grund, warum wir uns alle so fühlten.

Es gab nur einen Grund dafür, dass wir alle dasselbe Gefühl im Bauch hatten.

Irgendetwas stimmte ganz und gar nicht.

»Es ist Cira«, knurrte ich und knöpfte meine Hose zu, bevor ich das Zimmer verließ und ihrem Duft durch den Flur folgte.

Eine Welle des Schmerzes durchfuhr meinen Bauch, während sich dort eine echte Angst niederließ. Cira hätte mit mir in diesem Bett sein sollen – mit uns. Sie sollte nicht irgendwo in diesem Haus verletzt sein. Was, wenn uns jemand gefunden hatte?

Was, wenn …

Eine Flutwelle aus altbekannter Trauer und neuer Angst warf mich fast aus der Bahn. Meine Art – Vampire – konnte geboren oder gemacht werden. Ich war geboren worden, aber wie bei allen geborenen Vampiren kamen unsere Fangzähne erst in der Pubertät zum Vorschein. Bis dahin waren wir kaum besser als Menschen. Wir waren schwach, hatten keine Fähigkeiten, keine Kraft, nichts.

Ich war gerade mal acht Jahre alt gewesen, als Titan Madras und seine Männer alle Mitglieder meiner Familie ermordeten – eines Tages kamen sie einfach in unser Haus und schlachteten sie ohne mit der Wimper zu zucken ab. Sie wurden mir entrissen, nur damit er mehr Land, mehr Macht, mehr … bekommen konnte.

Und ich konnte das gleiche Schicksal nicht zweimal erleiden. Ich würde es nicht überleben.

Nicht, Cira! Bitte, tu mir das nicht noch einmal an. Ich flehe dich an. Bitte!

Alex rannte voraus, seine Ohren waren besser als meine. Eine Treppe später standen wir vor den Türen des Wintergartens. Die Morgensonne strahlte auf den zusammengekauerten Körper von Cira und beleuchtete den Grund, warum ich das Gefühl hatte, in zwei Teile zu brechen.

Mitten in der Wandlung gefangen litt Cira nicht

einfach nur unter Schmerzen. Sie war quasi dabei, sich von innen nach außen zu stülpen. Ihre Arme waren mit festen Schuppen bedeckt, die viel kräftiger waren als die schimmernden Schuppen, die wir gesehen hatten. Ihre Hände waren ausgewachsene Klauen, an denen kein Fetzen Haut zu sehen war. Ihre Körpermitte war mit Feuer und festen Schuppen bedeckt. Die einzige Haut, die noch weich war, waren ihr Gesicht und ihre Beine. Aber diese Veränderungen waren nicht das Problem.

Nein, das Problem war, dass Feuer und Wind durch das Solarium fegten, Pflanzen herumschleuderten, den Kronleuchter zerschlugen und die Möbel umwarfen. Außerdem befand sich das flussähnliche Wasserspiel jetzt drei Meter hoch in der Luft, während die Fische immer noch in der gefangenen Strömung schwammen, die sich mit halsbrecherischer Geschwindigkeit bewegte.

»Heilige verfickte Scheiße!«, murmelte Ronan mit großen Augen, als er die Szene betrachtete.

Ich wusste, dass Cira Magie hatte – ihr Blut war zu mächtig, zu stark, als dass sie es nicht hätte. Aber das hier war etwas anderes, etwas mehr, und es schien, als würde sie mitten in der Wandlung feststecken.

Tränen liefen ihr übers Gesicht, während sie

würgend um Hilfe flehte. Ihr Schmerz und ihre Unsicherheit rissen ein Loch in mich.

»I-ich stecke f-fest«, wimmerte sie, während ihre Krallen den Steinboden aufrissen.

Alex kniete an ihrer Seite, während ich in meinem Inneren einen Krieg ausfocht. Cira hatte Schmerzen, und ich hasste jede Millisekunde davon, und ich würde sie ihr am liebsten nehmen. Aber ich war auch erleichtert, dass sie in Sicherheit war, dass meine Verhüllung nicht versagt hatte.

Dass Titan sie nicht gefunden hatte.

»Ganz ruhig, meine Schöne. Atme tief durch! Ich weiß, dass es wehtut«, schnurrte Alex und versuchte, ihre Ängste zu beruhigen, aber wir wussten beide, dass diese Plattitüden nichts nützen würden.

Ich war darauf aus, das *Warum* für ihre Wandlung herauszufinden. Sie hatte immer geschworen, dass sie sich nicht wandeln konnte. Vaspir hatte sie gefoltert – und zwar ausgiebig –, um sie dazu zu zwingen. Die Erinnerung daran, was er ihr angetan hatte, brachte mein Blut immer noch zum Kochen – jetzt, nachdem sich unser Gefährten-Band gefestigt hatte, noch mehr.

Warum sollte sie sich das selbst antun?

Warum sollte sie diesen Scheiß ohne uns versuchen?

Warum hatte sie uns nicht eingeweiht?

Cira stieß einen schmerzerfüllten Schrei aus, ihr Rücken krümmte sich, als eine Welle des Schmerzes durch uns alle rollte.

»Du musst das nicht tun, Baby«, fuhr Alex fort, seine Stimme war ruhig, auch wenn er vor Wut vibrierte. »Atme einfach. Erinnere dich an deine menschliche Gestalt. Du kannst jederzeit zu ihr zurückkehren. Sie wartet auf dich.«

Ronan hob sie vom Boden hoch und nahm sie in seine Arme, aber ich?

Ich stand einfach nur da, verloren in dem Warum, und meine Wut ließ sich nicht unterdrücken. Ich umfasste ihr Gesicht, ignorierte ihre Flammen, ihre Fangzähne und ihre Schuppen und zwang sie, mich anzusehen.

»Warum zum Teufel tust du dir das an?«, zischte ich mit zusammengebissenen Zähnen und kämpfte gegen den Drang an, sie zu schütteln. »Nach allem, was dieser Mann dir angetan hat, warum tust du das?«

Cira hatte krampfartige Zuckungen in Ronans Armen, und ihre Wandlung vollzog sich im Schneckentempo – jede Sekunde war quälender als die vorherige. »I-ich muss e-euch b-beschützen. I-ich bin gefährlich. G-ganze Stadt ist a-auf der S-Suche.

W-was, wenn sie euch t-töten, um an mich heranzuko-kommen?« Sie schrie wieder, diesmal kam ein loderndes Feuer von ihren Lippen, und ich musste mich wegducken.

»K-önnte euch v-verletzen. E-euch t-töten. W-was, wenn …«

»Alles gut, kleiner Drache«, gurrte Ronan und strich ihr die schweißnassen Haare von der Stirn. »Wir sind deine Gefährten. Das Band verhindert wahrscheinlich, dass deine Flammen uns verletzen. Uns wird es gut gehen. Alles wird gut.«

Nach der Hitze in ihrem Schrei zu urteilen, wusste ich nicht über *alle* ihre Flammen Bescheid, aber er hatte nicht unrecht. Ciras Band hatte uns dreien einen gewissen Schutz gegen ihr Feuer gegeben, aber ich bezweifelte, dass es auch ihr ausgeatmetes mit einschloss.

»Ich muss in der Lage sein, mich zu w-wandeln«, knurrte sie und setzte sich langsam auf, weil sie sich nicht erlauben wollte, verhätschelt zu werden. Und so stolz ich auch war, dass sie kein Mauerblümchen war, so wütend machte mich das trotzdem. »Ich m-muss euch b-beschützen, so wie ihr m-mich beschützt h-habt. Ich muss das allein schaffen.«

Aber ich hatte ihr Blut gekostet und wusste, was sie wirklich meinte.

Cira würde nie wirklich darauf vertrauen, dass wir sie nicht verließen. Sie würde nie wirklich glauben, dass wir ihrer ungewandelten Gestalt nicht überdrüssig würden. Sie würde sich immer minderwertig fühlen, wie eine Belastung für uns alle, denn genau so war sie erzogen worden – ohne zu glauben, dass die nächste Mahlzeit kommen würde, dass jemand sie retten würde, dass es noch Hoffnung gab.

»Lasst mich! Ich m-mach das s-selbst.«

Was hatte sie in der Küche gesagt, als sie dachte, wir würden sie rausschmeißen? *Hoffnung tötet genauso leicht wie Wunden, sie ist nur langsamer.*

Cira wollte nicht hoffen. Sie weigerte sich.

»Alex hat recht. Ich hätte das Schwein umbringen sollen, als ich die Chance dazu hatte«, knurrte ich und sah zu, wie sie sich vor Schmerzen krümmte, weil die Wandlung sich weigerte, weiterzugehen.

Der Wind peitschte mir die Haare ins Gesicht, während der Fluss durch die Luft wirbelte. Durch Vaspirs Erinnerungen hatte ich erfahren, wie sie wirklich hierhergekommen war. Ciras Mutter war ein seltener und königlicher Elementardrache gewesen. Ich hatte auch gesehen, was Vaspir ihr angetan hatte, wie er ihrer Mutter ein Messer in die Brust gerammt und es gedreht hatte, während seine Königin auf dem

Boden verblutete. Wie er ihr die beiden Eier, die sie beschützt hatte, direkt aus den Armen gestohlen hatte. Er war weit und schnell geflohen, denn die Turbulenzen in der Region und die Ermordung der königlichen Familie machten es ihm leicht, heimlich durch das Portal von Arcadia in unsere Welt zu fliehen.

Sicher, er hatte sie nicht alle selbst getötet, das hatte ein rivalisierender Alpha für ihn getan. Er hatte nur die Dracheneier gestohlen, um sich selbst zu bereichern.

»W-was hat Vaspir mit dem G-Ganzen zu tun?«

Ich ging vor ihr in die Hocke und drückte ihr einen Kuss auf die Stirn, als sie wieder einmal vor Schmerz aufstöhnte. »Wenn er dich nicht wie Dreck behandelt hätte, würdest du vielleicht akzeptieren, dass wir deine Wandlung nicht brauchen. Du musst uns nicht beschützen. Wir wollen dich, einfach nur dich. Wir ... werden dich lieben, auch wenn dir nie wieder eine einzelne Schuppe wachsen würde.«

Wusste sie das denn nicht schon? Konnte sie nicht erkennen, wie wertvoll sie war? Ich konnte nicht für die anderen sprechen, aber für mich? Seit sie in diesem Tunnel ihre Finger in mein Hemd gekrallt hatte, war es um mich geschehen.

»N-nein, das w-werdet ihr nicht«, knurrte sie,

ihre Iriden verengten sich zu Schlitzen, während Schuppen ihren Hals hinauf schimmerten. »Liebe kommt mit Bedingungen und Regeln. Jeder, der e-etwas anderes behauptet, l-lügt. Ich m-muss das t-tun.«

Wenn sie mir einfach das Herz herausgerissen hätte, wäre es weniger schmerzhaft gewesen. Aber ich konnte sie nicht verlassen. Das würde nur alles bestätigen, was sie je über sich gedacht hatte. Dass sie nicht gut genug war. Dass sie immer eine Last sein würde. Dass sie die Mühe nicht wert war.

Ich schwor mir, wenn ich Vaspir wiedersehen würde, würde ich mehr als nur sein Blut holen. Ich würde seine Schreie, seinen Schmerz und seine Angst holen, und wenn er nur noch als zitterndes Häufchen Elend auf dem Boden lag, würde ich mit Freuden danebenstehen, während sie ihn zu Asche verbrannte.

»Du nennst mich einen Lügner, Prinzessin? Denn es ist mir egal, was du glaubst und warum du glaubst, dass du das allein machen musst. Ich werde dich damit nicht allein lassen.«

»Das zu glauben, ist nicht nur eine Beleidigung«, knurrte Ronan und klammerte sich mit seiner Hand an ihren Knöchel, »es ist schlichtweg Bullshit. Ich habe nicht alle meine

Überzeugungen in Bezug auf Gefährten-Bänder über den Haufen geworfen, damit du diesen Scheiß allein machst.«

Alex strich ihr beruhigend über den Rücken und zuckte nicht einmal mit der Wimper trotz der Flammen, die ihre Haut bedeckten. »Alles, was du tun musst, ist, eins mit deinem Tier zu werden. Die Seele, die in dir lebt, muss herauskommen, sie muss frei sein.«

Cira zog die Augenbrauen zusammen und knirschte mit den Zähnen, wahrscheinlich weil sie wusste, dass wir sie nicht in Ruhe lassen würden. »Es gibt keine andere Seele in meinem Körper, Alex. Es gibt kein Tier. Da bin nur ich.«

»Bei schlummernden Wandlern ist es manchmal schwer, das Tier zu finden, aber ...«

»Nein«, knurrte sie. »Glaubst du, dass ich diesen Bullshit nicht schon von Vaspir gehört habe? Es gibt niemanden sonst. Kein Tier, das unter meiner Haut herumkriecht, keine Triebe, die nicht meine eigenen sind. Nichts. Es gibt kein Tier. Es gibt nur mich.«

Alex schluckte und seine Augen weiteten sich, während er unsere Gefährtin betrachtete. »Ich weiß nicht ...«

»Genau«, brüllte Cira. »Und es ist ja nicht so, dass hier ein anderer Drache herumläuft, den ich fragen könnte, also lass mich das jetzt einfach alleine machen.«

Alex und Ronan tauschten einen Blick aus, der mir ein wenig Bauchschmerzen bereitete. Es gab Gerüchte über einen weißen Drachen, der vor ungefähr einem Jahr aufgetaucht war, aber mehr hatte sich nie ergeben.

»Ähm«, murmelte Alex und rieb sich den Nacken. »Das ist nicht ganz richtig.«

Ciras Knurren brachte meine Eier dazu, sich in meinem Körper zu verkeilen und weglaufen zu wollen. Feuer loderte aus ihrem Körper, während der Wind zu einem Wirbelsturm aufpeitschte. Dann fiel der Fluss aus der Luft und klatschte auf den Boden, wo die Fische auf den Fliesen zappelten.

Sie stand langsam auf und starrte Alex an, als ob seine Tage auf der Erde gezählt wären.

»Was hast du gerade gesagt?«

KAPITEL 24

CIRA

REINE, UNVERBLÜMTE WUT LIEß MEINEN ganzen Körper erbeben und löschte den Schmerz der Teilwandlung mit einem einzigen Schlag. Ich kannte Schmerzen, aber diese Fastwandlung hatte mich in die Knie gezwungen.

Aber ein neuer Schmerz nahm seinen Platz ein. Verrat.

Das war kein neues Gefühl. Ich hatte es in den letzten Wochen oft genug gespürt, um es als das zu erkennen, was es war.

»Bitte sag mir, dass du nicht schon lange wusstest, wie isoliert ich immer war, und einfach über die Tatsache *hinweggesehen* hast, dass du die ganze Zeit von einem anderen Drachen gewusst hast.«

Alex' schuldbewusster Blick wanderte zu Ronan

und dann zu mir zurück, bevor er seine Hände zur Kapitulation hob. »Ich wollte es dir sagen, aber ich wollte sicher sein, dass er in Sicherheit ist. Du hättest das Band ablehnen können, und dann ...«

»Und dann was? Hast du wirklich geglaubt, ich würde das mit dem anderen Drachen ausplaudern? Und außerdem, wem zur Hölle sollte ich es schon erzählen? Ich kenne niemanden.«

Das stimmte zwar nicht ganz, aber für die Argumentation in diesem Fall war es unwichtig. Alex kannte einen richtigen Drachen und hatte das einfach unter den Teppich gekehrt.

»Nein, ich habe nicht geglaubt, dass du es jemandem erzählst, aber es gibt trotzdem noch Folter. Du könntest diese Information ungewollt weitergeben. Ich wollte das Leben meiner Schwester nicht unnötig riskieren. Sie hat so schon genug Probleme.«

Das ließ mich einen Schritt zurücktreten.

»Warte, deine Schwester ist ein Drache?«

Alex rieb sich mit einer Hand über das Gesicht. »Nein, einer ihrer Gefährten ist es. Es heißt, dass er aus Arcadia rübergebracht wurde, als sich das Portal geöffnet hat, genau wie du. Nur wurde Niall an ein paar abtrünnige Menschen verkauft, die mit ihm experimentieren wollten, um einen Weg zu finden, unsere Art zu vernichten, oder ... Ich weiß nicht, was sie vorhatten. Nikki wurde von denselben Leuten gefangen genommen. So haben sie sich kennengelernt. Er hat ihr das Leben gerettet und sie befreit. Die beiden haben schon genug durchgemacht. Ich wollte ihnen nicht noch mehr Leid an die Haustür bringen, und nach unserem Gefährten-Band hatten wir nicht wirklich Zeit, etwas zu besprechen, denn als wir aufgewacht sind, warst du weg, also ...«

Mein Blick wanderte zu Ronan, denn ich wusste genau, dass auch er von dem Drachen wusste.

»Mein Bruder Adrian ist Nikkis anderer Gefährte. Ja, ich wusste von dem Drachen, da Niall eine Rose war. Und nein, ich hatte nicht vor, es dir zu sagen, bevor das Gefährten-Band besiegelt ist. Adrian und ich kommen nicht gut miteinander aus, aber das ist vor allem die Schuld meines Vaters. Ich habe ihn sein ganzes Leben lang beschützt und hatte nicht vor, damit aufzuhören, bis ich gewusst hätte, dass er in Sicherheit ist.«

Isaac trat näher an mich heran, legte seine Hand in meine und verschränkte unsere Finger. »Wenn wir schon alle ins Reine kommen, solltest du wissen, dass ich, als ich Vaspirs Blut gekostet habe, seine Erinnerungen daran gesehen habe, wie er dich aus

Arcadia verschleppt hat. Du warst nicht das einzige Ei, das er gestohlen hat.«

Isaacs Gesichtsausdruck war unnahbar, aber aus seinen Poren strömte geradezu die Unruhe. Er wusste verdammt viel mehr, als er sagte. Und wenn man bedachte, dass Vaspir immer gesagt hatte, meine Mutter hätte mich ihm zum Beschützen gegeben ...

Gerade als ich dachte, dass dieser Mann mich nicht noch mehr verletzen könnte, als er es schon getan hatte, erfuhr ich diesen Scheißdreck. Vaspir hatte mein Ei nicht bekommen, er hatte es gestohlen. Was hatte er sonst noch getan? Ich war mir nicht sicher, ob ich das wissen wollte.

»Und du hast nicht daran gedacht, es uns zu sagen?«, knurrte Alex.

Als ob er ein Recht hat, wütend zu sein.

Isaac zuckte mit den Schultern. »Er hat es verkauft. Ich wusste nicht, was danach mit ihm passiert ist, und ich wollte nicht, dass Cira sich auf die Suche nach ihrem Gelegegefährten begibt, wenn der arme Kerl schon tot sein könnte. Sie hat schon genug verloren.«

Meine Beine fühlten sich an wie Gelee. »Willst du damit sagen ... Glaubst du, der andere Drache ist ...«

Trotz meiner Flammen hielt Isaac mich fest und zog mich an seine Seite, während er einen Arm um meinen Rücken schlang. »Ob ich glaube, dass Niall dein Bruder ist? Das hängt davon ab, ob er ein weißer Drache ist. In Anbetracht der Gerüchte über einen weißen Drachen, der letztes Jahr über Manhattan geflogen ist, würde ich darauf wetten, dass er ein und derselbe ist.«

Alex nickte und schluckte schwer. »Und damit hättest du recht.«

Es war möglich, dass ich ... dass ich ... *Familie* hatte. Ich verstand das Bedürfnis, die Familie zu schützen. Ich betrachtete Alex, Isaac und Ronan als meine Familie. Ich würde sterben, ich würde töten, ich würde die ganze Welt niederbrennen, um sie zu beschützen.

»Und das ist der einzige Grund, warum ihr es mir nicht gesagt habt? Um die anderen zu beschützen?« Bei dem Gedanken, einem der meinen wehzutun, dreht sich mir der Magen um.

»Es tut mir leid«, murmelte Alex und griff nach meiner Hand. »Wir wollten es dir sagen. Ich schwöre es dir. Heute, wenn nicht alles schiefgelaufen wäre.«

Ich glaubte Alex, als er sagte, dass er es mir sagen wollte, aber es war das, was Isaac nicht sagte, was mich dazu brachte, weinen zu wollen.

»Wir wurden Vaspir nie anvertraut, nicht wahr?«, flüsterte ich und kannte die Antwort schon, bevor

Isaac die Worte aussprechen konnte. »Er hat sie getötet – meine Mutter, *unsere* Mutter – und uns gestohlen.«

Isaac drückte mich fester an sich. »Jetzt ist nicht der richtige Zeitpunkt, um darüber nachzudenken. Er wird bekommen, was er verdient, sobald du ein Wort sagst. Aber wenn du bis dahin wirklich lernen willst, wie man sich wandelt, musst du mit jemandem reden, der es kann.«

ICH SAß AUF ALEX' SCHOß IM FILMRAUM, ZUM ersten Mal seit Tagen angezogen, und versuchte, nicht durchzudrehen. Isaacs Schulter lehnte an der von Alex, der meine Füße massierte und versuchte, mich zu beruhigen, damit ich nicht ausflippte.

Mal wieder.

Ronan hingegen lief im Raum auf und ab und versuchte selbst nicht durchzudrehen.

»Wir sollten dahin gehen«, murmelte er, nicht zum ersten Mal. »Wenn wir Nikki hierherkommen lassen, könnte das die ganze Welt an unsere Türschwelle bringen ...«

»Sie wird diskret sein. Sie hat die ganze Zeit mit der Bewegung zusammengearbeitet, ohne erwischt zu werden«, argumentierte Alex. »Wir können ihr vertrauen. Und wenn Adrian wüsste, was du über die Jahre für ihn getan hast, würde er dir auch vertrauen.«

Ich hasste es, dass es so viel gab, was ich über meine Jungs nicht wusste, dass sie Jahrhunderte des Lebens hatten, von denen ich keine Ahnung hatte. Ich fragte mich, ob ich sie nach all ihren Geschichten fragen könnte oder sie wie Walnüsse knacken müsste, um an die Informationen zu kommen.

»Alex wird seine Schwester anrufen, Ronan. Wenn sie kommt, wird sie wahrscheinlich deinen Bruder mitbringen, und wenn das passiert, musst du deinen Mann stehen und alles ausplaudern – was auch immer *alles* sein mag.«

Ronan fing meinen Blick auf und warf mir einen dieser patentierten, glühenden Blicke zu, die mich mehr erregten als züchtigten. »Willst du mir damit sagen, dass ich mich hinsetzen und den Mund halten soll? Denn ich muss sagen, dass mir das nicht gefällt.«

Er will direkt sein? Ich kann direkt sein.

»Ronan, Alex ist dabei, meinen Bruder zu bitten, hierherzukommen, um mich zu treffen und mir bei meiner ersten Wandlung zu helfen. Vielleicht könntest du dein Familiendrama nach meinem erledigen?«

Ronan verschränkte die Arme und runzelte missmutig die Stirn. »Wenn du das so sagst, klinge ich wie ein Arschloch.«

»Na ja, jeder zieht den Schuh an, der ihm passt«, murmelte Alex, während sein Daumen über dem grünen *ANRUFEN*-Knopf schwebte. »Okay, los geht's.«

Es dauerte drei Klingelzeichen, bis eine Frau ranging. »Du rufst mich nie an, Alexander. Was ist passiert?«

Alex' Mund klappte auf und er setzte sich so schnell aufrecht hin, dass er mich fast von seinem Schoß stieß. »Das tue ich sehr wohl, du kleine Göre. Ich habe dich erst letzte Woche angerufen. Und ich habe dich vor Kurzem bei deiner Band-Zeremonie gesehen.«

»Das war vor sechs Monaten. Hör auf abzulenken. Was ist passiert? Und warum bin ich auf Lautsprecher?«

Alex rieb sich den Nasenrücken, aber ich konnte sehen, dass er ein gutes Verhältnis zu seiner Schwester hatte. Das war etwas, worauf ich hoffen konnte. »Ich spreche zu dir als meine Schwester, okay? Nicht als Kanzlerin.«

In der Leitung entstand eine lange Pause,

während wir auf ihre Reaktion warteten. »Okay, großer Bruder. Schieß los!«

»Ich muss ein Treffen mit einem deiner Gefährten arrangieren. Genauer gesagt, mit Niall. Ich brauche seine Hilfe.«

Ich konnte förmlich hören, wie ihre Augenbrauen an ihren Haaransatz schossen. »Das klingt ominös und verdammt kryptisch. Kannst du mir erklären, warum du meinen Gefährten brauchst?«

»Nicht wirklich, wenn ich ehrlich sein soll. Aber wenn du dich entscheidest zu kommen, musst du Sam zu Hause lassen. Das ist nur für die Familie.«

»Du willst also gar nicht mit mir reden. Du willst mit Niall reden. Und du willst ein Treffen mit ihm, ohne Sam, und ich bekomme keine weiteren Informationen? Kein Warum, kein Nichts?«

»Ist diese Leitung sicher?«

»Natürlich ist sie das«, sagte sie prustend, scheinbar beleidigt.

Alex vibrierte förmlich auf dem Sofakissen. »Bist du dir sicher? Wir haben selbst hier von Robert Bardot gehört – nicht, dass ich von dir einen Dreck erfahren hätte. Du hast Eindringlinge in deinen Reihen, Kanzlerin, und ich will das nicht noch verstärken. Wenn irgendjemand in deinem Haus wüsste, wovon wir reden, würdest du so schnell abgewählt werden, dass dir schwindlig wird.«

»Robert Bardot war ein Arschloch mit zu viel Geld und zu wenig Verstand. Und falls du dich erinnerst: Er ist tot.«

»Und solange ich noch lebe, werde ich dich nicht in Gefahr bringen, wenn ich es verhindern kann. Ich brauche Niall so schnell wie möglich hier, und glaub mir, er wird den Ausflug machen wollen.«

»Wenn ich Sam nicht mitnehmen kann, nehme ich dafür alle meine Gefährten mit.«

Alex' Lächeln war zögerlich, wurde aber von Sekunde zu Sekunde breiter. »Das dachte ich mir. Sie sind herzlich willkommen. Wie schnell kannst du hier sein?«

»Ich habe eine Pause in meinem Terminkalender, also sobald ich ein Portal öffnen kann. Passt es dir in fünfzehn Minuten?«

Ich schoss von der Couch hoch. *Fünfzehn Minuten?* Ich war noch nicht bereit. Ich brauchte bessere Klamotten oder bessere Haare oder musste irgendwie in den nächsten vier Sekunden lernen, wie man sich schminkt. Ich. War. Nicht. Bereit.

Alex' Augen weiteten sich, während er mich anstarrte, und Isaac und Ronan taten es ihm gleich. »Das ist perfekt«, sagte er und starrte mich weiterhin an, als wäre mir ein weiterer Kopf gewachsen. »Wir sehen uns gleich. Ich schicke dir die Koordinaten.«

Dann legte er einfach auf, als ob ich nicht direkt vor seinen Augen eine existenzielle Krise hätte.

Fünfzehn Minuten später war ich immer noch in meiner Krise, als sich ein glitzerndes Portal in der Bibliothek öffnete. Ich packte Isaacs und Alex' Hand fester und versuchte, nicht schreiend wegzulaufen, weil ich unter Druck stand. Familie war ein fremdes Konzept für mich. Was, wenn seine Schwester mich nicht mochte? Was, wenn Niall es mir übel nahm, dass ich nicht wie er verkauft worden war?

Es gab zu viele *Was-wäre-wenn*-Fragen und nicht genug Antworten.

Eine Frau, etwa so groß wie ich, mit bronzener Haut und zwei weißen Strähnen in ihren dunklen Haaren, marschierte aus dem Portal und ging auf Alex zu, um ihn zu umarmen. Alex schlang seine Arme um seine Schwester und hob sie von den Füßen. Die drei Männer, die ihr folgten, waren nicht so herzlich gesinnt.

Alle drei waren groß und schienen bereit, sich jeden Moment zu prügeln. Der Mann zu ihrer Linken war dunkelhaarig, hatte braune Augen und trug einen Anzug, als ob er danach ins Büro gehen würde. Der Mann zu ihrer Rechten trug eine zerrissene schwarze Jeans und Kampfstiefel, während hinter ihm ein Schwanz hin und her zischte. Seine langen Dreadlocks waren aus dem Gesicht gebunden und seine entblößten Arme waren mit Tattoos bedeckt. Der Mann hinter ihr hatte dunkle lockige Haare und hellblaue Augen, und als sie auf Ronan fielen, verengten sie sich zu Schlitzen.

Der Lockenkopf war also Adrian, der Kerl mit dem Schwanz war Malachi, und das bedeutete, dass der Mann im Anzug Niall war. Er begegnete meinem Blick mit einem berechnenden Ausdruck und seine Nasenflügel weiteten sich, als er versuchte, unseren Duft zu erfassen.

Ich zupfte am Ärmel des burgunderroten Samtblazers, den ich gewählt hatte, und hoffte, dass die Jacke mit einem schwarzen Top und Jeans elegant genug war, um Respekt zu zeigen, aber lässig genug, damit es nicht so aussah, als würde ich mich zu sehr anstrengen.

Als Nikki sich von Alex trennte, fixierten mich ihre dunklen Augen an Ort und Stelle, während sie ungeduldig darauf wartete, dass Alex die Vorstellungsrunde machte.

»Nikki, ich möchte dir jemand sehr wichtigen vorstellen.« Er streckte seine Hand aus und ich trat zögernd vor, da es mir nicht gefiel, dass ich nicht in

Isaacs und Ronans Reichweite war. »Das ist Cira. Meine ... *unsere* ... Gefährtin. Sie ist diejenige, die Nialls Hilfe braucht.«

Nikkis dunkle Augen weiteten sich und ein Lächeln erblühte auf ihrem Gesicht. »Heiliger Scheißdreck. Endlich hast du eine ... warte. *Unsere?* Ist es ein Familienmerkmal, mehrere Gefährten zu haben, und niemand hat mir das gesagt?«

Ronan schnaubte. »Offensichtlich. Wenn man bedenkt, wie viele familiäre Überschneidungen es gibt, denke ich, dass uns das Schicksal in einem kosmischen Ausmaß verarscht. Andererseits macht es das, was wir in dieser Stadt zu tun haben, um einiges einfacher.«

Adrian brummte und verschränkte die Arme. »Was soll das denn heißen?«

Ronans Lächeln war verachtend. »Wir bringen den alten Mann zu Fall, kleiner Bruder. Wir vereinen die Syndikate und schaffen ein eigenes Haus, damit die Leute nicht ständig um Abfälle kämpfen müssen. Es ist an der Zeit, dass wir uns um die ganze Stadt kümmern, nicht nur um unsere eigenen Clans. Aber dazu braucht Cira erst einmal Hilfe.«

Ich schluckte schwer und begegnete Nialls Blick. »Du musst mir beibringen, wie man sich wandelt.«

Er runzelte die Stirn und musterte mich von oben

bis unten. »Es gibt viele Wandler, die es dir beibringen könnten. Warum ich?«

Das war's. Jetzt oder nie.

Ich ließ meine Augen sich verändern, während ich meinen Halt an meinen Schuppen lockerte.

»Heilige Scheiße«, hauchte er, als er die Wahrheit erkannte. »Du bist ein Drache.«

Ja, das bin ich.

KAPITEL 25

CIRA

»Moment, damit ich das richtig verstehe«, brummte Niall und zog die Stirn in Falten. »Ihr wisst seit *Wochen*, dass ein Drache in New York ist, und ihr habt mir nen Scheißdreck erzählt? Ich weiß, dass wir nicht mehr zum Syndikat gehören, aber fuck, ich dachte, wir wären eine Familie. Ein weiterer Drache im Niemandsland ist Scheiße, die ich wissen muss.«

Ich verspürte den Drang, Ronan und Alex vor der glühenden Wut, die ihnen entgegenschlug, zu schützen.

»Sei nicht sauer auf sie«, sagte ich, immer noch Alex' Hand haltend. »Ronan und Alex wollten warten, bis wir aneinander gebunden sind, um mir von dir zu erzählen. Sie wollten sicherstellen, dass deine Familie sicher ist. Ich denke, sie haben aus demselben Grund damit gewartet, dir von mir zu erzählen. Außerdem hatten wir in den letzten Wochen alle Hände voll zu tun, also war dafür keine Zeit.«

»Du wusstest seit *Wochen*, dass du eine Gefährtin hast, und ich habe kein Wort davon gehört?«, beschwerte sich Nikki und stampfte beinahe mit dem Fuß auf, bevor sie ihrem Bruder einen Schlag in den Magen versetzte. »Du hast mich die ganze Zeit über diesen sinnlosen Bullshit reden lassen, und dabei hattest du die ganze Zeit eine Gefährtin? Hast du es Mom schon erzählt?«

Alex schnaubte. »Natürlich nicht. Ich habe es nicht einmal Gav erzählt. Keiner außer dir weiß es.«

»Das ist wenigstens etwas«, murmelte sie.

»Und du willst mir erzählen, dass dieses Arschloch einfach in den *Sapphire Room* spaziert ist und sie verkaufen wollte?«, sinnierte Adrian und parkte seinen Hintern neben Isaac und Malachi. »Und du hast ihm geglaubt?«

Ronan rollte mit den Augen und hob eine verächtliche Augenbraue. »Natürlich nicht. Nach vierundzwanzig Stunden von … Pollux' *Verhör* und Alex' Gewaltanwendung hat er nichts verraten. Dann war Isaac an der Reihe, Informationen zu sammeln. Daraufhin fanden wir Cira fast tot in den

Katakomben unter Saint Patrick's. Er ist nicht zuerst zu uns gekommen. Wir waren nur die einzige Familie, die bereit war, sich mit ihm zusammenzusetzen.«

»Da ist noch mehr«, sagte ich und versuchte, meine Stimme ruhig zu halten, aber ich hatte das Gefühl, dass ich gleich weinen würde. Alle waren wütend, und ich hatte noch nicht einmal die große Bombe platzen lassen.

Alex schob mich unter seinen Arm und drückte mich an seine Seite. »Der Mann, der mich hierher gebracht und aufgezogen hat, brachte vor etwa fünfzig Jahren zwei Eier aus Arcadia mit. Eines hat er verkauft, das andere hat er behalten. Ich bin das Ei, das er behalten hat. Nach dem, was ich von Alex erfahren habe, und den Informationen, die Isaac von Vaspirs Blut bekommen hat, denke ich, dass Niall das Ei sein könnte, das er verkauft hat.«

Nialls Augenbrauen stießen an seinen Haaransatz, während der Raum auf eine Weise still wurde, die eine Gänsehaut bei mir auslöste, aber ich würde jetzt nicht kneifen. Er musste wissen, woher er kam, auch wenn es ihm nichts bedeutete – auch wenn ich ihm nichts bedeutete.

»Ich glaube, wir beide stammen aus demselben Gelege.« *Das ist der Moment, Cira. Alles oder nichts.*

Nicht, dass dein alles *sehr viel ist, aber egal. Du kannst es schaffen.* »Ich glaube, du bist mein Bruder.«

Niall sah aus, als hätte ich ihm gerade sein Inneres herausgerissen und es ihm gezeigt. »Was?«

Ich schluckte schwer und versuchte, mir keine Hoffnungen zu machen. Hoffnung war etwas für Dummköpfe. »Ich habe es erst vor einer Stunde herausgefunden, nachdem wir die Puzzleteile aus Vaspirs Erinnerungen zusammengesetzt haben. Und ich verstehe es, wenn du mir nicht helfen oder mich kennenlernen willst oder ...«

Ich hätte weiterreden wollen, aber ich wurde von einer Umarmung umschlossen, die so heftig war, dass ich aus Alex' Griff gerissen und fast zehn Minuten lang wie eine Stoffpuppe herumgeschleudert wurde, während Niall mir tausend *Heilige Scheiße* in meine Haare flüsterte.

»Okay, okay«, grummelte Ronan, als er mich irgendwann von Niall wegzog. »Das reicht jetzt. Du erstickst die arme Frau.«

Und ja, vielleicht weinte ich gerade Freudentränen und blubberte ein bisschen, aber egal. Mein Blick fiel auf Nikki und ich hoffte, dass es ihr nichts ausmachte, dass jemand wie ich die Gefährtin ihres Bruders war. Ich hatte nichts, was ich hätte einbringen können. Kein Zuhause, keinen Reichtum, nicht viel mehr als die Kraft, die unter meiner Haut steckte – eine Kraft, die ich kaum greifen konnte.

Aber auch in Nikkis Augen standen Freudentränen. »Du hast seinen Namen gesagt. Vaspir, richtig? Bitte sag mir, dass ihr dieses Arschloch entweder unter der Erde oder hinter Schloss und Riegel habt.«

Ronan lachte und zog mich an seine Seite. »Was glaubst du, wo Pollux gerade ist? Der Wichser ist im Albtraumland, bis Cira mir sagt, dass sie will, dass ich den Bastard ausweide. Bis dahin heißt es: Folter, und zwar die ganze Zeit.«

»Gut«, grummelte Niall, ohne mich aus den Augen zu lassen. »Du hast gesagt, du brauchst meine Hilfe, um dich zu wandeln. Du bist so alt wie ich und hast dich noch nie ...«

»Teilweise, denke ich. Ich meine, ich verliere nie meine Fangzähne und ich kann das hier«, erklärte ich und zog meine Jacke aus, um meine schimmernden Schuppen zu zeigen, die ich über meine Haut führte. Ich hielt meine Hand hoch und ließ meine Krallen wachsen, die einen Flammenball in meinen Fingern hielten, bevor ich das Feuer überall verteilte, was zum Glück meine Kleidung nicht zu Asche verbrannte, da sie dagegen verzaubert war. »Aber wenn ich versuche, mich vollständig zu wandeln, bleibe ich stecken und es passieren seltsame Dinge.«

Isaac schnaubte und rieb sich mit der Hand übers Gesicht, als hätte ich ihn gerade zehn Jahre seines Lebens gekostet. »So kann man es auch ausdrücken. Diese Frau wacht nach drei Tagen Hitzephase auf und versucht einfach, sich zu wandeln. Ohne ein Wort zu sagen, verschwindet sie einfach im Wintergarten, und wir wachen alle auf, weil wir das Gefühl haben, in zwei Hälften gerissen zu werden. Wir gehen da rein, und der Wind tobt, die Pflanzen sind überall, das Wasserspiel fliegt herum, und sie spuckt Feuer und steckt halb in einer Wandlung fest.« Er spießte mich mit einem Blick auf, der so scharf war, dass ich wusste, dass ich später für diesen Mist bezahlen würde.

»Du hast uns alle in Todesangst versetzt, Frau. Bei dem Schmerz, den du durchgemacht hast, dachte ich, wir würden dich verlieren, was – falls du es noch nicht bemerkt hast – eine schreckliche Angewohnheit von dir ist. Einige von uns haben schon einmal ihre ganze Familie verloren, und das ist echt scheiße, und ich will das nicht noch einmal durchmachen. Vielleicht könntest du jemandem Bescheid sagen, bevor du dich entscheidest, das Bett zu verlassen, ja?«

Niall konnte sich ein Kichern kaum verkneifen, während er sich mit der Hand den Mund zuhielt. »Du weißt nicht, wann deine Gefährtin das Bett verlässt?«

Isaac zeigte mit einem vorwurfsvollen Finger auf mich. »Sie ist ein gottverdammter Ninja, okay? Sie hat sechs Männer mit einer verdammten Streitaxt getötet, ohne sich aufzuwärmen, und sie kann Alex den Arsch aufreißen, ohne sich zu bemühen. Seit Jahren huscht sie wie ein Geist durch die Tunnel und versucht, diesen Scheißkerl von Entführer nicht zu verärgern. Ich will also 'nen Scheiß von dir hören.«

Adrian fing an, leise zu lachen, Malachi prustete laut los und Niall konnte sich sein freches Schmunzeln nicht verkneifen.

»Wenigstens kann sie auf sich selbst aufpassen«, murmelte Niall und bemühte sich immer noch, nicht zu lachen. Seine Aufmerksamkeit richtete sich wieder auf mich. »Also, wo liegt das Problem? Abgesehen davon, dass du ein halbes Jahrhundert alt bist und dich noch nicht gewandelt hast.«

Wandeln war ein heikles Thema für mich. Manchmal, wenn ich darüber nachdachte, ging es mir gut, aber ... manchmal erinnerte ich mich daran, wie Vaspir mir mit Klingen über den Rücken fuhr und heiße Schürhaken mit einem speziellen Pulver benutzte, das mich bis auf die Knochen verbrannte. Immer und immer wieder wurde ich verletzt.

Tränen füllten meine Augen, und ich tat alles, um sie wegzublinzeln. »Wie mir erklärt wurde, haben die meisten Wandler eine zweite Seele, ein Tier, das in ihnen lebt. Ich ... habe das nicht. Es gibt niemanden sonst, es gibt nur mich. *Ich* bin der Drache.«

Ich konnte mich nicht erinnern, wie oft ich Vaspir gesagt hatte, dass es niemanden sonst gab – dass das, was ich tun konnte, nur meine eigene Kraft war. Ich konnte mich auch nicht daran erinnern, wie oft ich gefoltert worden war, um eine Wandlung zu erzwingen, um zu versuchen, das Tier hervorzubringen. Fünfzig Jahre lang. Schläge, Messerstiche, Verbrennungen, Schnitte und Knochenbrüche. Und alles, was ich vorzuweisen hatte, waren ein bisschen Feuer und ein paar Krallen.

Was für ein schlechter Witz.

Den entsetzten und verständnisvollen Blicken in Nikkis und Nialls Gesichtern nach zu urteilen, hatte ich das gerade laut gesagt. *Scheiße.*

Niall schluckte, seine dunklen Augen waren jetzt rote Schlitze. Aber er machte kein Spektakel aus mir, schwor keine Rache oder verlangte zu wissen, wo Vaspir war. Ehrlich gesagt war es diese

Freundlichkeit, die mich dazu brachte, ihn umarmen zu wollen.

»Ich helfe dir«, murmelte er und seine Schuppen schimmerten genau wie meine. »Aber wir brauchen einen offenen Raum und keine Zeugen. Ich habe das Gefühl, du wirst *groß* sein, kleine Schwester.«

Das veranlasste mich zu einem beleidigten Aufplustern. »Wer sagt, dass ich die kleine Schwester bin? Ich könnte älter sein als du.«

»Ich bin größer. Also bin ich der große Bruder.« Nialls Lächeln erwärmte mein ganzes Herz. »Offensichtlich.«

Isaac stand auf und nahm meine Hand sanft in seine, bevor er sie an seine Lippen presste. »Ich habe einen Ort im Norden, direkt am Rande des Niemandslandes. Dort gibt es meilenweit niemanden, aber wir müssen etwas wandern.«

Nikkis Lächeln war verschmitzt und ihre dunklen Augen funkelten. »Was haltet ihr von Portalen?«

ICH HATTE NICHT DIE RICHTIGE BEKLEIDUNG dafür. Die Unterseite meiner Jeans war durchnässt, da der Schnee den Jeansstoff schneller durchnässte, als er gefrieren konnte. Der einzige Vorteil des Feuermachens war der Trocknungsfaktor, aber mir war immer noch arschkalt. Es war schwierig, das nach drei Tagen Paarungshitze nicht zu genießen, aber trotzdem war es so. Zu acht stapften wir mitten in der Nacht durch den abgelegenen Wald im Norden vom Bundesstaat New York, der mit frischem Schnee bedeckt war.

In der Ferne stand eine Hütte, in die Isaac ab und zu ging, um von allem wegzukommen. Wenn ich raten sollte, würde ich sagen, dass es eher ein Versteck war, wenn irgendetwas aus dem Ruder lief, aber ich hatte ihn nicht darauf angesprochen. Vieles, was ich über Isaac wusste, war nur oberflächlich, aber was er verbarg, hatte ich mir irgendwie zusammengereimt. Seine Familie war gestorben – so viel wusste ich – und er war durch diese Erfahrung gezeichnet worden. Sein schmerzerfüllter Blick im Wintergarten ergab immer mehr Sinn, je länger ich darüber nachdachte.

Seine Familie war ihm gestohlen worden, und ich hatte das Gefühl, dass wir diese schreckliche Tatsache teilten.

»Das ist ziemlich gut«, murmelte Niall, als wir eine große Lichtung in sicherer Entfernung vom Haus erreicht hatten. »Ich weiß nicht, wie groß du sein wirst, aber ich bin auch nicht gerade klein, also brauchen wir den Platz.«

Nervös wrang ich meine Hände und fragte mich, ob das Wandeln überhaupt eine reelle Möglichkeit war.

»Du musst das nicht tun«, flüsterte Ronan mir ins Ohr und legte einen Arm um meine Taille, seine Wärme an meinem Rücken beruhigte mich. »Du bist uns das nicht schuldig. Du bist niemandem dein Leiden schuldig.«

Alex' Augen blitzten mit dem Gold seines Greifs. »Er hat recht. Du musst nichts tun, was du nicht tun willst. Ich weiß, dass du denkst, du musst da sein, um uns zu beschützen, aber ...«

»Ich weiß«, murmelte ich und schnitt ihm das Wort ab. Aber die Wahrheit war, dass ich das tun musste. Ich musste sicherstellen, dass sie die Macht hatten, die Stadt einzunehmen. Ich musste dafür sorgen, dass Isaac nicht zu seinem Clan zurückkehren musste. Ich musste dafür sorgen, dass Ronan nicht mehr unter der Fuchtel seines Vaters stand.

Als sie nach mir gesucht hatten, hatten sie den Golddrachen gebraucht. Und ich musste dafür sorgen, dass sie ihn bekamen. Ich musste mir selbst beweisen, dass ich mehr war, als Vaspir gesagt hatte – mehr als eine Last, mehr als eine Verschwendung ... einfach *mehr*.

Es war nicht nur für sie.

Es war auch für mich.

»Ich schaffe das. Als ich es das letzte Mal versucht habe, war ich so gewandelt wie nie zuvor. Vielleicht brauche ich einfach den nötigen Platz, wisst ihr?«

Glaubte ich, dass es das war? *Ganz und gar nicht.* Ich war mir sogar ziemlich sicher, dass das, was ich gerade gesagt hatte, kompletter Bullshit war.

Glaubte ich, dass das funktionieren würde? *Auch hier: nein.*

Aber wollte ich es versuchen? *Scheiße, ja.*

KAPITEL 26
CIRA

Eine Stunde später überdachte ich meine Entscheidung noch einmal.

Ich war nicht weiter gekommen als im Wintergarten, und es fühlte sich an, als würde ich in zwei Hälften gerissen werden. Schuppen überzogen meine Haut, Krallen brachen aus meinen Fingern hervor, Feuer stieg aus meinem Körper auf, aber obwohl die Wandlung ausbrechen wollte, kam ich nicht weiter.

Ich griff nach einer Handvoll Schnee und versuchte, nicht Feuer zu speien und den ganzen Wald in Brand zu setzen. Niall stand mit zusammengebissenen Zähnen vor mir, und er war nicht der Einzige.

Alex strich mir beruhigend über den Rücken und

flüsterte tröstende Worte, aber Isaac und Ronan? Die waren sauer.

»Du musst das nicht tun«, knurrte Ronan, der seine Hände zu Fäusten geballt hatte, während sein Feuer über seine Haut tanzte. »Ich weiß nicht, wie oft wir es dir noch sagen müssen. Es ist in Ordnung, wenn du dich nicht wandelst. Niemand wird schlechter über dich denken.«

Aber als ich Isaacs Blick begegnete, während mir die Tränen übers Gesicht liefen, keimte Verständnis in seinen Augen auf. »Das ist ihr egal. Sie muss das für sich selbst tun. Das ist es doch, oder? Ein letztes *Fick dich!* an ihn.«

Wenn er Vaspir meinte, dann ja, es war mein letztes *Fick dich!* Aber noch mehr als das: Ich musste dafür sorgen, dass die Syndikate, die mich für sich gewollt hatten, den Tag bereuten, an dem sie geboren worden waren. Ich musste dafür sorgen, dass meine Gefährten sicherer waren, wenn ich an ihrer Seite war.

Ich knirschte mit den Zähnen und versuchte, mehr Schuppen zu bekommen, um die Bestie zu werden, die ich sein konnte, wenn ich nur hart genug arbeitete. Wenn ich nur ...

Nikki kniete sich vor mich, ihre Züge waren besorgt, aber dann blinzelte sie, und die schillernde

Schwärze ihrer Iriden blühte in ihrer Sklera auf, eine Andersartigkeit nahm ihr Gesicht ein.

»Du wirst dich niemals selbst wandeln können – nicht bevor du nicht deine Kraft freigesetzt hast.« Ihr Kopf neigte sich nach links zu Niall, und die vogelartige Bewegung ließ mich fragen, was für ein Wandler sie war. »Weißt du nicht, was du bist, Kind?« Die weiche, melodische Stimme stammte nicht von Nikki, ebenso wenig wie ihr altertümlicher Tonfall oder das Wissen in ihrem Gesicht. »Du bist ein Elementardrache, eine seltene und königliche Rasse. Elementare werden immer zu zweit geboren, ein Zwilling hat die Kraft und der andere die Fähigkeit, sie zu entfesseln. Bis dein Zwilling deine Kraft freisetzt, sitzt du fest.«

Ihre Aufmerksamkeit richtete sich auf Niall. »Im Gegensatz zu dir sind sie und das Tier ein und dieselbe Seele, ein und dasselbe Wesen. Erlaube deinem Biest, frei zu sein. Wandle dich, lass deine Flammen die Magie freisetzen, die in ihre Haut eingewoben ist.«

»Jetzt warte mal einen verfluchten Moment. Du willst, dass er Feuer auf sie spuckt?« Alex knurrte und klammerte sich an mich, doch meine Flammen konnten seiner Haut nichts anhaben. Und trotzdem stand er immer noch zwischen mir und Niall, als wäre er ein ebenbürtiger Gegner für einen ausgewachsenen Drachen. »Ich habe gesehen, wie sie jemanden bei lebendigem Leib mit ihren Flammen verbrannt hat. Also, nein, das werden wir verdammt noch mal nicht tun.«

Nikkis Tier blinzelte Alex nur an, ein geheimnisvolles Lächeln umspielte ihre Lippen. »Es ist die einzige Möglichkeit, sie zu befreien. Der einzige Weg, den anderen Teil ihrer Seele zu rufen.«

Dann blinzelte sie heftig, stolperte einige Schritte und Niall stürmte los, um sie aufzufangen. Sie schaute sich um, und jeder von uns starrte sie an, als wäre ihr gerade ein weiterer Kopf gewachsen – sogar ich und dabei hatte ich starke Schmerzen.

»Was ist passiert?«

Niall und Adrian schnaubten, aber es war Malachi, der ihr antwortete. »Ach, nichts. Nur, dass dein Phönix aufgetaucht ist und wie der verrückte Professor gesprochen hat. Keine große Sache.«

Niall ignorierte sie alle und starrte mich direkt an. »Es liegt an dir, kleine Schwester. Nikkis Phönix hat uns noch nie in die Irre geführt.«

Heilige Scheiße! Nikki war ein Phönix. *Tja, das erklärt so einiges.* Zu diesem Zeitpunkt würde ich alles tun, damit der Schmerz aufhörte, aber aufgeben stand nicht zur Debatte. Ich nickte ihm ruckartig zu, denn wenn ich den Mund aufmachte, würde ich anfangen zu schreien.

»Na gut.«

Alex protestierte, hielt aber inne, als ich ein einziges Wort herausbrachte.

»B-bitte.«

Er drehte sich um, kniete zu meinen Füßen und umfasste mein Gesicht mit seinen großen Händen. »Bist du dir sicher?«

Ich bedeckte seine Hände mit meinen eigenen und nickte. »Ich m-muss.«

Alex drückte mir einen Kuss auf die Lippen, bevor Ronan ihn aus dem Weg schob. »Versprich mir, dass du heil auf der anderen Seite ankommst. Schwöre es, kleiner Drache!«

Ich konnte das nicht tun – nicht wirklich –, aber im Gegensatz zu ihm konnte ich lügen. »Versprochen.«

Ich wusste nicht, ob ich das hier wirklich überstehen würde. Ich wusste nicht, was aus mir werden würde, aber ich musste es einfach herausfinden. Ich musste es versuchen.

Isaac stand abseits, küsste mich nicht, umarmte mich nicht und ließ mich nicht wissen, dass er hinter mir stand, und das tat weh. Aber es tat noch mehr weh, als er sprach und seine Stimme vor Angst bebte.

»Ich werde dich nicht verlieren, Prinzessin. Du bist das Einzige, das mir mehr bedeutet als meine Rache. Wenn es also darum geht, ob du das schaffst, solltest du wissen, dass ich dir folge, wohin du auch gehst.«

Er meinte das ernst, aber ich musste lernen, meinen eigenen Instinkten zu vertrauen. Ich musste lernen, meinem Bauchgefühl zu vertrauen, das mir sagte, dass ich das hier durchziehen musste. Meine Gefährten konnten ihre Zweifel haben, sie konnten Angst haben, aber ich nicht. Ich musste auch lernen, ihnen zu vertrauen. Ich musste glauben, dass sie mich nicht verlassen würden, dass sie mich nicht im Stich lassen würden, egal was passierte.

Dass sie mir zur Seite stehen würden, egal wie ich mich entschied.

»Ich bin b-bereit«, flüsterte ich und klammerte mich mit aller Kraft an den Schnee.

»Wir sehen uns auf der anderen Seite, kleine Schwester«, murmelte Niall, bevor das *Plopp* und das *Knack* seiner Knochen durch meinen Körper schallte und mir einen Knoten im Magen verursachte, als sein Schmerz zu meinem wurde.

Ich konnte den Schrei nicht mehr unterdrücken, und er wurde zu Feuer, das aus mir heraus in den Himmel schoss und den Schnee um mich herum zum Schmelzen brachte. Zum Glück verbrannte ich niemanden, aber der Schrei war Warnung genug, um alle in die Flucht zu schlagen.

Niall brüllte vor Schmerz, als meine Schuppen schillerten und sein Körper von Sekunde zu Sekunde größer wurde. Und die ganze Zeit über war sein Schmerz auch der meine, jeder Knochen fühlte sich an, als stünde er in Flammen, jeder Zentimeter Haut und Schuppe schmerzte vor Anstrengung. Und dann war sein Schmerz weg, eine schwache Erinnerung im Vergleich zu den Qualen, die mich durchfluteten.

Ich wünschte, ich könnte sagen, dass ich seiner Wandlung Aufmerksamkeit schenkte, dass ich ihm dabei zusah, wie er zu diesem wunderschönen, prächtigen Tier heranwuchs, aber das tat ich nicht. Ich war am Ertrinken, wünschte mir fast den Tod, als mich die Qualen übermannten, und dann tauchte Niall mich in die Wärme seines Atems und löschte jeden einzelnen Schmerz in mir.

Das Feuer fühlte sich an, als würde ich nach Hause gehen, als könnte ich zum ersten Mal atmen. Die Dunkelheit senkte sich über die Lichtung, nahm mir meine Gefährten, meine Familie, und ich wurde in eine Welt gestoßen, die ich nie zuvor gesehen hatte.

Der Alarm ertönte mitten in der Nacht und weckte

mich aus einem tiefen Schlaf. Es hatte Unruhen in der Region gegeben, aber Daemon hatte mir versichert, dass wir unbeschadet auf der anderen Seite herauskommen würden. Aber der Alarm bedeutete, dass die Tore durchbrochen worden waren. Das Brüllen von Daemons Drachen erschütterte die Wände unseres Hauses. Mein Mann war da draußen und kämpfte.

Das bedeutete, dass wir in Gefahr waren – meine Kinder waren in Gefahr. Wir mussten fliehen. Ich rannte den Flur entlang, um die Eier zu holen, und traf im Flur auf meinen persönlichen Wächter Vaspir.

»Mylady, wir müssen verschwinden. Die rivalisierenden Alphas haben das Tor durchbrochen. Wir müssen durch die Tunnel gehen.«

Irgendetwas an ihm war anders – falsch –, aber ich hatte keine Zeit, um es zu ergründen.

»Nicht ohne die Kinder«, beharrte ich, stieß ihn von der Tür weg und stürmte hinein.

Zwei Männer hielten meine Babys, meine Eier, in ihren Armen. Instinktiv hauchte ich das Feuer, das in meinem Bauch brannte, auf den ersten und fing das weiße Ei auf, als es ihm aus den aschenen Fingern fiel. Der zweite versuchte, mein goldenes Mädchen als Geisel zu halten, und tat so, als würde er es auf dem Boden zerschmettern, wenn ich meinen Sohn nicht hergeben würde.

Ein Splitter von Dragomir bildete sich in meiner Hand, wobei der lebende Stein die Form einer Streitaxt annahm. Ich steckte meinen Sohn in die Schlinge, in der ich ihn immer trug, und machte mich bereit, den Mann niederzustrecken. Zwei Hiebe, und er war in Stücke gerissen, und mein goldenes Mädchen lag in meinen Armen, sicher an meine Brust geschmiegt.

Aber kaum hatte ich das Kinderzimmer verlassen, stellte sich mir Vaspir in den Weg. Das Böse stand ihm noch immer ins Gesicht geschrieben, und erst als es zu spät war, erkannte ich, was es war.

Habgier.

Bevor ich die Axt heben konnte, steckte sein Dolch in meiner Brust. Geschockt starrte ich auf die Dragomir-Klinge, die aus meinem Fleisch ragte, die einzige Waffe, die mich töten konnte.

»Warum?«, flüsterte ich, denn die Angst um meine Kinder war größer als der Gedanke an den Tod. Wir waren gut zu Vaspir gewesen, gut zu unserem Volk. Es ergab keinen Sinn.

In meiner Eile, meine Kinder zu holen, hatte ich vergessen, mich zu schützen, vergessen, meine Rüstung zu tragen, vergessen, dass Elementarwesen immer gejagt werden würden. Ich hatte vergessen, dass schwache Leute immer nach Macht streben würden, die ihnen nicht zustand.

Aber Vaspir machte sich nicht die Mühe, eine Erklärung abzugeben, und falls doch, ging sie in dem Rauschen des Blutes in meinen Ohren und dem Gebrüll von Daemon, der erkannte, dass ich nicht mehr lange auf dieser Welt sein würde, unter. Die Schreie meines Gefährten vibrierten in meiner Brust, aber ich klammerte mich an unsere Kinder.

Ich betete, dass meine Ahnenreihe hier nicht enden würde.

Ich betete, dass meine Kinder in Sicherheit sein würden.

Ich betete, dass mein Liebster mich rechtzeitig finden würde.

Die Lichtung rückte wieder ins Blickfeld, und ich konnte den Schrei nicht unterdrücken, der aus meiner Kehle drang. Nur ... dass dieser Schrei ein Brüllen war und mein Körper verflucht riesig war. Feuer explodierte aus mir, schmolz den Schnee und setzte die Baumkronen in Flammen. Meine Flügel schienen einen eigenen Willen zu haben und ich flog, der Boden verschwand, als ich mich in den Himmel erhob, wo der Wind meine Haut wie die Hand eines Liebhabers streichelte.

Ich landete auf einer weit entfernten Lichtung und wusste nicht, was ich eigentlich tun sollte. Ich wollte Alex, Isaac und Ronan. Ich wollte, dass mir jemand sagte, dass alles wieder gut würde. Aber nichts war gut.

Vaspir hatte meine Mutter getötet. Er hatte sie verraten – genau wie er mich verraten hatte. Ich kämpfte gegen den Drang an, mein Feuer zu entfachen, gegen den Drang der Zerstörung.

Ganz ruhig, kleine Schwester. Nialls Stimme erklang in meinem Kopf und beruhigte meine Nerven, als sein riesiger Drache vor mir landete. Ich hatte erwartet, dass ich mich in einen Drachen wandeln würde. Aber ich hatte *nicht* erwartet, dass ich so groß sein würde, und verdammt, ich hatte Flügel. Und nicht nur das, ich hatte auch *Kraft*. Und zwar eine ganze Menge davon.

Ich weiß, es ist neu, aber du kannst dich jetzt entspannen. Alles ist gut.

Aber das war es nicht. *Hast du es gesehen?*, fragte ich und hoffte, dass er mich hören konnte. *Hast du gesehen, was er mit ihr gemacht hat?*

Das Einzige, was ich gesehen habe, war deine Wandlung.

Vaspir hat sie getötet. Er hat unsere Eier gestohlen. Er hat unsere Mutter getötet, Niall. Sie hat ihm vertraut. Er war ihr persönlicher Wächter und er hat ihre Feinde in ihr Haus gelassen. Und als sie sie nicht töten konnten, beendete er die Arbeit.

Mein Herz schmerzte bei dem Wissen, dass er uns allen das angetan hatte. Unserer Mutter, Niall und mir. Vaspir sollte uns alle beschützen, aber er hat jeden von uns verraten, einen nach dem anderen.

Nialls großer Körper zitterte, seine großen Füße gruben sich in die Erde und den Schnee.

Dann wird er dafür mit seinem Blut bezahlen.

KAPITEL 27

RONAN

DIE VORSTELLUNG, DASS CIRA EIN DRACHE war, und die Tatsache, zu sehen, dass sie tatsächlich einer war, waren zwei sehr unterschiedliche Dinge. Ja, ich hatte ihre Schuppen und Krallen gesehen und sie dabei beobachtet, wie sie Feuer spuckte, von dem ich überzeugt war, dass es mich zu Asche verbrennen würde, aber zu sehen, wie sich ihr Körper in diese brillante, furchterregende und doch wahnsinnig schöne Kreatur wandelte, erschütterte mein Gehirn ein wenig.

Goldene Schuppen schimmerten in der Nacht, ihr riesiger Schwanz peitschte aufgeregt, während ihre Flügel zitterten, und ich verliebte mich noch ein bisschen mehr in sie. Sie war so verdammt prachtvoll.

»Heilige Scheiße!«, murmelte Isaac und seine

Augen weiteten sich. »Ich bin froh, dass sie sich nicht im Haus wandeln konnte. Sie ist größer als das ganze Gebäude.«

Der Mann hatte nicht unrecht.

Sie schüttelte den Kopf, ein Brüllen kam aus dem Maul, zusammen mit einem Feuerstoß, und es fühlte sich an, als würde mein Herz brechen.

»Spürt ihr das auch?«, flüsterte Alex und rieb sich die Brust.

Ehrlich gesagt war es wahrscheinlich kein Flüstern, es kam mir nur so vor, denn das Brüllen meiner Gefährtin war laut genug, um auf der Richterskala gemessen zu werden. Und ja, ich spürte das reißende Gefühl in meiner Brust, das mich fast in die Knie zwang.

Doch bevor ich ihm antworten konnte, erhob sich Cira in die Luft und erzeugte mit ihren großen goldenen Flügeln einen gigantischen Abwind, als sie in den Himmel aufstieg. Niall folgte ihr schnell, sein Drache war nicht ganz so groß wie ihrer, aber mindestens genauso beeindruckend. Ich hatte ihn nur einmal gesehen, als er sich den Rosen angeschlossen hatte. Mein Vater war klug genug gewesen, zu wissen, dass er es nicht allein mit einem Drachen aufnehmen konnte, und dumm genug, zu glauben, dass wir zwei es schaffen würden.

Der Verlust, den ich spürte, als sie in die Nacht davonflog, brachte mich fast um. Sie war untröstlich, und ich konnte nichts dagegen tun, denn sie war dorthin gegangen, wohin ich ihr nicht folgen konnte.

Alex riss sich den Mantel vom Leib und knöpfte sein Hemd auf. »Irgendwas stimmt nicht. Sie ist …«

»Sie weiß es«, murmelte Isaac und starrte in den Himmel, in den Cira geflogen war. »Sie kennt die Wahrheit darüber, wie sie hierhergekommen ist. Ich wollte es ihr nicht sagen, aber …«

»Na los«, mahnte Nikki und verschränkte die Arme vor der Brust. »Teile es mit der Klasse.«

Isaac strich sich mit den Fingern durch seine schulterlangen Haare und band sie im Nacken zu einem Knoten zusammen. Normalerweise machte er das, um das Gespräch hinauszuzögern, aber es gab eine ganze Gruppe von Leuten, die diese Informationen brauchten, und er hatte die ganze Zeit den Stummen gespielt. Es gab verdammt viel, was Isaac nicht sagte, aber ich war mir sicher, dass er von uns allen am meisten wusste, nachdem er Vaspirs Blut gelesen hatte.

»Vaspir hat sie nicht nur angelogen«, knurrte Isaac und seine Iriden glühten rot. »Er hat sie nicht nur geschlagen, ihr *Schmerzen* zugefügt und ihren Verstand so sehr gefickt, dass sie niemandem mehr vertrauen kann. Er war der persönliche Wächter ihrer Mutter und hat ihre Feinde durch das verdammte Tor gelassen. Er hat ihr mit einer Klinge, die sie ihm geschenkt hat, ins Herz gestochen. Eine Klinge, die sie aus ihrer eigenen Kraft geschmiedet hatte. Alles aus Gier, Bosheit und Habsucht.«

Isaacs Vergangenheit war der ihren so ähnlich, dass es verständlich war, warum er sich ihr von Anfang an so nahe fühlte. Von Anfang an war Isaac bereit, sie zu beschützen, für sie zu töten, für sie zu sterben. Jetzt wusste ich auch, warum.

Der Blick, den Nikki und Alex austauschten, sagte mir, dass sie genau wussten, wie Cira sich fühlte. Verrat war in der Familie Ward an der Tagesordnung. »Und ich dachte, unsere Kindheit wäre beschissen gewesen. Ich kann mir nicht vorstellen, wie verletzt sie sich jetzt fühlen muss.«

Und wenn Ciras Herz gerade brach, dann nur, weil sie jetzt wusste, was Isaac durch die erste Kostprobe von Vaspirs Blut erfahren hatte.

»Ich kann sie nicht ohne einen von uns da draußen lassen«, beharrte Alex, der Isaac und mich als Schutzschild benutzte, um sich nicht vor seiner Schwester ausziehen zu müssen, und seine Klamotten an Isaac weiterreichte.

Kurz darauf hörten wir das Knacken und Brechen

von Alex' Knochen, als er sich in seine Bestie wandelte, bevor der große Greif davonflog. Ich kannte Niall gut genug, um zu wissen, dass er Cira nie etwas antun würde, aber es beruhigte mich, zu wissen, dass Alex an ihrer Seite sein würde – dass sie einen von uns haben würde, an den sie sich anlehnen konnte.

Und trotzdem rieb ich mir die Brust, weil mich der Herzschmerz von Cira fast umbrachte, weil ich nicht zu ihr gehen konnte.

»Oh, du hast also doch Gefühle«, murmelte Adrian leise und verzog die Lippen, als er sah, wie ich unter ihrem Schmerz litt. »Ich dachte, du wärst ein kaltherziger Stein, genau wie unsere Eltern. Schön, dass du noch ein funktionierendes Organ in der Brust hast.«

Adrian und ich hatten uns nie wirklich gut verstanden. Vielleicht lag es daran, dass ich über ein Jahrhundert älter war als er. Vielleicht lag es daran, dass mein Vater einen Keil zwischen uns getrieben hatte, oder vielleicht lag es daran, dass er ein Leben führen durfte, von dem ich nur träumen konnte – ein Leben, in dem er selbst entscheiden konnte, was er tat, anstatt es für sich entscheiden zu lassen.

»Hör zu, du kleiner Pisser.« Nicht der beste Anfang für eine Versöhnung, aber ich hatte genug von seiner Einstellung. Meine Gefährtin war weiß Gott wo, und ich hatte *keine* Lust mehr auf seinen Bullshit. »Ich verstehe ja, dass du einige falsche Vorstellungen von der Realität hast, aber ich habe es satt, deinen kleinen Arsch zu beschützen.«

»Beschützen«, prustete er. »Du meinst wohl abzuweisen.«

Ich zog die Stirn in Falten und mir wurde klar, dass heute der verdammte Tag war. »Du bist wirklich so ahnungslos. Okay, Nummer eins«, knurrte ich und zählte mit dem Finger ab, »*deine* Mutter ist nicht *meine* Mutter. Unser Vater hat *deine* Mutter von Anfang an betrogen, eine andere Feuer-Fae geschwängert und dann kam ich ins Spiel. Mom hat mich aufgenommen und den Bastard-Sohn ihres Mannes wie ihr eigenes Kind aufgezogen. Das ganze nächste Jahrhundert lang wurde sie von unserem Vater misshandelt, missbraucht und betrogen, bis sie dich und Ender bekam. Aber nachdem sie euch beide bekommen hatte, hörte das nicht auf, oder?«

Nikki und Malachi zischten, als Adrians blaue Augen sich weiteten. Ich sah so viel von unserem Vater in unseren gemeinsamen Gesichtszügen«. Abgesehen von der Augenfarbe waren wir im Grunde genommen Kopien von diesem Arschloch. Das machte den Blick in den Spiegel zu einer verdammt lästigen Pflicht.

»Nummer zwei«, fuhr ich fort und hielt einen zweiten Finger hoch. »Das Bordell, in das er dich mitgenommen hat? Er schläft nicht wirklich mit den Prostituierten dort. Das ist nur eine Macho-Mann-Fassade. Er trifft dort meine Mutter und betrügt seine Frau seit fast zwei Jahrhunderten mehrmals pro Woche.«

»Also ist Mom so verrückt, weil sie ständig von ihrem Gefährten betrogen wird? Das ist scheiße, aber warum hast du mir das nicht schon früher erzählt? Ich hätte gerne gewusst, dass die Familiendynamik absoluter Bullshit ist. Ich hätte gerne gewusst, dass Mom sich tatsächlich um uns schert.«

Ich hätte nicht gedacht, dass mein Bruder so ahnungslos sein könnte, und doch war es so. »Weil du glücklich warst. Du hattest deine vorgefassten Meinungen über alles und konntest frei sein, also habe ich dich in dem Glauben gelassen, du wüsstest Bescheid. Es war schon schlimm genug, dass Dad dich und Ender als Druckmittel benutzt hat, um mich in Schach zu halten.«

Jetzt war Adrian wütend und seine blauen Augen funkelten vor Empörung. »Was meinst du mit Druckmittel?«

»Was glaubst du, warum er dich überhaupt erst mit ins Bordell genommen hat? Weil ich nicht gehorcht habe. Er wollte, dass ich mehr über das Geschäft lerne, dass ich mehr wie er werde, dass ich mehr von der Konkurrenz ausschalte. Als ich mich geweigert habe – vor allem, weil ich schon besser wusste, wie man ein Geschäft führt als er –, hat er angefangen, dich mitzunehmen und gedroht, dir alles Mögliche anzutun, während du außer Sichtweite warst. Also musste ich mich fügen. Zur Strafe dafür, dass ich mich ihm widersetzt habe, nahm er dich trotzdem immer wieder dahin mit. Was glaubst du, wer dafür gesorgt hat, dass Madam Dupont unseren Vater ignoriert und dich wie ein Kind behandelt hat, das du zu dem Zeitpunkt warst?«

Mein Lachen war freudlos. Ich ging davon aus, dass er den Scheiß inzwischen durchschaut hatte. »Sie hätte es sowieso getan, aber ich habe dafür gesorgt, dass du da drin sicher bist.«

Adrian blinzelte heftig, als würde er die Wahrheit in seinem Kopf neu ordnen. »Weiß Ender irgendwas davon?«

Ich schnaubte und rollte mit den Augen. »Natürlich weiß sie das. Während du ihr alles über *Disney*-Filme beigebracht hast, habe ich ihr beigebracht, wie man kämpft. Wie man überlebt. Wie man sich aus unserer Familie verpisst. Hast du das denn nicht mitbekommen? *Du* bist der Thronfolger von Medusa, nicht ich. Der zweitgeborene Sohn ist der Thronfolger und nicht der Erstgeborene. Ich dachte eigentlich, das wäre ein Hinweis.«

Adrian stotterte, seine Augen weiteten sich und der Glamour-Zauber, der sein wahres Wesen verbarg, flackerte nicht einmal ein bisschen. *Guter Mann.* »Ich bin Erd-Fae und du nicht. Ich dachte ... Ist das dein verdammter Ernst?«

Mein Blick wanderte von Isaac zurück zu Adrian. Wir litten – Cira litt – und er war sauer, weil ich als Kind nicht genug mit ihm gespielt hatte.

»Ja, das ist mein Ernst. Und ja, es ist mir egal, ob du mich magst oder nicht. Du hattest eine Kindheit und Leute um dich herum, die dich liebten. Leute, die sich um dich scherten. Gern geschehen. Und wenn die Zeit gekommen ist, werde ich unseren Vater ausschalten. Auch hier: Gern geschehen. Und wenn er stirbt – und das wird er –, dann will ich nicht noch einmal hören, dass du mich mit ihm vergleichst. Abgemacht?«

Malachi fing an zu lachen und schüttelte den Kopf, als könne er es nicht fassen. »Ihr wollt das wirklich durchziehen? Ihr wollt die Syndikate vereinen?«

Dachte er, wir machen den Scheiß nur so zum Spaß? »Wenn ich die Rosen übernehme, Isaac den Tepes-Clan und Alex die Wandler? Alles, was wir brauchen, ist das *Göttliche* auf unserer Seite.«

»Was ist mit den Hexen?«, fragte Nikki.

Isaac lachte. »Der Ausgestoßenenzirkel bleibt allein auf Staten Island. Niemand wird sich mit ihnen einlassen. Nicht nach der Scheiße, die sie im letzten Jahr abgezogen haben. Wir haben ein paar Hexen auf unserer Seite, und wir haben die Zusage, dass die *Bewegung* uns unterstützen wird, wenn wir ein richtiges Haus gründen. Wir müssen nur noch den Abzug betätigen.«

Mir lag etwas an den Syndikaten – oder vielmehr daran, sie in etwas umzuwandeln, das kein Haufen gesetzloser Familien war, die sich gegenseitig ausstechen wollten. Mir lag sogar daran, dass wir den Leuten, die dort lebten, ein besseres Leben ermöglichen würden, eine stabilere Zukunft, die nicht von den Launen von Verrückten abhing.

Aber ich sorgte mich mehr um Cira.

Ich hätte nie gedacht, dass ich den Tag erleben würde, an dem mir jemand so wichtig war, dass ich bereit war, alles für ihn zu riskieren. Ich wäre bereit, alles aufzugeben – meine Kontakte, mein Geld, meinen Club, mein Leben – wenn ich dafür sorgen könnte, dass sie sicher und glücklich wäre.

Und im Moment war sie nicht glücklich. Nein, sie war schlichtweg unglücklich.

»Ja, fantastisch, wir haben unseren Plan geteilt. Kann ich mich jetzt auf die Tatsache konzentrieren, dass das Herz meiner Gefährtin bricht und ich es verdammt nochmal nicht reparieren kann? Oder gibt es noch mehr Details, die du besprechen möchtest?«

War das die diplomatischste Herangehensweise an die Kanzlerin, die ich wahrscheinlich davon überzeugen musste, dass wir es schaffen würden, unser eigenes Haus zu gründen? Wahrscheinlich nicht, aber ich brauchte Cira in meinen Armen. Sie musste zu mir zurückkommen, oder ich musste in den nächsten fünf Minuten herausfinden, wie man fliegt, damit ich nicht völlig durchdrehte.

Isaac klopfte mir auf die Schulter. »Alex wird sie finden, Mann. Mach dir keine Sorgen.«

Mein Blick hätte ihn in Flammen aufgehen lassen können. »Leck mich am Arsch! Als ob du nicht gerade am Verrecken wärst. Komm mir nicht mit so 'nem Scheiß.«

Aber das Gefühl wurde leichter, weniger scharf, und ich wusste, dass sie zu mir zurückkam – zu uns.

Zehn Sekunden später landeten zwei Drachen

und ein Greif auf der Lichtung und meine goldene Gefährtin schrumpfte, als sie sich zurück wandelte. Einen Moment später lag sie mit meiner Jacke zugedeckt in meinen Armen, und die Erleichterung über den Schmerz in meiner Brust war so intensiv, dass ich kaum atmen konnte.

»Ich schätze, ich kann dich nicht mehr kleiner Drache nennen, was?«, murmelte ich in ihre Haare und sog ihren Duft ein, während mir die Erleichterung über die ganze Situation bewusst wurde.

Goldene Augen trafen auf meine, Tränen befleckten ihre Wangen. »Ich denke nicht.«

»Sobald du Rache willst, kannst du sie haben. Sag einfach nur Bescheid. Bis dahin werden wir uns um dich kümmern. Jede Sekunde, jeden Tag, bis zum Ende der Ewigkeit. Was immer du brauchst.«

Ihr Lächeln zitterte, als sie sich die Tränen aus dem Gesicht wischte. »Klamotten wären gut.«

Isaac schnaubte und sein Lachen löste die Anspannung in ihren Schultern. »Ich habe für dich gesorgt, Prinzessin.« Er streifte den Rucksack von seinem Rücken und öffnete den Reißverschluss, um eine ganze Reihe von Klamotten zum Vorschein zu bringen. »Ich habe vorausgeplant.«

Als Cira sich angezogen hatte, waren ihre Augen

getrocknet, ihre Wirbelsäule aufgerichtet und ihre Traurigkeit so weit nach unten geschoben, dass niemand von uns sie spüren konnte.

Klare, goldene Augen trafen meine, ihr Ausdruck war fest entschlossen.

»Vaspir muss sterben.«

Ich konnte nicht reparieren, was in Cira zerbrochen war, aber dieses Arschloch umbringen?

Das konnte ich tun.

KAPITEL 28

CIRA

DAS LAGERHAUS SAH VON AUßEN SCHON gruselig genug aus, aber ich wusste, dass das wahre Böse direkt hinter diesen Türen lag. In einer Schutzwallzelle irgendwo im Inneren des Gebäudes saß der Peiniger meiner Kindheit, der Mann, der meine Mutter ermordet hatte, der Mann, der mich gequält und missbraucht hatte.

Die Wochen ohne ihn waren die besten meines ganzen Lebens gewesen. Ich hätte nie gedacht, dass ich den Tag zu schätzen wissen würde, an dem ich fast entführt worden wäre – ich hätte nie gedacht, dass ich froh sein würde, dass ich in diesem Tunnel fast gestorben wäre.

»Bist du bereit dafür?« Alex küsste mich auf die Schläfe, während Isaac meine Hand drückte und

Ronans Wärme durch meine Jeans drang, und ich fühlte mich besser, weil meine Gefährten bei mir waren.

Andererseits hatte ich zehn Minuten lang auf die Tür des Lagerhauses gestarrt, um den Mut aufzubringen, dort hineinzugehen. Vielleicht war ich doch der Schwächling, für den mich Vaspir die ganze Zeit gehalten hatte.

»Dräng sie nicht!«, knurrte Niall. »Sie wird gehen, wenn sie verdammt noch mal bereit ist.«

Mein Glucksen war wässrig, als ich Isaacs Hand drückte. Niall benahm sich bereits wie einer der überfürsorglichen großen Brüder aus einem meiner Bücher. Ich hatte nie geglaubt, dass es so etwas gab. Aber je mehr ich von der Welt sah, je mehr ich erlebte, desto mehr wusste ich, dass meine Bücher nicht nur Fiktion waren. Sie waren real.

Und in meinen Büchern halfen die Heldinnen immer, die Monster zu töten. Das konnte ich auch in die Realität umsetzen. Ich konnte mein eigenes verdammtes Monster erschlagen.

»Es geht mir gut.« Das war zwar eine Lüge, aber es war das, was ich in diesem Moment sagen musste. Ich konnte das tun. Ich konnte da hineingehen.

Die Bilder von Vaspirs Augen, als er meiner Mutter in die Brust stach, durchzuckten mein Gehirn wie Blitze. Wie konnte meine Mutter das nicht vorhergesehen haben? Die Bosheit, den Geiz, das Verlangen, sie zu verletzen? Wie hatte ich diesen Blick übersehen, als er mich *unterrichtete*? Er hatte sich nie – nicht ein einziges Mal – darum geschert, ob ich glücklich war. Er hatte sich nie gefragt, ob ich ein gutes Leben hatte, nie ...

Vaspir war nie mein Beschützer gewesen.

Er war mein Kerkermeister.

Mein Kidnapper.

Mein Peiniger.

Mein Feind.

Ja, Nikki, Adrian und Malachi waren nach Erde und Eisen zurückgekehrt, aber wenigstens hatte ich Unterstützung. Ich hatte meine Gefährten. Ich hatte meinen Bruder. Ich konnte das schaffen. Knurrend schob ich die Tür auf und stapfte in das Gebäude, als ob ich wüsste, wohin ich gehen musste. Aber das wusste ich tatsächlich auch. Ich könnte Vaspirs Duft mit verbundenen Augen folgen. Aber als ich zu dem Raum kam, in dem er festgehalten wurde, wäre ich fast nicht hineingegangen.

Fast hätte ich Niall und meine Gefährten gebeten, sich darum zu kümmern.

Fast hätte ich gekniffen.

Aber es gab eine Sache, die mir Vaspir in diesen

Jahrzehnten in der Dunkelheit beigebracht hatte. Ich war stärker als er, ich war schneller, und ich war verflucht viel mächtiger. Ich brauchte niemanden, der etwas für mich erledigte.

Schon gar nicht das hier.

Meine Finger schlossen sich um den Türknauf und ich war bereit, hineinzugehen, aber Alex hielt mich auf.

»Warte.« Angst – echte Angst – überzog seinen Gesichtsausdruck, bevor er sie herunterschluckte. »Vaspir sieht vielleicht nicht so aus, wie du ihn in Erinnerung hast. Es war nicht leicht, Informationen aus ihm herauszubekommen und es wurden extreme Maßnahmen angewandt.«

»Also hat Ronan ihn gefoltert?«, fragte Niall. »Was ist daran so schlimm?«

Alex schüttelte nur den Kopf. »Ronan hat zwar mitgemacht, aber der Großteil davon war ich. Ich weiß nicht, wie sehr er geheilt ist oder *ob* er überhaupt geheilt ist, seit ich ihn in die Finger bekommen habe, aber ich war nicht nett, als ich herausgefunden habe, dass er versucht hat, jemanden zu verkaufen, also …«

Ich war mir nicht ganz sicher, wie ich das auffassen sollte. »Wofür genau entschuldigst du dich gerade?«

»Oh, ich entschuldige mich nicht. Es tut mir nicht leid, was ich ihm angetan habe. Ich will dich nur warnen, falls du entsetzt sein könntest über das, wozu dein Gefährte fähig ist.«

Es war wahrscheinlich kein besonders gutes Zeichen für meinen Charakter, dass ich ein unladyhaftes Glucksen ausstieß. Jeder einzelne meiner Gefährten gehörte zum Syndikat. Jeder Einzelne von ihnen hatte getan, was nötig war, um im Herzen des Niemandslands zu überleben. Es gab nichts, was auch nur einer von ihnen hätte tun können, um mich dazu zu bringen, es zu bereuen, sie als meine Gefährten zu haben.

»Habe ich zu viel Kleber geschnüffelt, oder hast du nicht gesehen, wie ich jemanden bei lebendigem Leib verbrannt habe, weil er euch verraten hat?« Und ja, ich war deswegen vielleicht ein bisschen ausgeflippt, aber es war notwendig gewesen.

Sowohl Nialls als auch Alex' Augenbrauen zogen sich bis zum Haaransatz hoch, während Isaacs und Ronans Schultern vor unterdrücktem Lachen bebten.

»Verdammt, kleine Schwester.«

»Du solltest mal sehen, was sie mit einer Streitaxt anstellen kann«, murmelte Alex, bevor seine goldenen Augen mich durchleuchteten, während sein Tier so nah an der Oberfläche war. »Na gut. Aber mach dich auf was gefasst.«

Aber als er die Tür öffnete, war ich verwirrt. Ja, Vaspir war blutüberströmt und hing an Ketten, die in die Wand gebohrt waren, aber an sich war mit ihm alles in Ordnung. Er schrie weder vor Schmerzen, noch fehlte ihm etwas Lebenswichtiges, soweit ich es erkennen konnte. Ja, die Haut an seinen Händen und Füßen schien glatt und babyrosa zu sein, als wäre sie in den letzten Wochen nachgewachsen, aber er sah nicht allzu mitgenommen aus. Der Bastard schnarchte sogar.

Lautstark.

Pollux stand in der Ecke des Raumes und beäugte Vaspir mit Verachtung. Die große Frau biss die Zähne zusammen, während sie meinen ehemaligen Wächter ansah, als würde es ihr wirklich Spaß machen, seinen Kopf zu Brei zu stampfen.

»Oh, gut. Ihr seid hier. Jetzt kann ich aus dem Kopf dieses dreckigen Wichsers verschwinden und mich dann in Alkohol ertränken, bis ich vergessen habe, was ich da drinnen gesehen habe.« Pollux erschauderte ein wenig, bevor sie ihre Jacke zurechtrückte. »Ich nehme an, er wird hier nicht rausgehen?«

»Richtig«, knurrte Ronan und die geballte Wut in

seinem Ton ließ mir einen Schauer über den Rücken laufen.

Ich wusste nicht, was Pollux ihm erzählt hatte, aber meine Gefährten wussten genug über Vaspir, dass seine Wut nicht wirklich überraschend war.

»Fantastisch. Willst du, dass er dafür wach ist oder ...«

Jetzt war ich an der Reihe zu antworten. »Weck ihn auf!«

Ich wusste nicht, was es bringen würde, ein letztes Mal mit ihm zu reden. Ich bezweifelte, dass er mir – oder uns – etwas Wertvolles zu geben hatte, denn das *Warum* spielte keine große Rolle mehr, oder? Vielleicht war es nur, damit er sein Ende sah, damit er wusste, dass es die Kinder waren, die er gestohlen hatte, die ihn zu Fall brachten.

Oder vielleicht wollte ich einfach nur seine Augen sehen, wenn das Leben aus ihm schwand.

Pollux schnippte mit den Fingern und Vaspirs Augen weiteten sich. Er rappelte sich auf und drückte sich gegen die raue, blutverschmierte Wand, bis sein Blick mich erfasste. Alex ging um mich herum und schlug mit seiner Faust Vaspirs Kopf nach hinten gegen den dreckigen Ziegelstein. Alex, Isaac und Ronan, all ihre Wut schien durch meine eigene vervielfacht zu werden und mich auszufüllen und mir meine Angst zu rauben.

Ich legte eine beschwichtigende Hand auf Alex' Arm.

»Du hast Glück, Schwein«, knurrte er, sein Tier war so nah an der Oberfläche, dass seine Stimme verzerrt klang. »Wenn sie dir nicht ein paar Fragen stellen wollte, wärst du schon tot.«

Aber Vaspir fing an zu lachen, seine Stimme war heiser, entweder von den Schreien oder von der mangelnden Nutzung oder von beidem. »Mir Fragen stellen? Was zum Beispiel? Wie das verdammte Wetter ist?«

»Eher: Warum hast du unsere Mutter getötet?«, fragte ich mit zusammengebissenen Zähnen, während das Feuer über meine Haut strömte. Meine Schuppen schimmerten, als das Feuer, das ich aufgestaut hatte, zu explodieren drohte. »Warum hast du unsere Eier gestohlen? Warum hast du Niall verkauft? Warum hast du die Feinde meiner Mutter durch die Tore gelassen?«

Angst – echte Angst – huschte für eine einzige Sekunde über sein Gesicht, bevor sie wieder verschwand.

»Ich habe keine Ahnung, wovon du redest. Ich habe niemanden umgebracht. Und Dracheneier verkaufen? Glaubst du wirklich, wir hätten in diesen Katakomben gelebt, wenn ich ein Ei verkauft hätte? Glaubst du, wir wären dann Essensres...«

»Ich weiß von Misha. Ich weiß, dass du versucht hast, mich an die Rosen zu verkaufen. Und an die Wandler. Und an den Tepes-Clan. Endlich löst du deine Gewinnchips ein, hm?«

Aber als sich seine Miene verdüsterte, wusste ich, dass es egal sein würde, was ich sagte. Er empfand keine Reue für den Mord an meiner Mutter, genauso wenig wie er Reue dafür empfand, dass er mir wehgetan und versucht hatte, mich zu verkaufen. Fünfzig Jahre lang hatte ich mit diesem Mann zusammengelebt. Er hatte mich großgezogen, gefüttert, geschlagen und missbraucht, aber nicht ein einziges Mal hatte er mich geliebt. Nicht ein einziges Mal hatte er sich für mich interessiert.

Ich war ein Werkzeug, ein Pfand, ein Mittel zum Zweck.

»Wenn du dich gewandelt hättest, wäre ich jetzt nicht hier. Wir würden in einem Palast sitzen und die ganze Stadt regieren. Aber nein. Du bist nutzlos. Das warst du schon immer.«

Mir war nie bewusst gewesen, wie klein er war, wie unbedeutend. Mir war nie bewusst gewesen, dass er nie wirklich Macht besessen hatte.

Ich schloss die Augen und erinnerte mich daran, wie meine Mutter Dragomir in ihrer Hand geformt hatte, eine Waffe aus nichts als ihrer eigenen Kraft. Die gleiche Kraft wütete auch in mir und ich musste lächeln bei der Erinnerung an die Axt, mit der sie mich einst beschützt hatte. Es war ein seltsames Gefühl, diese Einblicke in unsere Vergangenheit zu haben und sie doch gar nicht zu kennen. Andererseits würde ich sie auch nicht bereuen.

Vaspir tobte immer noch, aber seine Worte verstummten schnell, als er die neu geformte Axt in meiner Hand sah.

»D-das … das kann nicht sein. Nur wahre Elementardrachen können …«

»Dragomir erschaffen?«, murmelte ich und hob die rasiermesserscharfe Waffe an, um das Gewicht und den Schwerpunkt zu bestimmen. Sie war perfekt. Die seltsame Substanz hatte eine grünliche Farbe, war mit Gold durchzogen und schien aus einer Art lebendigem Stein zu bestehen. Das Gold pulsierte, als hätte es einen Herzschlag, und zum ersten Mal fühlte es sich an, als würden die Vergangenheit meiner Mutter und meine Gegenwart aufeinandertreffen. »Du hättest unsere Mutter niemals verraten dürfen. Du hättest das Leben nehmen sollen, das du hattest, anstatt nach dem zu greifen, was dir nicht gehört.

Und du solltest wenigstens einen Funken Würde besitzen.«

»Nehmt ihm die Ketten ab!«, forderte ich, aber niemand rührte sich.

Keiner sagte ein Wort.

Keiner außer Vaspir.

»Diese schnieke Axt beweist gar nichts«, schimpfte Vaspir und zerrte an seinen Fesseln. »Du bist ein Nichts, Cira. Ein Nichts. Glaubst du, ihr zwei seid die einzigen Drachen in diesem Reich? Glaubst du, ein anderer Alpha würde dich nicht angreifen, so wie ich es mit deiner Mutter getan habe? Du brauchst mich, du dumme Schlampe. Du bist nur zu blind, um das zu sehen.«

Mein Blick wanderte zu Niall. Er starrte Vaspir an, als wäre er Hundescheiße unter seinem Schuh. Isaac, Alex und Ronan hatten einen ähnlichen Gesichtsausdruck. Vaspir war schwach. Er hielt nichts aus. Konnte nichts verteidigen. Er war eine schlechte Entschuldigung für einen Wandler und eine noch schlechtere Entschuldigung für einen Mann. Und er würde tausendmal lügen, um sich am Leben zu erhalten.

»Gibt es etwas, das du ihm sagen willst, Niall?« Es schien falsch, nicht zu fragen. Nialls Leben hatte aus täglichen Experimenten und Folter bestanden, bis er seinen Entführern entkommen war. Er hatte genauso viel Anteil an Vaspirs Untergang wie ich.

»Nein.«

In Ordnung. Es gab nichts zu sagen.

»Ich möchte, dass du weißt, dass es deine eigene Schuld war, dass ich mich nicht wandeln konnte. Ich möchte, dass du weißt, dass ich mich schon als Kind gewandelt hätte, wenn du uns nicht getrennt hättest. Ich möchte, dass du weißt, dass du mich nie – nicht ein einziges Mal – gebrochen hast. Du hast nicht gewonnen. Und du wirst allein in dieser Zelle sterben, ohne Krone, ohne Königreich und ohne Macht.«

Bevor er sich sammeln konnte, um mir eine Antwort zu geben, schwang ich meine Axt und schlug ihm den Kopf ab, bevor er eine weitere Beleidigung ausstoßen konnte. Mit einem einzigen sauberen Schlag wurde sein Kopf von den Schultern getrennt und fiel mit einem unangenehmen *Platsch* auf den Boden.

Es war zu Ende – *er* war zu Ende. Die jahrelange Folter, der Schmerz – alles war zu Ende. Ronan legte seinen Arm über meine Schulter und führte mich aus dem Zimmer. Kaum waren wir über die Schwelle getreten, schickte er eine Flammenwelle los, die den kopflosen Körper, der an den Ketten hing, verbrannte.

Es herrschte eine Weile Schweigen, bis Niall es schließlich durchbrach.

»Er hat nicht unbedingt gelogen«, sagte Niall und seine Züge zuckten. »Es gibt hier noch mehr Drachen. Wenn du Interesse daran hast, solltest du den Circus in Portlands Niemandsland besuchen. Sprich mit dem Zirkusdirektor. Er kann dir vielleicht mehr Informationen geben als ich.«

Da wurde Isaac hellhörig. »Ich wusste es! Und zufälligerweise schuldet mir dieser Mann einen Gefallen.« Er schlang seinen Arm um meine Taille und riss mich von Ronan weg. »Was sagst du, Prinzessin? Lust auf einen Ausflug nach Portland?«

KAPITEL 29
ISAAC

DER GESCHMACK VON CIRAS BLUT VERWEILTE auf meiner Zunge wie Feuer und Macht mit einem Hauch von Dunkelheit. Ihr Blut war Tod und Gefahr, und es schmeckte, wie zurück nach Hause zu kommen. Ich kostete noch einmal ihren Hals, fuhr mit meiner Zunge über die Einstichwunden in ihrer Haut und genoss das Zittern und Klammern ihres Körpers um meinen Schwanz. Und obwohl sie gerade einen Orgasmus hatte, der so stark war, dass er das Zimmer niederzubrennen gedroht hatte, würde sie, wenn ich sie weiter verwöhnte, in kürzester Zeit wieder bereit für uns sein.

Wir waren in Portland, auf der anderen Seite des Kontinents und mitten im Niemandsland, versteckt in einem Hotel und würden bald zum Circus gehen.

Bis dahin taten wir alle unser Bestes, um unsere Gefährtin abzulenken. Sie war nicht mehr ganz sie selbst, seit sie Vaspir getötet hatte, und ich machte mir langsam Sorgen – wir alle machten uns Sorgen. Andererseits heilte sie sich gerade von einer lebenslangen Misshandlung, also war es vielleicht normal, dass sie nicht ganz bei der Sache war.

Cira stöhnte, als ich aus ihrem Arsch glitt. Ihre Pussy war immer noch voll mit Ronan, während sie auf seiner Brust zusammensackte. Ihr Atem ging keuchend, während sie langsam runterkam. Ihre Schuppen schimmerten, und mit den blonden Härchen, die an ihrem Gesicht klebten, sah sie so schön aus wie noch nie. Alex lag neben uns auf dem Bett, immer noch schwer atmend von seinem eigenen Orgasmus. Ich wusste, was Cira mit ihrem Mund anstellen konnte, also sollte sein Gehirn in etwa zwanzig Minuten wieder eingeschaltet werden.

Ronan war damit beschäftigt, ihr Küsse aufs Gesicht zu drücken und mit seinen Fingern durch ihre Haare zu fahren, aber es ließ mein Herz singen, als sie nach mir griff und mich nicht gehen lassen wollte.

»Lass mich dich sauber machen, Prinzessin. Dann können wir zum Circus gehen. Du darfst sogar versuchen, einen Teddybären für mich zu gewinnen.«

Sorge huschte über ihren Gesichtsausdruck, bevor sie sie hinter einem Lächeln verbarg. Sie murmelte ihr Einverständnis, aber es war genauso falsch wie dieses Lächeln. Sie war nervös, seit wir die Stadt betreten hatten, und ich konnte nicht sagen, ob es an Vaspir lag, an der Möglichkeit, mit dem Zirkusdirektor zu sprechen, oder daran, dass sie so nah am Arcadia-Portal war.

Alex folgte mir ins Bad und drehte die Dusche auf. Wir waren zu viert in dieser Suite, aber keiner von uns benutzte das angrenzende Zimmer. Cira hatte es lieber, wenn wir alle bei ihr waren, und zum Glück war das Bett gerade groß genug. Wenn wir zurück in New York waren, würden wir uns nach einem größeren Bett umsehen müssen.

»Glaubst du, es geht ihr gut?«, fragte er, als das Waschbecken und die Dusche gleichzeitig liefen, und richtete seinen besorgten Blick auf die offene Tür, die zum Schlafzimmer führte.

Tja, wenigstens war ich nicht der Einzige, der verunsichert war.

»Auf keinen Fall. Würde es dir gut gehen?«

Alex hatte erst vor Kurzem seinen Vater und seinen Bruder verloren, und ich konnte nicht gerade behaupten, dass das etwas Schlechtes war, aber wenn ein böser Mann starb – vor allem, wenn er dich großgezogen hatte –, dann musste das sehr verwirrend sein.

Alex zuckte mit den Schultern. »Zuerst ging es mir gut ... bis es mir eben nicht mehr gut ging. Es ist nicht so, dass es ein Verlust war, aber nachdem ich herausgefunden habe, was er Nikki und meiner Mom angetan hat, tat der Verlust noch mehr weh, weil ich es nicht hätte fühlen dürfen, weißt du? Dadurch habe ich mich selbst ein bisschen gehasst.«

Ich konnte nicht sagen, dass es mir ähnlich ging – ganz und gar nicht. Ich vermisste meine Familie jeden Tag, selbst drei Jahrhunderte später. Ihre Gesichter waren mit der Zeit verschwommen, ihre Stimmen gedämpft, ihre Erinnerung wie ein verblichenes Stück Papier. Aber die Wut war immer noch da. Sie würde nie verschwinden.

Und das brachte eine andere Realität zurück in den Vordergrund meines Denkens. Meine Tarnung beim Tepes-Clan war höchstwahrscheinlich aufgeflogen. Ich war schon seit Tagen verschwunden. Misha, der Informant, war tot und verschwunden. Ich hatte es nicht geschafft, den goldenen Drachen zu beschaffen, um den Titan gebeten hatte. Und ...

Es fiel mir immer schwerer, mich darum zu

scheren. Ich hatte diesen Rachefeldzug schon so lange geplant, und ja, Rache war erforderlich, aber ich konnte mir nicht vorstellen, Cira zu verlassen, um sie auszuführen. Ich hatte mir nicht vorstellen können, unser Band nicht zu festigen. Ich hatte mir nicht vorstellen können, während ihrer Hitzephase nicht bei ihr zu bleiben. Ich hatte mir nicht vorstellen können, sie zu verlassen, während sie sich wandeln musste, als sie ihren Bruder zum ersten Mal traf, als sie ihre eigene Rache bekam.

Und nichts davon war ein Opfer. Es war eine Ehre.

Also ja, ich machte mir Sorgen, aber mehr um sie als um mich selbst.

»Also, beobachten wir sie?« Das könnte ich tun. Verdammt, das tat ich ja schon.

Er rieb sich die Bartstoppeln auf der Wange und schien darüber nachzudenken. »Ja, aber das ist der Job, weißt du?«

Zu sehen, wie diese wunderschöne Frau wuchs und sich zu der Person entwickelte, die sie einmal sein würde? Ja, das war der Job, und ich nahm ihn mit Freude an.

Der Niemandsland-Circus war ein Sammelsurium an Lichtern, Geräuschen und Gerüchen, aber ich registrierte es kaum. Mein Blick war so sehr auf Ciras Staunen, ihr Lächeln und die Freude, die aus jeder Pore ihres Körpers strahlte, gerichtet, dass ich das alles nicht wahrnahm. Die Freude, die sie beim ersten Mal im Wintergarten gehabt hatte, kehrte zurück, als sie eine hübsche Brünette beobachtete, die sich gekonnt an einem Hoop drehte und wendete.

Abgesehen von Ronans Club bezweifelte ich sehr, dass sie schon einmal von so vielen Leuten auf einmal umgeben gewesen war. Aber sie schien sich nicht unwohl zu fühlen. Nein, sie war dazu bestimmt, unter Leuten zu sein, Lichter, Geräusche und Erlebnisse auf sich wirken zu lassen. Sie war für mehr bestimmt als das, was sie ihr ganzes Leben lang gehabt hatte. Das Kichern, Luftschnappen und Summen vor Freude ließ mich denken, dass ich ihr das immer geben könnte – dass *wir* ihr das geben könnten. Aber Cira wollte mehr darüber erfahren, woher sie kam, wer sie war, und ich hatte ihr ein Versprechen gegeben ...

Eines, das ich halten wollte.

Langsam wandte ich meinen Blick von ihrem Lächeln ab und entdeckte einen alten Freund in der

Menge. Der Zirkusdirektor hatte ein Sicherheitsteam von drei Löwen-Wandlern. Ich hatte ihnen vor einiger Zeit – über den Zirkusdirektor – einen Gefallen getan, und sie waren es mir schuldig. Der Zirkusdirektor selbst war mir auch etwas schuldig. Mein Blick traf den von Duncan und ich schenkte ihm ein siegessicheres Lächeln. Mit hochgezogenen Augenbrauen ließ ich meinen Blick in Richtung des Büros des Zirkusdirektors schweifen und bat ihn wortlos um ein Treffen, von dem ich wusste, dass er es nicht ablehnen konnte.

Nun ja, er könnte es schon, es würde nur nicht gut für ihn ausgehen.

Am Ende der Show verließen die meisten Besucher das Zirkuszelt, um sich draußen zu amüsieren. Cira, Alex, Ronan und ich blieben zurück und warteten, bis sich die Menge verzogen hatte. Duncan und Killian, die beiden Löwen-Wandler, näherten sich – ohne ihren dritten Gefährten und die hübsche brünette Hoop-Darstellerin Sway.

Ich hatte diese Darstellerin als Gefallen für den Zirkusdirektor verhüllt, um sie vor ihrem grausamen Verlobten zu verstecken, der eine Schlüsselposition bei Erde und Eisen innehatte. Ich wusste eine Menge über Sway, nachdem ich ihr Blut gekostet hatte, aber ich zog es vor, meinen Mund zu halten, anstatt mir von einem dieser Löwen-Wandler ein Stück Fleisch entfernen zu lassen.

»Kommst du, um den Gefallen einzulösen? Ich dachte schon, ich würde den Tag nicht mehr erleben«, sagte Killian und seine grünen Augen leuchteten amüsiert, während er die Dynamik zwischen uns vieren zu erschnüffeln schien. Sein Blick blieb auf Cira haften und seine Nase zuckte, als würde er versuchen, ihre Art zu bestimmen.

Viel Glück dabei, Kumpel.

»Was soll dieses Publikum? Wenn du den Zirkusdirektor sehen willst, musst du ihn allein treffen. Er mag es nicht, wenn man ihn stört, und er mag ganz sicher kein Publikum.«

Ciras Stirnrunzeln wurde von einer Welle der Frustration begleitet. Wir waren den ganzen Weg hierhergekommen und unsere Gefährtin wurde ungeduldig. Alex drückte ihre Schulter, während Ronan ihr etwas ins Ohr flüsterte, aber ich bezweifelte, dass sie etwas davon hörte.

»Tja, blöd gelaufen. Meine Gefährtin nimmt meinen Gefallen in Anspruch, also wird sie ihn sehen müssen. Und ich gehe mit ihr, weil ich kein verdammter Idiot bin. Macht das klar, oder ich sorge dafür, dass jeder diesseits des Niemandslandes weiß, dass der Zirkusdirektor seine Schulden nicht begleicht.«

Duncan gab ein leises Knurren von sich, aber ich schenkte ihm nur mein breitestes Lächeln, während Cira ihr eigenes Grummeln ausstieß, ihre Pupillen zu Schlitzen verengte und ihre Schuppen auf ihrer herrlichen Haut schimmern ließ. Als Killian und Duncan diese Schuppen sahen, tauschten sie einen vielsagenden Blick aus. Ja, sie wussten, was sie war, so viel war sicher.

»Können wir nicht alle miteinander auskommen?«, scherzte Killian und seine Piercings im Gesicht blitzten im Scheinwerferlicht.

»Wir werden gut miteinander auskommen«, sagte Cira, ihre Stimme klang wie eine Drohung, »wenn der Zirkusdirektor zahlt, was er uns schuldet. Ich will nur Informationen. Nicht mehr und nicht weniger. Ich bin keine Bedrohung für euch oder die euren. Ich würde nur gern wissen, woher ich komme. Ich glaube, euer Boss könnte es wissen.«

Sie tauschten einen weiteren intensiven Blick aus, als ob sie die Gedanken des anderen lesen würden. Killian zuckte mit den Schultern und Duncan seufzte, als würden wir ihm ein paar Jahre seines Lebens abknöpfen.

»Nur du und das Mädchen, sonst wird's keinen Deal geben.«

»Und sie kommen in genau dem Zustand zu uns zurück, in dem sie jetzt sind, ja?«, fragte Alex, aber es war mehr ein Befehl als alles andere.

Killian grinste ihn nur an, wandte sich ab und führte uns durch das Labyrinth der Gänge zum Büro des Zirkusdirektors an der Rückseite des Zirkuszeltes. Nach dreimaligem Klopfen forderte uns eine tiefe Stimme auf, hereinzukommen.

Der Mann, den ich nur als *D* kannte, saß hinter einem großen Schreibtisch – seine Gefährtin Liv war nirgends zu sehen. Obwohl ich D schon vor Jahren kennengelernt hatte, wusste ich immer noch so gut wie nichts über ihn. Als ich ihn das letzte Mal zusammen mit seiner Gefährtin gesehen hatte, war sie gerade mit ihrem Kind schwanger. Der kleine Racker musste inzwischen geboren worden sein. Wenn ich bedachte, wen ich bei mir hatte, bezweifelte ich, dass er seine Frau in unserer Nähe haben wollte.

»Isaac.« Aber seine Vorstellungsrunde wurde unterbrochen, als Killian ihm etwas ins Ohr flüsterte. Seine kupfernen Augen blitzten vor Zorn, als er den Duft von Cira aufnahm.

Cira roch nicht gerade wie ein Drache. Sie roch

nach Sonne, Rauch und Gefahr, und wenn die Männer schlau waren, würden sie sie wie das Raubtier behandeln, das sie war.

»D, ich möchte dir jemanden vorstellen.«

Der große Mann stand von seinem Stuhl auf, die Arme locker an den Seiten, während er die wahre Bedrohung im Raum abschätzte und seinen Hintern auf der Kante seines Schreibtisches parkte. »Es gibt Gefallen und es gibt *Gefallen*. Warum bringst du sie hierher?«

Cira wich einen Schritt zurück, als hätte er sie geschlagen, und der Schmerz in ihrem Bauch wuchs. »Kennst du mich?«

Er rieb sich die Stoppeln an seinem Kinn, seine Augen waren starr. »Nein, aber ich weiß, *was* du bist. Du versteckst es nicht besonders gut. Wenn du deine Schuppen in der Öffentlichkeit zeigst, wirst du hier umgebracht, Prinzessin.«

Ihr Herz brach in meiner Brust. Das war die gleiche Begründung, die ihr Wächter ihr gegeben hatte, um Cira unter Verschluss zu halten, ihr nicht zu erlauben, die Sonne zu sehen, und sie über fünfzig Jahre lang zu verstecken. Ich hätte D am liebsten ins Gesicht geschlagen.

»Nichts für ungut, aber ich kann sowohl in dieser Gestalt als auch ohne sie auf mich selbst aufpassen.

Und wenn es ganz schlimm kommt ...«, sagte sie und hob ihre Hand, um eine Kugel aus Dragomir in ihren Fingern zu formen, »... kann ich noch verdammt viel mehr als das, wenn ich mich darauf konzentriere.«

D starrte sie an und seine Augen flackerten beim Anblick des lebendigen Steins ein wenig. Glücklicherweise hatte sie nicht noch eine Axt gemacht. Ansonsten würden wir uns den Weg hier rauskämpfen müssen.

»Ich habe nicht die Absicht, dir oder den deinen zu schaden, ich will nur ein paar Antworten. Isaac sagte, du schuldest ihm etwas. Er ist bereit, mir seinen Gefallen zu gewähren. Mein Bruder Niall konnte keine Informationen von dir bekommen, weil er nicht wusste, woher er kam. Ich schon. Ich kenne meinen Familiennamen. Er lautet ...«

»Dragomir«, ergänzte D und starrte immer noch auf den Ball in ihrer Hand. »Ich schätze, ich war etwas daneben, als ich Prinzessin sagte. Ich hätte dich Königin nennen sollen. Oder würdest du stattdessen *Majestät* bevorzugen?«

Er wusste also genau, was sie war. Wer sie war.

»Wenn du das erschaffen kannst, weißt du so viel, wie du wissen musst. Ich ...«

Aber meine Gefährtin würde sich nicht mit einer lapidaren Antwort zufriedengeben. »Ich muss wissen, ob noch jemand von ihnen am Leben ist. Ich weiß, dass meine Mutter tot ist, aber es gab ein ganzes Schloss voller Personen, als sie getötet wurde, als wir gestohlen wurden. Wir hatten einen Vater, wir ...« Cira zuckte mit den Schultern. »Ich möchte wissen, ob es jemanden gibt, den ich vermissen kann. Ob ich noch eine Familie habe.«

D ließ seinen Blick für einen Moment auf seine Füße fallen, und ich wusste, dass das, was er sagen wollte, keine gute Nachricht sein würde. Ich ergriff Ciras Hand und drückte sie, um mich auf die Bombe vorzubereiten, die er gleich platzen lassen würde.

»Es heißt, dass deine Art unsterblich ist, im Gegensatz zu uns anderen. Ihr könnt nur von dem getötet werden, was ihr erschafft, und wenn ihr geht, nehmt ihr alles, was ihr erschaffen habt, mit euch. Elementardrachen erzeugen Dragomir, aber wenn sie sterben, fällt es in sich zusammen. Als deine Mutter starb, starb jedes Gebäude, jede Struktur mit ihr. Wir haben aus allen Ecken von Arcadia gehört, dass das Königreich zusammengebrochen ist. Wer auch immer deine Mutter getötet hat, hat eine ganze Stadt – ein ganzes Königreich – mit in den Untergang gerissen.«

Cira ließ die Schultern hängen, während sie den lebenden Stein in ihrer Hand zermalmte, woraufhin ihr grüner und goldener Sand von den Fingerspitzen rieselte. »Es gibt also nichts, was du mir sagen kannst?«

»Nur, dass du dich so weit wie möglich von Arcadia fernhalten solltest. Die meisten Drachen mögen es nicht, ganz unten in der Nahrungskette zu stehen, und Elementare bringen die Rangordnung durcheinander. Wenn dich auch nur ein einziger Drache aufspürt, gibt es keine Welt mehr, in der du dich verstecken kannst.«

Das war nicht ganz richtig. Ciras Kraftsignatur war seit dem Tag, an dem ich ihr Blut genommen hatte, verborgen. Niemand würde sie finden, wenn sie nicht gefunden werden wollte. Und ich wusste nicht, wie es anderen ging, aber ich würde mich nicht mit einem Drachen von der Größe eines Wolkenkratzers anlegen wollen, der die Elemente kontrollieren konnte. Und dabei hatte ich noch nicht einmal erwähnt, was sie in menschlicher Gestalt tun konnte.

Jetzt, nachdem sie sich gewandelt hatte, war ich nicht mehr so besorgt um ihre Sicherheit. Okay, das stimmte auch nicht ganz.

»Ich verstehe«, murmelte sie. »Und was, wenn ich, sagen wir mal, ein ganzes Haus mitregieren würde?«

D schnaubte und verschränkte die Arme vor der Brust. »Ich würde sagen, du bist verrückt, dich so zu entlarven. Aber dein Handeln würde trotzdem irgendwie Sinn ergeben. Du bist die Tochter von Rasendria Dragomir. Sie hat keine Narren geduldet, und ich bezweifle, dass du das tun wirst.«

Die Tür zu seinem Büro flog auf und eine Frau mit weißen Haaren stürmte herein. In ihren Armen trug sie einen dunkelhaarigen kleinen Racker, der an einem Beißring knabberte. Ciras Blick flackerte beim Anblick des Babys auf, und die Freude darüber, dass sie, vielleicht zum ersten Mal, ein Kind sah, brachte sie zum Strahlen, nachdem sie so niedergeschlagen gewesen war.

»Liv ...«

»Ich werde das nicht verpassen. Mit dem letzten Drachen, der hier aufgetaucht ist, konnte ich nicht reden, also werde ich mir das hier nicht entgehen lassen. Außerdem ist sie ein Mädchen. Sie könnte *Dinge* wissen.«

Ich nahm an, dass der letzte Drache, der hier hereinspaziert war, Niall war. »Wie immer ein Vergnügen, Liv.«

Auf Ciras Gesicht dämmerte Verständnis auf. »Du hast eine Familie. Meine Anwesenheit hier könnte dich und sie gefährden. Ich könnte euch verletzen. Du willst sie beschützen.«

Sie drehte sich zu mir und zog die Augenbrauen hoch, während sie meine Hand drückte. *Sie will doch nicht, dass ich …*

»Bitte?«, flüsterte sie. »Für mich?«

Ich würde alles für sie tun, und das wusste sie. »Genau wie D mache ich nichts umsonst. Wenn ich das tue, ist er dir etwas schuldig.« Ich warf einen Blick auf seine kupferfarbenen Augen. »Doppelt.«

D stand von seinem Schreibtisch auf. »Wovon redest du?«

»Verhüllung«, sagte Cira. »Für dich und deine Familie. Wir gründen ein Haus. Wir brauchen Verbündete auf beiden Seiten der Linie. Wenn Isaac meine Kraftsignatur verbergen kann, kann er auch deine verbergen. Und ich werde dir das Ganze sogar noch versüßen. Solange ich lebe, ist deine Familie in meinem Haus willkommen.«

Sie schaute mich an, ihre Augen waren flehend.

»Von mir aus. Aber du wirst es Ronan sagen müssen. Du weißt doch, wie er mit Deals zurechtkommt.«

Cira klatschte in die Hände und in ihrer Aufregung schossen feurige Funken in die Luft. »Abgemacht.« Sie drehte sich wieder zu D und Liv und ihrem süßen Kind um. »Als Gegenleistung für zwei große Gefallen wird Isaac dich und deine Familie verhüllen und dir Begnadigung gewähren, solltest du sie brauchen. Einverstanden?«

Sie streckte ihre Hand aus, die Flammen waren zum Glück erloschen.

Und als D ihre Hand nahm, spürte ich die ersten Anzeichen von Hoffnung, dass das, was wir taten, das Richtige war. Wir würden New York einnehmen, wir würden es besser machen und wir würden Verbündete haben, die uns den Rücken stärkten, wenn wir das taten.

Leider sagte mir mein Bauchgefühl, dass der Teil mit dem *Einnehmen von New York* nicht so einfach sein würde.

KAPITEL 30

ALEX

DAS IST DOCH ALLES BULLSHIT.

Cira und Isaac waren schon viel zu lange weg. Klar, sie waren wahrscheinlich erst seit fünf Minuten weg, aber der Schutzwall, hinter den sie sich geschlichen hatten, gefiel mir nicht. Es gefiel mir nicht, dass ich ihre Gefühle nicht mehr so deutlich spüren konnte wie vorher, und es gefiel mir überhaupt nicht, dass ich ihre Stimme, ihre Atemzüge und ihren Herzschlag nicht mehr hören konnte. Ich würde ziemlich bald die Wände hochgehen.

Schlimm genug, dass uns der Handlanger des Zirkusdirektors beobachtete und mit verschränkten Armen anstarrte, als ob wir irgendeinen Scheiß anstellen würden.

»Beruhige dich!«, murmelte Ronan und rieb sich den Nacken, als wäre er genau so abgefuckt wie ich. »Es geht ihr gut. Es geht *beiden* gut.«

Um ehrlich zu sein, machte ich mir keine großen Sorgen um Isaac. Er hatte schon oft allein überlebt, aber Cira hatte genug durchgemacht. Wenn der Zirkusdirektor ihr nichts sagen konnte, würde es ihr das Herz brechen, und Ronans Beschwichtigungen trugen nicht dazu bei, das tiefe Gefühl in meinem Bauch zu lindern, das mir sagte, dass etwas nicht stimmte.

Mein Tier wühlte unter meiner Haut und mein Rücken juckte danach, meine Flügel loszulassen, mich zu wandeln und diesen ganzen Ort zu zerreißen, nur damit ich an ihrer Seite sein konnte. Nur damit ich ... irgendwas *tun* konnte.

»Jaja. Und die Zahnfee ist nur eine Gutenachtgeschichte.«

Ich wollte gerade dem Duft von Cira in den Flur folgen, als mein Handy in meiner Tasche klingelte. Die leichte Vibration ließ meinen Magen bis zu den Zehen rutschen. Das würde eine schlechte Nachricht sein, und dies bestätigte sich, als ich den Namen auf dem Display sah.

»Ich werde gar nicht erst fragen, warum du diese Nummer hast, Amala.« Die verbannte Hexe des

Ausgestoßenenzirkels war Ronans Lieblingsprojekt, nicht meines. Sicher, sie hatte mir schon ein paar Mal aus der Patsche geholfen, aber wir waren nicht unbedingt befreundet.

Auf ein hysterisches Lachen folgte ein schmerzhaftes Grunzen. »Wenn ich dir nicht den Arsch retten würde«, zischte sie mit leiser Stimme, als wollte sie nicht entdeckt werden, »dann würde ich dir sagen, dass du mich am Arsch lecken kannst. Aber so wie es aussieht, brauche ich deine Hilfe, um am Leben zu bleiben.«

Ich zog die Stirn in Falten und versuchte, ihre Worte zu verstehen. »Also was jetzt? Rettest du meinen Arsch oder rette ich deinen?«

»In diesem speziellen Fall? Ein bisschen von beidem.« Sie stieß ein weiteres schmerzhaftes Grunzen aus. »Taron Rose hat Jackie entführt. Erinnerst du dich an sie? Das Mädchen, dem du die Probleme deiner Familie aufgehalst und das du dann im Stich gelassen hast? Ich nehme an, du wusstest, dass sie verschwunden ist?«

Die Wut machte mich fast blind, aber es war nicht die Beleidigung gegen mich oder meine Familie. Es war Taron Rose' gottverdammte Dreistigkeit. Der Bastard hatte nicht einmal den Anstand, geduldig zu sein. »Nein, ich wusste nicht, dass sie vermisst wird.

Geht es ihr gut? Wo bist du? Warum zum Teufel sollte Taron Rose die Anführerin des Wandler-Syndikats haben? Und zu guter Letzt, warum hast du mich nicht angerufen, bevor du da reingegangen bist?«

Aber ich wusste, warum. Taron war auf dem Vormarsch. Nach Mishas vorzeitigem Ableben hatte er sich still verhalten, aber wir wussten, dass er etwas im Schilde führte.

Ich hatte nur nicht erwartet, dass er es so bald in die Tat umsetzen würde.

Und Amala war Amala. Sie tat, was sie tun musste, ohne Rücksicht auf die Konsequenzen. Es war nicht das erste Mal, und es würde auch nicht das letzte Mal sein.

Das hysterische Lachen kam wieder, gefolgt von einem Zischen. »Ich bin auf dem Weg zu Ronans Haus. Ich habe sie da rausgeholt, aber sie ist in schlechter Verfassung. Und Taron hat so viele Wandler in der Hand, dass ich mir ziemlich sicher bin, dass sie mich irgendwann erschnüffeln werden. Ich werde hier Hilfe brauchen. Ich glaube, wir haben sie in der U-Bahn abgehängt, aber diese verdammten Pixies haben mir fast den Kopf abgerissen, bevor sie Tarons Männer ins Visier genommen haben. Und Jackie mag eine skinny Bitch sein, aber sie ist verflucht schwer.«

Jackie konnte eine verdammte Superheldin imitieren, wenn sie sich anstrengte. Wenn Amala sie also trug, musste sie in wirklich schlechter Verfassung sein.

Angst machte sich in meinem Bauch breit. »Wir sind nicht da. Wir sind nicht mal in New York«, knurrte ich und sah zu, wie Ronan an sein Telefon ging und seine Augen vor Wut glühten.

Die Worte *Komm her!* und *Die Kacke ist am Dampfen* wurden gesagt, aber ich verpasste das meiste von dem, was Pollux ihm sagte, während ich Amala auf Lautsprecher stellte, um Ronan einzuweihen.

»Geh zum *Sapphire Room*«, befahl Ronan und legte bei seinem Handy auf. »Pollux und Francis geben dir Rückendeckung. Geh sofort dahin, Amala!«

Auf ein weiteres schmerzhaftes Grunzen folgte ein Seufzen. »Verstanden. Bitte sag mir, dass du noch ein paar von den Portaltränken hast, die ich dir gegeben habe.«

Teil des Deals, den Amala mit Ronan hatte, war ein lebenslanger Vorrat an Portaltränken und Notfallheilungen, wann immer er anrief. Als Gegenleistung und zusätzlich zu ihrem exorbitanten

Honorar würde er sie beschützen, bis sie die Syndikate verließ – falls sie das jemals tun sollte.

»Natürlich. Was glaubst du, wie wir hierhergekommen sind? Fahr einfach zum *Sapphire*, wir treffen dich dort. Und Amala?«, rief Ronan und schaute in denselben Gang, den ich seit dem Weggang von Cira und Isaac im Visier hatte. »Atme weiter! Wir sind auf dem Weg.«

Ich wandte mich an den Mann des Zirkusdirektors. »Es ist mir egal, ob sie mit ihrem Gespräch noch nicht fertig sind, Isaac und Cira müssen sofort aus diesem Büro rauskommen. Du hast eine Minute Zeit, bis ich sie selbst suchen gehe.«

Ohne ein Wort zu sagen, verschwand der Sicherheitsmann im Flur, und nur dreißig Sekunden später kamen Cira und Isaac heraus.

»Ich war fünf Minuten lang weg«, schimpfte Isaac. »Was ist denn jetzt passiert?«

»Mein Vater ist passiert«, knurrte Ronan und holte eine eisblaue Zaubertrankflasche aus seiner Tasche. »Jackie und Amala geht es ziemlich schlecht. Wir müssen zurück in die Stadt.«

»Mooooooment mal«, sagte einer der Wächter, wobei seine Piercings im Scheinwerferlicht blitzten. »Das kannst du hier drin nicht benutzen. Die Schutzwälle sind zu stark.«

Fuck.

Er führte uns zum Eingang. »Die Schutzwälle hören ungefähr zwanzig Meter in diese Richtung auf. Viel Glück.«

»Du musst hierbleiben«, sagte ich, nahm die Hand meiner Gefährtin und hielt sie davon ab, den Schutzwall zu überqueren. Ich hatte keine Ahnung, worauf wir uns da einließen, aber ich würde verdammt sein, wenn Cira mit uns käme.

Goldene Augen blitzten auf, bevor sie ihre Hand aus meiner riss. »Ist das jetzt dein Ernst? Wolltest du einen Drachen, als du nach mir gesucht hast, oder nicht? Hast du jemanden wie mich gebraucht, der euch bei der Übernahme der Stadt hilft, oder nicht? Und warum genau willst du deine beste Waffe jetzt aus dem Spiel nehmen?«

Wenn sie nicht verstehen konnte, dass alle unsere Pläne über den Haufen geworfen worden waren, als wir herausgefunden haben, dass sie unsere Gefährtin war, konnte ich es ihr wohl kaum erklären. »Du weißt genau, warum, Cira.«

Ihr Blick huschte von mir zu Isaac und zu Ronan und wieder zurück, die Sorgen und Ängste sickerten durch das Band, das wir alle teilten. »Du willst mich wohl verarschen. All die Arbeit, all die Schmerzen, alles, was ich durchgemacht habe, und beim ersten

Anzeichen von Gefahr willst du mich in die Ecke stellen wie eine verdammte Porzellanpuppe? Was soll das? War das ganze Gerede darüber, dass ich auf mich selbst aufpassen kann, nur Show? Wolltest du mich damit aufmuntern, damit ich mich gut fühle? Hat irgendjemand von euch das überhaupt jemals wirklich geglaubt?«

Sie riss Ronan die Zaubertrankflasche aus der Hand und stapfte über den Schutzwall, während ihre Augen und ihre Haut vor Wut glühten. »Wisst ihr, ich liebe euch drei, mehr als ich es für möglich gehalten hätte. Ich wusste nicht einmal, was Liebe ist, bevor ich euch kennengelernt habe. Aber ganz ehrlich, aus tiefstem Herzen? Ihr könnt mich mal am Arsch lecken.«

Cira hatte uns nie gesagt, dass sie uns liebte. Ich wusste, dass sie dazu fähig war, zu Lieben, die Wahrheit darüber schwang in unserem Band mit, bei jeder Berührung, bei jedem Wort. Aber sie hatte es nie gesagt. Und jetzt, wo sie es gesagt hatte, hämmerte mein Herz, während mich die Scham ins Gesicht schlug.

Mit diesen Worten zerschmetterte sie die Zaubertrankflasche auf dem Boden und ein Portal öffnete sich aus dem Rauch, das zur anderen Seite der Gasse hinter dem *Sapphire Room* führte. Ohne einen einzigen weiteren Gedanken zu verschwenden, schlüpfte sie hindurch und ließ uns zurück, um ihr entweder in diese Scheiße zu folgen oder Däumchen zu drehen.

Es war klar, wofür wir uns entschieden.

In der dunklen Gasse war es still, bis auf den eisigen Wind, der zwischen den Gebäuden peitschte und dessen Heulen Cira frösteln ließ. In ihrer Hand formte sich eine Axt und ihre Flammen überzogen den lebenden Stein, als könnte sie etwas hören, was wir nicht hören konnten.

Pollux und Francis stürmten aus dem Hintereingang, als Amala um die Ecke in die Gasse bog. Jackie hing schlaff über ihrer Schulter, ihre roten Haare waren mit altem Blut verklebt. Cira rannte los und ließ ihre Axt in den ersten Mann fliegen, der hinter ihnen um die Ecke bog. Die Klinge blieb in seinem Schädel stecken, und er krachte in den Mann hinter ihm, sodass beide zu Boden gingen.

Cira riss Jackie von Amalas Schultern, nahm die leblose Wandlerin auf ihre eigenen Schultern und schleppte die beiden zur Tür, als ob sie nichts wiegen würden. Ronan schoss eine Feuerwelle durch die enge Gasse, sodass die Männer, die ihnen folgten, zurückfielen und die am nächsten stehenden unter Ronans Flammen zusammenbrachen.

Ich kannte einige der Männer in der Gasse. Irgendwann einmal waren sie meinem Vater gegenüber loyal gewesen. Jetzt schienen sie einem neuen Meister zu dienen. Ein neuer Wind peitschte durch die Gasse, die Hitze von Ronans Flammen und der Duft von Tod und Verwesung schlugen uns ins Gesicht.

»Runter!«, brüllte Ronan, während schwarze Magie in dem engen Raum wirbelte.

Pollux zerrte Jackie in das Gebäude, während Francis Cira und Amala – trotz der tödlichen Flammen auf Cira – von den Füßen riss. Er warf sie regelrecht durch die Tür, während ich mich wandelte und Isaac und Ronan mit meinen Krallen schnappte.

Die Wandler und Fae arbeiteten zusammen, genau wie Ronan es angekündigt hatte, und dort unten war der Schlimmste der Schlimmen: ein Todes-Fae.

Ich hatte es geschafft, dem Schlimmsten der Magie auszuweichen, aber nicht jeder hatte so viel Glück. Francis – der große, freundliche, starke Francis – wurde direkt in den Rücken getroffen, als er Cira von sich warf. Sofort wurde seine Haut aschfahl, bevor die schwarzen Adern des Todes ihn von innen heraus auffraßen.

Ich kämpfte gegen den Drang an, mich in die

Tiefe zu stürzen, setzte Isaac und Ronan auf dem Dach ab und flog um das Gebäude herum. Ich wusste, dass ich mich nicht mit dem Todes-Fae am Boden anlegen sollte. Ich musste nur herausfinden, wie ich alle von dort wegbringen konnte.

Aber es gab keinen Ausweg – es sei denn, wir würden in die Luft gehen – und selbst dann war ich mir nicht sicher, ob wir es mit allen aufnehmen konnten. Außerdem half es nicht, dass Cira in dem Gebäude war, das gerade von Wandlern und Fae gleichermaßen belagert wurde. Ihre Angst durchflutete unser Band, und Ronan und Isaac stürzten sich wieder in den Kampf. Ich selbst konnte mich nicht davon abhalten, hinunterzusteigen, um ein paar von diesen Wichsern auszuschalten.

Die Vorderseite des Gebäudes war praktisch mit Wandlern übersät, die sich wie Ratten auf einem sinkenden Schiff verteilten, als ich einen Kampfschrei ausstieß. Es half auch, dass meine Krallen ein Stück aus einem Tiger-Wandler herausgerissen hatten und sein Blut über sie alle spritzte. Aber sie standen immer noch zwischen mir und Cira, und das konnte ich nicht zulassen. Mit dem Schwung meiner Flügel tötete ich einige von ihnen, aber ein goldener Feuerblitz löschte die anderen aus.

Zwei Sekunden später tauchte Cira aus dem

Gebäude auf, während eine wache Jackie, Amala und Pollux ihren Rücken deckten. Die Schreie, die von Pollux' Kraft widerhallten, verrieten mir, dass der Albtraum seine Fähigkeiten in vollem Umfang nutzte. Männer krümmten sich auf dem Boden, kratzten sich an ihren Köpfen und steckten in der Hölle fest, die Pollux für sie geschaffen hatte.

Cira wirbelte herum und schleuderte kleine dolchartige Dragomir-Klingen auf die wenigen, die noch standen, während Ronan und Isaac den Rest niedermähten. Fast hätte ich geglaubt, dass wir in Sicherheit waren, aber dieser Gedanke wurde schnell widerlegt, als sich ein Tiger-Wandler an meinem Rücken festkrallte und seinen Kiefer um meinen Nacken schloss. Wäre ich kleiner gewesen, hätte er mich auf der Stelle getötet und mir mit einem Kopfschütteln das Rückgrat gebrochen.

Der Schrei, den Cira ausstieß, verwandelte sich schnell in ein Brüllen und ihr Körper wandelte sich so schnell, dass er nur noch verschwommen zu erkennen war. Mit peitschenden Flügeln versuchte ich, die blöde Katze abzuschütteln, aber das war, bevor Cira das Gebäude fast mit sich in die Tiefe riss, ihre Schuppen aufblitzten und ihr Feuer in den Nachthimmel schoss. Ihr Gebrüll erschütterte die Erde, während ihre riesigen Flügel gegen die

Gebäude schlugen und dabei fast ganze Wände zum Einsturz brachten.

Ich nutzte das Überraschungsmoment aus, warf den Tiger von meinem Rücken und brach ihm das Rückgrat, bevor ich ihn mit meinen Krallen zerfetzte. Aber es war, als stünde die Welt still. Die Wandler rannten entweder schnell und weit weg von dem Alpha in ihrer Mitte oder sie verneigten sich vor dem riesigen goldenen Drachen und weigerten sich, anzugreifen.

Ich blutete so stark, dass ich mich unfreiwillig zurückwandelte und das Kopfsteinpflaster mir entgegenkam, als ich das bisschen Kraft verlor, das ich noch hatte. Beim Versuch, aufzustehen, rutschte ich in meinem eigenen Blut aus und fiel auf der Straße auf Hände und Knie.

Und die Fae, von denen ich dachte, dass sie erledigt waren? Ihre zweite Welle war gekommen, und sie hielten sich nicht zurück.

Ciras Schwanz peitschte herum und riss den gesamten *Sapphire Room* in einem Zug nieder und trennte uns von den Fae, die uns niedermetzeln wollten. Isaac packte mich und schlitzte seinen Arm auf, um mir bei der Heilung zu helfen, während er mich die Straße hinunterschleppte.

Die Welt verschwamm immer mal wieder für eine

Sekunde, bevor ich in wunderschöne goldene Augen blickte. Ich liebte diese Augen. Ich liebte auch die Frau, der sie gehörten. Götter, war sie schön.

»Ich schwöre bei allem, was mir heilig ist, wenn du mir wegstirbst, werde ich dich umbringen, Alex.«

»Wir müssen von der Straße weg«, beharrte Ronan. »Wer weiß, wie viele mein Vater geschickt hat?«

Die Welt verblasste noch ein bisschen mehr, als es mir immer schwerer fiel, meine Füße zu bewegen.

»Lauft zur nächsten U-Bahn!«, rief Cira, aber ihre Stimme war fast nicht mehr zu hören. »Ich …«

»Neeeiiiiiiin«, murmelte ich und meine Worte wurden undeutlich. »U-Bahn schlecht. Pixies. Geht nicht in die …«

Aber ich war mir nicht sicher, ob sie meine Botschaft verstanden hatte, denn die Welt wurde schwarz.

KAPITEL 31

CIRA

ALEX BRAUCHTE HILFE, SO VIEL WAR SICHER. Ich hatte in meinem Leben schon echte Angst gehabt, war besorgt gewesen, dass ich es nicht schaffen würde, und hatte wirklich geglaubt, dass der nächste Atemzug mein letzter sein würde. Aber das war nichts gegen den blanken Horror, der durch meine Adern pulsierte, als ich zur nächsten U-Bahn-Station rannte und betete, dass wir rechtzeitig Hilfe bekommen würden.

»Wir können nicht zur U-Bahn gehen. Die Pixies werden ...«

»Geht jetzt dorthin! Keine Fragen, bewegt euch einfach!«, befahl ich, denn ich wollte nicht die Zeit verschwenden, um zu erklären, dass uns dort niemand etwas antun würde, nicht, wenn sie leben wollten. Wir brauchten so viel Abstand wie möglich von dem Todes-Fae, den ich hoffentlich mit meinem Drachenschwanz zerquetscht hatte. Aber ich hatte ihn nicht sterben sehen, also wollte ich nicht darauf vertrauen, dass wir in Sicherheit waren.

Ronan und Isaac trugen Alex die Straße entlang und zögerten kaum am oberen Ende der Treppe, bevor sie mir in die U-Bahn-Station folgten. Das Wummern der U-Bahn war ein willkommenes Geräusch, fast so, als würde ich nach Hause kommen. Ich hatte mein ganzes Leben unter der U-Bahn gelebt, das Rattern der Waggons und das Heulen der Bremsen war der Soundtrack meines Lebens.

»Alle in den Waggon! Sofort!«, sagte ich mit einem Alpha-Ton, der wie ein Peitschenknall klang. Ich musste dafür sorgen, dass sich jemand Alex anschaute. Amala musste ihren Zauber wirken und ich wollte Sicherheit, während sie das tat. *Er* brauchte Sicherheit.

Als sich die Türen des Waggons schlossen, atmete ich zum ersten Mal auf, und als sich der Zug in Bewegung setzte, wäre ich fast auf dem schmutzigen Boden zusammengesackt. Der Geruch der U-Bahn gefiel mir nicht besonders, aber wenn man bedachte, dass sie schon seit Jahrzehnten in Betrieb war, hätte es schlimmer riechen können.

»Ich glaube, er wurde von einer Chimäre gebissen«, murmelte Amala und starrte auf die nässenden Bisswunden an Alex' Rücken, dessen geschundener Körper unter der Anstrengung schwächer wurde. »Ich brauche meine Tasche.«

»Ich habe ihm Blut gegeben«, betonte Isaac. »Er sollte heilen. Warum heilt er nicht?«

»Chimären sind giftig. Wir müssen es herausholen, bevor er geheilt werden kann.« Aber irgendetwas an ihrem Tonfall verriet mir, dass sie sich nicht sicher war, ob das genügen würde.

Und während wir so damit beschäftigt waren, Alex anzustarren und zu beten, dass das Gift ihn nicht tötete, entging mir völlig, dass sich die Türen des Ganges öffneten und ein Schwarm Pixies den engen Raum füllte.

Na ja, zumindest bis sich eine Hand um meine Schulter schloss und mich an dem dunkelblauen Hemd hochzog, das Isaac ausgezogen hatte, als ich mich zurückgewandelt hatte. Zum Unglück für denjenigen, der mich berührte, kam ich mit Schwung hoch und schlug ihn mit so viel Kraft weg, dass er gegen das Fenster des Ganges krachte und das Glas zerbrach.

Ein Schwarm von Pixies entblößte ihre haifischartigen Fangzähne, bewaffnet bis zum Anschlag mit stacheldrahtumwickelten Baseballschlägern und Macheten. Ein mittelgroßer Mann mit einem lindgrünen Irokesenschnitt klopfte mit der Schneide seiner Machete gegen seine eigene Schulter und legte den Kopf schief, als würde er mich begutachten.

»Du bist hier nicht willkommen, es sei denn, du zahlst den Wegzoll. Wenn du also nicht willst, dass es deinem Freund noch schlechter geht als ohnehin schon, schlage ich vor, dass du mit Blut bezahlst, Wandler. Also, du kannst es mir freiwillig geben oder ich kann es dir abnehmen, aber so oder so wirst du bezahlen.«

Moriah Caine verdankte mir ihr Leben, und nicht nur das, sie schuldete mir auch einen Gefallen. Ich wusste, dass ich in diesen Zügen für immer freie Fahrt hatte, ich musste diese Typen nur zur Vernunft bringen. »Wie wäre es, wenn du aufhörst, mir zu drohen, und mich zu deiner Anführerin bringst. Wenn sie meint, dass ich bezahlen soll, dann werde ich mit Freuden so viel Blut vergießen, wie sie braucht. Aber nur für sie, nicht für dich. Das wirst du wohl hinnehmen müssen.«

Sein Lächeln wurde noch breiter und seine

bronzefarbene Haut schimmerte in dem miesen Licht geradezu. »Weißt du was? Ich hatte gehofft, dass du das sagen würdest.«

Als ich dieses Mal nach hinten gezogen wurde, wusste ich, welche Hand mich hielt. Isaac zerrte mich hinter sich, bereit, sich mit seinen messerscharfen Zähnen gegen die Gang von Pixies zu stellen. »Ich schlage vor, du tust, was meine Gefährtin sagt, sonst bekommst du es mit uns allen zu tun. Hattest du schon einmal mit jemandem zu tun, der Feuer spucken kann? Ich versichere dir, es ist keine angenehme Art zu sterben.«

Ich wollte den Pixies eigentlich nicht drohen, aber dieser Typ war ein totales Arschloch. Trotzdem brauchte Alex unsere Hilfe, und zwar sofort. Ich konnte keine Zeit damit verschwenden, jemanden zu töten, also würde ich diese Option auf Eis legen.

»Mein Name ist Cira Dragomir. Moriah Caine schuldet mir einen Gefallen. Ich schlage vor, dass ihr euch zurückhaltet und wir mit ihr reden, denn ich habe gerade ein Gebäude auf einen Todes-Fae stürzen lassen und mein Gefährte liegt sterbend auf diesem dreckigen Boden. Wie wäre es, wenn du dich nicht mit mir anlegst und ich dich nicht fresse?«

Der höhnische Typ mit dem Irokesenschnitt schien mich eine Weile abzuschätzen, sein Blick verengt, während er mich musterte. »Du bist diejenige, die sie all die Jahre beschützt hat, nicht wahr? Diejenige in den Katakomben unter den Gleisen. Der Drache.«

Ich lächelte breit, als ich meine Augen zu Schlitzen werden ließ und Flammen über meine Finger züngelten, während meine Krallen wuchsen. »Ein und dieselbe Person. Eure Anführerin und ich müssen uns mal unterhalten.«

ZEHN HALTESTELLEN SPÄTER WAR MALCOLM ein wenig aufgetaut. Offensichtlich hatten die Pixies im Laufe der Jahre das Territorium der U-Bahn-Linien immer mehr in Beschlag genommen. Sie sorgten für meine Sicherheit und bewahrten mein Geheimnis, indem sie kaum noch jemandem erlaubten, mit der U-Bahn zu fahren, es sei denn, sie waren sich sicher, dass die Person zahlen konnte, oder den Mund halten würde. Ich fühlte mich wirklich geehrt, denn ich hatte nie um den Schutz meiner einzigen Freundin gebeten, wusste ihn aber trotzdem zu schätzen.

Moriah Caine saß auf einer plüschigen Samtcouch in einem Vorraum, in dem früher wahrscheinlich Dutzende von Waggons gestanden hatten. Jetzt war es voller alter Wracks, die zu Häusern umfunktioniert worden waren, und der Raum war viel komfortabler, als es die Katakomben je für mich gewesen waren. Hier gab es ein Leben, eine Familie, und ich fragte mich insgeheim, was passiert wäre, wenn ich versucht hätte, Moriah zu finden, bevor diese Männer in mein Haus gekommen waren.

Hätte ich Alex oder Isaac getroffen? Hätte Ronan mich bei sich aufgenommen? Würde das Gefährten-Band trotzdem noch durch mich hindurchschwirren?

Ich konnte mich nicht dazu bringen, irgendetwas davon zu bereuen.

Jetzt gab es nur noch eines, das ich bereute: dass Alex verletzt worden war.

Kaum war ich aus dem Zug ausgestiegen, stand Moriah auf. Ihre zweifarbigen Haare waren zu zwei dicken Zöpfen geflochten, wobei der rote Teil ihre natürliche Farbe war und der schwarze Teil mit dem dunklen Leder ihrer Jacke verschmolz. Ihre Haut war genauso blass wie meine, aber ihre Augen waren ein echter Hingucker. Hellgrün und von dunklen Wimpern umrahmt, konnten diese Augen unschuldig wie ein Engel oder verschlagen wie ein Teufel sein.

In diesem Moment waren sie jedoch stinksauer.

»Ich suche schon seit Wochen die ganze

verdammte Stadt nach dir ab. Wo zum Teufel hast du gesteckt?«, brüllte sie und ihre messerscharfen Zähne blitzten im schwachen Licht. Moriah hatte mir einmal erzählt, dass echte Pixies solche Zähne hatten, aber die verstoßenen, die versuchten, sich unter die anderen Fae zu mischen, feilten sie ab.

»Kannst du mich anschreien, wenn mein Gefährte nicht gerade an einem Chimärenbiss stirbt?«

Moriah stolperte einen Schritt zurück. »Gefährte? Seit wann hast du einen Gefährten?«

Als ob das in diesem Moment das Wichtigste wäre, was es zu besprechen gäbe.

Ronan schlurfte aus dem Zug, er und Isaac trugen Alex und legten ihn vor meine Füße. »Gefährten. Plural. Sie hat drei. Kannst du etwas für unseren Freund tun oder ...«

Moriahs Augen verengten sich. »Bitte sag mir, dass du dich nicht mit dem Rosen-Arschloch gepaart hast. Und ist das Alexander Ward? Isaac Gaspar? Willst du mich verarschen? Sammelst du Syndikat-Arschlöcher wie verdammte Pokémon?«

»Moriah«, schnauzte ich und kniete mich an die Seite meines Gefährten. »Kannst du ihm helfen oder nicht?« Ich wollte nicht erwähnen, dass sie mir etwas schuldete, aber wenn es darum ging, Alex zu retten, würde ich das verdammt noch mal tun.

Sie verzog die Lippen, als wäre sie gerade in Scheiße getreten. »Von mir aus. Unser Heiler hat ein universelles Gegengift. Es sollte funktionieren. Aber wenn er ins Gras beißt, würde die Welt ihn nicht vermissen.«

Okay, jetzt wurde ich langsam sauer. Es war eine Sache zu sagen, dass sie nicht helfen wollte, aber sie trieb es zu weit. »Ich schon.«

Und wenn ich zufällig ein Knurren in meine Stimme gelegt hatte, das keinen Widerspruch duldete, dann war das auch in Ordnung.

»*Okay*, von mir aus«, brummte sie und zeigte mit einer perfekt bemalten Klaue auf mich. »Aber wenn er aufwacht, werde ich nicht nett zu ihm sein.«

Dann stieß sie einen ohrenbetäubenden Pfiff aus, und ein kleines Mädchen kam mit einer ramponierten Tasche angerannt und schob sich neben Amala. Das Mädchen holte eine Spritze mit einer leuchtend grünen Flüssigkeit heraus, deren Nadel länger als mein Zeigefinger und fast genauso breit war. Noch bevor ich einen Protest ausstoßen konnte, rammte sie die Nadel in das zerfetzte Fleisch.

Alex' Augen blitzten auf, als er einen gewaltigen Atemzug einsaugte. Das Kind wich schnell zurück, wahrscheinlich in Erwartung eines Schlags oder einer Ohrfeige. Aber ich kannte Alex, und er würde sich eher die Hand abbeißen, als einem Kind wehzutun. Sein trüber Blick blieb auf Moriah haften.

»Scheeeiße! Du tusss meiner Frau besssser nich weh. Trete dir'n Asssch«, lallte er und sein Atem ging von schwer zu ruhig, während seine Augen ein wenig flatterten. »Verfluchte Pixies. Fangen immer nur Schtressss an.«

Ich hätte gelacht, wenn ich nicht so besorgt gewesen wäre, dass das Gegengift nicht gewirkt hatte. »Was fehlt ihm denn?«

Ronan lachte. »Er hat gerade zwanzig Minuten lang Chimärengift in seinen Adern gehabt. Gib ihm eine Minute!«

Aber ich hatte keine Minute. In meinem Kopf würde er mir jeden Moment entrissen werden und ich würde eine Ewigkeit ohne ihn leiden müssen.

Eine Hand legte sich auf meine Schulter und ich sah auf, wo mich Ronans besorgter Blick traf. »Ganz ruhig, kleiner Drache. Er wird schon wieder gesund werden. Atme tief durch und halte den Atem für mich an, okay?«

Unerklärliche Tränen stiegen mir in die Augen, als ich versuchte, tapfer zu sein und mich zusammenzureißen. »Ich war so gemein zu ihm in

Portland. Er hat versucht, mich zu beschützen und wenn er nicht wieder aufwacht, wird *Du kannst mich mal am Arsch lecken* das Letzte sein, was ich zu ihm gesagt habe.«

Stöhnend öffnete Alex seine Augen wieder und die tiefe Wunde an seiner Schulter schloss sich nur langsam, während die Blutung auf ein kleines Rinnsal sank. »Das ist nicht wahr«, brummte er. »Das Letzte, was du zu mir gesagt hast, war: *Wenn ich sterbe, bringst du mich um.* Das ist was ganz anderes.«

Ich wollte ihn gleichzeitig umarmen, küssen und schlagen. Ich entschied mich dafür, ihm die Haare aus dem Gesicht zu streichen und ihm einen Kuss auf die Stirn zu drücken. »Du hast mich zu Tode erschreckt. Tu mir einen Gefallen und lass dich nie wieder von einer Chimäre beißen, okay?«

Langsam setzte er sich auf und drückte die Lederjacke, die Ronan über seine entblößten Körperteile gestülpt hatte, an sich. »Das war nicht mein Plan gewesen, und falls du dich erinnerst, habe ich den kleinen Penner getötet.«

Das stimmte, aber das hielt mich nicht davon ab, mich über die Attacke aufzuregen, die wir nur knapp überlebt hatten. Oder über den Todes-Fae, der uns fast umgebracht hätte. Das änderte nichts an der Tatsache, dass wir uns mitten in einem Krieg befanden – einem Krieg, der sich schon zusammengebraut hatte, bevor meine Gefährten mich überhaupt gefunden hatten.

»Zu schade, dass es nicht die Vampire, die verflucht noch mal durchgedreht sind, waren, die dich erwischt haben«, brummte Moriah, als sie sich näherte, bevor sie ihre Arme vor der Brust verschränkte. »Dann hätte ich vielleicht ein bisschen Hilfe gegen Tepes.« Ihr Blick fiel auf Isaac. »Und man munkelt, dass du nicht mehr als Vollstrecker unterwegs bist, also würde mir deine Geiselnahme praktisch null bringen.«

Ich stand auf und stellte mich vor Isaac, wie er es gerade im Zug für mich getan hatte. »Wovon redest du?«

»Was? Glaubst du, dass nur die Fae und Wandler völlig durchgedreht sind? Die Vampire wollen auch mitmischen. Seit Wochen wird über einen Golddrachen getuschelt, und dann taucht plötzlich einer in einem kleinen Versteck im Hinterland auf. Glaubst du, es hat sich nicht bis hierher rumgesprochen? Du bist nicht unsichtbar, Cira. Titan Madras hat einen Mann nach dem anderen in jeden Winkel der Stadt geschickt, um die U-Bahn-Tunnel zu durchsuchen, die Katakomben, die auf magische Weise ausgebrannt wurden, einfach alles. Ein paar

Leute haben sogar eine Hütte im Norden des Landes durchsucht. Sie haben allerdings nichts gefunden.«

»Woher zum Teufel weißt du das?«, fragte Isaac und stellte sich vor mich, nachdem er mir einen tadelnden Blick zugeworfen hatte.

»Glaubst du, Blut, Speichel und Haare sind die einzige Form der Bezahlung, um auf den Gleisen zu fahren? Manchmal bezahlen die Leute auch mit Geheimnissen. Persönlich ist das meine Lieblingswährung.«

»Willst du mir sagen, dass ich nicht die ganze Zeit gegen Pixies hätte kämpfen müssen, um hier mitfahren zu können? Dass ich auch einfach ein paar Geheimnisse hätte ausplaudern können?«, grummelte Alex und schmollte in vollem Umfang auf dem Boden.

»Oh, nein. Du und deine Familie – abgesehen von deiner bezaubernden Schwester – stehen schon eine ganze Weile auf meiner Abschussliste. Mach dir nichts draus. Seine Familie ist auf Lebenszeit verbannt.« Sie nickte in Richtung Ronan.

Ronan hatte nicht einmal den Anstand, beleidigt auszusehen. »Was würdest du von einer Allianz halten? Einer, die den Tepes-Clan auslöscht und einen bestimmten Gargoyle-Wandler aus der Stadt vertreibt. Einer, die ein neues Haus erschaffen würde, ein rechtmäßiges Haus. Keine Syndikate mehr, keine Kriege, kein Kampf um Abfälle. Einer Allianz, die dafür sorgt, dass mein Vater keinen Tag länger atmen muss.«

Ihr haifischartiges Lächeln wurde immer breiter. »Wenn man bedenkt, dass dein Vater derjenige ist, der mich fast zu Tode geprügelt hat, dann würde ich sagen, ich bin ganz Ohr.«

Ich drehte mich um. »*Dein* Vater ist derjenige, der ihr das angetan hat?«

Wenn ich ihn nicht schon vorher umbringen wollte, dann tat ich es jetzt auf jeden Fall. Meine Freundin war misshandelt und gebrochen worden, und sie war praktisch noch ein Kind gewesen. Es gab keinen Weg, wie er keine Bestrafung verdient hätte. Absolut keinen.

»Jupp. Ich werde es dir sogar noch versüßen. Wenn ihr uns helft, darfst du ein paar Schläge austeilen, bevor ich ihn töte.«

Schillernde Flügel sprangen von Moriahs Rücken, während sie ihre Finger knackte.

»Jetzt sprichst du meine Lieblingssprache.«

KAPITEL 32

ISAAC

ICH PACKTE DAS DRAGOMIR-SCHWERT, DAS Cira extra für mich angefertigt hatte, und folgte Malcolm und Alex durch die alten Tunnel, die die Menschen vor über einem Jahrhundert für die Prohibition benutzt hatten. Sie waren alt und muffig, und den Duftmustern nach zu urteilen, war dort schon lange niemand mehr gewesen.

Aber das Komische an diesen Tunneln?

Sie waren überall.

Unter der Stadt bildeten die Abzweigungen der U-Bahn-Linien ein Netz von Gängen, von denen nur wenige wussten. Nur sehr wenige, außer einer ganzen Bande von Pixies. Malcolm war Moriahs rechte Hand, und er hatte sich diesen speziellen Tunnelabschnitt vor Jahrzehnten eingeprägt, als der

Handel mit dem Tepes-Clan noch unter guten Bedingungen stattfand. Offensichtlich war Titan Madras nicht nur ein Mörder und Mistkerl höchsten Grades, sondern auch ein Betrüger, Dieb und Lügner.

Wirklich, die Welt wäre ohne ihn ein viel besserer Ort.

Das Problem war, dass ich das schon geplant hatte, seit ich ein kleiner Junge war, und jetzt, als der Tag gekommen war, war ich mir nicht sicher, ob es das war, was ich wirklich wollte. Wer würde ich ohne diese Wut in meinem Bauch sein? Zu wem würde ich mich entwickeln?

Zu meiner Ungewissheit gesellte sich die Angst, dass er, wenn ich ihn nicht tötete, leicht zu einem weiteren Gegner werden könnte, den wir bekämpfen müssten. Wir waren nur knapp mit dem Leben davongekommen, nachdem Taron seine Handlanger auf uns gehetzt hatte. Was würde ich tun, wenn Cira es nicht schaffen würde, wenn Alex oder Ronan sterben würden, während sie sie beschützten, wenn …

Wenn wir verlieren würden.

Ich hatte kaum überlebt, dass meine erste Familie ermordet worden war. Ich würde es nicht überstehen, wenn meine neue es nicht schaffen würde.

Denn das war es, was wir waren – eine Familie.

Eine seltsame und verkorkste Familie – aber dennoch eine Familie. Jedes Kind, das Cira bekam, würde zu uns allen gehören, jedes Problem würden wir gemeinsam lösen. Das Glück, das wahre Glück war so nah, dass ich es förmlich schmecken konnte.

Und ich hatte Angst, dass es vom Winde verweht werden würde.

Alex stieß mich an der Schulter an, sein Blick war besorgt, während er mich ansah. Offensichtlich hatten wir aufgehört, uns zu bewegen, und Malcolm kletterte die Leiter zum versteckten Eingang in das Innere der Villa des Tepes-Clans hinauf.

»Alles in Ordnung, Mann?«, flüsterte er, während er nach einer guten Dosis meines Blutes und einer weiteren Spritze mit dem Gegengift endlich wieder aufrecht stand. »Du weißt, dass sie bei Ronan gut aufgehoben ist, oder?«

Ich biss die Zähne zusammen und nickte. Nach dem, was D uns in Portland erzählt hatte, bezweifelte ich, dass irgendetwas Cira zu Fall bringen könnte. Das hieß aber nicht, dass ich mir keine Sorgen machte. »Das ist es nicht. Ich bin nur …«

»Du bist dabei, den Mann auszuschalten, der dein Leben komplett verändert hat.«

Na ja … ja.

Das Beste, was ich anbieten konnte, war ein Achselzucken.

»Das ist nicht nur für dich, weißt du? Madras hat nach ihr gesucht – er ist bis zu dem vermeintlichen Safe House gekommen, nachdem sie sich gewandelt hatte. Deine Tarnung ist aufgeflogen – sie wissen, dass sie bei dir ist. Wenn er überlebt, weißt du verdammt genau, dass er dich benutzen wird, um mit ihr zu verhandeln, und dich dann trotzdem töten wird.«

Das ist nicht für mich.

Das ist für Cira.

Ja, das könnte ich tun.

Ohne viel mehr als mit einem Nicken folgte ich Malcolm die Leiter hinauf und hoffte, dass dieser Plan funktionieren würde.

Dieser Tunnel führte direkt zu Titans Tagesschlafquartier. Da die Sonne vor etwa einer Stunde aufgegangen war, müsste er eingekuschelt in seinem Bett liegen und den Tag meiden, wie das uralte Wesen, das er war. Er war schon alt gewesen, als ich ein Junge war, und fast vierhundert Jahre später konnte er die Strahlen auf keinen Fall mehr ertragen.

Aber als Vollstrecker des Tepes-Clans war ich in einer ganzen Reihe von Angelegenheiten bewandert.

Zum Beispiel? Unbemerkt in einen Raum hinein- und wieder herauszukommen. Wenn ich meine Fähigkeiten aufbaute, war ich so gut wie unsichtbar.

Ich folgte Malcolm die Leiter hinauf auf die nächste Ebene innerhalb der Mauern des Herrenhauses zu den Gängen für die Bediensteten und betete, dass wir nicht entdeckt wurden, bevor wir unser Ziel erreichten. Er zeigte auf die dritte Tür auf der linken Seite und nickte mir mit dem Kinn zu. Der Plan war, dass Malcolm uns hierherführte, aber er würde nicht bleiben und kämpfen. Das verstand ich. Dies war weder sein Kampf noch sein Krieg, und seine Loyalität galt Cira, nicht mir.

Ich nickte ihm zum Dank zu und schaltete meine Kräfte ein, um unsere Annäherung so leise und unauffällig wie möglich zu machen, während Alex einen der Portaltränke herausnahm. Amala war mit der Herstellung weiterer Tränke beschäftigt, aber im Moment war das unser letzter Ausweg, falls die Sache schiefgehen sollte. Wenn man bedachte, wer der Titan Madras war, wurde die Wahrscheinlichkeit, dass das passierte, von Sekunde zu Sekunde größer.

Ich hatte schon tausendmal – eine Million Mal – davon geträumt, dies zu tun. Ihm zu sagen, wer ich war, ihm sein Leben zu nehmen – alles, was er aufgebaut hatte – und es zu zerstören. Es war schon immer mein Ziel gewesen, dieses Haus Stein für Stein abzureißen.

Aber das war, bevor ich erkannt hatte, dass es hier Leute gab, die keinen anderen Ort hatten, an den sie gehen konnten, Leute, die nichts und niemanden hatten. Leute, die dieses Haus mehr brauchten als ich. Anstatt alles zu zerstören, musste ich also nur ihn zerstören.

Ich schlüpfte in den Raum, überdeckte das Knarren der alten Scharniere mit meiner Kraft und durchquerte den offenen Raum in Richtung meines Feindes – alles, bevor er auch nur mit der Wimper zucken konnte. Ohne jegliche Veränderung des Luftdrucks hatte ich die Klinge von Cira an seinem Rücken, die scharfe Spitze an einem sehr wichtigen Punkt.

Titan war von mir abgewandt, über ein Tagebuch gebeugt, in dem er seine verschiedenen Missetaten wie kleine Trophäen katalogisierte. Meine Familie war nicht die erste, die er auf seinem Streben nach Macht ausgelöscht hatte, und der Bastard trug ihre Daten ein, als wären sie kaum mehr als eine Fußnote. Es gab eine ganze Bibliothek voll mit seinen Tagebüchern, also war es keine Frage, warum er meine Familie ermordet hatte.

Das war leicht zu verstehen. Es ging um Macht,

um Land. Damals, als die Menschen noch herrschten, waren die Zeiten für meine Art härter. Es war schwieriger, im Verborgenen zu leben und sich anzupassen, und meine Familie hatte Reichtum und Macht, und Titan wollte alles davon. Jetzt sollte er durch meine Klinge ein Ende finden, und der Weg der Rache würde vorüber sein.

Ich hatte jetzt etwas Wichtigeres im Leben.

Langsam entfernte ich meine Verhüllung und ließ ihn erkennen, wie sehr er am Arsch war.

»Nichts für ungut, aber ich dachte, du würdest früher zu mir kommen, Isaac.« Er zuckte nicht einmal, als die Klinge in seinem Rücken sein Fleisch berührte. »Was? Steckst du zu tief in einem Drachen, um dich um das Geschäftliche zu kümmern?«

Ein Arschloch bis zum Schluss. Es war niedlich, wie er versuchte, mich zu provozieren. »Ganz genau. Meine Gefährtin braucht mich. Jetzt, wo sie ihre Macht erlangt hat, bin ich genau da, wo ich sein muss. Ich habe Jahrhunderte darauf gewartet.«

Ich ließ ein wenig mehr von der Verhüllung los und zeigte, wie viel Macht ich unter meiner Haut und wie sehr er sich in mir getäuscht hatte. Ich umkreiste ihn, während ich die Schwertspitze mitführte. Ich wollte seine Augen sehen, wenn ich ihn niederstreckte. Sein Hemd, seine Haut, schälte sich durch die scharfe Klinge, aber angesichts meiner Enthüllung bezweifelte ich, dass er es spürte.

»Wenn du ein Meister bist, warum hast du es dann die ganze Zeit verheimlicht? Hattest du zu viel Angst, es mit mir aufzunehmen?«

»Nein. Es war nicht an der Zeit.«

Ich wusste, was er vorhatte, und es würde nicht funktionieren. Lächelnd schlug ich mit der Klinge zu und schaltete den stillen Alarm aus, der den Sicherheitsleuten mitteilte, dass seine Gemächer überfallen worden waren. Zu dumm, dass ich die Hand, die danach gegriffen hatte, nicht erwischt, sondern nur ein bisschen davon abgeschnitten hatte.

Alles zu seiner Zeit.

»Komm schon, alter Mann! Die Neugierde muss an dir nagen. Mach schon! Frag mich, warum. Besser noch, frag mich nach meinem vollen Namen. Das sollte ein guter Anhaltspunkt sein.«

Titan knirschte mit den Zähnen und rieb sich die Stelle an der Hand, an der meine Klinge in seine Haut gebissen hatte. »Von mir aus. Wie ist dein Name?«

»Isaac Gaspar DeSilva.«

Fünf Generationen der DeSilvas waren in einer Nacht ausgelöscht worden. Großeltern, Cousins und Cousinen, Tanten, Onkel, Männer, Babys und alle

Frauen, jeder, der unsere Linie weiterführen konnte, jeder, der unseren Namen aussprechen konnte. Jedes einzelne Mitglied meiner Familie war in einer einzigen Nacht verschwunden.

Titans Augen weiteten sich ein wenig, da der Name zum ersten Mal, seit ich den Raum betreten hatte, den Duft von Angst mit sich brachte.

»Vor Jahrhunderten hast du eine Vampirhochburg in Portugal überfallen und jeden Mann, jede Frau und jedes Kind getötet. Zumindest dachtest du das. Du hast sie in Stücke gerissen, sodass nichts mehr übrig war, was man hätte begraben können. Da klingelt es doch sicher bei dir, nicht wahr?«

»Das kann ich nicht behaupten.« Aber seine Stimme zitterte, als er das sagte.

»Lügner«, flüsterte ich und wusste, was jetzt kommen würde.

Ich hatte ihn in den letzten Jahren oft genug beobachtet, um zu wissen, dass er trotz seiner Angst nicht kampflos aufgeben würde. Ich musste nur beten, dass mein Plan funktionierte.

Wie aufs Stichwort sprang Titan auf und die große Show begann, als rauchige Dunkelheit seine Gemächer überflutete. Es war nicht so, dass die Sonne unterging oder die Lichter erloschen. Nein, das, was hier entstand, war eine vollständige Abwesenheit von Licht, durch die nicht einmal meine Wahrnehmung hindurchsehen konnte, wenn sie sich festsetzte.

»Ich hätte dich schon vor Jahrhunderten töten sollen.«

»Ja, das hättest du. Jetzt werde ich dein Ende sein.«

Es gab einen Grund, warum Titan es geschafft hatte, eine ganze Vampirhochburg in einer einzigen Nacht zu vernichten. Sicher, er hatte seine Männer bei sich gehabt, aber die hätten nicht ausgereicht, um das zu tun, was er getan hatte, wenn sie keine Hilfe gehabt hätten.

Diese Hilfe kam von dem schwarzen Rauch, der in dunklen Wellen von seinen Schultern auszugehen schien und sich zu dem Monster formte, das vor meinen Augen zehn Männer getötet hatte. Es war kein Dämon, kein Gespenst, kein Dibbuk, es war etwas anderes, ein anderes Wesen. Wenn ich es nicht besser wüsste, hätte ich ihn für einen Fae-Vampir-Hybriden gehalten, aber die gab es kaum und sie waren schwer zu erreichen.

Mein Vater hatte mit seinem Schwert zugeschlagen und zugestochen, aber er hatte dem Monster nichts anhaben können – niemand hatte es gekonnt. Aber irgendwie wusste ich, dass Ciras Klinge – das Dragomir – die Antwort auf alles sein würde.

Ich hoffte nur, dass ich recht hatte.

Ein glühend rotes Licht erleuchtete die Augen des Ungeheuers, deren Farbe der von Titan entsprach, als es brüllte, bevor es sich auf mich stürzte. Schneller als der Angriff einer Schlange wich ich aus, schwang Ciras Dragomir-Klinge und rammte die Spitze in die rauchige Brust der Bestie.

Und als auf Titans Brust ein brandneuer Schnitt, passend zu dem seiner Kreatur, rot aufblühte – tja, das war wie Heiligabend für mich.

Titan und die Bestie brüllten gleichzeitig, aber ich gab ihm keine Chance, einen Treffer zu landen. Mit einem kräftigen Schwung von Dragomir schlug ich den Kopf der Bestie ab, und der lebende Stein durchtrennte den Rauch, ohne auch nur im Geringsten zu stocken. Der Rauch flackerte und erlosch, als sich eine Linie an Titans Kehle bildete. Der Bastard tastete eine Sekunde lang über die Wunde, während seine roten Augen vor Schreck weit aufgerissen waren.

Dann schlug sein Kopf auf dem Teppich auf, gefolgt von seinem Körper, und beide verdorrten fast sofort. Ich wusste, dass Titan alt war, aber das bedeutete, dass er *alt*, alt war. Antik.

»Isaac?«, rief Alex. »Hast du Lust, die Verhüllung zu entfernen? Ich kann meine eigene Hand nicht sehen.«

An der Tür zog ich meine Kraft zurück und sah zu, wie mein Freund in der Ecke des Raumes auftauchte, das Schwert in der Hand, bereit zu kämpfen, falls er musste. In der freien Hand hielt er ein altmodisches Metallfeuerzeug mit Feuerstein und Benzin.

»Wenn du ihn verbrennst«, sagte Alex und warf mir das Feuerzeug zu, »sorg dafür, dass es öffentlich ist.«

Oh, das werde ich.

Ich schnappte mir Titans verschrumpelten Knöchel und zog ihn hinter mir her, als ich beschloss, dass dies ein ausgezeichneter Zeitpunkt war, um einen kleinen Führungswechsel vorzunehmen.

KAPITEL 33

CIRA

ICH MERKTE, DASS ICH MIT DER ZEIT IMMER
weniger ein Fan von Tunneln wurde.

So ziemlich alles, was unterirdisch war, würde
von jetzt, bis ungefähr zum Ende der Ewigkeit, tabu
sein, wenn man von der Art und Weise, wie mein
Herz sich verhielt, ausgehen konnte. Moriah führte
uns durch ein verschlungenes Labyrinth, das so viele
Abzweigungen hatte, dass ich befürchtete, den
Verstand zu verlieren. Wenn ich von diesem Ort
wegwollte, würde ich es ohne ihre Hilfe
wahrscheinlich nicht schaffen. Sicher, sie war meine
engste Freundin und wahrscheinlich die einzige
Verbündete, die ich neben Alex, Isaac und Ronan
hatte, aber das Vertrauen, dass man in andere haben
konnte, war begrenzt.

Also, na ja, ich hatte Vaspir vertraut, und wir alle wussten, wie gut das ausging.

Als ich eine Leiter mit Gitter sah, die der ähnelte, die von den Katakomben zur U-Bahn führte, stürzte ich mich praktisch auf die Sprossen.

»Oh, du hasst es hier unten wirklich, oder?«, bemerkte Moriah und tippte sich ans Kinn, als würde sie versuchen, mich zu analysieren.

Sie hatte sich immer um mich gekümmert und mir Vorräte gegeben, wenn ich in Not gewesen war. Von ihr hatte ich die meisten meiner magischen Gegenstände, die die Beleuchtung und die Filtersysteme antrieben. Wenn ich fast am Verhungern gewesen war, hatte sie immer für mich gesorgt.

Aber im Moment war ich die einzige Person, der ich vertraute, und diese Leiter schien mein einziger Ausweg zu sein. Ich wollte nichts mit diesen Tunneln zu tun haben. Ganz und gar nicht.

»Ich war ein halbes Jahrhundert lang unter der Erde gefangen, Moriah. Nein, ich mag diese Tunnel nicht. Nein, ich will nicht hier unten sein, und ja, ich hasse die verdammte Dunkelheit. Ist das jetzt der richtige Weg, um hier rauszukommen oder nicht?«

Moriah warf einen Blick über ihre Schulter. »Willst du das selbst in die Hand nehmen, Großer, oder planst du, erst ihr Herz aus ihrer Brust explodieren zu lassen?«

Ronans Arme legten sich um mich, während er beruhigende Worte flüsterte – von denen ich keines über meinen eigenen Herzschlag hören konnte. Erst als er an meinem Ohrläppchen knabberte, erwachte ich aus meiner blinden Panik.

»Atme, meine Schöne! Tief durchatmen! Keiner wird dich zwingen, hier unten zu bleiben. Noch eine Leiter und wir sind draußen, aber du musst dich vorher noch ein bisschen beruhigen. Jeder andere Wandler wird deine Angst aus einer Meile Entfernung riechen.«

Ich schluckte meine Angst herunter und ließ zu, dass Ronans Wärme, sein Atem und seine liebevolle Berührung mich beruhigten.

»So ist es gut, Baby. Wir verschwinden von hier. Nur noch ein bisschen, dann kannst du ein paar Köpfe einschlagen.«

Mein Lachen war schwach, aber das Versprechen wirkte.

»Bei den Göttern«, beschwerte sich Moriah und tat so, als ob sie würgen würde. »Wenn du noch süßer wirst, muss ich kotzen. Steig auf die verdammte Leiter, bevor ich hier mein Frühstück über dem Boden verteile.«

Mein Kichern schien die Anspannung in meinen Schultern zu lösen und half mir, mich auf das Wesentliche zu konzentrieren. Wir wollten in das Territorium der Wandler eindringen und dem Arschloch, das seine Handlanger geschickt hatte, um mich zu entführen, hoffentlich den Allerwertesten aufreißen. Wenn er vernünftig war, würde er das Ganze so sehen wie wir und Taron Rose nicht ins Jenseits folgen.

Jetzt war nicht *Kicher-Zeit*. Es war *Verpasse-einem-Gargoyle-eine-Kopfnuss-und-dann-verbrenn-ihn-vielleicht*-Zeit.

Nickend schleppte ich meinen Hintern die Leiter hinauf und wartete darauf, dass Moriah uns sagte, wohin wir als Nächstes gehen sollten. Sie ging an mir vorbei und deutete auf eine Luke in der Decke.

»Diese sollte in den Keller des Gebäudes führen. Keine Ahnung, wer dort ist oder ob es einen Fußboden darüber gibt oder so.«

Ronan untersuchte die Luke. »Ich gehe zuerst.«

Moriah schnaubte. »Offensichtlich. Glaubst du, ich will mir den Kopf abhacken lassen? Nein, danke.«

»Niemandem wird der Kopf abgehackt, du Arschloch«, knurrte Ronan und beschwor Flammen in seinen Händen. Sie formten sich zu einem dichten Ball, und als er dachte, dass es genug war, knallte der

Feuerball gegen die Luke und sprengte sie aus den Angeln.

Ronan hatte mir erzählt, dass nur sehr wenige der historischen Wahrzeichen dieser Stadt den Untergang der Menschheit überlebt hatten, nachdem sich das Portal in Portland geöffnet hatte. Dieses Gebäude war eines der wenigen, die noch standen. Das Gebäude war ruhig – ein bisschen zu ruhig, wenn man die Art unserer Ankunft betrachtete. Angesichts dessen, wie die anderen Wandler im *Sapphire Room* auf einen Drachen in ihrer Mitte reagiert hatten, hatte ich gedacht, dass wir auf etwas mehr Widerstand stoßen würden.

Alex hatte mir erklärt, dass Wandler einen Alpha brauchten und der Alpha normalerweise der größte, böseste und tödlichste Wandler im Raum war.

Offensichtlich war ich das. Aber trotzdem ... *Niemand?*

Unsere Schritte hallten in den Fluren des einst so belebten Gebäudes wider. Die Flure waren mit Papieren und Trümmern übersät, als hätten die Bewohner es eilig gehabt, sie zu verlassen, und ihr Duft hing noch in der Luft. Die einzige Bewegung kam aus einer Wohnung im obersten Stockwerk, deren Tür einen Spalt offen stand.

Corvin war dabei, sich vom Boden

hochzustemmen, sein blutiges, verstümmeltes Gesicht war zerschlagen. Ein Auge war nur noch ein geschwollener Schlitz, während das andere zu einem glänzenden Krater geschwärzt war. Er hielt sich seine Rippen, sein Hemd war zerfetzt und die zerrissenen Stoffstreifen hingen ihm von den Schultern. Er schien nicht überrascht zu sein, uns zu sehen, als hätte er sich mit dem Schicksal, das ihn erwartete, abgefunden.

»Ihr habt ganz schön lange gebraucht«, murrte er, als er sich mit Mühe auf einen Stuhl schob. »Ich dachte schon, die Schoßhunde deines Vaters würden mich fertigmachen. Durch deine Hand zu sterben, wäre es wenigstens wert.«

Das war der Kerl, der Männer geschickt hatte, um mich zu entführen? Es sah nicht so aus, als hätte er noch eine nennenswerte Armee.

»Bist du so heiß darauf zu sterben? Lustig«, witzelte Ronan, »ich dachte, du hättest mehr Selbsterhaltungstrieb. Hat dir mein Vater das auch genommen, zusammen mit deiner Möchtegernarmee?«

Corvins Lächeln war bitter, als sein Blick von Ronan zu mir wanderte. »Ich hätte wissen müssen, dass der Drache die ganze Zeit bei dir war. Wusste

Taron davon oder war es nur eine Vermutung von ihm?«

Ronans Lachen war düster. »Er hat es vielleicht geahnt, aber er wusste es nicht – zumindest nicht, bevor Amala ihn versehentlich in mein Lokal geführt hat. Ich habe nicht gerade einen Hehl daraus gemacht, dass ich keine Geschäfte mit ihm machen wollte, als er mir vorschlug, sie zu finden, also ist es möglich, dass er die ganze Zeit eine Ahnung gehabt hat. Was er wahrscheinlich nicht ahnen konnte, war, dass sie meine Gefährtin ist.«

Corvins Blick weitete sich – na ja, zumindest so weit, wie es mit einem fast zugeschwollenen Auge möglich war. Seine Nasenflügel flatterten ein wenig, während er den Duft des Raumes wahrnahm. »Kein Wunder. Weißt du, ich habe ihm gesagt, er solle sich zurückhalten. Dass wir dich da nicht mit reinziehen müssen. Ich habe gesagt, dass wir den Drachen nicht brauchen, um unseren Zug zu machen. Willst du wissen, was er daraufhin gemacht hat? Er hat ein paar meiner Männer losgeschickt, um Jackie zu entführen. Er hat sie in diesem Gebäude festgehalten, direkt vor meiner Nase. Zu was für einem Gargoyle macht mich das, hm?«

Moriahs säuerliches Lachen schallte durch den Raum, als sie sich dem zerschlagenen Gargoyle gegenübersetzte. »Als ob du nur ein unwissentlicher Komplize wärst. Klar. Und ich bin der verdammte Osterhase. Du hast dich mit Taron Rose, dem Schutzpatron des Bescheißens von Leuten, ins Bett gelegt. Dachtest du, er würde dir nicht das Gleiche antun, weil er eine Beziehung mit deiner Mami hat?« Sie verdrehte die Augen. »Wären deine Arme nicht so ramponiert, hättest du mich ja echt fast auf den Arm nehmen können ... Nicht!«

Corvins Augen blitzten in der gleichen Farbe wie die von Ronan, so wie er sie hatte, kurz bevor er etwas in Brand setzte. »Ich habe Amala geholfen zu entkommen, oder nicht? Ich habe sie zurückgehalten, damit sie mit Jackie fliehen konnte. Ich ...« Er kniff sich in den Nasenrücken und schüttelte den Kopf. »Ich wollte nur, dass es besser wird. Ich wollte nicht am Existenzminimum kratzen, ich wollte an einem Ort leben, an dem man nicht jemanden abstechen muss, um zu bezahlen. Ich dachte, ich würde hier etwas aufbauen, aber ich ...«

Ich wollte Mitleid mit ihm haben, das wollte ich wirklich. Aber die Wut, die immer noch in Ronans Bauch kochte, der Verrat und die Verachtung ließen mich einfach nicht.

»Warst du derjenige, der die Männer zu ihr nach Hause geschickt hat? Um sie zu stehlen, als wäre sie eine Ware, die man kaufen und verkaufen kann?«, fragte Ronan. »Einer von ihnen wollte sie vergewaltigen, wusstest du das? Er hat gesagt, du würdest den Unterschied nicht bemerken. Ist das die Art von Operation, die du geleitet hast? Ist das das *Bessere*, das du aufbauen wolltest?«

Etwas wie Schuldgefühle machten sich auf seinen entstellten Zügen breit, eine Scham, für die er nicht einzustehen schien. »Ich habe es erst im Nachhinein erfahren – nicht von dem versuchten Überfall, aber von der Entführung. Aber als sie nicht zurückgekommen sind, habe ich dafür gesorgt, dass Taron nicht noch mehr schickt. Ich dachte mir, dass das, was auch immer da unten war, wahrscheinlich einfach an Ort und Stelle bleiben sollte. Du weißt, dass er gesagt hat, dass sein Befehl lautete, sie sollen freundlich sein und dir Essen, Unterkunft und ein Zuhause bieten. Ich nehme an, sie haben nichts davon getan?«

»Ach, glaubst du?« Ich knurrte und erinnerte mich an die Verletzung, die Angst und die Wut in dieser Nacht. »Du bist also nur ein unwissender Anführer, der heimlich böse Männer in seiner Tasche hat?«, fragte ich, denn ich wusste, wenn er das bejahen würde, wäre das völliger Bullshit.

Corvin schob sich mit einem Zucken und einem

schmerzhaften Stöhnen auf seinem Stuhl nach vorn. »Wir sind das Syndikat. Ich habe nur die Ausgestoßenen, die Underdogs und die Dreckskerle, die sonst niemand nehmen will. Alle anderen sind entweder abgehauen, als die Wards untergingen, oder sie sind Jackie gefolgt. Falls du es noch nicht wusstest: Jackie hat sich nicht gerade gut geschlagen. Keiner hat auf sie gehört, da sie ein Halbblut ist, und weil ich ein Halbblut bin, hören sie auch nicht auf mich. Lustig ist nur, dass sie auf Taron hören.« Corvin ließ sich auf seinem Stuhl zurückfallen und starrte an die Decke, als ob sie alle Antworten auf das Universum enthielte.

»Ich war ein Idiot, okay? Ich habe mir von Taron ins Ohr flüstern lassen, dass ich etwas sein kann, dass ich anführen kann. Dass ich mit dem umgehen könnte, was nach der Neuziehung der Grenzen übrig geblieben ist. Ich war ein verdammter Idiot. Ist es das, was du hören willst?«

»Nicht ganz«, sinnierte Moriah, »aber es hilft auf jeden Fall.«

»Die eigentliche Frage ist, was du dagegen tun willst.« Ronan verschränkte seine Arme vor der Brust. »Du kannst hier sitzen und schmollen und darauf hoffen, dass die Handlanger meines Vaters dich in den Boden stampfen, oder du kannst uns helfen. Aber das ist deine Entscheidung.«

Corvins Gesichtsausdruck wurde berechnend, als er Ronans flammendem Blick begegnete. »Das kommt darauf an.«

»Worauf?«, forderte ich und mein Geduldsfaden wurde von Sekunde zu Sekunde dünner. Je länger wir hier waren, desto länger hatte Taron die Chance, seine Kräfte neu zu organisieren und seine Züge zu machen.

»Es kommt darauf an, ob ich am Leben bleibe oder nicht. Ich denke, ich habe ein Ass im Ärmel, um Taron in den Arsch zu treten, aber ich habe weder die Mittel noch die Macht, um das zu verwirklichen. Du schon.«

»Wir hören«, drängte ich, bereit, es hinter uns zu bringen.

»Ich habe folgende Möglichkeiten: Ich kann meinen Mund halten, an Ort und Stelle bleiben und wahrscheinlich meinen Kopf verlieren, oder ...«

Ronan lachte. »Oder du sagst mir, was du weißt, verlässt New York und setzt nie wieder auch nur einen kleinen Zeh in dieses Territorium, solange du lebst. Andernfalls würdest du nicht deinen Kopf verlieren. Du würdest von einem wütenden Drachen zermalmt werden.«

Ich wedelte mit den Fingern, bevor ich Corvin einen feurigen Luftkuss zuwarf.

»Keine große Wahl, aber die beste, die ich bekommen werde, nehme ich an.« Er tippte mit seinem Zeigefinger auf sein Kinn und seine Lippen verzogen sich zu einem finsteren Lächeln. »Also, die eigentliche Frage: Habt ihr wirklich den *Sapphire Room* zerstört? Denn wisst ihr, was der gute alte Taron getan hat? Er hat einen Deal in deinem Etablissement gebrochen. Ich muss wissen, ob die Regeln des Hauses noch gelten.«

Moriah stieß ein vergnügtes Kichern aus. »Oh, er ist so was von *am Arsch*. Bitte sag mir, dass die Gerüchte wahr sind. Dass du das Land selbst mit der Magie belegt hast und nicht das Gebäude.«

Die Anspannung in Ronans Schultern löste sich, während echte Freude durch das Band rollte.

Oh, Ronan hatte ein Ass im Ärmel.

Und verdammt, er würde es ausspielen.

KAPITEL 34

RONAN

DAS WAR ES. DAS WAR DIE EINE VERFEHLUNG, aus der sich mein Vater nicht herauswinden oder die er zu seinem eigenen Vorteil herunterspielen konnte.

»Er hat einen Deal gebrochen«, sagte ich verblüfft. »*Mein* Vater hat einen Deal gebrochen?« Bevor ich mich zu sehr freute, musste ich mir die Fakten ansehen. »Wie wurde er besiegelt?«

»Mit einem blutigen Handschlag«, antwortete Corvin und lächelte so breit, wie er es mit seinem ramponierten Gesicht konnte.

Es untermauerte seine Behauptung, dass er Amala und Jackie zur Flucht verholfen hatte. Zugegeben, ich würde ihm kein Wort glauben, bevor ich nicht eine Bestätigung von ihnen bekommen hätte, aber dieses Lächeln gab mir das nötige kuschelig warme Gefühl, das ich brauchte, um einen brandneuen Plan in Gang zu setzen.

Ein blutiger Handschlag wäre der letzte Nagel im Sarg meines Vaters. Ich hatte keine Ahnung, ob er einfach zu alt oder zu dumm war oder dachte, dass er die Kosten nicht tragen müsste, wenn die andere Seite des Deals tot war. Blöd gelaufen für ihn, denn ich hatte die Magie in den Boden gewebt, auf dem *Sapphire* saß. Es war egal, ob der Laden halb zerstört war, egal, ob Cira ihn niedergebrannt hatte. Jeder Deal, der auf diesem Boden gemacht wurde, gehörte mir.

Mein Vater hatte gerade sein eigenes Todesurteil unterschrieben und wusste es nicht einmal.

»Weiß er, dass du noch lebst?«, fragte Moriah, die genauso wie ich alle Schlupflöcher durchdachte. Sie war eine Fae, sie wusste genau, welche Magie ich benutzt hatte.

Was sie nicht wusste, war, wie Amala diese Magie in den Monaten seit ihrer Exkommunikation für mich verstärkt, verdreht und verwandelt hatte, sodass sie viel mächtiger war, als ihm bewusst war.

»Nein. Ganz vielleicht habe ich im Laufe der Jahre den Eindruck erweckt, dass Gargoyles sich in Stein verwandeln, wenn sie sterben, sodass sie, als ich mich vor ihnen wandelte und bewegungslos blieb, dachten, ich sei tot.«

»Hinterhältig«, murmelte Cira. »Das gefällt mir. Er wird also erfahren, dass du tot bist, und denken, dass der Deal, den er gemacht hat, ihm nicht in den Hintern beißen kann. Frage: Was war das für ein Deal und wie hat er ihn gebrochen? Oder spielt das keine Rolle?«

Oh, es spielte sehr wohl eine Rolle. Wenn es um die Formulierung ging, musste sie genau sein.

»Er hat geschworen, dass kein Wandler unter meinem Dach zu Schaden kommen wird, dass er meine Autorität nicht an sich reißen und kein Mitglied meiner Blutlinie angreifen wird. Einschließlich dir«, sagte Corvin, und der letzte Satz schockierte mich zutiefst. »Ich weiß, dass es für dich keine Rolle spielt, dass wir das gleiche Blut haben, aber für mich als jemand, der nicht viel Familie hat, spielt es eine Rolle.«

Irgendetwas in mir verdrehte sich, als ich merkte, dass ich ein Geschenk von jemandem bekam, der mir nie Unrecht getan hatte. Jemandem, den ich nur deshalb verachtete, weil er von der Person kam, die mich gezeugt hatte. »Schwöre mir, dass du die Wahrheit sagst. Ich weiß, dass du lügen kannst, aber ich werde dir glauben, ich werde dir vertrauen.

Schwöre es, und ich sorge dafür, dass du lebend aus der Stadt kommst.«

Corvins Augen leuchteten, das Feuer in ihnen war vertraut, während er sich aufsetzte, der Schmerz der Bewegung war in seinem Gesicht zu sehen. »Ich schwöre dir, Bruder, bei dem Blut, das wir teilen, dass ich dir die Wahrheit sage. Dein Vater hat unseren Deal in jeder Hinsicht gebrochen. Und wenn du mich am Leben lässt, kannst du ihn erledigen.«

»Bist du dir sicher, dass er das nicht nur tut, um seinen eigenen Arsch zu retten?«, murmelte Moriah und beäugte Corvin mit größtem Misstrauen.

»Jupp. Denn wenn er das tut, bekommt er es mit dir zu tun«, antwortete ich. »Und wenn er dich auch nur schief anblinzelt, kannst du die Arbeit beenden, die die Wandler angefangen haben.«

Moriahs Lächeln machte Pollux in Sachen Albträume Konkurrenz. »Abgemacht.«

ICH HÄTTE MIR DENKEN KÖNNEN, DASS MEIN Vater sich ausgerechnet an dem Ort verstecken würde, der ihm am meisten wehtat. Ich hätte das Bordell, sein Büro oder vielleicht sogar die Trümmer meines Clubs verstehen können, aber dass er sich im

Haus seiner Gefährtin versteckte, hätte ich nicht erwartet.

Andererseits, wenn ich ein Arschloch höchsten Grades wäre, warum sollte ich meine Familie nicht mit hineinziehen?

Alex stieß mich mit der Schulter an, sodass ich strauchelte, während ich auf das Sandsteinhaus starrte, in dem meine Familie lebte. Diejenigen, die mir treu ergeben waren, hatten Pollux wissen lassen, dass hier die Hölle los war, und die Information war nicht falsch gewesen. Im gesamten obersten Stockwerk des Gebäudes waren alle Scheiben herausgesprengt worden, und die Vorhänge hingen in Fetzen vor den Fenstern, während der Wind nach innen peitschte. Die Wände des Gebäudes waren rissig und zerbrochen, tiefe Spalten legten das Innere frei und Wasser sprühte in die Luft. Und das war nur das, was wir vom Dach des Nachbargebäudes aus sehen konnten.

Von allen Leuten, die mein Vater in dieses Chaos hineinziehen würde, hatte ich nicht erwartet, dass meine Mutter in seine Schlinge geraten könnte. Die beiden hatten seit meiner Geburt kein einziges gutes Jahr miteinander verbracht, und ihre Beziehung verschlechterte sich von Tag zu Tag, bis sie den Anblick des anderen nicht mehr ertragen konnten.

Von allen Leuten, die er als Geisel nehmen konnte, war meine Mutter die schlechteste Wahl.

Es sei denn, der Plan war, mich zu verletzen. Dann klappte alles wie am Schnürchen.

»Ich weiß, dass du einen Plan hast«, mahnte Alex. »Willst du uns einweihen?«

Alex und Isaac hatten sich nach seiner kleinen Meuterei mit uns getroffen. Es stellte sich heraus, dass niemand Titan Madras gemocht hatte, sie hatten nur keine Möglichkeit gefunden, ihn zu töten. Isaac war der neue Held des Tepes-Clans und hatte eine ganze Schar von loyalen Anhängern.

Alex hatte auch erfahren, dass die meisten Wandler Taron mit Freude den Mittelfinger gezeigt hatten, nachdem sie sahen, wie Cira ein ganzes Gebäude demolierte. Aber so gut diese Nachricht auch war, alle Pläne, die ich geschmiedet hatte, flogen direkt aus dem Fenster. Ich hatte noch ein Ass im Ärmel, aber ich wusste nicht, ob ich es ausspielen konnte.

»Ich weiß es nicht, Mann. Das Schloss stürmen? Meinen Vater töten? Ein paar böse Jungs bekämpfen? Das ist so ziemlich alles, was ich zu bieten habe. Und du?«

Isaac schmunzelte und kratzte sich an der Augenbraue, während er die rissigen Wände anstarrte. »Das ist so in etwa das, worum es geht. Es ist nicht anders als mein Plan – der sehr effektiv war – also sage ich, tu es! Außerdem hilft es natürlich, dass alle Vampire der Stadt bereit sind, dich zu unterstützen.«

Oh, ich hatte noch mehr als das. Wenn es einen Anführer des Syndikats gab, der weniger beliebt war als Phaon Ward, dann war es Taron Rose. Aber der eigentliche Test war, dort hineinzukommen.

»Alles ist bereit für dich«, murmelte Amala. »Ich werde dich so gut wie möglich schützen, den Rest muss Ciras Dragomir erledigen. Versuch, nicht zu sterben, ja? Das würde meinen Zauber echt ziemlich verderben.« Ihr Ton war leichtfertig, aber ihr Blick war es nicht. Amala war genauso auf diesen Zauber angewiesen und brauchte ebenso sehr ein Zuhause wie wir.

»Ich werde mein Bestes geben. Pollux und Moriah, seid ihr in Position?«, fragte ich und richtete meinen Blick auf die immer noch heilende Jackie, während sie in eine Kristallkugel starrte.

»Jupp.«

»Und Cira?«, fragte ich und bemühte mich, meinen Verstand zu bewahren, während meine Gefährtin diesen Plan in ihrer riesigen Faust festhielt. Dieser spezielle Teil des Plans gefiel mir nicht, und wenn ich einen Weg finden könnte, es ohne sie zu tun, hätte ich es getan – zum Teufel mit den Konsequenzen.

Cira war zu wichtig für mich – für uns. Wenn es nach mir ginge, wären wir in Erde und Eisen oder buchstäblich in irgendeinem anderen Haus, in irgendeiner anderen Stadt, auf irgendeinem anderen Kontinent, und ich würde auf alles, was wir die Jahrhunderte über aufgebaut hatten, scheißen.

Aber meine Gefährtin war unerbittlich und wollte, dass meine blöden Träume wahr würden.

»In Position. Malachi und Tylea haben es geschafft, das Göttliche auf unsere Seite zu bringen. Es hilft natürlich, dass alle deinen Vater hassen.«

Aber ich hatte nichts von Ender gehört, und ich hatte das Gefühl, dass ich genau wusste, was mein Vater vorhatte.

Alex klopfte mir auf die Schulter. »Du solltest uns mit dir kommen lassen, Mann. Wenn Cira herausfindet, dass wir dich allein gehen lassen, wird sie uns in den Hintern treten.«

Isaac nickte. »Kann ich bestätigen. Und zwar nicht auf die nette Art, die Alex bekommen hat, als er seine Hand in ihrer Hose hatte. Die richtige Art mit blauen Flecken und gebrochenen Knochen.«

Aber das war etwas, das ich allein machen

musste. »Wenn etwas schiefgeht, weiß ich, dass ihr mir den Rücken freihaltet. Bis dahin müsst ihr die Ausgänge bewachen und dafür sorgen, dass er, wenn er an mir vorbeikommt, zumindest nicht an euch vorbeikommt.«

Isaac und Alex tauschten einen entschlossenen Blick aus, bevor Alex mich losließ. »Pass auf dich auf!«

Aber aufpassen war so ziemlich das Letzte, was ich wollte. Trotzdem nickte ich. »Ich muss da rein. Jackie, ein Boost?«

Ja, Jackie war zur Hälfte Wandlerin, aber der Fae-Teil ihrer Abstammung hatte eine große Affinität zum Wind.

Ich nahm Anlauf und sprang vom Dach in Richtung der zerbrochenen Fenster. Ich spürte den Wind in dem Moment, als er sich unter mir verdichtete und mich über die Straße und in das Gebäude schob. Kaum hatte ich die Schwelle überschritten, ließ ich meine Klingen fliegen und tötete die beiden Männer zwischen meiner Mutter und meiner Schwester.

Und genau, wie ich es ihr beigebracht hatte, stürzte sich Ender auf die nächstgelegene Waffe, schnappte sich das Dragomir-Wurfmesser, das Cira mir geschenkt hatte, aus dem Nacken des am Boden liegenden Mannes und tötete damit einen weiteren Handlanger meines Vaters. Die Namen dieser Männer kannte ich nicht, ihre Gesichter waren mir neu. Es war, als hätte mein Vater kürzlich einen Wächterwechsel vollzogen.

Ich frage mich, warum.

Es konnte doch nicht sein, dass meine Gefährtin sie ausgeweidet hatte, oder?

Das Gesicht meines Vaters verzerrte sich vor Wut, seine Augen loderten mit seinen Flammen, als er seine Hand ausstreckte, meine Mutter mit feurigen Seilen fesselte und sie zu sich zog. Und er war nicht so geschickt wie ich. Die Seile verbrannten sie und ihre schmerzhaften Schreie zwangen mich fast in die Knie.

»Vater, nein!«, schrie Ender, ihre Hände waren blutig, als sie die Klinge aus dem anderen Mann riss. »Zwing uns nicht, dich zu töten, alter Mann.«

Ein Fingerschnippen später war es, als hätte er die Stimme meiner Mutter abgeschaltet, während er sie unnachgiebig festhielt. »Hast du es noch nicht begriffen, kleines Mädchen? Dein Bruder hat so oder so vor, mich zu töten, egal, was ich tue.« Seine glühenden Augen trafen meine. »Glaubst du wirklich, ich lasse zu, dass du mir alles stiehlst, was ich aufgebaut habe? Ich habe von dem kleinen

Putsch deines Freundes gegen den Tepes-Clan gehört. Du wirst mir mein Königreich nicht wegnehmen.«

Der Mann war wahnhaft. Verdammt wahnhaft.

»Erstens bist du kein König, du hast kein Königreich und was Isaac mit Titan gemacht hat, ist nicht halb so schlimm wie das, was ich mit dir machen werde. Lass meine Mutter gehen, du Arschloch.«

Sein Griff wurde fester und sie bekam kaum noch Luft, auch wenn sie nicht schreien konnte. »Sie ist nicht deine Mutter. Es wird Zeit, dass du dich von diesen kindischen Bindungen trennst, Ronan. So alt, wie du bist, hätte ich gedacht, du wärst über sie hinausgewachsen.«

Mein Blick wanderte vom Gesicht meines Vaters zu dem meiner Mutter, deren tränenreiche blaue Augen mich beschwichtigten, während sie vor Schmerz mit den Zähnen knirschte. Ja, sie waren Gefährten, aber wenn ich ihn tötete – und ich *würde* ihn töten –, würde sie mich nicht aufhalten.

»Sie ist mehr meine Mutter als du mein Vater, du Pisser. Warum hörst du jetzt nicht auf, dich hinter deiner Frau zu verstecken, damit ich dich anständig und angemessen töten kann?«

Seine Augen huschten zur Seite, bevor sie wieder

auf mich fielen und sein Lächeln breiter wurde. »Ich glaube nicht, dass du es so weit schaffst.«

»Ronan, zur Seite!«, schrie Ender, als sie mit Vollgas losrannte, mich ansprang und aus dem Weg riss.

Ich hatte kaum Zeit zu reagieren, denn durch die Wucht des Stoßes meiner Schwester flog ich fast wieder aus dem Fenster, wo ich platt auf dem Bürgersteig gelandet wäre. Als ich mich endlich umdrehte, hatte die schwarze Magie eines vernarbten Todes-Fae meine Schwester direkt in die Brust getroffen. Sie wankte nach hinten, ging aber nicht zu Boden, sehr zum Schock aller anderen im Raum, außer mir.

Oh, wenn Adrian unsere kleine Schwester jetzt sehen könnte.

Ender nahm die Magie des Fae mit weit ausgebreiteten Armen auf und zog sie in sich hinein, bis nichts mehr übrig war und die Rückstoßfähigkeiten, die sie so lange geheim gehalten hatte, endlich ans Licht kamen. Die Wangen wurden hohl, die Augen eingefallen, während der Todes-Fae verwelkte, bevor er von seiner eigenen Magie getroffen wurde, die sich nur noch verdoppelte, weil Ender meinem Vater genau zeigte, wozu sie in der Lage war. Sie zeigte ihm genau das, was er verpasst hatte, da er zu sehr mit seinen Söhnen, seiner Geliebten und seinem Geld beschäftigt war, um sich um seine einzige Tochter zu kümmern. Der Todes-Fae war bereits Asche, als er auf dem Boden aufschlug.

Bevor mein Vater aus seinem Schock erwachen konnte, riss ich meine Mutter aus seinem Griff und stieß eine von Ciras Klingen direkt in seine Brust, wobei ich sein verschrumpeltes Herz mit Absicht verfehlte.

Mit großen Augen und offenem Mund klammerte er sich an die Klinge. »Nein, d-das kannst du m-mir nicht ant-tun.«

Meine Hand blieb ruhig, während ich den Dolch langsam drehte. »Ich kann es, ich habe es getan, und jetzt wird jeder sehen, was du bist. Ein kleiner Mann ohne Macht, ohne Gefolgschaft und ohne Familie. All die Soldaten, die du zu haben glaubtest? Gehören mir. Dein ganzer Reichtum? Gehört mir. Du hast auf dem *Sapphire*-Gelände einen Deal gebrochen, alter Mann. Und das bedeutet, dass alles, was du hast, alles, was du bist, jetzt mir gehört.«

»A-aber er ist tot. Dafür habe ich gesorgt.«

Ich neigte meinen Kopf zur Seite. »Hast du das? Oder hast du dich auf das Wort von untreuen Wandlern verlassen? Corvin ist am Leben, Arschloch, aber das würde keinen Unterschied machen. Ob tot oder lebendig, ein Deal, der auf dem Gelände vom *Sapphire* geschlossen wird, ist für die Lebensdauer *beider* Parteien bindend. Du solltest wirklich das Kleingedruckte in dem Vertrag lesen, den du mit mir geschlossen hast, als du mir das Gebäude geschenkt hast. Es ist nicht meine Schuld, dass du zu schlampig bist, um sicherzustellen, dass du nicht beschissen wirst.«

Wut färbte das Gesicht meines Vaters violett – entweder das oder es lag an der Klinge, die ich immer noch drehte, aber ich war mehr auf das Brüllen des Drachens konzentriert, der sich schnell näherte. Cira kam genau zur richtigen Zeit.

»Und jeder in dieser Stadt wird dich sterben sehen, in dem Wissen, dass du schwach und zu dumm warst, aufzuhören, als du noch vorn lagst.«

Grob drehte ich meinen Vater um und riss ihm die Klinge aus der Brust, während ich uns beide durch die zerbrochenen Fenster schleuderte und auf dem Rücken von Cira landete, als sie zwischen den Gebäuden hindurchflog. Dann waren wir oben und landeten unsanft auf dem Dach, wobei der schlaffe, fast leblose Körper meines Vaters wie ein Fisch auf dem Trockenen zappelte.

Cira brüllte in den Himmel, Flammen schossen

aus ihrem Maul, während sie vor Aufregung zitterte und ihre Klauen die Gebäudekante zu Staub zermalmten.

Ich schnappte mir meinen Vater und hängte ihn über den Rand des Gebäudes, damit alle, die sich unten versammelt hatten, ihn sehen konnten. Nur so konnte die Stadt einem neuen Anführer unterworfen werden, nur so konnten wir unsere Gegner von der Vorstellung abbringen, dass wir einfach nur dasitzen und uns alles gefallen lassen würden.

Engel und Dämonen thronten gleichermaßen auf den Dächern, Fae, Wandler und Vampire versammelten sich unten auf der Straße, alle von Amala herbeigerufen, alle bereit, die Wachablösung zu beobachten.

Moriah, Alex, Isaac, Pollux und Jackie versammelten sich auf dem Dach und sahen zu, wie wir Geschichte schrieben.

»Taron Rose hat einen blutigen Deal gebrochen«, verkündete ich, wobei meine Stimme durch Amalas Zauber verstärkt wurde. »Damit ist sein Leben verwirkt. Die Rosen sind jetzt unter neuer Führung.«

Ich blickte meiner wunderschönen Gefährtin in die Augen, die in ihrer ganzen Pracht leuchtete. Ihre goldenen Augen richteten sich auf meinen Vater, der sich mit seinen letzten Atemzügen bemitleidenswert aus meiner Gewalt zu befreien versuchte. Zu dumm, dass Amalas Bann ihn festhielt. Ich wich zurück und ließ Moriah näher kommen, ihre Rache war nur ein Flüstern in seinem Ohr. Mit großen Augen kämpfte er gegen den Bann an, blieb aber bewegungslos. Moriah wich zurück und lächelte breit, während er sich abmühte.

Als sie aus der Reichweite war, holte Cira tief Luft, bevor sie ihr Feuer auf ihn losließ – in Sekundenschnelle verwelkte sein Körper zu einem Nichts und seine Asche verwehte im bitteren Wind.

»Der Tepes-Clan, das Göttliche, die Wards und die Rosen haben sich zusammengeschlossen, um eine Gemeinschaft, einen Clan, ein Haus zu bilden. Bald werden wir verlangen, von allen anderen Häusern anerkannt zu werden. Wir werden unsere eigene Bestimmung, unseren eigenen Weg, unser eigenes Schicksal in die Hand nehmen. Von diesem Tag an werden wir als Dynastie und Dragomir bekannt sein und von unserer eigenen Königin angeführt werden.«

Lauter Jubel brach auf der Straße, auf den Dächern und in der Luft um uns herum aus.

Das würde funktionieren, und auf Gedeih und Verderb würde diese Stadt, diese Familie, unser Zuhause sein.

KAPITEL 35

CIRA

NIEMAND AUßER ERDE UND EISEN WAR BEREIT gewesen, uns auf unserem eigenen Territorium zu treffen, denn der Gedanke an das gesetzlose Niemandsland der Syndikate war für einige zu viel. Stattdessen trafen wir uns mit allen Oberhäuptern der Häuser in Erde und Eisen in einem abgelegenen Teil des ehemaligen Kanadas, wo genug Schnee lag, um zu verhindern, dass alles in Flammen aufging, nachdem ich meine kleine Lichtshow aufgeführt hatte.

Ich selbst hatte keine Ahnung, wessen Idee es gewesen war, mich zur Königin zu machen, aber jemand hätte mir von all den Sitzungen und dem Papierkram erzählen sollen. Ein Haus zu gründen, war nichts für schwache Nerven, und wenn ich noch einen weiteren Anruf über mich ergehen lassen musste, in dem ich ein anderes Haus aufforderte, an diesem verdammten Treffen teilzunehmen, damit wir anerkannt werden konnten, würde ich jemanden abstechen.

Oder sie rösten. Eins von beidem, mir war das absolut egal.

Das malerische Anwesen gehörte zum Territorium von Erde und Eisen, eine große Hütte mit mehreren Suiten, die für jeden bereitstanden, der bleiben wollte. Nach den Treffen, die ich bereits hinter mir hatte, konnten wir mit der Unterstützung von mindestens vier der acht Häuser rechnen, aber die Frage war, ob wir auch das fünfte Haus für uns gewinnen konnten.

Erde und Eisen standen aus offensichtlichen Gründen hinter uns. Gold und Granat waren froh, dass wir den Ausgestoßenenzirkel eingliederten, bis der Zirkel seine eigene Führung gefunden hatte. Wenn sie zu einem späteren Zeitpunkt beitreten wollten, würden wir sie nicht abweisen, aber sie waren in zu großer Bewegung, um diese Entscheidung jetzt zu treffen. Blut und Beryll – Isaacs ehemaliges Haus – war froh, dass wir Titan Madras ausgeschaltet hatten, den ehemaligen Anführer des Tepes-Clans, der König Elias seit Jahren ein Dorn im

Auge war. Tod und Topas – das jüngste Haus – schien zu verstehen, was wir hier taten, und dieses Treffen war eines der am wenigsten schmerzhaften von allen gewesen.

Ronan und Alex warnten mich, dass wir niemals die Unterstützung von Seele und Saphir bekommen würden, da ihr Anführer Odin kein Fan von allem war, was zu Unruhen führen könnte. Offensichtlich war er kein Fan von Krieg und hatte seine eigene Welt verlassen, um ihn zu vermeiden. Sie warnten auch, dass See und Serpentin uns ebenfalls nicht unterstützen würden, zumal ihre Königin Asbesta schon seit Jahren versuchte, uns zu übernehmen. Außerdem weigerte sich Asbesta, selbst zu kommen, und schickte stattdessen ihre Tochter Kida.

Wir wussten nicht viel über Feuer und Fluorit, die neuen Anführer waren ein größeres Geheimnis als die anderen. Sie hatten sich entschieden, über eine magische Projektion an der Versammlung teilzunehmen und alles mitzuerleben, waren aber nicht physisch anwesend. Nur Luft und Lava war übrig. König Volker war ein Joker, und obwohl er vor ein paar Jahren Tod und Topas unterstützt hatte, war nicht absehbar, ob er das auch bei uns tun würde.

Als die Anführer zur Hütte kamen, waren viele verärgert darüber, dass wir darauf bestanden, uns auf der schneebedeckten Lichtung zu treffen, anstatt im Warmen.

»Hätte ich gewusst, dass ich bis zum Hals im Schnee stecken würde, hätte ich mich dementsprechend angezogen«, schimpfte jemand, und ich hatte das Gefühl, dass es Odin war.

»Ist euer Hauptquartier nicht im Himalaya?«, bemerkte Nikki und schaute sich um, während sie Niall einen irritierten Blick zuwarf. »Ich hätte gedacht, dass du an Schnee gewöhnt bist.«

Odin warf ihr einen finsteren Blick zu, schloss aber seine Luke.

Als wir auf der Lichtung ankamen, hatte ich meine Nerven endlich so weit unter Kontrolle, dass ich anfangen konnte.

»Ihr seid alle hier, um darüber abzustimmen, ob es den Syndikaten von New York erlaubt werden soll, ein Haus zu gründen. Während einige von euch verstehen, dass wir versuchen, die Spaltung, die das Niemandsland seit der Gründung der Häuser geplagt hat, zu überwinden, brauchen andere mehr Überzeugungsarbeit. Bitte versteht, dass wir integrativ sein wollen – wir möchten nicht diejenigen abweisen, die von anderen Häusern vielleicht nicht akzeptiert werden. Es ist nicht erforderlich, dass jemand der härteste Wandler, die mächtigste Hexe oder die stärkste Fae ist. Wir haben einen Platz für jeden und jede. Jeder kann nützlich sein – jeder kann ein Zuhause haben.«

»Wir nehmen Leute auf«, murmelte jemand in einem sehr mürrischen Ton. Es war fast so, als hätte ich die Person gerade herausgefordert.

»Gesteht euch doch bitte selbst ein, dass es Geld, Macht oder Einfluss braucht, um in den meisten Häusern aufgenommen zu werden. Wir würden niemanden ablehnen, der sich vielleicht nicht wandeln kann«, sagte ich und schaute Dani von Blut und Beryll an. Die Königin legte ihre Hand auf den Kopf des weißen Wolfes, der immer an ihrer Seite war.

»Oder der ohne viel eigene Kraft geboren wurde« Ich beobachtete Rowe und Volker, der König von Luft und Lava, der seiner Gefährtin ein verständnisvolles Lächeln schenkte.

»Oder der sich ein anderes Leben wünscht«, fuhr ich fort und begegnete dem Blick des Anführers von Tod und Topas.

»Oder der einst wegen seiner Magie verbannt wurde.« Fallon, die Königin von Gold und Granat, nickte mir freundlich zu.

Isaac, Alex und Ronan hatten eine Menge Informationen über die Anführer gesammelt, während wir uns auf dieses Treffen« vorbereitet hatten, und ich wusste ein wenig über sie alle. Ich hoffte nur, dass ich sie davon überzeugen konnte, dass wir für etwas Besseres, etwas Neues bestimmt waren.

»Verbannte Hexe oder Entenwandler, wir nehmen sie alle mit Freude auf, denn jeder hat ein Leben verdient. Jeder verdient etwas zu essen im Bauch und einen warmen Platz zum Schlafen in der Nacht. Ich habe lange Zeit ohne beides gelebt – ich habe in der Dunkelheit gehungert und gebetet, dass ich eines Tages die Sonne sehen würde. Mein Volk wird besser leben als das.«

»Was ich wissen will«, begann Odin, die Arme locker an der Seite, als würde er sich auf einen Kampf vorbereiten, den niemand wollte, »ist, was dich und die Syndikate jetzt anders macht? Was hat sich so sehr verändert, dass wir euch überhaupt als ein Haus anerkennen wollen, das uns für sich gewinnt?«

Ronan und Alex lachten hinter mir, während Niall und ich uns einen abschätzenden Blick zuwarfen.

»Ich bin so froh, dass du das fragst«, antwortete Isaac, dessen Lächeln so gutmütig war wie immer. »Ich schlage vor, dass ihr alle auf der Galerie Platz nehmt.« Er führte sie zu einer Reihe von Stühlen, die weit genug von mir entfernt waren, damit ich sie nicht mit meiner Wandlung erdrücken konnte.

»Ich weiß nicht, wie viel ihr alle wirklich über Arcadia wisst. Selbst ich weiß das meiste nicht. Aber meiner Recherche nach bin ich die Einzige meiner Art, die tun kann, was ich kann.« Das war sowohl eine Lüge als auch die Wahrheit. Ich war zwar der einzige Elementar, den ich kannte, aber ich war nicht der einzige Drache.

Niall schenkte mir ein kleines Lächeln, und ich richtete meinen Blick auf meine Gefährten. Ronan, Alex und Isaac nickten mir alle kurz zu, ihre Bestätigung war alles, was ich sehen musste.

Langsam atmend ließ ich zu, dass ich mich wandelte, dass ich zu dem wurde, was ich immer gewesen war. Die Wandlung war nicht so schmerzhaft wie beim ersten oder zweiten Mal, die Wärme der Magie sickerte durch meine Adern wie der Kuss der Sonne.

Ich überragte sie alle und ging in die Hocke, damit sie sehen konnten, was ich wirklich war.

Erst dann erlaubte ich den Fackeln, höher zu lodern, ließ den Wind durch die Bäume peitschen und den Schnee zu ihren Füßen verdampfen. Dieser Dampf flog in einer Spur von Tropfen, löschte die

Flammen und stürzte uns alle in Dunkelheit. Ich wich zurück, neigte meinen Kopf zum Himmel und spuckte Feuer, das man meilenweit sehen konnte.

Als meine kleine Show vorbei war, hatte ich mich zurückgewandelt und mein Körper schrumpfte zu dem kleinen, kompakten Paket meiner menschlichen Gestalt. Alex zog mir einen dicken Hoodie mit Reißverschluss über und ich stieg in die warme Fleecehose, die Isaac besorgt hatte. Ronan half mir, meine Füße mit weichen Stiefeln zu bedecken, und die ganze Zeit über sprachen die Anführer miteinander.

»Das wird ein Problem werden«, sagte Odin, dessen Augen entweder vor Angst oder vor Wut oder vor beidem glühten.

»Nicht, wenn du es nicht zu einem machst. Ich kann die Wandler, Vampire und Fae in Schach halten. Ich kann die Dämonen und Engel anführen. Ich kann genug zaubern, um die Hexen davon zu überzeugen, dass sie sich zurückhalten, und ich kann die Bedrohung durch jedes Haus, das uns übernehmen will, abwehren.« Langsam begegnete ich Kidas Blick. Ihre Mutter war ein Problem, aber ich spürte, dass ihre Tochter klüger war. »Ihr wollt uns alle nicht, ihr entscheidet euch dafür, dass wir uns gegenseitig umbringen oder um Abfälle kämpfen, und ich bitte euch – nein, ich verlange von euch –, dass ihr uns erlaubt, unser Leben zu verbessern.«

»Wie wollt ihr so viele unterbringen? Die Stadt ist nicht groß genug«, stellte König Kaspian fest, umgeben von Fallon und Nolan.

Er hatte recht: Die Stadt war nicht groß genug. Aber das unbesetzte Land zwischen Erde und Eisen und dem Meer war es sehr wohl. *Außerdem konnte ich noch mehr bauen.*

Ronan drückte meine Hand. »Wir verlangen nicht mehr als das, was es im Niemandsland schon gibt. Zeig ihnen, warum.«

Ich trat zurück, konzentrierte meine Kraft und formte einen Felsbrocken, der größer war als Alex. In wenigen Minuten schwebte der lebende Stein sechs Meter über dem Boden. Isaac sprang auf ihn und der Felsen hielt ihn mit Leichtigkeit.

»Schwebende Städte«, staunte Fallon.

»Diejenigen, die fliegen können, können oben leben, und die, die es nicht können, können unten leben«, erklärte ich, als Isaac wieder auf die Erde hinuntersprang. »Nach oben sind wortwörtlich keine Grenzen gesetzt. Wir stimmen außerdem zu, dass wir ohne vorherige Genehmigung nicht über das

Territorium eines bestehenden Hauses – einschließlich See und Serpentin – bauen dürfen.«

»Aber ...«, begann Odin, doch ich hatte für heute genug von der Anbiederung.

»Bitte versteht, dass dieses Treffen eine Gefälligkeit ist. Wir existieren bereits. Wir sind bereits eine Gemeinschaft in einem Land, das ihr nicht wollt, mit Leuten, die ihr wahrscheinlich verbannt habt. Alles, worum wir bitten, ist, dass wir von euren Häusern als eines der unseren anerkannt werden, mit den Rechten und Privilegien, die uns als Lebewesen zustehen. Ich schlage vor, dass ihr lange und gründlich darüber nachdenkt, wo ihr ohne die Freundlichkeit anderer sein würdet oder wo ihr nachts ohne die Privilegien, die euch euer Haus gewährt, schlafen würdet. Und dann stimmt nach eurem Gewissen ab.«

Wie erwartet, stimmte Nikki mit *Ja*, ebenso wie Tod und Topas, Blut und Beryll und Gold und Granat. Ebenfalls erwartungsgemäß stimmte Seelen und Saphir mit *Nein*. Unerwarteterweise stimmte die Vertreterin von See und Serpentin entschuldigend mit *Nein*, aber ich konnte sehen, dass der Entschluss ihrer Mutter schon lange festgestanden hatte, bevor sie einen Fuß auf dieses Land gesetzt hatte.

Alles, was wir brauchten, war eine weitere Stimme, und dann könnten wir ein echtes Haus sein.

»Du hast Taron Rose ausgeschaltet?«, fragte Volker, der uns mit strengem Blick musterte.

»Das haben wir«, antwortete Ronan und es dämmerte ihm. »Du kanntest ihn?«

Volker nickte. »Wir stimmen auch mit *Ja*.«

»Es braucht Mut, zu reparieren, was andere zerstört haben«, verkündete Kinsley, der Supreme-Alpha von Feuer und Fluorit. »Wir stimmen auch mit *Ja*.«

Und schon war das Haus von Dynastie und Dragomir geboren.

»WIR MÜSSEN DA RAUS«, KEUCHTE ICH UND klammerte mich an das Regal, als mich ein Lustschauer durchfuhr, der meine Knie weich werden ließ. »Die Leute suchen wahrscheinlich schon nach uns.«

Aber mein Protest war nur schwach, als eine freche Zunge meinen Kitzler fand. Als dann auch noch Isaacs Finger dazukamen, war ich ihm praktisch ausgeliefert und ließ ihn tun, was immer er wollte. Es half, dass er mir Orgasmen verschaffen wollte.

Unsere Band-Zeremonie war riesig, die Planung hatte Monate gedauert, und sie sollte jeden Moment beginnen. Ein Vertreter aus jedem Haus war anwesend, plus die Hälfte von unserem eigenen, das Ereignis war das Spektakel des Jahrzehnts.

Und mir ging das gepflegt am Arsch vorbei. Alles, was ich wollte, waren meine Gefährten, und alles, was danach kam, war die Kirsche obendrauf. Zu dumm, dass ich jetzt eine verdammte Königin war.

Und wessen Idee ist das überhaupt gewesen?

Um meine Nerven zu beruhigen, hatte Isaac mich in diesen Schrank gezogen und mich geküsst, bis ich Wachs in seinen Händen war. Dann fing er an, mich zu foltern, und erst als ich ihn anflehte, mich von meinem Elend zu erlösen, ging er auf die Knie, kletterte unter dieses Monstrum von Kleid und bot mir eine Vorschau auf unsere Flitterwochen.

Plötzlich wurde die Tür zur Abstellkammer aufgerissen und ein wütender Alex füllte den Raum.

»Wo ...«, begann er und seine Nasenlöcher weiteten sich, als er meinen Duft einsog. »*Fuck*, meine Schöne. Sieh dich nur an.« Schnell schloss er die Tür, wobei sein großer Körper einen guten Teil des riesigen Schranks einnahm.

Mit schweren Lidern und glühenden Augen ließ Alex seinen Blick über meinen Körper schweifen –

oder über das, was er davon sehen konnte, denn ich war mit einem Haufen Stoff bedeckt.

»Es ist nicht fair, dass er eine Kostprobe bekommt«, knurrte er in meinen Nacken.

Alex griff mit einem Finger in den Ausschnitt meines Mieders und zog sanft daran, um den zarten Stoff nicht zu zerreißen, dann schlossen sich seine Lippen um den Nippel, und die beißenden Küsse und das Lecken brachten mich fast um den Verstand. Das Vergnügen durchströmte mich und eine Welle der Glückseligkeit ließ meine Glieder zu Gelee werden.

Eine Sekunde später riss Ronan die Tür auf und mein dritter Gefährte quetschte sich mit leuchtenden Augen in den verbleibenden Freiraum. Ich wusste, dass er meinen Orgasmus gespürt hatte, und verdammt, wenn ich das Versprechen von mehr in seinem Lächeln nicht liebte.

»Wenigstens saß ich gerade nicht hinterm Steuer. Ich bin mir ziemlich sicher, dass ich eben irgendeinen Würdenträger beleidigt habe, also bin ich nicht in meiner Hose gekommen«, murmelte er gegen meine Lippen, als er mich zu einem heißen Kuss heranzog.

Dann war ich wieder in Isaacs Armen und schmeckte mich selbst an seinen Lippen.

»Es ist so weit, kleiner Drache«, flüsterte Isaac,

während er mein Mieder zurechtzog und mein Kleid richtete. »Bist du bereit?«

Bereit, mich Ronan, Alex und Isaac zu versprechen? Bereit, den Rest unseres gemeinsamen Lebens zu beginnen? Das war es, was ich immer gewollt hatte – dieses schöne, verrückte, wunderbare Leben. Und ich bekam all das.

Jeder Traum, den ich je gehabt hatte, ging in Erfüllung. Und sie alle zusammen hatten es möglich gemacht.

»Auf jeden Fall«, hauchte ich und die Wahrheit traf mich mitten in die Brust.

Denn wenn es um sie ging ...

Dann würde die Antwort immer Ja lauten.

DAS ENDE

BÜCHER VON ANNIE ANDERSON

UNVERGÄNGLICHE TRIEBE UND TUGENDEN

Begrabe Mich

DIE WELT DER ARKANEN SEELEN

GRABFLÜSTERER-SERIE

Dead to Me

Dead & Gone

Dead Calm

Dead Shift

Dead Ahead

Dead Wrong

Dead & Buried

ENGLISCHE BÜCHER

SOUL READER SERIES

Night Watch

Death Watch

Grave Watch

THE WRONG WITCH SERIES

Spells & Slip-ups

Magic & Mayhem

Errors & Exorcisms

THE LOST WITCH SERIES

Curses & Chaos

Hexes & Hijinx

THE ETHEREAL WORLD

PHOENIX RISING SERIES

(Formerly the Ashes to Ashes Series)

Flame Kissed

Death Kissed

Fate Kissed

Shade Kissed

Sight Kissed

ROGUE ETHEREAL SERIES

Woman of Blood & Bone

Daughter of Souls & Silence

Lady of Madness & Moonlight

Sister of Embers & Echoes

Priestess of Storms & Stone

Queen of Fate & Fire

ÜBER DEN AUTOR

Annie Anderson ist die Autorin der internationalen Bestseller-Reihe *Rogue Ethereal*. Als Veteranin der United States Air Force schreibt Annie Anderson tempogeladene paranormale Romanzen und Urban-Fantasy-Romane mit starken, vorlauten Heldinnen und einer geballten Ladung Magie. Wenn sie sich eine Pause vom Schreiben gönnt, kann man sie dabei erwischen, wie sie *The Magicians* durchsuchtet, mit ihrem Mann flirtet, mit den Kindern ringt oder wie sie versucht, ihre zänkischen Hunde zu einem Spaziergang zu bestechen.

Um mehr über Annie und ihre Bücher zu erfahren, besuche

www.annieande.com

facebook.com/AuthorAnnieAnderson

instagram.com/AnnieAnde

amazon.com/author/annieande

bookbub.com/authors/annie-anderson

goodreads.com/AnnieAnde

pinterest.com/annieande

tiktok.com/@authorannieanderson